나는 붓을 던져도 그림이 된다

나는 붓을 던져도 그림이 된다

선(禪)에 심취한 50인의 예술가, 그들의 삶과 예술

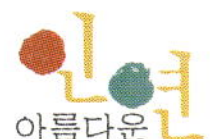

아름다운인연

나는 붓을 던져도 그림이 된다

1판 1쇄 인쇄   2005년 2월 22일
1판 1쇄 펴냄   2005년 3월 2일

지은이   박영택
펴낸이   김도영
펴낸곳   도서출판 아름다운 인연
출판등록   2003년 7월 3일 (제 300 − 2003 − 120호)

편집장   문종남 ┃ **책임편집**   안자미 · 양수정
디자인   라태령 ┃ **마케팅**   이유섭
주소   서울시 종로구 견지동 45번지
전화   02 · 2011 · 1880~1
팩스   02 · 720 · 6019
E-mail   inyeon@buddhism.or.kr

인쇄   한영문화사

• 책값은 뒷표지에 있습니다.

예술가는 수행자나 다름없다.
그들은 예술이란 깨달음을 얻기 위해 자신이 가진 모든 것을 던진다.

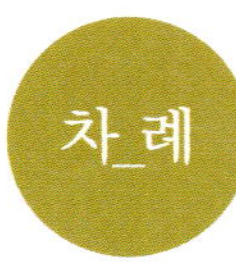

차_례

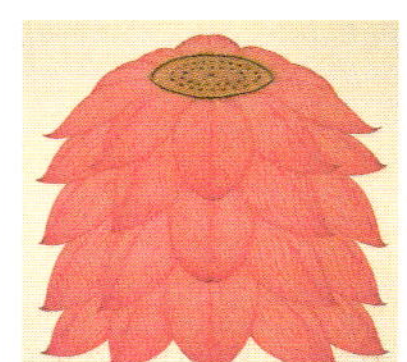

신나고 유쾌한 도원경

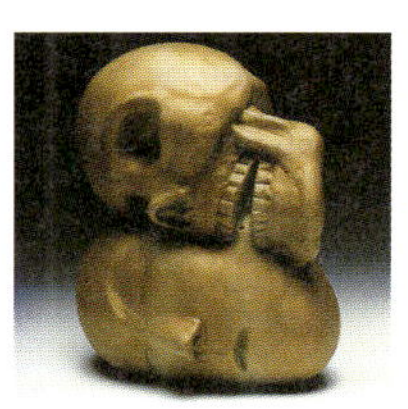

수행자

빈 마음 한 조각

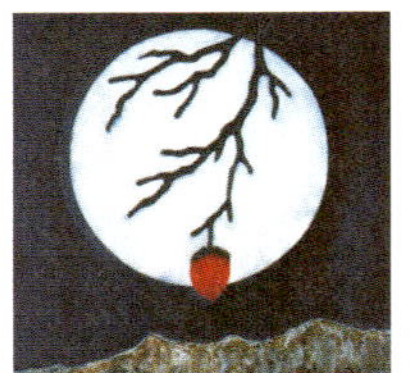

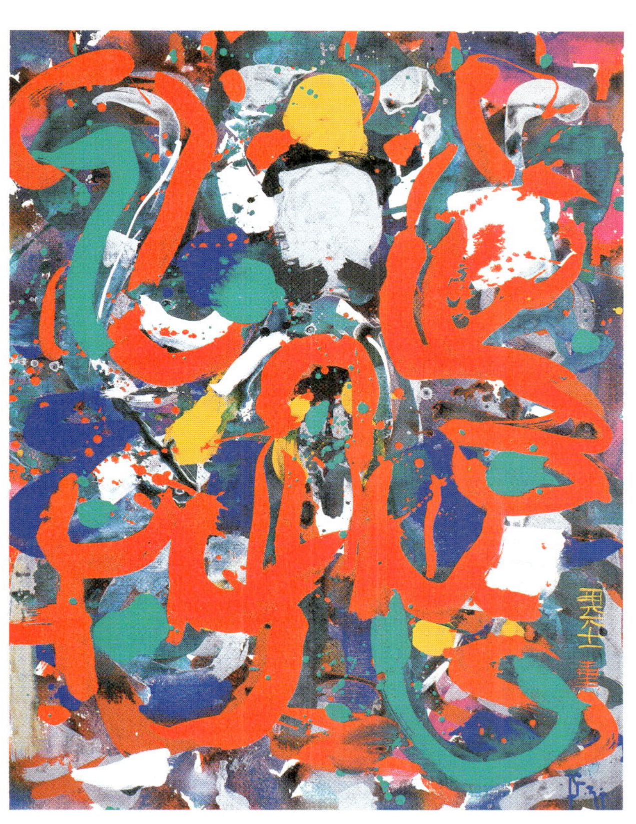

동시대 작가들의 작품을 둘러보는 일이 내겐 일종의 업인지도 모르겠다. 대부분의 시간을 그림을 보거나 그와 연관된 이미지와 글을 보면서 시간을 보내는 나로서는 미술이 마장이자 극락인 셈이다.

전시를 보고 작가들과 이야기를 나누는 사이, 어느 날 문득 작가들의 주제와 자기 작업에 대한 말들이 대개 유사하고 비슷하다는 사실을 깨달았다. 물론 사람의 생각이나 의견이 별반 크게 다를 리야 없겠지만 유난히 한국작가들의 사고 구조에는 공통된 성향이 뿌리 깊고 넓게 놓여 있다는 생각이다.

예를 들어 작가들 대부분은 자신의 작업을 일종의 수행과정과 동일시한다. 마치 도를 닦는 일과 같다고들 흔히 말한다. 그림 그리는 일, 작업하는 일을 도를 추구하고 성불하고자 힘쓰는 스님들의 정진과 동일한 은유로서 거론하고들 있다.

그런가 하면 작업의 주제를 설명하는 단어로 인연, 업, 윤회, 순환, 상생 등이 의외로 많다는 사실이다. 그러니까 다분히 불교적 사유에 해당하는 용어들을 빈번하게 끌어 쓰고 있음을 본다. 불교적 세계관이나 이해가 상당수 작품의 알리바이로 작동하고 있다는 느낌도 든다. 물론 작업의 주제로만 국한되지 않고 일상에서 흔하게 쓰이기도 하는데 그만큼 한국인에게 불교적 사유란 일상적 삶의 일부가 되었고 그대로 생활 속에 즙이 되어 있다는 느낌이다.

특히나 많은 여성작가들이 불교정신과 종교성을 작품 속에 적극 녹여내고 있음도 흥미롭다. 여성은 남성에 비해 훨씬 종교적이다. 비가시적 존재에 대한 믿음이나 신성함에 대한 동경과 확신이 그렇다. 사실 불교란 매우 여성적 종교다. 그것은 근원으로 돌아가 무로 환원하는 일, 현상계 너머를 통찰하는 일이다.

한국 작가들의 작품 상당수가 다분히 불교적 사유패턴을 내재화하고 있다는 사실은 앞으로 좀더 관심 있게 연구할 대상이다. 식물성에 대한 사유, 생명과 시간에 대한 순환른적이며 윤회적 태도, 소소하고 비근한 일상과 연관되어 번져나는 각오(覺悟), 수행적 차원의 지독한 그리기나 영성과 관련된 작업들이 그 단편적인 예다. 한국현대미술에 적지 않게 스며든 이 불교적 사유나 태도를 어떻게 볼 것인가가 나에게는 하나의 과제로 던져진 셈이다. 내게 있어 비평이란 결국 동시대 작가들의 작품, 한국 작가들의 작품을 통해 이들이 이해하는 미술이란 무엇이며, 왜 이런 주제, 형식. 방법론을 빌었으며, 무슨 이야기를 하고 있는가에 의문을 던지는 일이다. 나로서는 그 물음을 답하기 위해 전시를 보고 글을 쓰고 있다는 생각이다.

결국 이 책은 그런 물음에 대한 지극히 사적인 반응이다. 나는 불교신자도 아니고 불교에 관한 지식도, 아는 바도 거의 없다. 불교와 인연이 있는 편도 아니었다. 다만 미술사를 공부하면서 불교유적이나 이미지들을 자주 대하고 또한 그 체험의 연장으로 삼아 방학이 되면 학생들과 사찰을 다니면서 그 아름다움과 청량함에 흠뻑 취해 돌아온 것이 전부이다. 유독 사찰은 더할 나위 없는 신선함과 경건함, 내 자신을 슬그머니 되돌아보게 하는 엄정한 힘과 아득한 시간의 가루를 서늘하게 전해주는 분위기가 더없이 좋았다. 산 속 사찰에 가면 세상의 벼랑에서 다시 내가 떠나온 곳을 침묵 속에서 가만 헤아려 보게 하는 매력이 있어 좋다. 그곳에서 나는 거듭 죽고 산다. 사찰의 기둥, 빛바랜 단청, 퇴락한 건물, 거뭇한 석탑의 피부, 병풍처럼 둘러친 소나무나 직립으로 도열한 전나무의 향기, 눅눅하고 깊은 숲의 내음, 낭랑한 독경소리, 계곡물의 유장한 흐름, 인간의 육체와 시간으로 감득되기 어려운 자연의 모든 것 앞에서 나는 깨닫고 절망하고 다시 망연한 기분을 안고 속세로 돌아온다.

이 책은 우리 전통미술에 녹아 있는 불교 이미지를 현대미술에 어떻게 구현해야 할 것인가, 혹은 진정한 종교미술의 현대화란 가능한가 등을 거론하기 위한 글이 아니다. 그것은 내 자신이 감당하기 어려운 영역이다. 다만 내가 만나고 접한 이미지들을 통해 한국 작가들이 보편적으로 불교를 어떻게 이해하고 있으며 어떤 식으로 형상화하고 있는가를 슬그머니 엿보고자 했다.

우선 50명의 작가들의 작품을 통해 그 편린을 얼추 그려 보았다. 물론 이들이 불교적 주제를 전적으로 대변하는 작가들은 아닐 것이다. 다만 내가 직접 접한 작품들 중 불교와 관련된 내용을 이미지와 연루시킨 지점이 상투적이거나 직접적인 원용에 머물지 않는다고 여겨지는 것을 우선으로 한정했다. 불교적 도상의 현대화가 아니라 불교란 사유의 진정한 의미를 이미지와 삶과 결합시켜내는 지점이 중요하다는 생각이다. 불교적 사유와 정신, 그 태도로 이미지를 사고하는 작가들이 오늘날 우리가 주목해야 할 작가들이 아닌가 하는 생각을 해보았다. 아울러 작가와 이야기를 나누는 도중에, 작품을 들여다보면서 순간 다가와 박힌 불교적 사유를 더듬다 보면 혹 한국현대미술의 특성이나 성격의 한 자락을 만나지 않을까 하는 바람이 그 어딘가에 은연중 얹혀져 있음은 부인하긴 어렵다. 하지만 그 일은 아직 내겐 너무 벅차고 힘든 일이다.

 붓다는 스스로가 붓다가 되며 자신의 언어로 이야기하는 존재였다. 또한 붓다는 '진리란 말해도 되고 말하지 않아도 된다. 그렇기 때문에 진리다' 라고 생각했다. 이는 매우 의미심장한 말이다. 붓다가 생존하던 시절에 당시 스님들이 생활을 꾸려간 방법도 동일한 맥락인데 그들은 왕국에 속해 있는 사람들의 일종의 자비심에 의지하여 탁발을 하며 살았다. 따라서 그 사회를 부정하지는 않지만, 그렇다고 긍정도 하지 않은 것이다. 출가란 부정도 긍정도 하지 않는, 매우 미묘한 지점에서 삶과 적당히 거리를 유지하는 것을 말한다. 또한 붓다는 지상에 다른 왕국이나 낙원을 만들려는 마음도 없었다. 그는 낙원 같은 건 만들 수 없다고 생각한 것이다. 그저 가능하다면 그 사이, 부정과 긍정의 틈에서 지내는 것은 아닐까? 미술이란 것 역시 그 사이 어디선가 홀연히 집착하지도 않고 떠있지도 않으면서 거리를 유지하고 균형을 잡는 그런 것은 아닐까? 바로 삶이 그러하듯이……

2005년 2월 박 영 택

인생은 공, 파멸

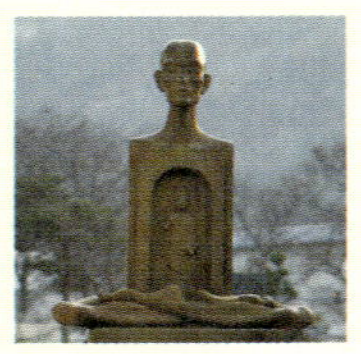

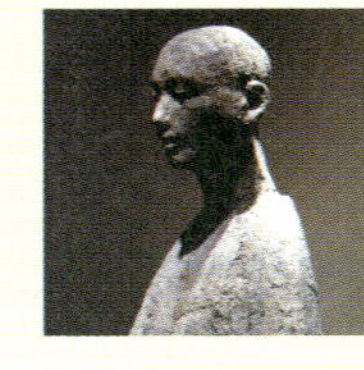

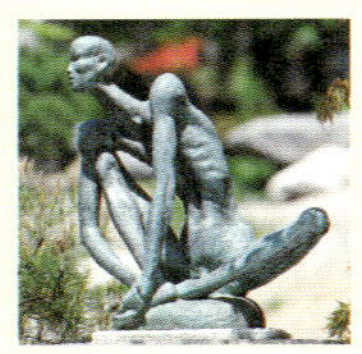

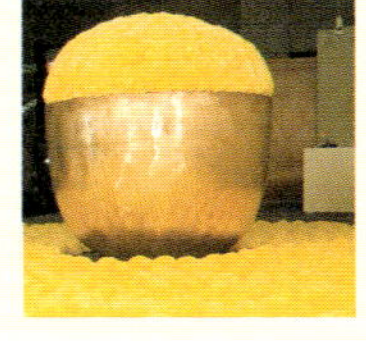

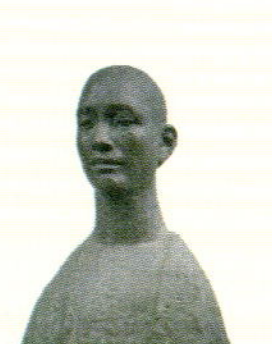

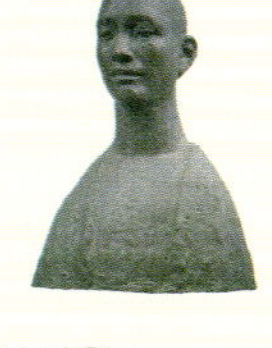

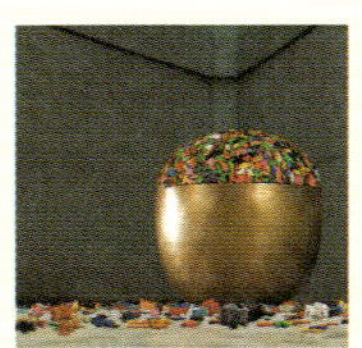

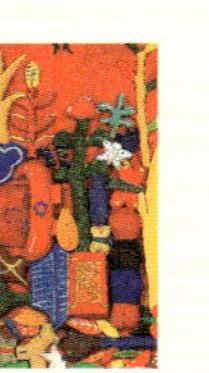

인생은 공, 파멸

권진규

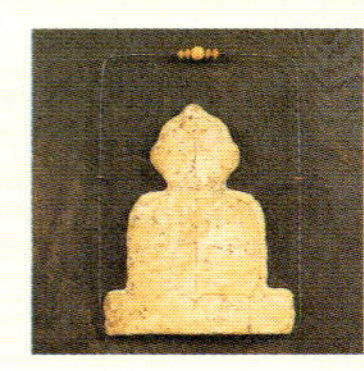

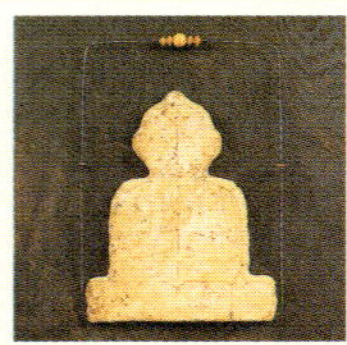

길 김광진

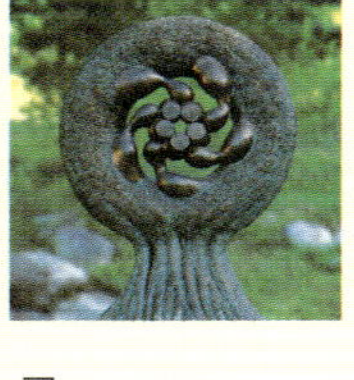

구도자 강대철

연기적 삶, 혹은 생사의 겹침 강용면

붓다 김광문

김복진 미래의 꿈ㅣ미륵

김은진 영성을 지닌 인삼

김기창 산사의 종소리

김아타 열반을 꿈꾸는 나신

김은현 미소

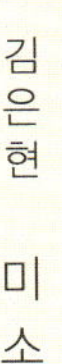

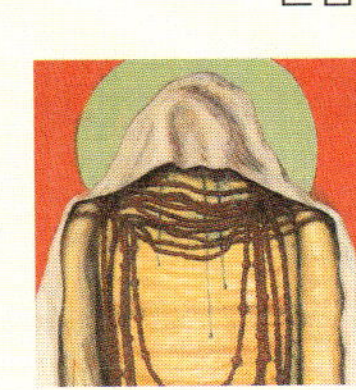

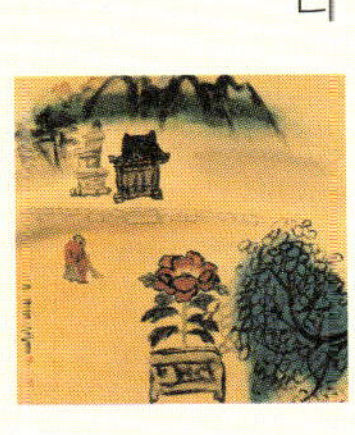

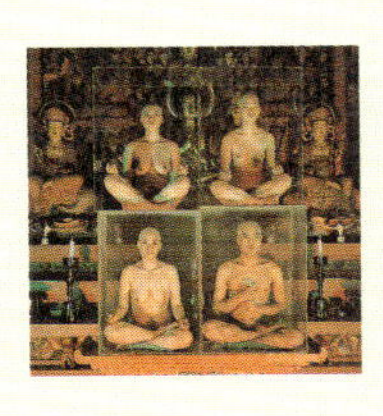

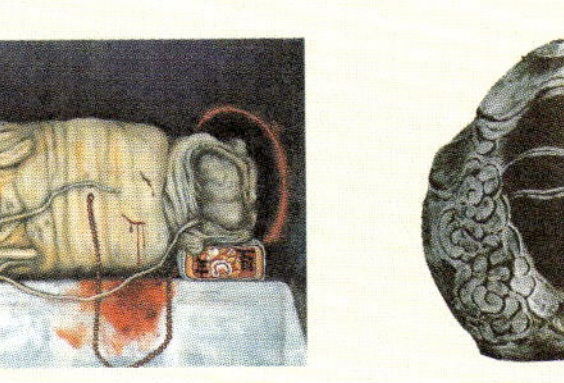

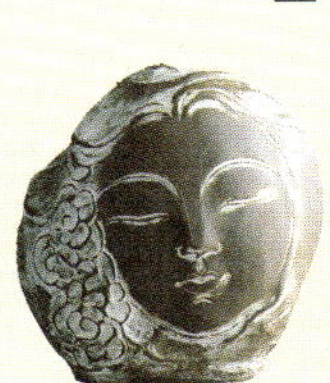

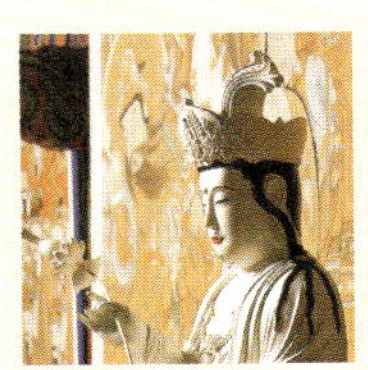

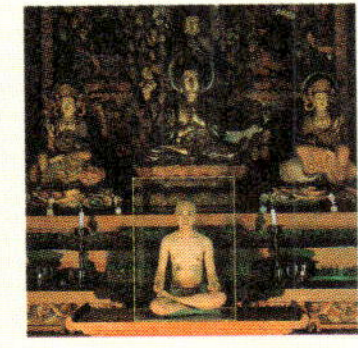

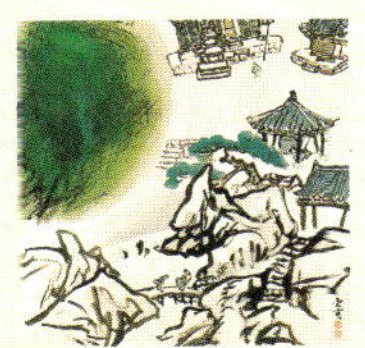

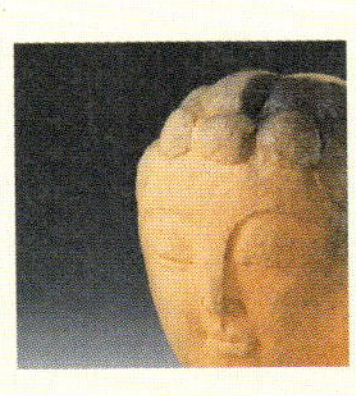

구도자
강.대.철.

깊은 명상에 잠긴 얼굴이 메마르고 길다. 명상이란 대뇌 신피질의 활동이 정지했을 때 보이기 시작하는 것이며 낡은 피질이 깨어나도록 하는 가장 확실한 방법인 호흡법에 의존하는 행위이다. 영원을 동경하는 그 표정에는 고요하면서도 내밀한 정신을 응축시킨 자의 결연함이 서려 있다. 시간을 가늠하기 어려운 부동의 절대적인 포즈는 견고하고 동시에 깊은 침묵을 뿌리로 거느리고 있다. 흡사 그는 한 그루 나무 같다. 나무는 스스로 나무다. 그는 산을 등지고 평화롭고 무심하게 앉아 내부를 응시한다. 세상에서 벗어난 그의 시선은 닫혀 있지만 그로 인해 비로소 자신의 참모습을 볼 수 있게 되었다.

육체는 우주와의 합일을 이룰 수 있는 유일한 사원이다. 육체는 상대 세계 속에 존재하지만 초월된 세계에 이르는 경전(經典)을 내재하고 있기 때문에 육체의 수양을 통해 궁극적인 진리로 나아갈 수 있다고 그 몸은 말하는 듯하다. 깨달음을 갈구하는 이 육신은 단순하고 납작하게 재현되어 있으며 그 몸이 일종의 문, 경계의 역할을 한다.

자세히 들여다보면 몸 안에 부처가 직립해 있다. 수도하는 이의 몸 안에 존재하는 이 부처는 깨달음을 추구하는 모든 이의 내면에 불성이 있다는 은유적 표현인 셈이다. 우리 존재에 불성이 있다는 얘기다. 아주 쉽게 말하

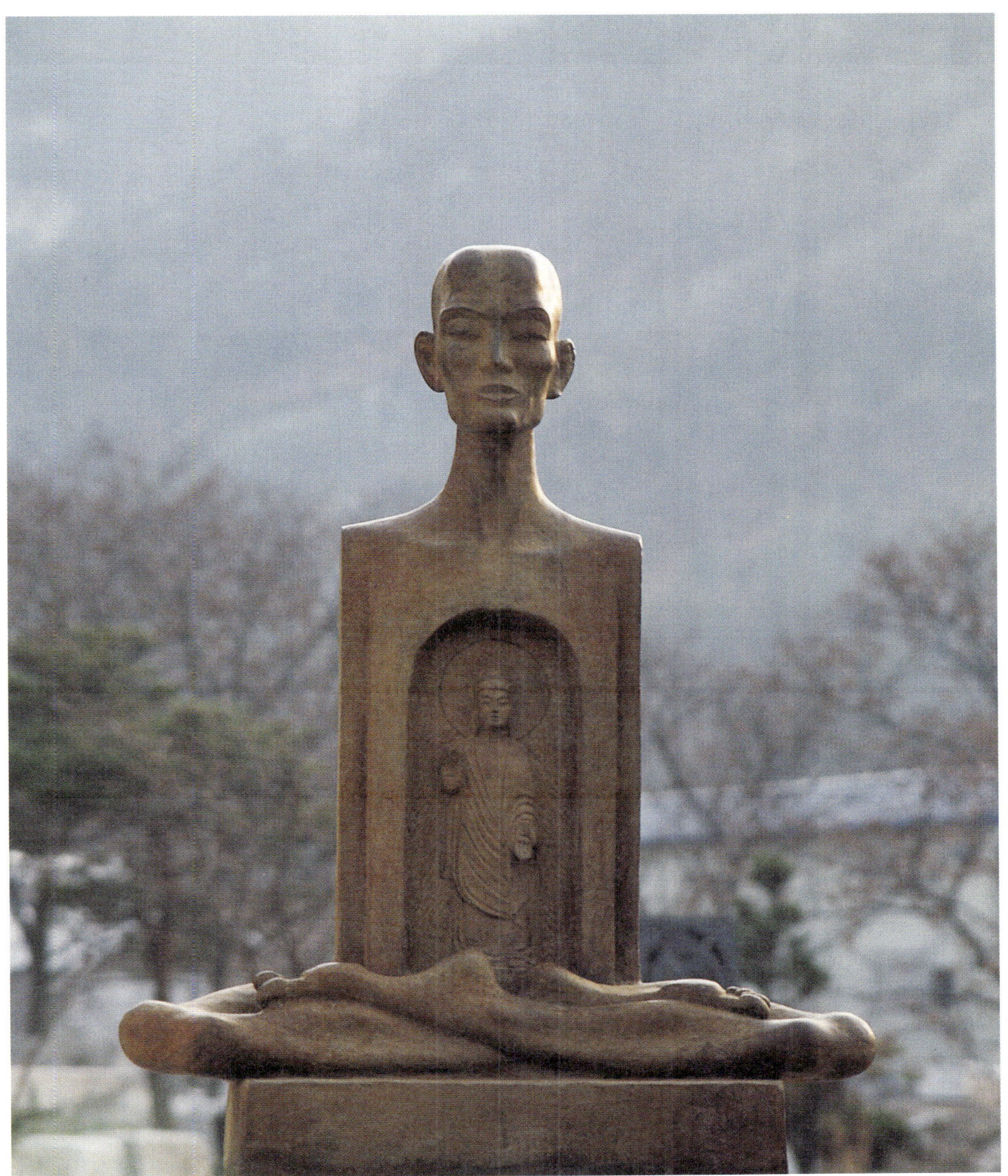

사원 브론즈, 120×70×60cm, 1991

면 나는 원래 부처였는데, 내가 부처라는 사실을 망각하고 있었을 뿐이고 따라서 '직지인심, 견성성불(直指人心, 見性成佛)'이다. 너의 본성을 있는 그대로 직시하라! 그리하면 너는 곧 부처가 될 것이다. 불성을 견한다는 것은, 우리 존재에 불성이 있다는 것을 전제로 한다. 진리를 자신의 외부에 만들지 않는 것이 불교다. 스스로가 진리를 깨달은 자, 즉 '붓다'가 되어가는 것이다.

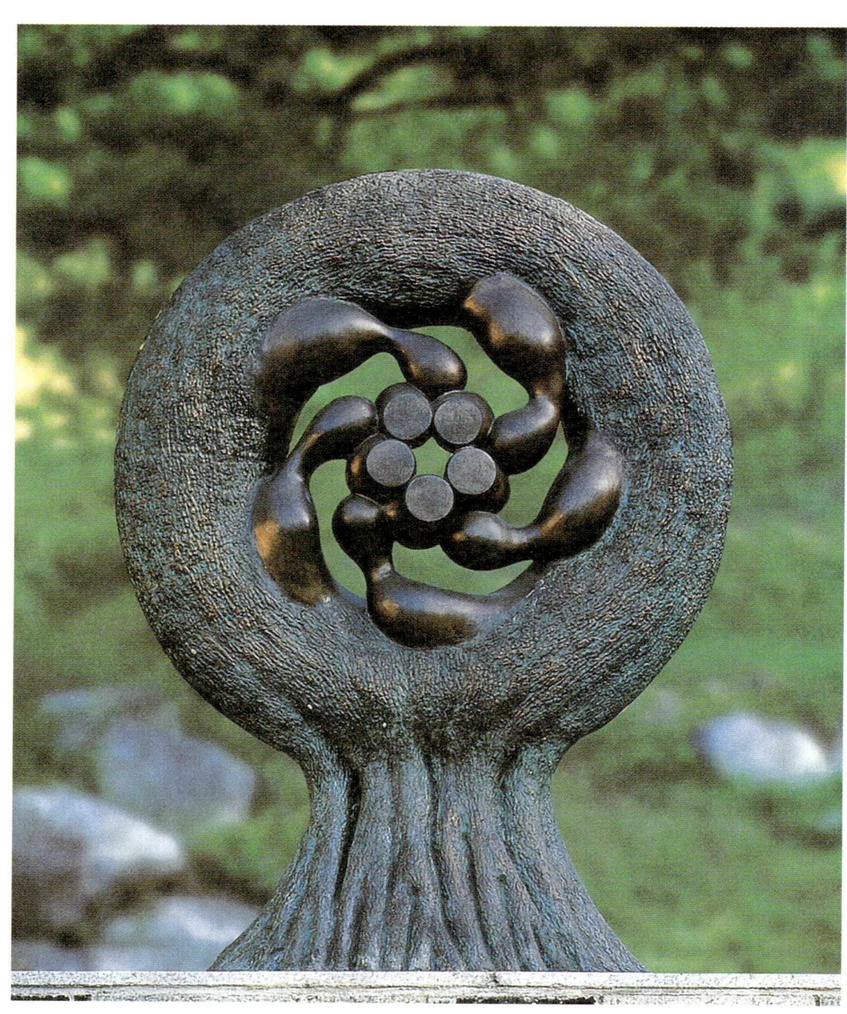

오온(五蘊)의 바퀴
브론즈,
190×130×50cm,
1990

다시 작품으로 돌아가 살피면 이 수도승이 취하고 있는 결가부좌는 완전히 책상다리를 하고 앉는 정좌법(正坐法)이다. 이 자세는 각각 고행과 득도를 상징하는데 석가모니 부처가 설산수도를 끝내고 보리수 아래에서 선정에 들어 정각(正覺)을 얻을 때 취한 자세가 바로 이 결가부좌였다고 한다.

싯다르타는 왜 이렇게 인생이 괴로운 것이며, 이 모든 중생의 고(苦)의 근원이 과연 어디에 있는 것인지, 그것을 알고 싶었던 이다. 붓다의 최종적 의미는 '정말로 아는 사람'이다. 그리고 그는 비로소 정각을 얻었다. 번뇌의 불길이 꺼져서 마음이 시원한 상태를 가리키는 '청량'이란 불교용어가 그것이다. 번뇌의 불길이 다 꺼져서 시원하고 고요한 마음의 상태, 즉 청량한 상태를 싯다르타는 '열반(니르바나)'이라 불렀다. 그러니까 우리가 열반이라 부르는 것은 '불 꺼진 상태'를 의미하는 것이다. 우리의 눈이 타고, 귀가 타고, 코가 타고, 혀가 타고, 몸이 타고, 의지가 타는 것은 바로 탐욕(貪慾)과 진에(瞋恚), 우치(愚癡), 즉 탐·진·치의 삼독(三毒) 때문이라고 한다. 이러한 삼독(三毒)·삼화(三火)가 지멸(止滅)한 상태를 바로 열반이라고 한다. 우리가 싯다르타를 붓다라고 부르는 이유는 바로 그가 '깨달은 자'이기 때문이다.

그가 핍팔라 나무 밑에서 가부좌를 틀고 앉은 것은 선정을 위한 것이 아니요, 마라의 퇴치를 위한 것이 아니었다. 그는 깨닫기 위해서 그렇게 앉아 있었던 것이다.

'사원—그대의 육체는 영혼을 진화시키는 사원이니'는 결가부좌를 틀고 명상에 잠긴 수도승의 모습을 형상화한 강대철의 작품이다. 그의 작품은 한결같이 브는 이들을 다분히 초월적이고 신비적인 명상의 세계로 이끌어 들이는 힘을 지니고 있다. 그가 조각을 통해 표현하고자 하는 것은 일종의 체선(體禪)의 세계다. 그는 오랫동안 선을 수행해 온 작가다. 그래서 그의 작업 역시 자신의 선 수행과 밀접한 연관 속에서 이루어진다.

인도어로 선이란 '조용히 생각한다'는 뜻이다. 그러니까 화두 하나에 몰입해서 그것이 무엇이냐를 치열한 의심으로 파고 들어가면 그것이 바로 선의 삼매경이다. 그래서 선은 모든 경을 내던지고 불상도 도끼로 쪼개어 아궁이에 넣고, 문자도 말도 없고, 너도 없고 나도 없는 그런 경지를 얻어서 바로 사람의 마음을 터득하고 모든 불경의 가르치는 바를 버림으로써 지혜를 만날 수 있다고도 한다.

강대철이 조각으로 표현하고 있는 이 선의 세계, 구도의 세계는 단순히 종교적 이념의 도해(圖解), 즉 종교적인 '말씀'의 나열이나 교화의 수단으로 머물지는 않는다. 그가 말하고자 하는 체선의 세계는 우주의 이치를 터득하는 방법이란 점에서 종교라기보다는 수행에 가깝다. 그러니까 그의 작업은 그 자신의 수행의 결과에 따라 우주의 오묘한 이치를 구체적인 형상으로 드러내는 것이다. 이것을 애써 종교적인 용어를 빌려 표현하자면 '상구보리 하화중생(上求菩提下化衆生)'의 한 방편이라고 할 수 있으리라. 그러니까 그의 작업은 철저하게 개인적인 수행과정의 진솔한 형상화에 해당한다.

그는 고향 땅 이천에 살면서 작업에만 몰두해 왔다. 오래 전부터 나는 풍문으로 그가 불교와 선에 대해 해박하고 풍부한 이해를 바탕으로 한 작가라는 소리를 접했다. 가끔씩 만나는 그의 작업에서도 정신주의의 내음이 진하게 풍겨 왔다. 고향에서 자연을 관찰하고 체득하면서 느낀 생명에 대한 애정과 그것의 생성과정에 대한 모색이 현실과 어떻게 만나지고 있는지를 표현하면서 자기 세계를 조금씩 넓혀오다가 결국 불교와 선의 세계에 이른 작가다.

그는 예술 자체의 완성을 위해 노력하는 것이 아니라, 차라리 예술성에 손상이 갈지언정 구도하는 사람의 독백과 고백을 진실되고 정확하게 표출하고자 했다. 그래서 조형상의 밀도와 내면적인 긴장미가 돋보이는데, 이것은 어쩌면 아름다움을 향한 조형 추구의 결과가 아니라 도(道)를 깨우쳐 보려고 안간힘을 써본 자의 체험에 근거하는 것도 같다.

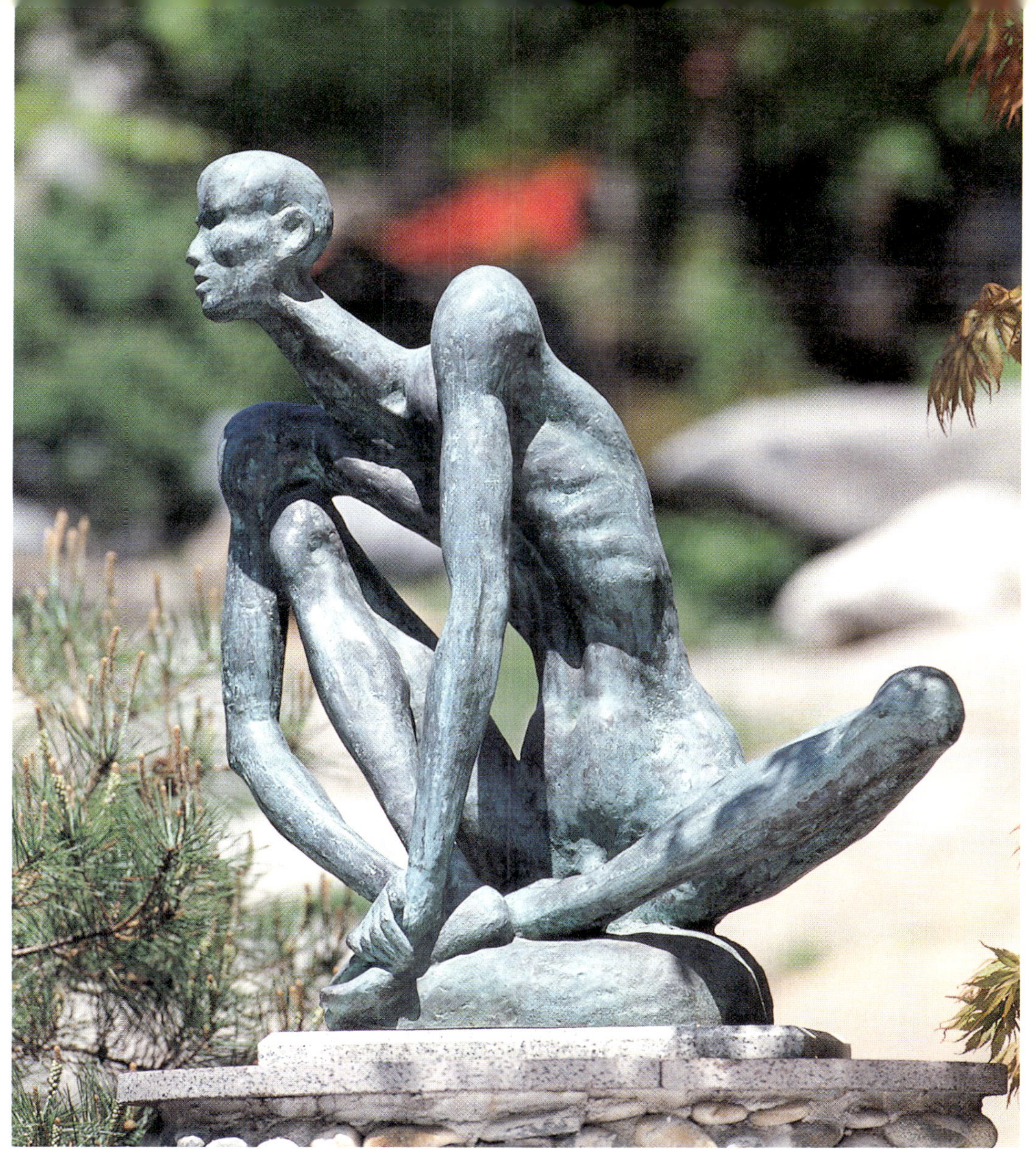

그의 고백처럼 선(禪)이나 도(道)와의 만남이 죽음의 늪으로부터 그를
소생시킨 생명의 말씀이 되었는지도 모른다. 그래서 그의 작품은 무척이나
비교적(秘敎的)이며 제의적(祭儀的)인 분위기를 짙게 풍긴다. 자칫 보편적이고
근원적인 문제, 종교적인 주제를 다루는 상당수의 작품들이 무겁고 심오해

구도자
브론즈,
1991

서 구체적인 활력을 잃기 쉬운 측면도 있다. 또 그런 작업들일수록 그 문제의 거창함과 무게로 인해 자칫 심오함을 표방하는 '경건주의'나 '엄숙주의'로 빠져들 수도 있다. 반면 오늘날 현대미술이 근원적이고 본질적인 문제를 외면하고 감각주의와 특정한 논리에 휘둘리는 상황에서 그의 작업은 보기 드문 정신주의의 미덕을 뼈처럼 지니고 있다.

"나에게 있어 조형으로 업(業)을 짓는 일은 '참'을 얻고자 하는 이들과의 만남을 위해 연(緣)의 고리로 남고자 함입니다. 궁극적 다다름에선 홀로 자리하고 앉아야 하지만, 학습이 깊은 우리에겐 홀로 자리하기까지 어깨동무하고 가야 할 길이 멉니다. 내가 못 보는 나를 당신의 눈에서 찾아내어 서로가 서로를 보며 자기를 찾고자 함입니다. 드러난 헛된 모양에 취해 자신도 모르게 영적 퇴화를 하는 우리의 모습을 우린 알 수도 볼 수도 없습니다. 분별로선 참을 얻을 수 없습니다. 분별이 없는, 서로 있음으로 그대로 참이 될 수 있는데 우린 분별로 인해 눈이 어둡습니다. 짐짓 내가 조형으로 업을 짓는 것은 '참'에 이르는 길이 있음을 확신하기에 송구스럽게 담아놓는 메시지의 그릇이길 바람입니다. 모두에게 몫이 있듯이 이것 또한 내 삶에 소중한 몫입니다." 〈작가노트〉

연기적 삶, 혹은 생사의 겹침

강.용.면.

지난 해 겨울, 학생들과 함께 산사를 여행하고 있었다. 수덕사로 해서 갑사, 관촉사, 금산사에 도착해 여정을 풀자 군산에 사는 강용면이란 작가가 생각나 전화를 했다. 어둡고 차가운 밤길을 헤치고 이내 달려온 그와 오랜만에 반가운 해후를 했다. 비록 짧은 시간이지만 이 지상에서의 인연이 예사롭지 않음을 느낀다. 백제미술을 일견하거나 불교미술을 접할 때 유독 그의 작업이 많이 떠올랐다.

전북 옥구에 있는 농협 창고를 개조한 그의 작업실에 두 번 찾아갔었는데 그곳은 드넓은 평야지대의 고요와 푸근하고 유장한, 백제문화의 온화한 정신성이 문득 문득 벼 사이로 고개를 쳐들고 올라올 것만 같은 그런 분위기가 배어 있는 곳이었다. 작업실 안 이곳 저곳에는 사찰이나 사당의 건축구조가 작게 축소되어 있고 그것이 하나의 틀, 프레임이 되어 그 안에 단청, 호랑이, 동자상, 장군상, 돌장승, 민화나 무신도 속의 인물, 보자기 등이 흥미롭게 각색되어 풍경을 이루고 있었다. 목조나 브론즈 혹은 다양한 소재를 이용해 만든 이 형상조각은 무엇보다도 친근한 도상(圖像)과 색채를 사용해 우리 전통미술에 간직된 이미지의 힘, 그 주술성을 새삼 환기시켜 주고 있었다.

강렬한 오방색의 색채감각 아래 불교적, 민화적, 신화적 도상들로 얼룩진 세계가 이야기 조각으로 연결되고 잇대어지면서 독특한 상황을 연출

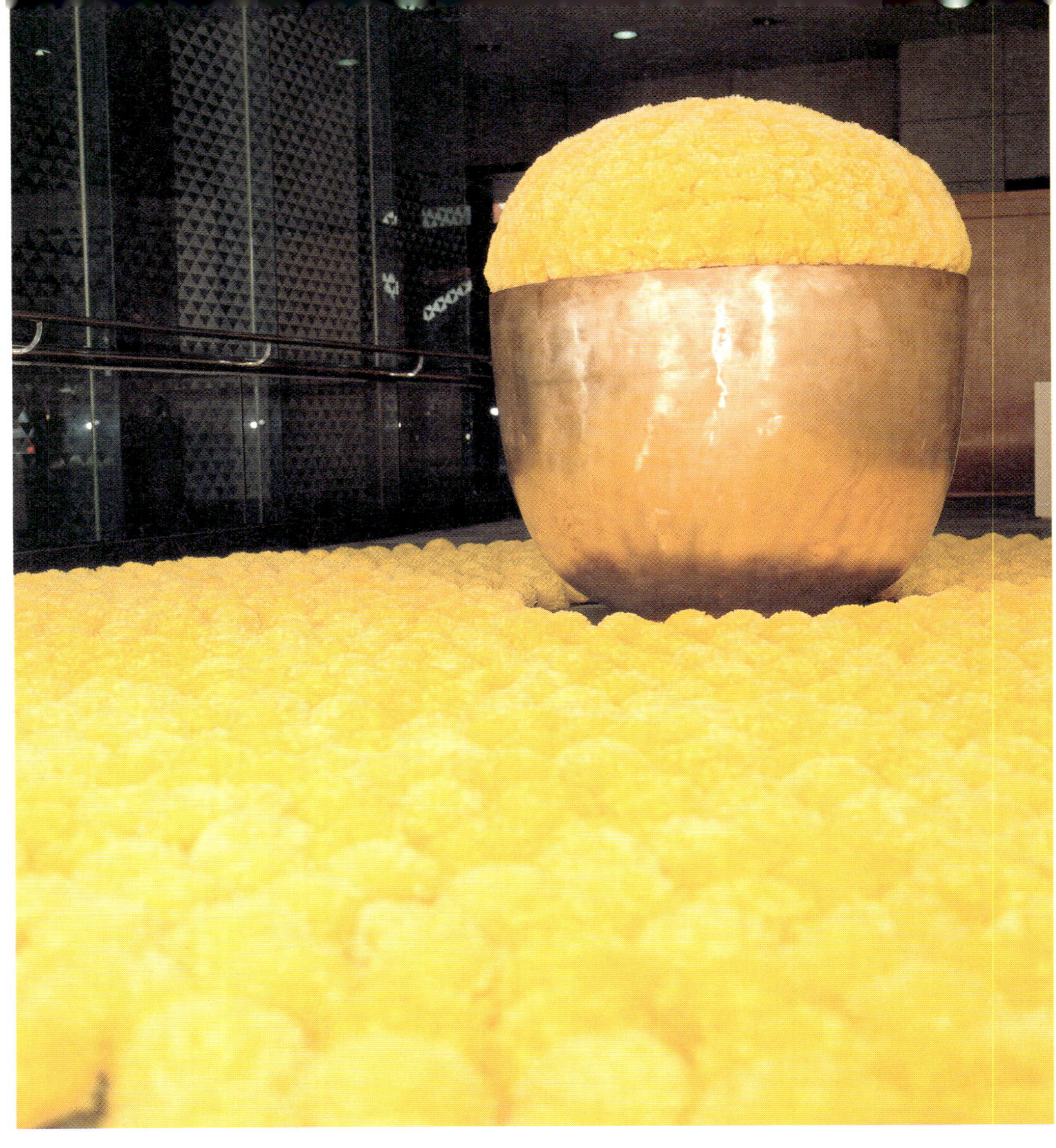

해 주고 있는 그의 작업은 아늑하게 깔려 가라앉은 한국문화와 의식의 흔적들을 자극한다. 한국인의 마음과 의식 저 아래에 캄캄하게 자리한 원형적인 미의식이나 이 땅에서 수천 년 이상 살아오면서 형성된 삶에 대한 인식과 사유의 덩어리들이 순간 물질화되어 자리하고 있다는 인상이다. 그러니까 그에게 조각은 서양의 조각어법에 따라 벌거벗은 인체를 재현하거나 물질 덩어리 자체를 조형적으로 탐색하는 데서 벗어나 있다는 얘기다. 우리의 전통 문화를 이루는 여러 이미지 안에서 조각적인 것들을 찾아 나서고 있는 것이 그의 조각이다. 그리고 그 조각은 단순한 도상의 차용과 소재주의에 머물지 않고 도상에 잠겨 있는 믿음, 주술성의 원초적 힘을 되살려내서 동시대에 여전히 그 초월적이며 주술적 아우라가 필요함을 드러낸다. 여기서 전통은 비로소 환생한다.

'온고지신(溫故知新)'이란 작업은 조왕신의 누런 밥그릇(브론즈)이 커다란 스케일로 만들어졌고 그릇 안에는 노란 종이꽃이 가득 담겨 있는 풍경을 보여준다.

이전에는 불시에 찾아올 어떤 손님을 위해 끼니때마다 밥이 지어지면 제일 먼저 조왕신 밥그릇에 밥이 담겨지고, 곧바로 신에게 바쳐졌다고 한다. 예측할 수 없지만 머지않은 앞날을 대비해 누군가에게 기운이 될 수 있는 따스한 정성을 미리 부엌 한쪽에 마련하려 했던 우리 선조들의 마음의 배려와 간절한 믿음, 기복과 염원의 상징이 그 밥그릇이다. 집과 가족, 밥과 앞날에 대한 간절한 기원 등이 착잡하게 얽힌 문화이다. 사실 따뜻한 기운이 모락거리는 밥 한 그릇만큼 소중하고 값진 것은 없을 것이다. 옛 사람들은 흰 쌀밥 한 그릇의 소중함을 믿음으로 여겼다. 새끼 목구멍에 밥 들어가는 소리를 가장 듣기 좋은 소리로 여기면서 정직한 농사를 지어 쌀을 취하고 밥을 지어먹는 일의 소중함을 하늘로 여겼던 조상들의 마음을 생각하니 밥 먹고 사는 일이 목숨 거는 일임을 알겠다.

내 몸 밖의 것을 목구멍으로 집어넣는 일은 신성하다. 밥은 곧 생명이자 기운을 만들어내는 것이며 나눔과 베풂의 은유이기도 하다. 그 모양을 형상화한 것이 사실 '기(氣)'자에 다름 아니다. 쌀은 식물의 생명의 정화이며, 그것은 곧 인간의 몸에 들어와 또 다시 정자·정액이라는 새로운 생명의 정화를 만들어낸다. 생명의 씨로서 윤회를 계속하고 있다는 것이다.

강용면은 밥과 밥그릇을 둘러싼 한국인의 의식과 믿음, 문화를 그렇게 초현실적으로 드러낸다. 나아가 그 밥그릇 안에 상여를 장식하는 노란 상여 꽃들을 밥알처럼 가득 담았다. 하얀 쌀밥 대신 샛노란 종이꽃들이 그득하다. 삶과 죽음이 한 밥그릇 안에서 그렇게 구별 없이 존재한다. 밥과 꽃, 생명과 죽음, 삶과 소멸은 결국 같은 것이라는 이야기다. 산 자를 살리는 밥은 동시에 죽은 이를 기린다. 살고 죽음이 한 가지에 핀 꽃이다. 어쩌면 생사는 없는 것이다. 그 구분이나 경계는 무의미하다. 나는 그가 만든 저 거대한 밥그릇에 가득 담긴 노란 상여 꽃에 마냥 취하면서 삶과 죽음의 부질없는 가늠과 구분을 슬쩍 지워나가는 꿈을 꾸어 본다.

그런가 하면 나무 토막을 깎아 뭇 생명체를 작게 만들고 그 위에 강렬한 채색을 한 작업에는 개, 양, 돼지나 말, 나무와 꽃, 사람 등 온갖 삼라만상이 다 들어와 있다. 나무 조각을 잘라 여러 생명체를 인형처럼 만들고 그 표면에 화려한 색채를 입힌 후 그것들을 나란히 배열했다. 그는 자신의 손을 빌어 모든 생명체를 다시 환생시켰다. 작은 생명체들의 연기적 삶이 촘촘하게 얽혀 있다. 이 자연스러운 생명들이 어우러진 우주는 아름답다. 나를 둘러싼 모든 것들의 존재가 무겁게 다가온다. 그 자리에 나는 있으면서 없다.

그는 자잘한 조각들을 짜맞춰 한데 뭉쳐놓거나 바닥에 늘어뜨려 놓았다. 그런가 하면 공간 이곳 저곳에 흡사 파종하듯이 그것들을 뿌려놓았다. 자연스럽게 그렇게 모여 있고 얽혀 있고 본래대로 공생한다. 그 작은 부분들은 그 자체로 완결적이고 자족적인 동시에 그것들이 모여 군집을 이룬다. 춘양목을 정성스레 깎고 끼운 후 곱게 단청을 먹인 사찰 꽃살문이 자연스레 연상된다. 중생이 이승의 티끌을 털고 부처의 극락세계로 들어가는 경계이기

온고지신 2000-영혼 브론즈 · 나무에 채색, 133×133×138㎝, 2000

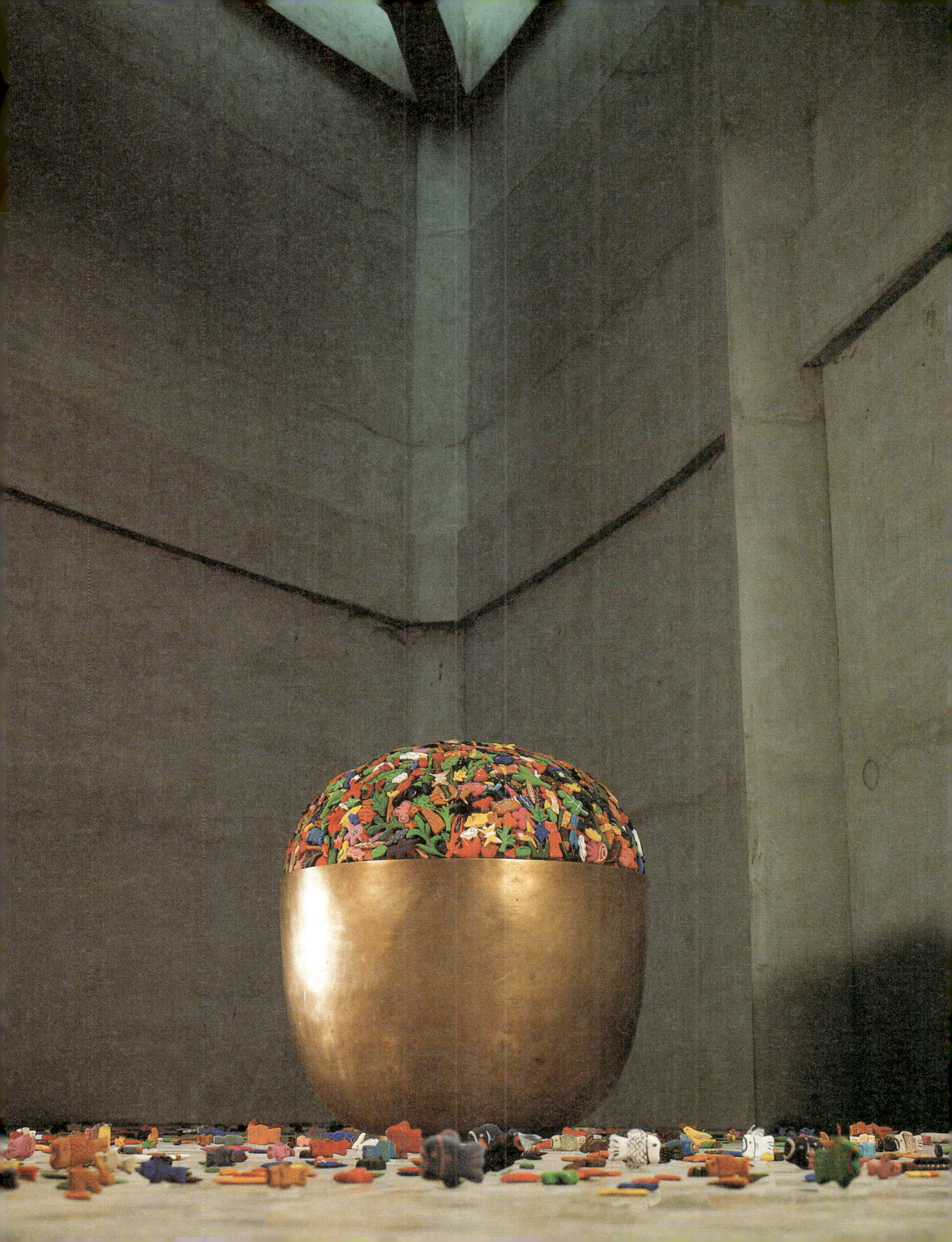

에 지극히 환희가 넘쳐흐르는 곳이자 최상의 장엄으로 치장되어야 했던 것이다.

불교에서 꽃은 법이요, 부처요, 진리이자 극락이다. 꽃과 새, 물고기의 해학적인 형상을 앙증맞게 배치한 사찰 꽃살문은 긴장이 필요 없는 가운데 미적 쾌감을 주는 독특한 미술품이다. 그것은 또한 연기적 생태계를 보여준다. 이 세상의 모든 생명체들은 그렇게 서로가 유기적으로 연루되어 있다. 모든 것들은 인연과 관계의 그물망에 잡혀 있다. 우리 주변에 있는 모든 것들이 소중하다. 그러므로 풀 한 포기, 나무 한 그루, 나아가 하찮은 미물일지

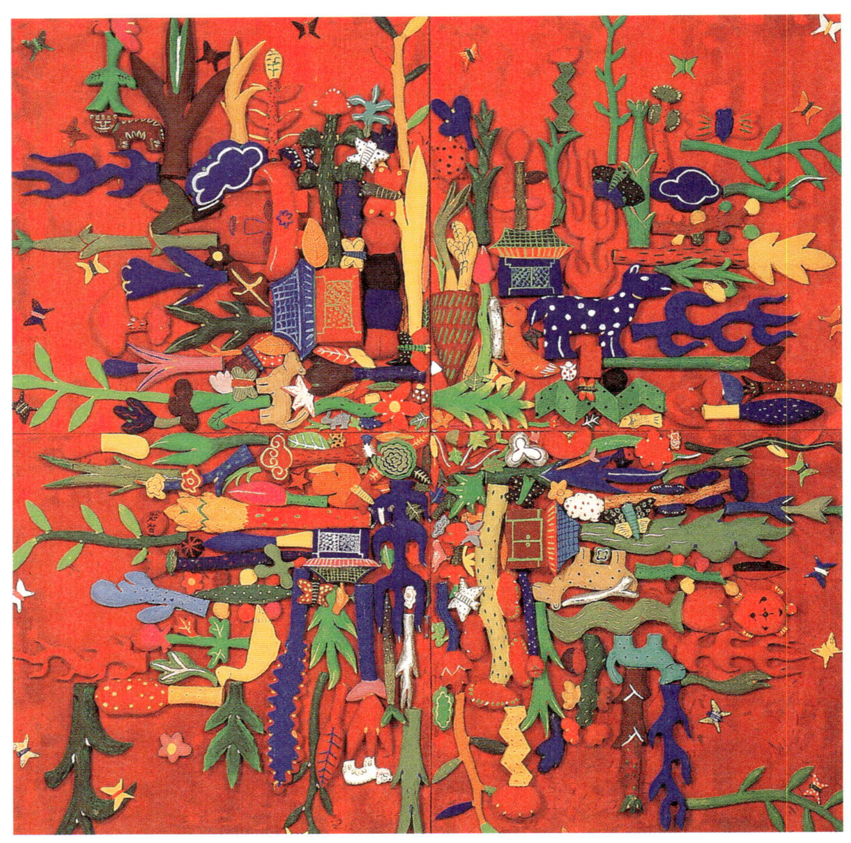

온고지신-2000
나무에 채색,
244×244cm,
2000

라도 모두 부처님의 참 생명을 간직하고 있다는 메시지다. 그것은 불교가 지닌 인간과 동물, 타 생명체와의 대칭적 관계를 잘 보여준다.

그는 근대 이전의 우리 조각(조각적인 것)들, 그러니까 불교조각, 초상조각, 능묘조각, 민족신앙에 의한 조각 등으로 구분되는 것들을 부단히 탐구해 왔다. 특히나 장승, 남근석, 당집의 신상, 무신도, 내소사의 꽃창살, 대둔사의 천불상, 나한상, 동자상, 민간신앙의 미륵불상 등을 끌어들여 이를 현대적으로 구현해 놓는 작업을 해왔다. 무엇보다도 그는 무속화, 무신도에서 엿볼 수 있는 특정한 신의 형태나 용모 등을 조각으로 구현해 그 한국적인 표정, 신체비례, 색채감과 우리 민족의 기본적인 기복신앙, 그 무의식의 기저에 깔려 있는 보편적인 문화적 지층을 가시화한다. 그 안에 한국적인 심성과 미의식이 질펀하게 녹아 있다. 강용면은 우리에게 가장 오래된 종교이기도 한 무교가 불교와 습합되는 과정에 주목하고 그 바탕 속에 깔려 있는 의미나 상징성을 찾아내는 일에 주력하고 있다. 이는 일종의 민족정신을 찾는 일이며 한국인의 미의식을 추려내는 일과 긴밀하게 연결되어 있다.

아울러 그가 백제문화의 영향권 내에서 온화하고 서민적인 백제미술의 영향을 반영하고 있다고도 여겨진다. 전통이란 것이 '어떤 집단이나 공동체에서 지난날로부터 이어져 내려오는 사상, 관습, 행동 따위의 양식 혹은 그것의 핵심을 이루는 정신'이라면 그 정신의 정체를 탐구하고 이를 조형적으로 담아내려는 것이 강용면의 작업일 것이다.

"인생은 공, 파멸"

권.진.규.

대승불교의 핵심은 '공(空)' 사상이다. 완벽하게 이 우주의 공(空)함을 깨닫는다면, 나아가 모든 것이 있는 그대로 진리라는 것을 강조한다. 모든 현상을 제대로 보는 것 말이다. 모든 것이 공허하다는 것은 그대로 '완전하다'는 것이기도 하다. 공허하지 않은 것은 세상에 없다. 안과 밖도 없고, 주체도 객체도 없다. 예를 들어 내 몸은 완벽하게 공한 것이다. 변하고 변해서 결국 사라진다. 우주의 모든 것은 똑같이 하나의 실체이며, 실체는 궁극적으로 공하다. 실재하는 것은 모두 내 마음에서 만들어진 것이기에 그렇다. '공'함은 전 우주의 기본적 진리이고 그것은 모든 현상을 있는 그대로 보는 통찰이다.

"인생은 공, 파멸"이란 유언을 남기고 죽은 이, 권진규(權鎭圭, 1922~1973)는 1960, 70년대 한국화단에서 잠깐 작품을 선보였다가 이내 사라져버린 조각가다. 그리고는 불멸의 신화가 되었다. 그는 인생이 공이라는 사실을 절감하고 그 공한 삶에서 산다는 것과 작업한다는 것이 무엇인지를 늘 자문하였다. 그러다가 스스로 쇠줄에 목을 매 명을 끊은 이다. 극단적으로 자신이 추구하는 삶을 자기 스스로 결정하고 외부의 통제와 규율에 완강히 저항하는 방식의 하나가 바로 자살이다. 스스로의 목숨을 끊어버린다는 것은 자신의 육체에 깃든 그 모든 억압과 통제, 강제와 훈육을 순식간에 거

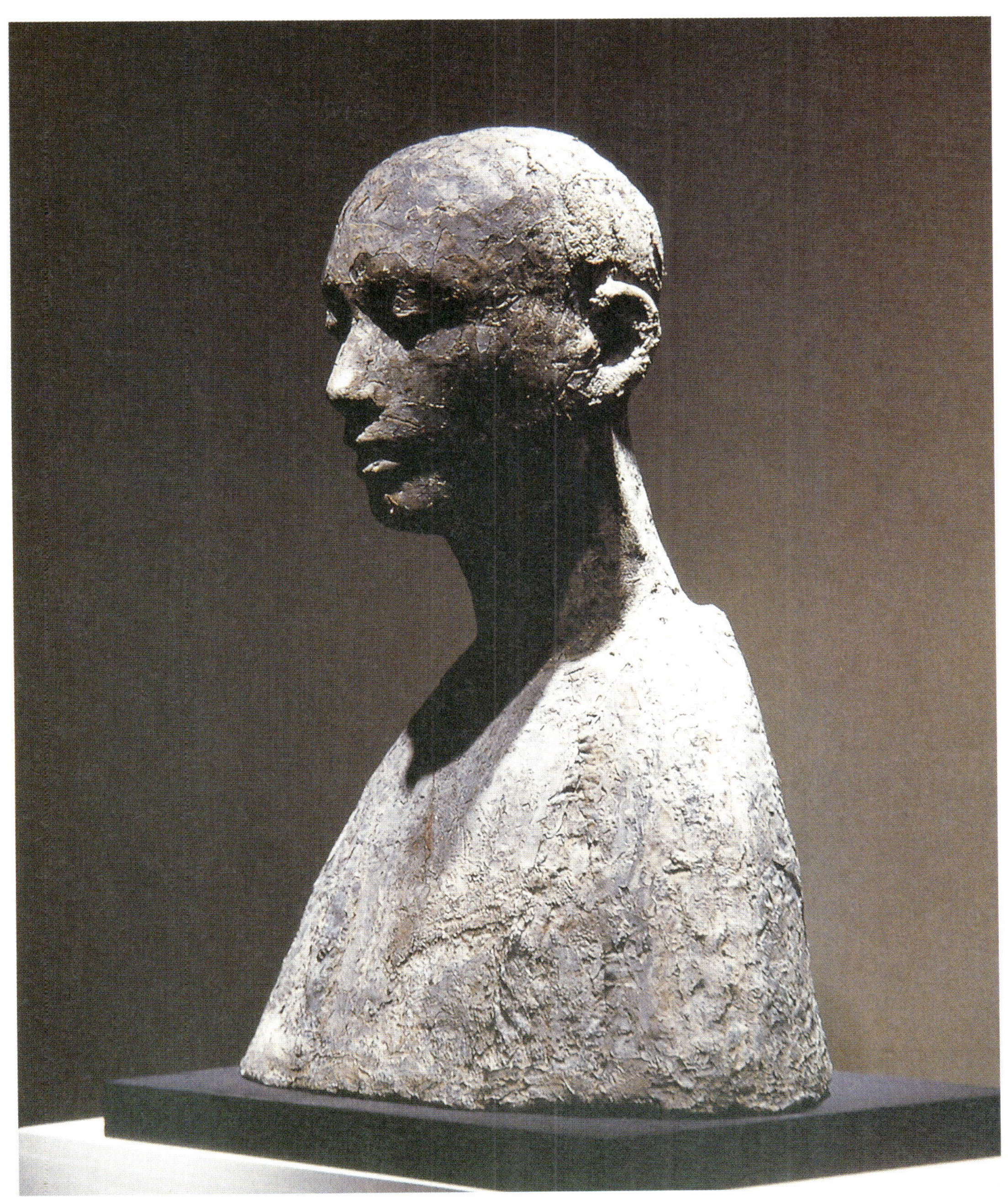

춘엽비구니　테라코타, 40×23×51cm, 1960년대

뒤내버리는 제스처이기도 하다.

함흥의 한 부유한 집안에서 태어난 그는 살아생전 유년시절 동해안 해변에서 모래로 성을 쌓고 이런 저런 형상을 만들며 놀았던 추억을 자주 회상하곤 했다. 아마도 이 체험이 그의 조각세계의 근간을 이룬 것 같다. 흙에 대한 유별난 애착, 그 촉감에 대한 관능이 일찌감치 자리한 셈이다. 사실 흙 장난이 조각세계의 기원이었다. 하나님이 흙을 빚어 아담(흙으로 빚은 자)을 창조하셨다고 했으며, 신라인들은 토우(토용)를 빚어 산 사람의 육신을 대신했다. 흙은 살이자 영혼이며, 인간의 손길을 통해 또 다른 존재로 비약하는 영매였다.

20세가 되었을 때 그는 조각을 공부하기 위해 일본 유학을 결심한다. 이후 1948년 다시 일본으로 몰래 들어간 그는 다음 해에 동경의 무사시노(武藏野)미술학교에 입학한다. 이때부터 그리스 고졸기와 중세 조각 등에 관심을 보이는 동시에 신라 토우 등의 영향을 받았다. 그러니까 일찌감치 형식적 완결성보다는 다소 미완인 상태이지만 정신적으로 고양된 단순·고졸한 형태에 더 매료되었던 것으로 보인다. 원시적인 조각들에서 풍기는 강렬한 생명감과 정신성에 그만큼 관심이 컸다는 얘기다.

재학시절부터 이미 탁월한 재능을 인정받을 만큼 실력도 뛰어났고 또 작업에도 열성적이었던 그는 1953년 일본의 이과전이란 공모전에서 특선을 수상하면서 주목을 받았다. 그러나 당시 한반도는 전쟁의 참화로 피폐한 상태였다. 그는 더욱 말수가 없어지고 과묵이 깊어갔다. 그럴수록 오직 작업에만 몰입하였다. 상처와 울분, 고독과 상실을 흙에서 구원받고자 한 것이다. 그렇게 그는 흙을 빚고 불을 지피며 자그마한 동물상이나 인체를 만들어나갔다. 그것은 어떤 형식을 본뜨는 공간의 예술이라기보다는 반죽하고 쓰다듬고 주무르고 만지며 보내는 그 시간에 전적으로 충실하고자 한 것이다. 그렇게 해서 만들어진 작품들은 한결같이 원시적이며 애절한 제스처와 고독하고 응축된 시간을 함축하고 있다.

일본 체류 13년 만에 그는 귀국했다. 일본 여성과 결혼하였으나 일본인 아내에게 돌아가지 않았고, 주변의 권유로 한국에서 두 번 결혼하였으나 실패하였던 점으로 미루어 보아 그는 여성을 육체적 쾌락의 대상으로서가 아니라 탐미적 대상으로 바라보았던 것 같기도 하다. 이런 상처 역시 그로 하여금 더욱 고독하고 과묵한 생을 살게 한 이유였던 것 같다. 작업 역시 주변인들에게 그닥 알려지지도 않았다. 정작 그의 조각세계가 일반에게 알려진 것은 1965년 당시 한국 신문회관에서 수화랑 기획으로 열린 개인전에서였다. 그러나 별반 반응이 없자 세상을 향한 그의 분노와 우울증은 더욱 심해졌다. 지나치게 비사교적이고 타협하지 못하는 성격 때문에 그는 미술계의 변방에서 소외받고 있었다.

이때 그는 흙을 구워 만든 테라코타 작업을 선보였다. 석고 틀에 진흙을 발라 떠낸 후 500~700도의 불에 초벌구이로 완성하는 방법인데, 옛 도공들처럼 손으로 직접 흙을 만지며 제작해 가는 초보적인 작업과정을 중시하였다. 거친 질감과 불에 구워 낸 흔적은 차가운 금속에서와는 전혀 다른 생명의 온기를 느끼게 한다. 그는 이 테라코타로 자신의 주변사람들, 실제 인물의 정면초상들을 제작했다.

그의 조각세계는 자기 눈으로 직접 보고 손으로 만질 수 있는 것들, 즉 개인적으로 작가 자신의 삶과 직접 관계되는 대상들을 재현하면서 창조된다. 이런 의미에서 그의 작품세계는 인간이 지닌 가장 기본적인 예술충동에 충실하다. 이런 가치를 지닌 예술을 우리는 '리얼리즘'이라고 부른다. 즉 표현하고 싶은 자신의 욕구에 의해서만 작품을 하는 이런 태도는 우리 현대조각사에서 유래를 찾기 어렵다. 비로 이 지점이 그의 조각세계가 의미를 지니고 가치 있는 영역을 확보하고 있음을 보여준다.

그의 초상조각들은 외모를 충실히 재현하기보다는 표정을 통하여 초

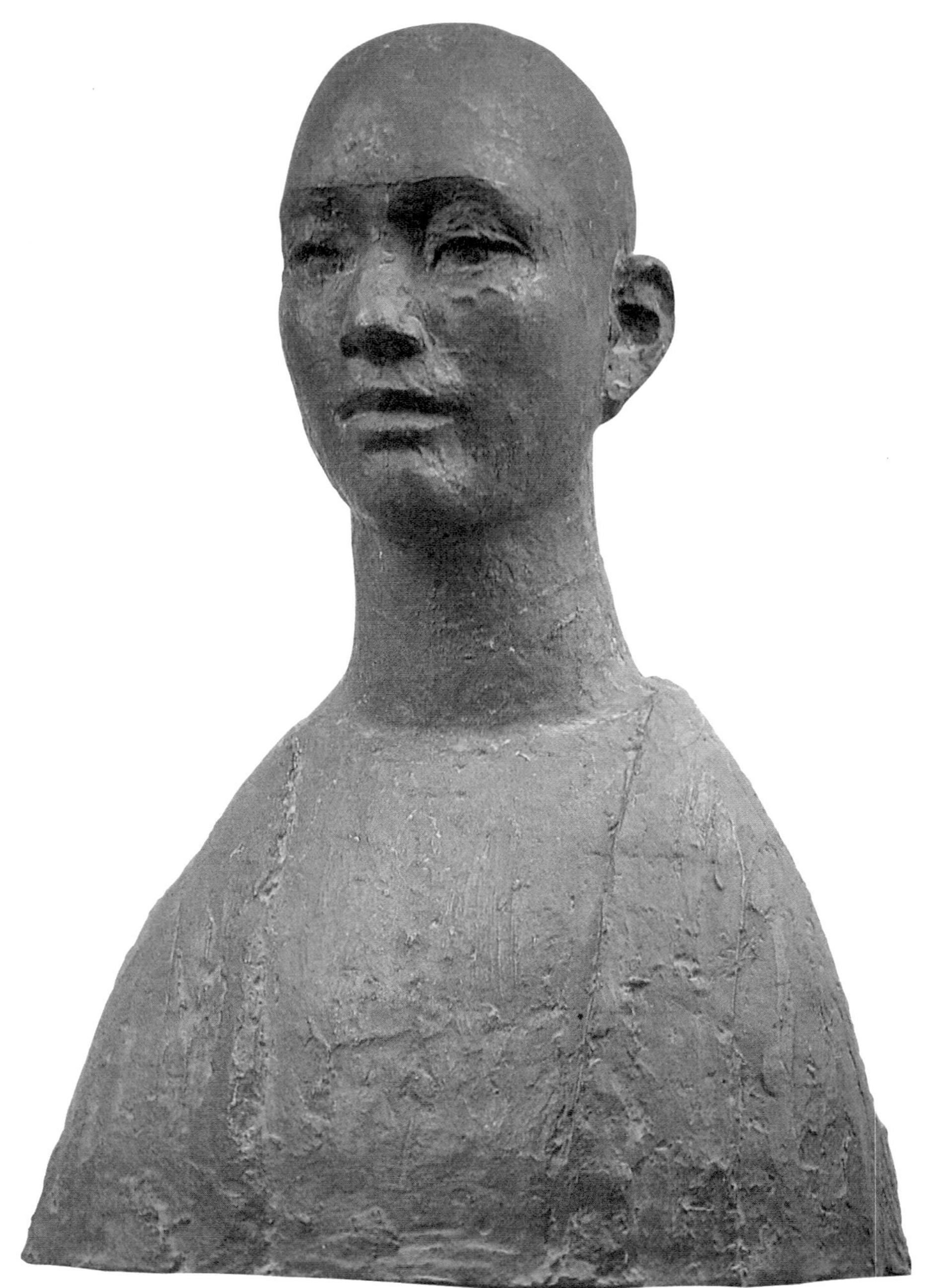

비구니 브론즈, 49×34×22cm, 1960년대

월적인 세계를 드러내고 있다. 그들은 실상 구체적인 인물들이지만 그 개별성을 초월한 보편적이며, 영원한 인간형이다. 대표작인 '비구니'에서 보이듯이 그 얼굴은 경건하고 엄숙하며 장엄하다. 마치 종교적인 경배의 대상마냥 정신의 상징으로 빛난다.

과묵하고 침울하며 비사교적이었던 권진규는 죽기 직전까지 불교와 깊은 인연을 맺었는데 그가 자살을 결심하고 신변을 정리하던 시기에 경상도의 어느 절에 내려가 며칠 간 묵으면서 친하게 지내던 스님과 많은 대화를 나눴다고 한다. 주변의 무관심과 냉대 속에서 소외감과 육신의 병에 시달리며 더욱 폐쇄적인 생활을 하였던 그가 영혼의 구원을 위해 종교적이고 초월적인 세계로 침잠되었을 수도 있다. 그의 작품 중에서 유달리 많은 비구니상들은 그런 의식상태를 반영한다.

삭발한 머리와 젊기 때문에 차라리 서늘한 아름다움이 깃든 얼굴, 구도자의 인내와 고행에 가까운 자기 금욕을 노정하는 그 종교적 도상이 작가에게는 일종의 구원의 상이었을 것 같다. 심오한 이상세계로 다가서기 위해 정진하고 있는 여승의 구도에 대한 갈망이 느껴지는 이 비구니 상이 보여주는 입가에서 흘러나올 듯 말 듯한 잔잔하면서도 희미한 미소와 볼륨의 일부를 박탈한 어깨에 걸친 승복 등은 자아성찰에 상응하는 신비감을 자아낸다. 아울러 주제의 부각을 위해 주변의 묘사를 제거하고자 한 대담한 조형적 태도 또한 엿코게 한다. 이는 구체적인 인물의 외모나 개성보다는 영원으로의 회귀를 갈망하는 인간의 성격을 창출하는 데 더 관심이 있었음을 보여준다. 결국 그가 포착하고자 했던 것은 개체로서의 인물들의 외모나 성격이 아니라 그가 이상향으로 그리고 있던 어떤 전형성이었다. 그것이 모델과의 만남을 통해 그가 궁극적으로 도달하고자 했던 목표였다.

권진규가 지향한 정신의 경지는 금욕과 절제를 통해 달성되는 것이다. 걸작이란, 필연적으로 오직 본질만을 남기고 있는 아주 단순한 것이라는 그의 생각을 실행에 옮겨 모든 불필요한 요소들을 제거하는 방향으로 나아 갔다. 쓸데없는 살을 깎을 수 있을 만큼 깎아내고 요약될 수 있는 형상은 단 순화되어 얼굴 하나 속에 긴장감을 조성시켰다. 이렇듯 그의 작업의 바탕에 흐르는 것은 금욕적 관념주의이며 그 뿌리는 동양사상에 가 닿는다. 그가 목 표로 한 세계는 자신을 제어하는 수련을 통하여 도달하게 되는 깨달음의 상 태와 같은 것으로, 그것은 일종의 선(禪)의 경지에 상응하는 것이다.

붓 다
김.광.문.

　　작가란 존재는 연금술사들이다. 하찮은 재료를 매만지고 접목시켜 새로운 존재로 환생시킨다. 그들은 물질의 영혼을 곰곰이 읽어낼 줄 아는 독심술사들이기도 하다. 침묵으로 일관하는, 죽어있는 사물들과 대화를 나눌 수 있는 자들이다. 그렇게 해서 돌이나 나무를 사람으로 변형시키기도 하고 아무것도 아닌 물질에 혼을 불어넣어 생명이 깃든 존재로 만들어 놓는다. 일종의 샤먼이자 주술사들이다. 그것은 인간중심적인 사고가 아니라 모든 만물을 인간과 대등한 존재로 여기는 심성에서만 가능한 일이기도 하다. 동물과 이야기를 나누던 신화적 사고, 야생의 사고가 그런 것이었으리라.

　　샤머니즘은 물활론(애니미즘)적 세계관에 기초하고 있다. 물활론은 이 우주를 구성하고 있는 모든 물(物)을 살아있는 것으로 간주한다. 그리고 그 물을 살려내는 힘을 신(神)이라 한다. 이 샤머니즘의 애니미즘은 죽음의 세계와 삶의 세계, 어둠의 세계와 빛의 세계의 이원성, 그 날카로운 분리와 경계를 지워버린다. 샤머니즘은 죽음의 세계와 소통하고 대화하고 왕래할 수 있다는 것이다. 죽은 자(조상)의 넋과 영매작용을 통하여 대화를 하게 되고, 죽음이 삶의 연장으로서 이해된다. 그래서 샤머니즘은 결국 죽음의 제식이며 엑스타시(환희와 황홀)의 예술이기도 하다. 이렇듯 예술은 죽음과 소통하기 위해, 보이지 않는 세계를 보이기 위해, 갈 수 없는 세계에 가 닿게 하기 위

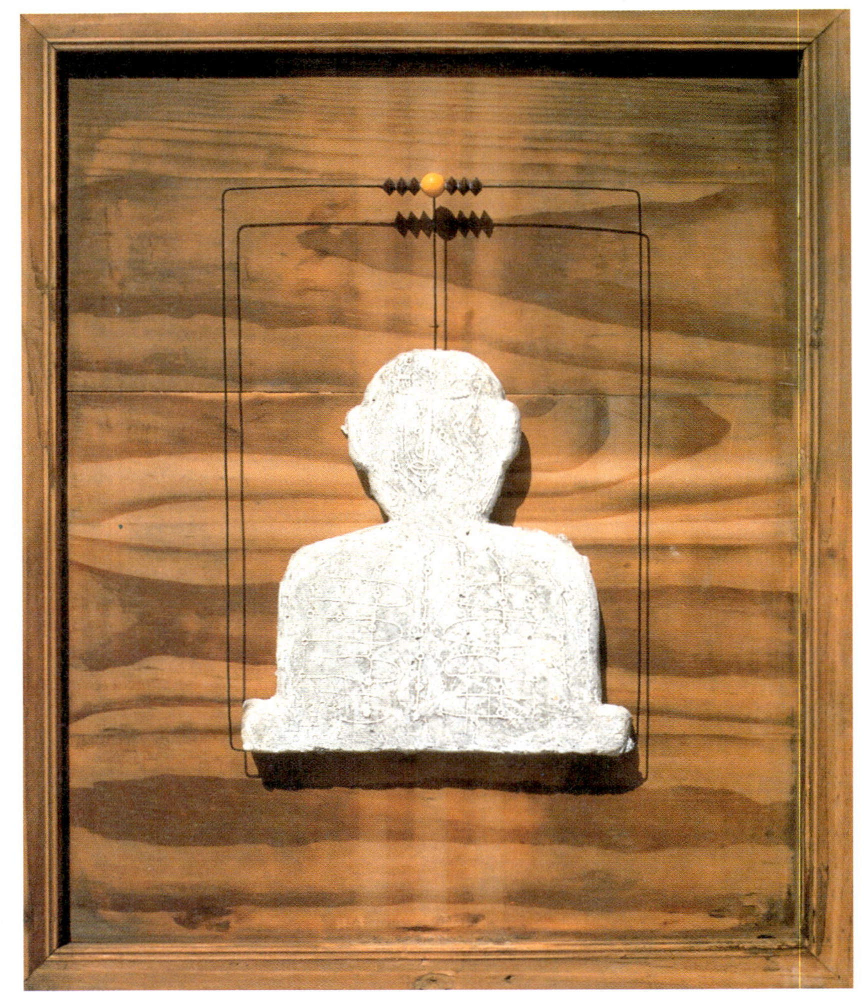

붓다
혼합재료,
65.5×56cm,
1992

해 시작되었다. 비로소 우리는 예술을 통해 가시적인 것만이 지배하는 데서
벗어날 수 있게 된 것이다.

　　김광문은 버려진 나무판과 주판, 그리고 흙물을 입힌 석고를 가지고
불상을 만들었다. 쓸모없어 버려진 재료들을 모아 더할 나위 없이 매력적인
불상을 재현한 것이다. 사찰에 모셔진 한결같이 정형화된 불상이 아니라, 공

장에서 대량 생산되어 찍혀져 나온 것이 아니라, 소박하고 하찮은 재료들임에도 불구하고 몹시 정제되고 절제된 조형요소로 짜여진 이 불상은 더없이 친근하고 매력적이다. 권위적이거나 화려한 치장으로 덮여 있거나 무거운 의미로 도상화되어 있지 않다.

불상이 굳이 브론즈나 돌이나 목재로만 만들어질 필요는 없을 것이다. 물론 김광문이 만든 이 불상은 실제 예배용으로 만든 것은 아니다. 개인적으로 자신의 욕망에 부응해 만든 불상이다. 자신의 기억과 추억, 자기 마음의 배려에 순응해 만든 것이다. 버려진 나무 쪼가리와 오래되고 낡은 주판에 석고를 오물거려 빚어 만든 불상을 접목시켰다. 그것은 부조가 되어 벽에 걸렸다.

수식과 장식, 분칠을 최대한 줄이고 모든 것을 슬림화한 이 불상은 나무판에 부조의 형식으로 약간의 높이로 돌출된 채 결가부좌를 하고 있다. 짙은 나무 색상과 밝은 불상의 몸체가 뚜렷하게 대비되어 보는 이의 시선을 집약시킨다. 그리고는 철사 줄과 주판알 몇 개가 일종의 광배(光背)마냥 둘러쳐졌다. 부처의 몸에서 나오는 빛을 상징화한 것이 광배다. 부처가 발산하는 일체의 빛은 깨달음의 정신적 에너지이며 지혜의 상이다. 그래서 부처의 몸에서 나오는 광명을 광명지상(光明智相)이라 한다. 이 빛은 미망(迷妄)의 어두움을 파하고 진리를 드러내는 광명이며, 항상 시방세계를 빈틈없이 비추는 무량광이다. 그래서 이 무량광이 나오는 부처의 몸은 가늠할 수 없는 광명의 저장고가 된다.

작가는 얇은 석고판을 불상의 형태로 추려낸 후 그 표면에 흙물을 입혀놓았다. 그랬더니 마치 오래된 불상처럼 보인다. 박물관에서 만나는 불상마냥 가늠하기 힘든 시간의 때와 사연을 간직한 자태로 고즈넉하다. 흙물을 입혀놓아 생긴 자잘한 균열과 선들은 손금처럼 자리했다. 또한 슬그머니 그려 넣은 부처의 눈과 입술이 여러 흔적들과 함께 어우러지면서 신비감을 자아낸다. 그는 이렇듯 일상적인 재료들을 연결해서 신비스럽고 종교적인 세계의 풍경을 만들어 보인다. 무관해 보이고 하찮아 보이는 사물, 버려진 사물들이 서로 깊은 인연으로 만나 부처를 재현한 것이다. 사물에 깃든 시간과 기억을 읽어낼 줄 아는 이의 눈은 맑고 밝다. 그리고 그 눈은 더없이 종교적이다.

"옛말에 '지성이면 감천'이라는 말이 있다. 지극한 것이 바로 도라 한다. 신비한 세계를 믿을 수 있는 마음, 그것이 내가 추구하고자 하는 작품세계이자 바로 내가 생각하는 도이다." 〈작가노트〉

그가 즐겨 다루는 소재는 낡아빠진 몽당연필, 부러진 삼각자와 자, 망가진 장난감 차, 쓰다 버린 나침반, 고장난 시계, 낡은 가구에서 뜯어낸 널빤지나 장식 쇳조각들, 닳아빠진 주사위, 박제된 나비, 버려진 생활용품 등 이루 헤아릴 수 없을 정도로 다양하다. 어찌 보면 보잘것없고 하찮은 이들 잡동사니가 그에게는 더없이 소중한 유년의 기억을 불러일으키는 동인이자 신비한 세계로 침잠시키고 유인해내는 매개가 된다. 자신만의 앨범을 채운 사진들마냥 이 사물, 오브제들은 각각 추억과 기억, 시간의 결정들로 현존한다.

그러니까 사물(오브제)들은 그의 작품에 생기를 불어넣는 예술적 생명력의 원천들이다. 이러한 소재들은 작가의 따뜻한 마음과 놀라운 손길을 거쳐 생명력을 부여받아 새롭게 태어났다.

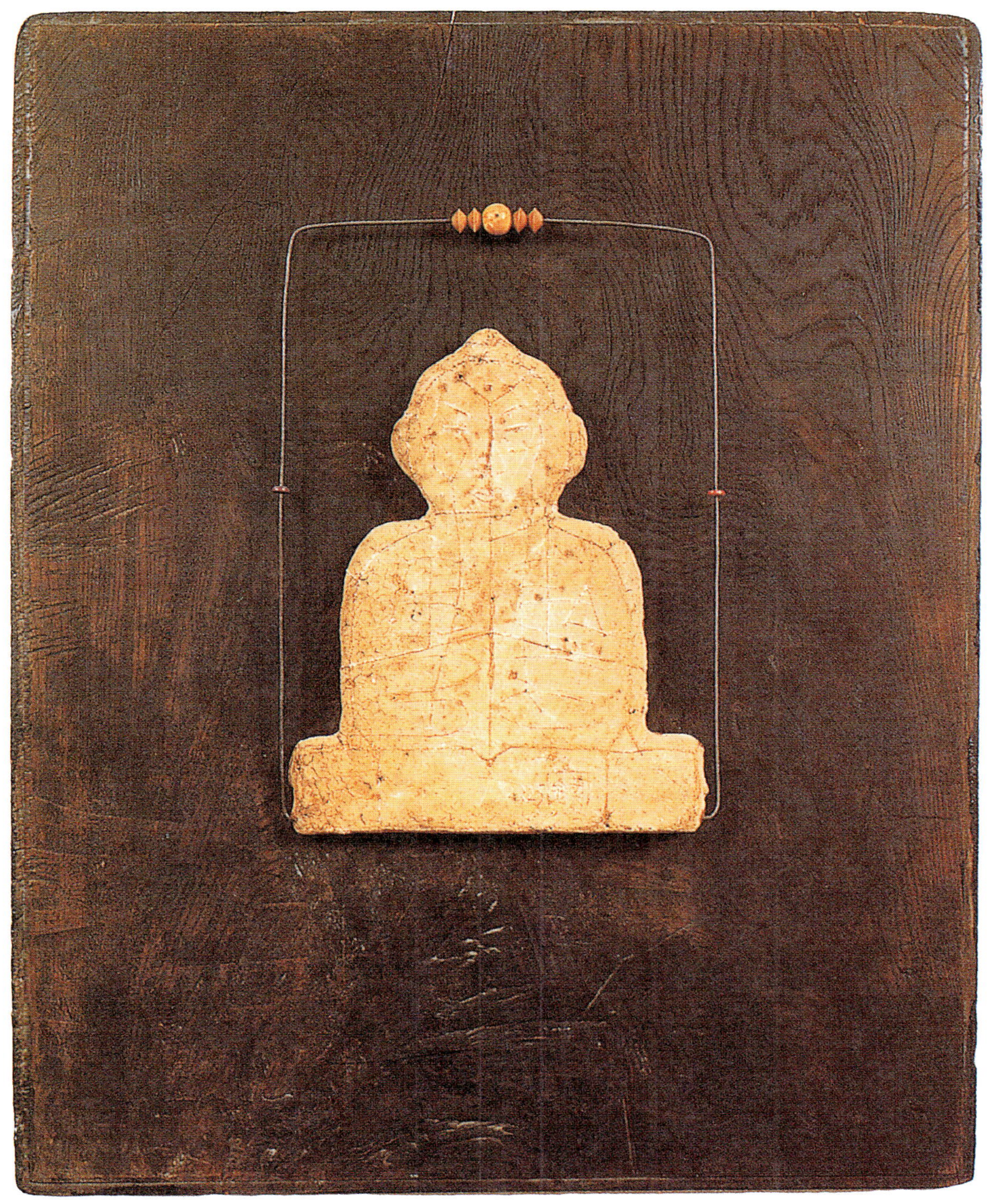

붓다 혼합재료, 63×51cm, 1992

길
김.광.진.

솜사탕처럼 부풀어 오른 구름 아래로 스님 한 분이 외롭게 걸어간다. 구름과 길이 하나로 연결되어 있고 그렇게 난 좁고 가는 길에 시선을 아래로 떨구고 홀로 가는 스님, 구도자를 형상화한 이 작품은 김광진(1946~2001)의 '길'이다. 한 스님의 구도의 여정, 수행의 여로가 자연스레 떠오른다. 돌이켜 보면 모든 삶은 일종의 여행이다. 여행은 가는 것이다. 가는 것은 동시에 돌아오기 위한 것이다. 가서 보고 돌아와서 외워두는 것이 여행이란다. 그래서 여행은 사람에게 사람의 무게를 더한다고 했다. 여행을 통해 표연하게 떠돌면서 비로소 사람다운 외로움을 느끼고 현재의 자신을 극한으로 밀어붙여 반성하고 모든 것에 사로잡힌 자신을 훌훌 털어버리는 것이 여행이기도 하다. 그것은 구도의 과정과 슬그머니 겹쳐진다.

불교는 다름 아닌 출가의 법이다. '가(家)'를 '출(出)'하는 것이다. 가를 이룬 자가, 가를 아는 자가 그것으로부터 표연히 떠나는 것을 배우는 일이다. 그래서 불교는 출가한 수행자를 중심으로 불·법·승 삼보가 만들어진다.

가만 보면 이 구름의 형상은 혹 사념의 덩어리 같기도 하고 번뇌를 상징화한 것도 같다. 불교는 번뇌를 끊고 열반에 드는 것이야말로 참된 경지라고 말한다. 그리고 그 길은 혼자서 간다.

김광진은 한국현대조각사에서 무의미한 자태로 서 있는 인체조각과 서구현대조각의 공허한 모방 및 공예화되고 있는 대부분의 추상조각에서 벗어나 구체적 삶의 모습을 드러내는 조각을 추구한 대표적인 작가로 기억된다. 내 기억에 그는 항상 과묵했고 작품발표도 절제했으며 지방대학의 가난한 교수로서의 생애를 짧게 마치고 간 사람이다. 생전에 그의 전시를 기획하고자 전화를 드렸을 때 아직 보여줄 만한 작품이 없다며 나중을 기약하던 음성이 귓가에 떠돈다. 결국 전시는 열리지 못했고 그 기회를 갖기 전에 그는 일찍 죽었다.

그가 남긴 작품들을 새삼 들여다보노라면 한결같이 삶과 죽음이 드리워져 있고 생명, 자유, 진리와 같은 비가시적인 세계를 가시화하기 위한 노력들이 깊게 스며들어 있다. 그는 인습의 틀에 갇힌 우리 구상조각과 '현대조각의 현란한 잔치', 어느 쪽과도 거리를 두고 현실과 역사 속에서 존재의 본질에 의문을 던진 보기 드문 작가다. 지난 80년대에 그는 실존적인 의식과 현실 참여적 성격이 강한 형상조각의 선두주자였다.

작가는 서구 현대조각, 이른바 추상조각이나 미니멀리즘이 한참 유행하던 시기에도 묵묵히 조각의 가장 전통적인 기법인 소조(점토를 붙이고 매만지면서 형태를 잡아나가는 것)를 자신의 표현수단의 근간으로 삼아왔다. 철저한 흙 작업의 체득과 자신의 손으로 형체를 감촉해 나가는 것에 무엇보다도 충실했으며 이를 통한 구체적인 메시지의 전달에 고심했다.

김광진이 남긴 작업에 관해 써놓은 글 중 어디를 보아도 미(美)라는 단어를 찾아 볼 수가 없고 대신 존재, 생명, 생명과 리듬, 진리, 자유와 같은 말이 빈번하게 등장하고 있음도 흥미롭다. 그는 이런 낱말들을 전통적인 표현수단으로써 어떻게 형상화시켜낼 수 있을까를 고민했다. 그런 과정에서 만난 것이 불교였다. 이후 그는 불교에 상당히 경도되었으며 절을 자주 찾곤 했다.

그에 따라 그의 작업은 덩어리와 공간, 면과 면의 대치방법, 평형의 힘과 대칭의 파괴, 구조 등을 통해 보이는 것과 보이지 않는 세계를 표현하는 조형언어와 기법을 개발하고 구사하는 쪽으로 번져나갔다. 그러니까 그는 조각을 통해 사고하고 세계를 보려고 했으며 동시에 조각의 표현 가능성과 그 한계를 생각하며 그것과 싸웠다.

인물과 구조를 결합시켜 무언가를 표현코자 하는 이 방식은 그가 즐겨 구사하던 형식이다. '길'이란 작품이 보여주듯이 구체적인 인물형상이 기하학적인 구조물 및 덩어리와 연결되어 있는 식이다. 그것은 일종의 무대공간이다. 그의 작품은 자신이 증거해 보이려는 메시지를 실현시키는 무대와 장치로서 존재하고 그 속에 결정적인 언어〔人物〕를 놓는 형식으로 짜여져 있다.

여기서 중요한 것은 그것들이 하나의 공간을 차지하고 있으며 그 약속된 공간에서 서로의 긴장관계를 유지한다는 점이다. 이 긴장은 무엇보다도 작가가 말하려는 주제이다. 여기서 빈 공간으로 처리한 것은 보이지 않는 것, 즉 '참 생각', '청정한 마음의 세계'를 반어적으로 시각화한 것으로 보인다. 이렇듯 그의 작품에서 시종일관 나타나는 뚫린 공간과 찬 공간의 이중적 관계는 물질과 정신의 변증법적 관계에 대한 지속적인 탐구가 그의 조형의지의 기본 지평을 이루고 있음을 입증해 주는 한 사례이다. 동시에 그것은 존재하는 '일체의 것이 즉 공〔色卽是空〕'이라는 반야심경의 신비한 요지를 시각화시키고 있다.

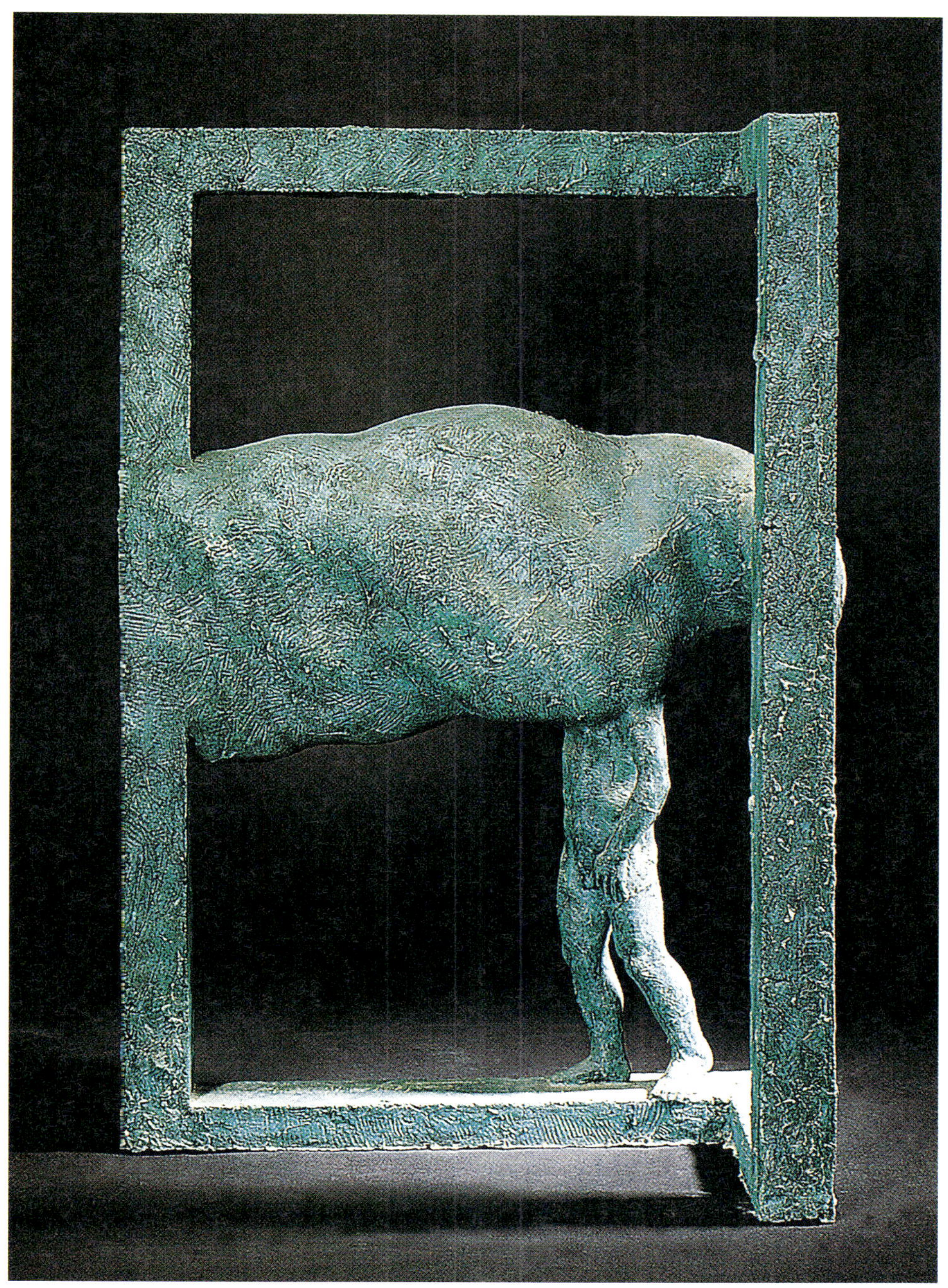

무념(無念) 합성수지, 56×30×81cm, 1989

"갇혀 있음을 깨닫고 그걸 부수려고 노력하는 마음은 열려진 세계를 소망하는 그 자체다. 또 소망은 세계를 소망하는 올바른 인식으로 이어질 것이다. 아직도 나의 머릿속엔 불변의 참(진리)이 존재할 것이라는 소박한 믿음이 자리하고 있다. 그 믿음을 통해 나의 어두움을 받아들이고 동시에 어두움에서 벗어날 수 있는 통로도 튼튼하게 만들어낼 수 있으리라고 생각한다. 그것은 바로 나의 작업이 지향하는 바요, 내 삶의 귀착점이다." 〈작가노트〉

산사의 종소리
김.기.창.

절에 가면 여러 소리를 만난다. 사찰이 있는 곳까지 천천히 걸어가다 보면 새소리, 물소리, 바람소리 등을 접한다. 그 소리는 세속의 온갖 소음으로 절은 고막을 시원스레 헹군다. 사찰이 눈앞에 보일 때 어김없이 다리를 건너야 한다. 이 사찰의 다리는 기능적인 효율성과 함께 사찰 경역(境域)을 이상화하려는 의지와 불국세계를 향한 염원을 담고 있는 상징적인 구조물이다. 그것은 또한 현실세계와 피안정토의 경계이자, 두 영역을 연결시켜 주는 통로이기도 하다. 다리를 건너면서 남아 있는 마지막 허물 같은 세속의 때를 흐르는 물에 던져버려야 한다. 다리 아래 물소리는 그런 재촉의 음성이다. 낭랑한 독경소리라도 울린다면 더없이 절에 온 기분이 난다.

사찰에 가면 소리와 관련이 있는 것으로 이른바 사물(四物)이란 것이 있다. 범종과 법고, 목어, 운판을 말한다. 이 사물은 때를 맞춰 두드리거나 쳐서 소리를 내는 일종의 의식용 타악기인 동시에, 시방세계 모든 중생들을 제도하기 위한 소리 공양의 의미를 지닌다고 한다.

그 중에서도 종소리는 압권이다. 범종을 치는 본뜻은 지옥의 중생들이 고통을 벗고 즐거움을 얻게 하며, 불교의 장엄한 진리를 깨우치게 하려는 데 있다. 아쉽게도 그 종소리를 제대로 들은 적이 없었다. 해서 아쉬움을 달래기 위해 나는 경주박물관에 갔을 때 성덕대왕신종 소리 녹음테이프를 사

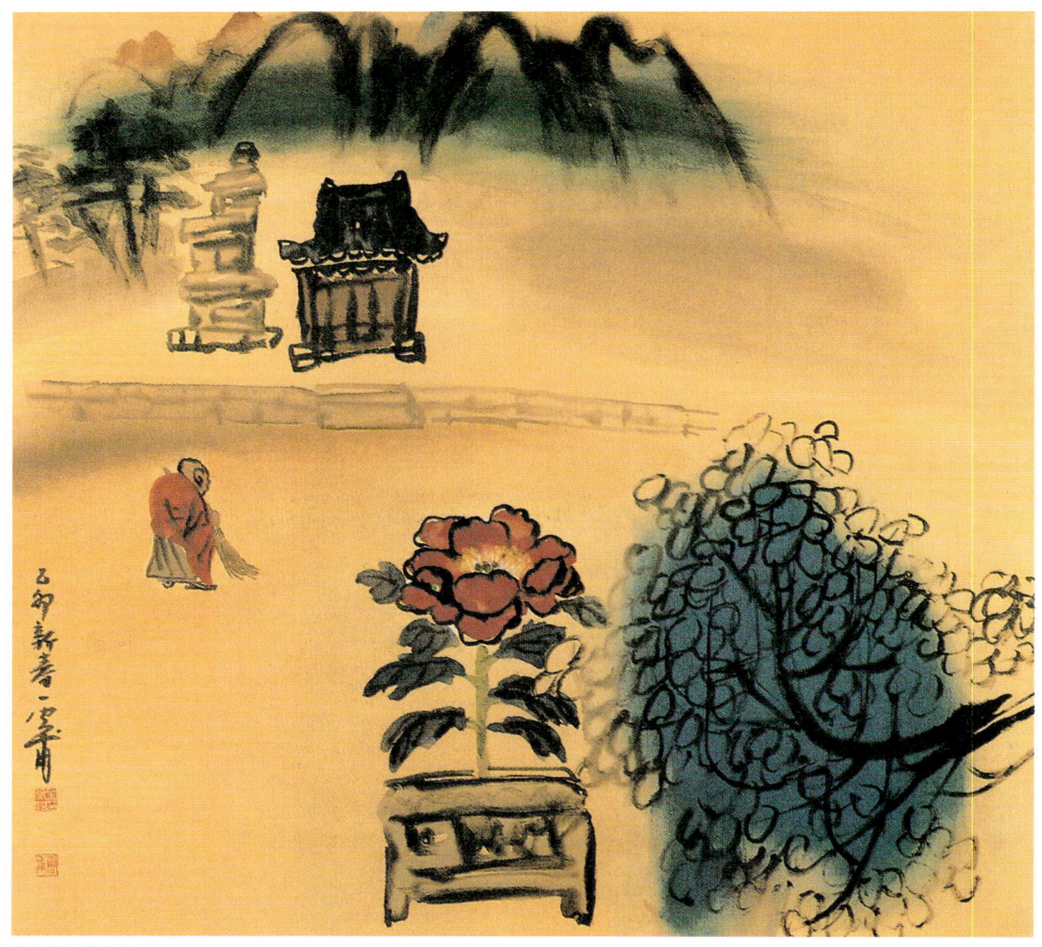

새벽종소리
비단에 수묵채색,
55×51cm,
1975

와서 듣곤 했다. 차 안에서 오로지 그 종소리만을 커다랗게 듣고 있노라면 기분이 묘했다.

사물을 쳐서 내는 소리를 이른바 성(聲)이라고 한다. 그것은 결코 꾸미거나 조작된 소리가 아니라 근원적, 원천적인 소리를 말한다. 사람의 입술이나 혀를 조작해내는 음(音)이 아니라는 얘기다. 허공을 떠도는 '성'을 듣노라면 오묘하고 아득함에 절로 숙연해진다.

김기창(雲甫 金基昶, 1914~2001)의 그림 중에서 '새벽종소리'란 작품은 들리지 않는 소리, 그 '성'을 화면에 절묘하게 가시화한 작품으로 기억된다. 이 그림은 운보가 수도여자사범대학 회화과장으로 있던 1974년, 학생들과 함께 속리산 법주사에 여행 갔다 온 경험에서 비롯되었다고 한다. 그는 그 장면을 스케치한 후 집에 돌아와 비단에 옮겨 그렸다.

그는 말하기를 "법주사에서 하룻밤을 자고 새벽 종소리에 잠이 깨 절 간을 거닐다가 문득 영감이 떠올라 그렸다"고 했다. 그러나 운보는 알다시피 청각장애인 화가다. 귀가 어두운 사람이 종소리에 잠이 깼다는 말이 이상해서 "어떻게 종소리를 들었느냐"고 한 지인이 묻자 운보는 얼른 펜을 잡더니 "꼭 보아야만 사물의 실체를 아는 것이 아니요, 꼭 소리를 들어야만 깨는 게 아니다"라고 선문답(禪問答)같은 글을 써 놓았다고 한다. 소리에 대한 갈망이 그의 가슴 속에 절절이 흐르고 있어 남다른 감수성이 생긴 것으로 여겨진다.

1970, 80년대를 풍미한 김기창의 바보산수화 중 대표적인 이 작품은 이른 새벽 법당 앞 뜨락을 쓸고 있는 노스님의 꾸부정한 뒷모습과 자그마한 석탑이 위치하고 있고 전경에는 화분에 커다란 모란꽃이 활짝 피어 있는 장면이다. 대담하면서도 간략하게 그려진 필치와 분방한 채색, 시원스런 여백으로 인해 새벽 청량한 공기와 비질 소리, 종소리가 은은하게 퍼져나가는 산사의 분위기가 매력적으로 그려졌다. 그만큼 새벽을 맞이하는 산사의 고요한 풍경이 간결하면서도 운치 있게 표현되었다.

아침에 종소리를 들으며 절 마당을 쓸고 있는 스님은 마치 마당에 글자를 쓰듯, 염불을 되뇌듯 비질을 한다. 승려의 모습과 법당, 산, 나무 등이 과감하고 간결하게 그려져 있고 그것들은 원근의 구별 없이 화면 위에서 아래로 차례로 나열되어 있다. 산뜻한 채색의 멋과 정갈한 먹의 필선이 한 화면 안에서 적당한 여백과 함께 어우러져 있는 모습을 보여주는 이 작품은 기존의 전통적인 동양화에서 엿보이는 관념적이거나 상투적이며 관습적인 산수가 아닌 운보 개인이 새벽 산사에서 느낀 감정, 그 내면을 소박하게 담고 있다. 그런가 하면 이 그림은 한국인의 전통적인 멋과 그 본질적인 아름다움, 즐거움을 분명하면서도 간결하게 한 장면으로 압축해내 감동을 준다.

깊은 산 속에 위치한 산사의 풍경은 한국적인 미감을 유감없이 발하는 장소다. 자연과 절묘한 조화를 이루고 있는 건축물과 소담한 석탑, 산과 나무, 수런대는 물소리, 풀벌레 소리 그리고 시원하고 청량한 공기, 때로 드리우는 적막감 등은 속세에서 온 모든 이들에게 홀연 이상경을 환영처럼 떠올려 준다. 한국인에게 산은, 산사는 모태 같은 공간이자 원풍경이다.

운보는 그런 산사의 새벽 풍경을 운치있게 잡았다. 특히나 그림 전면에 가득한 꽃은 우주적인 에너지가 폭발하는 표상이고 따라서 그것은 만물이 재생하는 상징으로 위치해 있다. 꽃이 종교적인 교리의 상징으로 표상되는 것도 그렇게 이해되고 한국의 무속이 꽃을 숭배의 대상으로 삼는 것도 바로 그 꽃의 도상적인 의미 때문일 것이다.

김기창은 이당 김은호(以堂 金殷鎬, 1892~1979)의 문하에서 출발한 한국 근대기의 대표적 동양화가이다. 어린 시절 병으로 청각을 상실한 그는 어머니의 도움으로 미술적 재능을 만개한다. 식민지시대 선전(鮮展)을 통해 탁월한 재능을 선보인 그가 해방 이후를 지나 70, 80년대에 와서는 민화를 응용한 새로운 산수를 그려낸다.

그는 평생 독창적인 방법론과 실험의식을 통해 동양화의 저변을 확장시켜 왔는데 나로서는 그런 그의 이력 중에서 70년대에 그려진 바보산수 계열의 그림을 중요하게 생각한다. 바보온달을 떠올리게 하는 '바보산수'는 운보의 심성과 오랜 운필로 도달한 정신적 자유로움을 드러내고 있다. 우리 옛스러움을 이해하는 데서 체득한 멋과 해학 그리고 여유 등이 용해돼 있는 민화적인 그림이라는 평을 받았다.

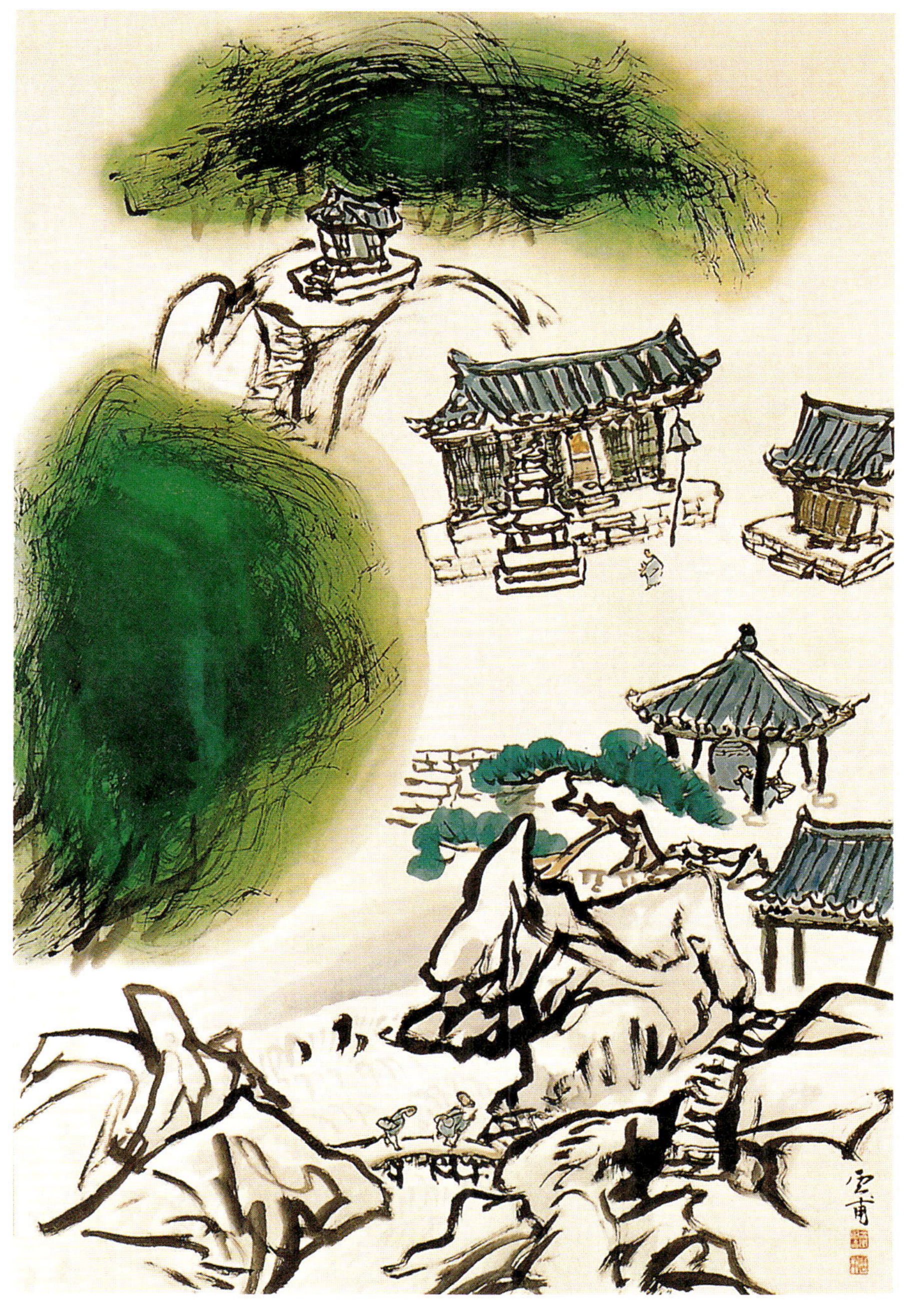

산사(山寺) 종이에 수묵채색, 180.5×120.5cm, 1980년대

운보는 "나는 오랫동안 근원을 찾아 헤매다가 한국적이면서도 순수한 인간의 감정을 가장 잘 표현해 놓은 것이 바로 우리 민화임을 알게 되었다. 바보산수는 그러한 민화의 정신을 내 나름의 작품세계에 담아 보려고 한 것"이라고 설명한 적이 있다.

미래의 꿈 – 미륵

김.복.진.

초등학교 다니던 무렵 아버지를 따라 속리산 법주사에 간 적이 있었다. 소나무를 보러 갔는지, 혹은 커다란 불상을 보러 갔는지 혹은 팔상전을 보기 위해 갔는지는 알 수 없다. 기억이 온통 흐려 있다. 그러나 어린 내 눈에 소나무나 법당이나 불상 모두는 웅장하고 거대했다. 대지에 수직으로 융기한 그 종교적 기념물들은 일종의 외경심을 동반하면서 무겁게 각인되었다.

도시의 풍경이 지워진 산 속에는 오로지 불상과 사찰만이 인간의 몸을 넘어서는 크기로 정지되어 있다. 특히나 실내가 아닌 마당에 세워진 그 미륵대불은 그곳에 모여 있는 사람들의 실측을 넘어서서 영원함과 무한함의 깊이와 폭을 생생하게 증명한다. 조각은 그런 면에서 태생적으로 종교적이다. 인간이 가장 단단하고 영속적인, 영원한 물질을 일으켜 세워 그 피부에 이상적인 형상을 새겨 넣은 후로 조각상은 스스로 살아남아 영원을 자신의 불멸의 삶으로 보장해 왔다.

한참의 시간이 지나서야 그 불상에 깃든 내력을 알게 되었고 자연스레 김복진(金復鎭, 1901~1940)을 만나게 되었다. 그런데 그를 떠올리고 생각할 때마다 아련한 서글픔이 파도처럼 밀려 온다. 너무 이른 죽음과 그가 이룬 커다란 자취는 한 생애를 시간의 자취로 소멸시키지 않고 현재형으로 맥박치게 한다. 그러니까 한국근대미술에서 김복진은 늘 현재형이다. 한국 최초의 조각가이며 뛰어난 비평가, 교육자, 사회주의 운동가로 활동하다 죽은 그가 남긴 거의 유일한 작품이 바로 그 미륵대불이다.

한국 최초의 근대 조각가로 알려진 김복진은 일본에서 처음으로 서

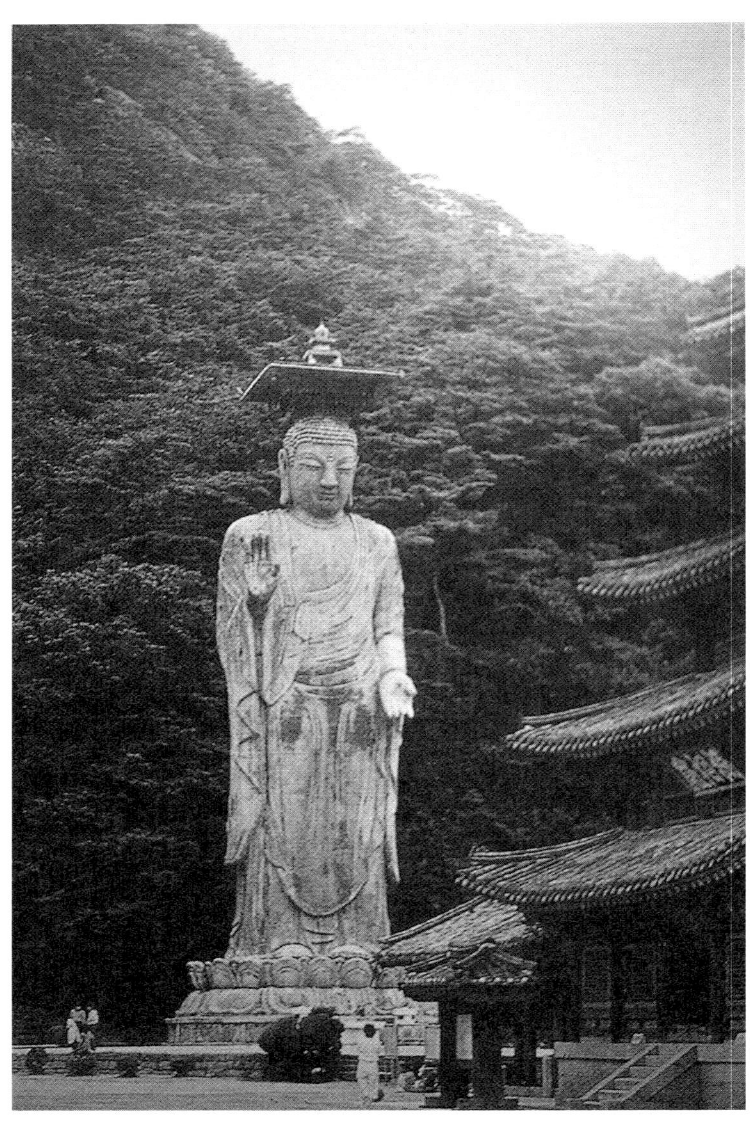

미륵대불
시멘트,
속리산 법주사,
1939

구의 조각양식을 학습해 받아들였다. 사실 당시 근대미술을 수용하는 과정에서 조각이란 장르는 다른 것보다도 낯설은 영역이었다. 우리에게는 사람의 몸을 모델로 해서 이를 물질로 재현해 오던 전통, 사람의 벌거벗은 몸을 심미적으로 관조하던 전통은 부재했었다. 당연히 서구조각의 전통과 성과는 우리에게 무척 어색하고 불편한 것이었다. 선사시대의 조각적 자취도 분명 존재하고 아울러 삼국시대, 통일신라, 고려시대의 불교조각의 전통이 분명 남아 있지만 그것은 서구의 조각 개념과는 상이한 종교적 도상의 성격이 강한 예배용 조상(彫像)들이다. 아울러 그 조상을 만드는 일은 기술 위주의 석공이나 주조공들의 일이라고 여겨 왔기 때문에 순수한 감상 대상으로서의 예술품으로 인정받지 못하였다. 따라서 20세기에 들어와 서양미술이 소개되기 시작하였을 때도 서양의 휴머니즘 전통에 근거한 인체 위주의 서양조각의 개념이나 취향, 조각의 기법을 온전히 이해하기란 상당히 어려운 일이었다.

김복진 또한 조각이란 장르에 대한 어떠한 이해도 없이 일본에 유학을 가게 되었다. 그는 본래 문명비평가가 되기를 꿈꾸었으나 우연치 않은 기회에 일본의 어느 공원에서 조각작품을 접한 것이 계기가 되어 조각 공부를 하기로 결심하였다. 그에 따라 다카무라 고운(高村光雲) 밑에서 수학하여 한국인으로는 최초로 동경미술학교에서 서구적인 조각기법을 배웠다.

초기에는 습작으로서의 성격이 강한 누드조각을 주로 하면서 조각의 기본적인 기법을 익혀 왔고 이후 한국의 전통의상을 입은 전신상을 제작하면서 이른바 '토속성' 과 '민족성' 에 도달하기 위한 노력을 보여 왔다. 서구인의 미의식과 몸을 재현하는 그런 조각이 아니라 한국인을 재현하고 한국적인 것을 조각으로 담아낼 수 있는 지점에 대한 모색은 식민지에서 서양의 조각을 공부하던 김복진에게 있어 매우 중요한 문제의식이었을 것이다. 그에게 향토성이란 것은 감상벽을 자극하고 박제화된 과거에의 집착에 따른 토속적인 물건이나 대상에 대한 환기가 아니라 민족이 공유할 수 있는 정서적 토양을 일컫는 것이었다. 그리고 이런 의식은 이후 우리의 전통에서 조각적인 것의 흔적을 찾아내고 이를 다시 환생시키고자 하는 의욕으로 연결된다. 그것이 바로 불교조각이었던 것이다.

그러나 불행히도 그 인식은 일제의 가혹한 수감생활 중에 이루어졌다. 김복진은 1925년 조선프롤레타리아예술동맹(KAPF) 창립에 관여하고 사회주의 활동을 하다가 검거, 투옥되었다. 그곳에서 제작에 대한 열망을 감추지 못해 밥알을 짓이겨 조각을 하기도 하고 이후 목공소에서 목조 불상을 만들기도 하였다. 감옥에 있으면서 불교에 심취하게 되었고 자연스레 불상조각에도 관심을 갖게 되었던 것이다. 6년의 긴 수감생활을 끝낸 그는 1935년 출소한 후 의욕적인 창작열을 보여 작업에만 몰두하였다. 특히 출소 후 김복진은 종교 조각인 불상의 연구를 통하여 전통적 조각미의 특질의 계승과 내면성의 표출에 주안점을 두고 활발하게 작업하였으며 직접 불상을 제작하기도 하였다.

정치적 사상성에서 벗어나 순수 미술인으로 전향한 김복진의 조소예술계에서의 위상은 1930년대에도 역시 20년대와 마찬가지로 단연 선두적 위치를 점하는 존재였다. 그러나 불행히도 옥고를 치르면서 쇠약해진 몸에 덮친 이질로 인해 40세라는 젊은 나이로 운명을 달리하였다.

그는 말년에 와서 미륵불상을 제작하는 데 힘을 쏟았다. 속리산 법주사에 있는 '미륵대불' 이 바로 김복진의 작업이다. 미륵불이란 잘 알려진 대로 미래의 부처이다. 그가 불상을 제작하거나 미륵의 세계로 나아간 것은 당시 현실인식의 변화 때문으로 추정된다. 그러니까 1930년대 후반의 식민지 조선은 역사적 전망을 가지는 일이 매우 어려운 상황이었고 따라서 식민지 지식인으로서의 좌절감 위에 포기할 수 없는 민족해방의 꿈을 다분히 초월적인 세상에서 이루고자 했던 것 같다. 그 꿈은 현존질서에 대한 일종의 불

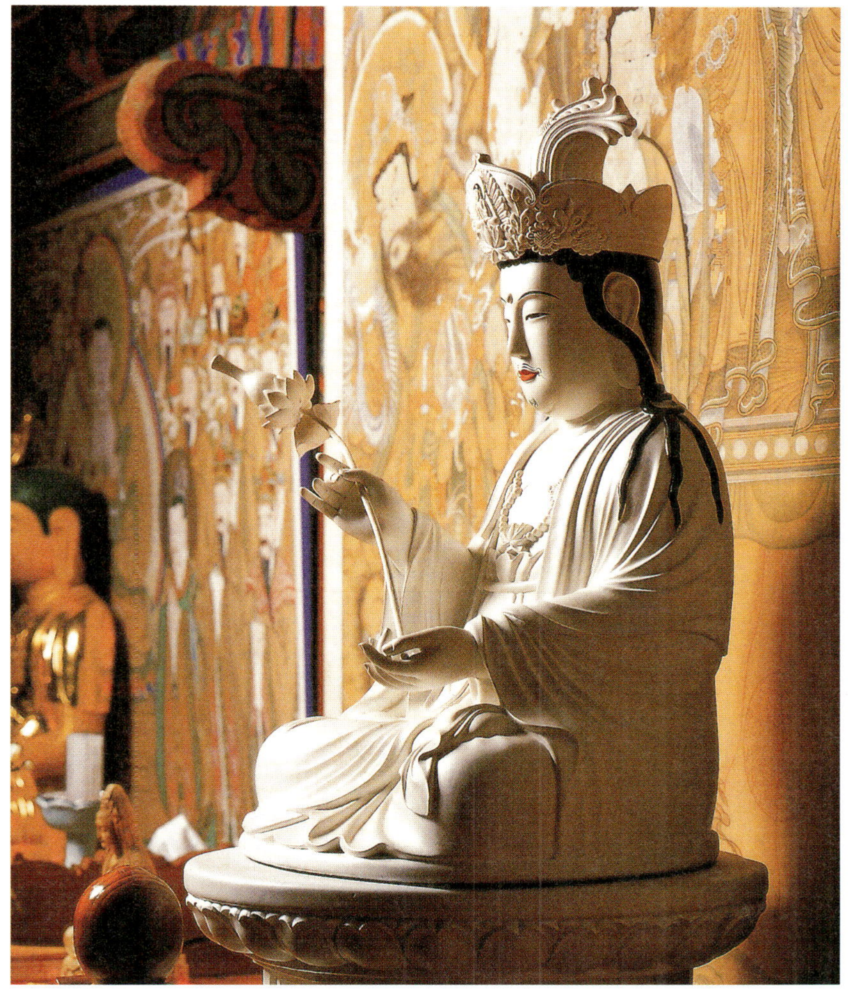

정혜사 관음보살좌상
석고,
106×52×52cm,
충남 예산,
1939

온한, 그러나 상상계에 속한 혁명이었다. 그러니까 꿈의 낭만성은 비극적 상황과 만나서 더욱 혁명적으로 나아간 것으로 보인다.

그런데 그 혁명이 거의 불가능한 것처럼 보이던 1930년대 중반, 김복진이 택한 길은 초현실적 혁명이었고 그런 세계를 찾아서 그는 내달렸다. 그 끝이 미래불인 미륵이었다. 식민지 조선 사람들에게 희망과 위안을 주고 미래에 대한 아름다운 꿈을 제시해 주는 미륵사상을 그는 과감하게 조각작품에서 실현시켰다. 민족적 삶의 내용을 민족적 소재에서 찾아 민족적 형식으로 담아내겠다는 예술혼의 끝이 바로 미륵이었던 것이다. 그것이 그에게는 진정한 전통이었다.

현재 그가 세운 미륵대불은 이전의 모습과 무척 달라졌다. 그러나 그가 식민지 암흑기에 미륵대불을 통해 꿈꾸고 상상했던 세계, 불교사상과 불상에 깃든 진정한 해방의 의미는 여전히 속리산 소나무와 함께 싱싱하게 피어오른다.

열반을 꿈꾸는 나신
김.아.타.

우연히 발견한 사실인데 눈에 띄는 모텔의 간판들 중 상당수가 '파라다이스', '낙원'이란 이름을 달고 있다. 오늘날 현대인들에게 낙원은 그 모텔 안에 존재하고 있는 듯 보인다. 다들 열반을 꿈꾸며 모텔로 직행한다. 서구인들에게 낙원이란 잃어버린 에덴동산에 대한 상실감을 강렬히 투사하는 단어다. 파라다이스란 말은 원래 페르시아에서 나온 말인데 담으로 둘러싸인 정원을 뜻한다. 불모의 사막지대에 사는 유목민들은 오아시스를 자신의 삶 주변에 인위적으로 만들어 놓았고 그것을 파라다이스라 칭한 것이다. 정원 한가운데에는 불모성에 대한 항거의 시위로 분수를 만들어 놓았다.

낙원(파라다이스)이 고대 페르시아로부터 시작해 그리스에서 기원한다면, 열반은 동양사상에 뿌리를 두고 있다. 특히 불교에서 열반은 욕망과 개개인의 의식이 사라졌을 때 도달하는 초월적인 행복의 상태를 가리키는 용어다. 즉 인간 육체의 한계에서 해방되어 우주와의 일체, 지복(至福)에 이르는 상태가 바로 그것이다. 우리는 생의 고통스런 윤회에서 벗어나 열반에 이를 듯한 깊은 미소와 신들의 모습, 비물질성, 정신성을 강조한 추상회화, 시원에 닿을 듯한 구름과 바다, 대지 등 대자연의 이미지에서 경외의 마음을 불러일으키는 동시에 인간이 자연의 극히 작은 일부에 지나지 않는다는 사실을 새삼 느끼곤 한다. 그 깨달음을 얻는 데서 열반에 이르는 길은 시작될

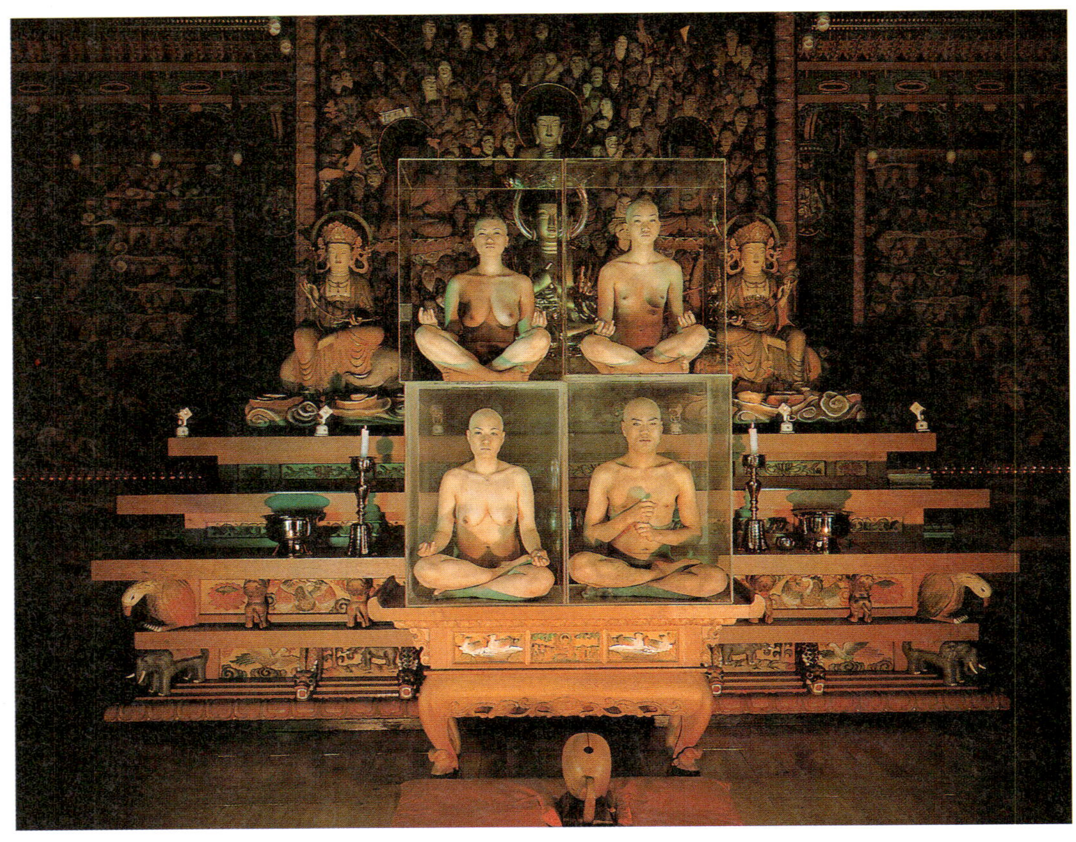

것이다. 열반에 드는 것은 에고의 소멸을 말한다. 과거의 개인적인 삶은 전체 속에 용해되고(옴마니반메훔, 즉 연잎에 맺힌 이슬방울이 대해(大海)로 떨어져 녹아든다는 말이 이것을 의미한다), 그때 평화와 법열이 보상처럼 따라온다고 한다.

열반에 들고자 하는 것은 단순히 종교적 차원에만 해당하는 것은 아니다. 살아있는 모든 이들은 지상에서의 삶이 가능한 열반이기를 바란다. 욕망한다. 그들 스스로가 행복을 간절히 희구하고 일종의 파라다이스를 삶의 곳곳에 마련하고자 애쓴다. 누구나 행복해지고 싶어 한다. 그러나 그런 욕망들로 인해 가설된 이 지상의 삶이 과연 낙원이고 열반이고 파라다이스일까?

김아타는 법당 안에서 벌거벗은 남녀 모델들이 투명 아크릴 박스 속에 앉아서 마치 참선하듯이 포즈를 취하고 있는 장면('뮤지엄 프로젝트')을 촬영했다. 이들은 저마다 선정, 열반에 든 것 같기도 하다. 열반이란 '불이 꺼진 상태'를 의미하며, 선정이란 '생활 속의 집중 능력'을 말하는 것이다.

참선하듯이 앉아 있는 몸은 직접적인 경험과 수행을 강조하는 선불교의 좌선하는 자세를 연상시킨다. 선불교에서 참선수행은 무엇이 인간의 참된 삶인지 존재의 근원을 통찰하고 나와 세계의 참모습을 자각하여 참된 주체를 확립하는 수행방법을 말한다. 그래서 선불교는 신자 개개인이 진리를 깨쳐서 견성성불(見性成佛)하는 것이 중요하다. 불성을 견한다는 것은 곧 우리 존재에 불성이 있다는 것을 전제로 한다. 쉽게 말한다면 나는 원래 부처였는데, 내가 곧 부처라는 사실을 망각하고 있었을 뿐이라는 것이다.

종교적 의식이 자리하는 사찰 안의 경건한 불상, 수많은 나한상을 배경으로 체모와 가슴을 적나라하게 드러낸 남녀의 벗은 몸이 도열해 있다. 성스럽고 장엄한 장소에 벗은 살들이 적나라하게 자리한 이 신체작업은 시각적으로 아주 강렬하고 도발적이며 불경스럽기도 하다. 모든 욕망을 잠재우고 세속적인 자취들을 정화시켜야 할 법당 풍경에 느닷없이 쾌락과 욕정의 몸 풍경이 환각처럼 자리하고 있는 것이다. 성과 속이 격렬하게 충돌하고 모든 쾌락과 정화, 자기 부정이 동시에 섞여 있는 풍경이다.

인간의 고행은 쾌락의 반성으로부터 출발한다. 싯다르타는 카필라성의 왕자로서 부유하고 오복의 풍요로움을 누리며 모든 쾌락의 단맛을 향유했던 이다. 29세에 출가한 그는 출가 이전과 이후가 쾌락과 고행이라는 극단으로 나뉘었다. 이후 출가자들은 두 가지 극단을 가까이 해서는 안 되었다. 하나는 모든 애욕에 탐착하는 것을 일삼는 것인데 이는 열등하고 세속적인 범부의 짓에 다름 아니다. 그것은 성스럽지 못하고 이익되는 바가 없다. 또 다른 하나는 스스로를 괴롭히는 짓을 일삼아 고통스러워하는 것이다. 이 또한 성스럽지 못하고 이익되는 바가 없기 때문이다. 비구들은 이 두 극단을 버리고 중도를 원만히 깨달아가는 존재들이다. 여기서 '중(中)'은 고통과 쾌락이 완벽하게 부정되는 상태를 일컫는다. 그래서 선은 곧 정(定)이었다. 정신을 한군데로 정하여 동요가 없게 하고 고요히 하여 잡념을 없애는 것이다. 이렇듯 선정이나 고행은 결국 육체를 죽임으로써 영혼을 해방시키는 것이다.

김아타는 그러한 수행이 일어나는 공간에 비릿한 육체를 날것으로 제시했다. 그 몸은 인간 본질이자 욕망의 정체이자 박제된 인간을 뜻하기도 한다. 그 육신이 들어간 네모난 박스는 서양적 가치관·미학·사전적 의미의 박물관 등을 의미하며 나아가 일종의 자신의 사상적 울타리로서의 포르말린이자 인식적 거리두기를 가시화하는 장치의 구실을 한다. 그런가 하면 틀에 박힌 사회적인 관습·규범·제도·지배이데올로기·의식의 통제·고립, 안과 밖, 보이는 것과 보이지 않는 것의 경계 등 다양한 것을 암시한다.

그렇게 문명으로 상징되는 아크릴 박스 속에 벌거벗은 인간의 몸이 들어 있다. 아무런 보호도 받지 못하는 알몸인 채로 앉아 있다. 이들은 해탈을 꿈꾸는지, 열반에 들고자 하는지, 혹은 모든 욕망의 불씨를 차갑게 식힌 채 깨달음에 이르려고 하는지 알 수 없다. 세상과 격리된 작고 적막한 법당에서 온몸으로 느끼는 고통을 통하여 역설적으로 자신이 이 세상에 존재하고 있음을 깨닫고 있는 듯도 하다. 이 인간들은 더 이상 관념적이거나 이상적인 완결된 신체로서의 인간이 아니라 세계 속에 던져진 하나의 사물에 지나지 않아 보인다. 그래서 이 신체 덩어리는 물화(物化)된 인간을 드러낸다.

그런가 하면 몸은 우리가 세계에 다가가는 중요한 방식이다. 또한 몸은 인간의 주체이다. 벗는다는 것은 다시 원초적인 인간으로 되돌리는 행위이고 여기서 나신의 육체는 가장 아름다운 자연이 된다. 사실 사람은 자연의 진화물이다. 그래서 사람들은 자기 근원인 자연에 대한 깊은 향수가 자리한

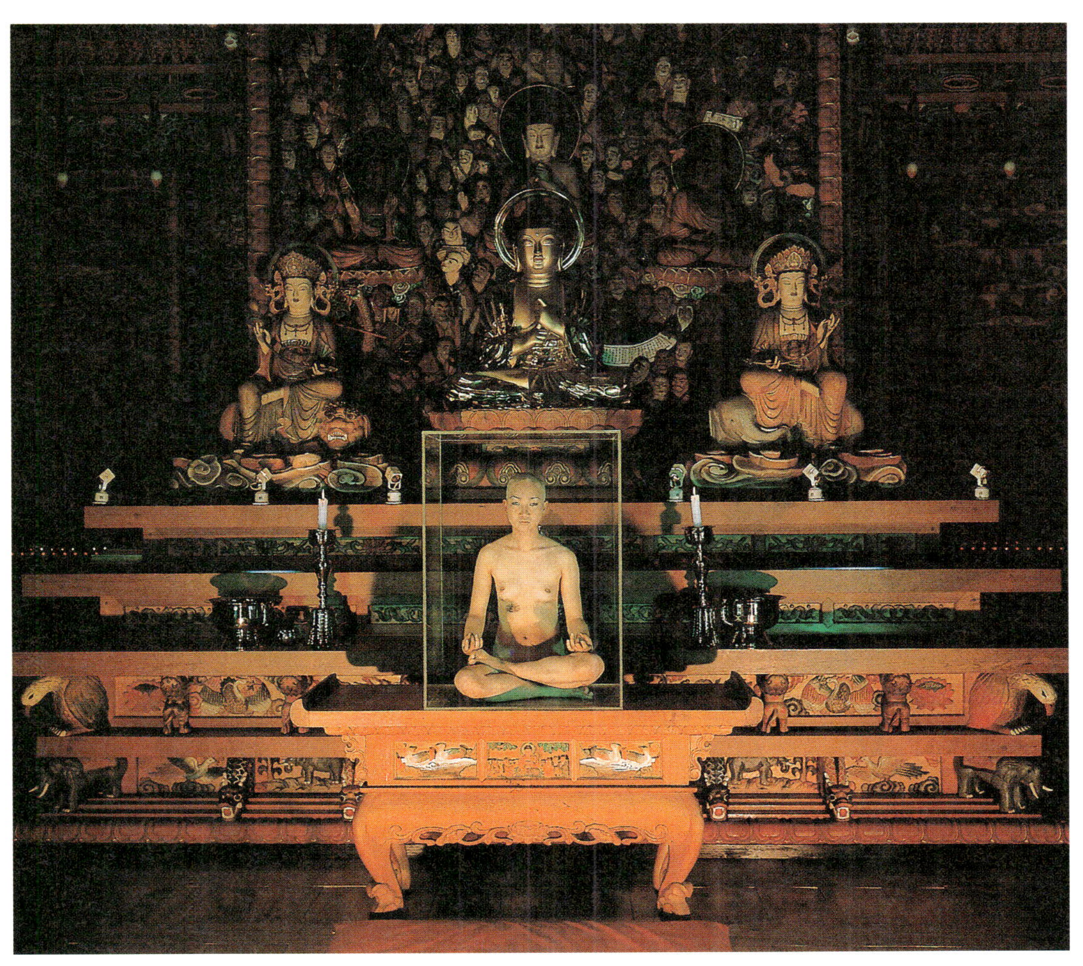

뮤지엄 프로젝트 #042 시바크롬 프린트, 120×160cm, 2000

다. 가식이나 허례를 벗으면 그 자리에 벌거숭이가 있다.

어떠한 사회적인 신분도 나타내지 않고 적나라하게 드러나는 신체, 서로 다른 익명의 사람들이 스스로의 알몸을 드러내는 이러한 과정은 진정한 자기 발견, 해방의 증표로 이해되기도 한다. 그러니까 이들은 자기 자신을 세계에 열어놓고 있는 것이다. 사회적 고정관념이나 틀을 제거하고, 가능한 의식에 앞선 우리의 몸과 세계가 직접적으로 맞닿는 순간, 바로 그러한 '참 자유의 세계'를 포착하려는 것이다. 우리를 지배하고 있는 그릇된 이데올로기와 관념의 세계에서 해방되어 나와 타자가 진정으로 교감하는 세계, 자기동일성을 찾아가는 것을 보여주려는 의도가 그것이다.

영성을 지닌 인삼

김.은.진.

한국 여성들은 무척 종교적이다. 모든 어머니들은 다들 독실한 종교와 믿음을 지니고 있다. 그들은 서로 다른 믿음을 가지고 가족의 영원한 안녕과 집안의 무궁한 기복을 노심초사로 빌어댄다. 남자에 비해 여자들은 받아들이는 힘, 보이지 않는 것에 대한 확신과 신념이 상대적으로 크다. 영성과 비가시적인 것에 대한 믿음이 그만큼 상대적으로 강한 듯하다.

남자 화가들이 다분히 정치적인(현실적인) 주제나 거창한, 의미심장한 무언가를 그려대고자 한다면, 여자 화가들은 종교적인 소재나 자연, 생명체와 일상의 정경 등을 그려낸다. 그녀들의 그림은 다분히 구원과 기복과 염원에 대한 희구로 물들어 있다. 절에 가면 스님 몇 분을 제외하고는 무수한 아주머니들을 만난다. 불교란 것 역시도 무척 여성적인 종교다. 무(無)를 접하고 공(空)을 깨닫게 하는 일은 흡사 여성과 관계하는 일과 유사하다.

김은진은 기이한 인삼을 그렸다. 무신도나 민화, 탱화의 한 장면이 후경에서 슬그머니 떠오르는 그로테스크한 인삼이다. 세로로 길게 드리워진 종이 위에 인삼이 텅 빈 배경을 뒤로 하고 커다랗게, 등신대 크기로 그려졌다. 단색으로 칠해진 배경은 인삼의 육체를 선명하게 드러낸다. 이 유사인간이 두루마리 형식의 프레임 안에 꽉 차게 들어앉아 있다. 보는 이의 시선은 전적으로 그 대상과 마주한다.

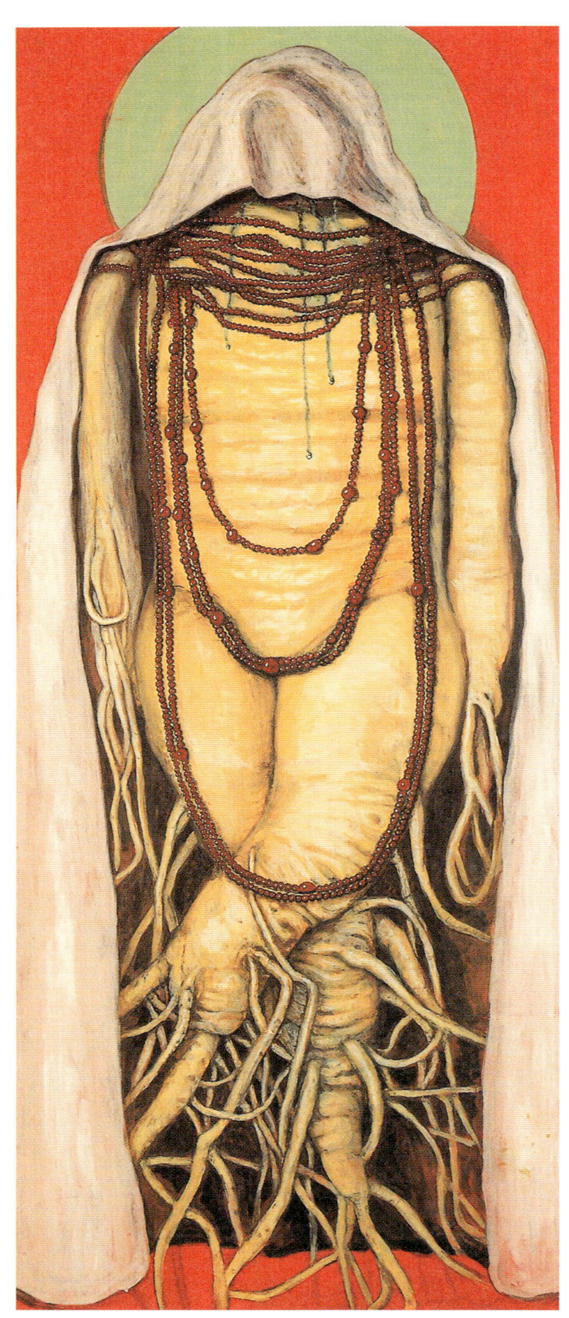

초상 종이에 채색, 80×177cm, 2001

김은진은 온몸에 문신을 새기고 있거나 광배를 두르고 보살의 몸에 걸쳐진 영락 같은 붉은 구슬로 이루어진 목걸이를 주렁주렁 매달고 있는 형태를 취한 인삼을 그렸다. 또한 히잡, 차도르나 장옷 같은 것을 뒤집어쓰고 있거나 베개를 베고 잠을 자는 두 개의 인삼이 엉킨 것처럼 서로 얽혀 있다.

사람의 몸과 살을 닮은 인삼의 육체에는 민화에서 흔히 보는 모란꽃 그림이나 복(福), 수(壽), 구름문양 등이 잔뜩 치장되어 있다. 간혹 어떤 것들은 머리에서 피가 조금씩 흘러내리고 있거나 응고된 채 매달려 있다. 인삼은 살아있는 사람의 흉내를 내고 있다. 사실 인삼의 생김새는 사람의 몸을 많이 닮아 있다.

작가 자신은 이러한 이미지를 의도적으로 만들거나 궁리하기 보다는 그저 눈앞에 떠오르는 이미지를 따라 그려간 것뿐이라고 말한다. 바로 꿈에서 그런 장면이 펼쳐지고 잠에서 깨어나면 놓칠세라 그 장면을 따라 그려간 것이 이 그림이라고 말한다. 나로서는 그것 역시 설명하기 힘든 모종의 종교적 체험, 영적 만남 같은 것은 아닐까 하는 생각을 해보았다. 특정 종교에 대한 믿음이나 신자라는 것보다는 도든 일상적 체험에서 여성들은 본능적 느낌, 감각, 몸으로의 파악과 적응, 영감과 초월적이고 비가시적인 것에 대한 확신에서 돋보인다. 그래서인지 상당수 여성 작가들의 작업에서 질펀하고 비릿한 종교적 내음을 맡는다.

김은진의 그림에도 죽음과 희생, 죄사함이라는 종교적 주제가 슬쩍 번진다. 그런가 하면 흡사 불교나 무속 등에서 만나는 자기 구원과 기복신앙적인 절실한 마음의 한 자락들이 공들여 표상되고 있음도 본다. 여성으로서의 몸과 그 몸에서 비롯된 영적 체험이나 감각으로 일상을 살아내면서 그 안에서 자연스레 포착된 이미지를 그림으로 올려놓은 것이다. 그 그림은 또한 우리의 전통적인 미의식과 주술성으로서의 이미지의 특성과 사례를 흥미롭게 응용한 결과이다.

종교나 믿음, 예술 활동 역시 자기 구원이나 마음의 상처를 보듬고 치유해 주는 과정의 하나다. 미술은 마술이고 주술이었다. 예술적 활동이 영혼과 교감하는 활동이라면 보이지 않는 세계, 그러나 인간의 내면에 깃들어 있는 잠재된 세계, 동시에 한 개인의 내면 속에 있지만 우주 전체가 함께 호흡하는 세계를 드러내고 그 세계를 교감하게 하는 것이 바로 예술의 진정한 의미이자 힘이었다. 이런 의미에서 예술가는 일종의 주술사, 마법사이자 무당이다. 보이지 않는 세계를 보여주기도 하고 동시에 인간과 세계가 처한 질병을 영적으로 치유하는 일을 하는 것이 바로 예술가인 것이다.

김은진은 자신의 영적 감수성을 형상화하고자 한다. 자기가 깨닫고 만난 이미지를 우리 눈에 보이게 한다. 볼 수 없는 것을 보게 하고 보여지지 않았던 것들에 몸을 만들어준다. 그것을 통해 비합리적 소통 가능성의 여러 갈래의 길과 힘을 보여준다. 인간의 몸을 흉내 낸 인삼에 목숨을 불어넣어

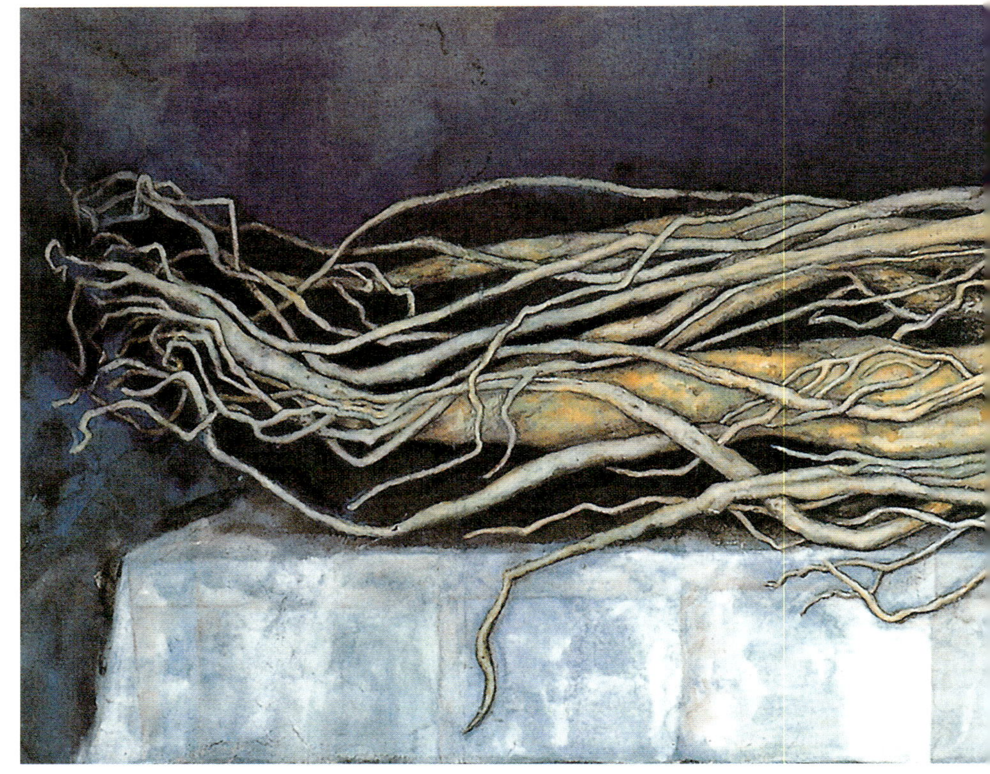

주고자 한다.

　　작가는 사람의 몸 혹은 아프고 병든 몸, 죽어 가는 몸을 떠올리고 차분하게 관조하듯 들여다보면서 그 육체에 복(福), 수(壽)를 부적처럼 써주었다. 문신처럼 새겨놓았다. 오래 살고 부귀영화를 누리라고 모란꽃도 장식처럼 둘러 주었다. 아프고 신음하는 몸을 눕히고 베개를 베어준 후 그 피를 시트가 다 받아내고 있는 풍경도 있다. 중생의 고난과 상념을 다 받아주는 부처님의 모습이 거기 후광으로 자립한다.

　　작가는 그림 그리는 행위를 통해 자신을, 나아가 사람들의 아픔과 불행을 치유하고 보듬고 보살피고자 한다. 여기서 종교와 예술은 홀연 겹친다.

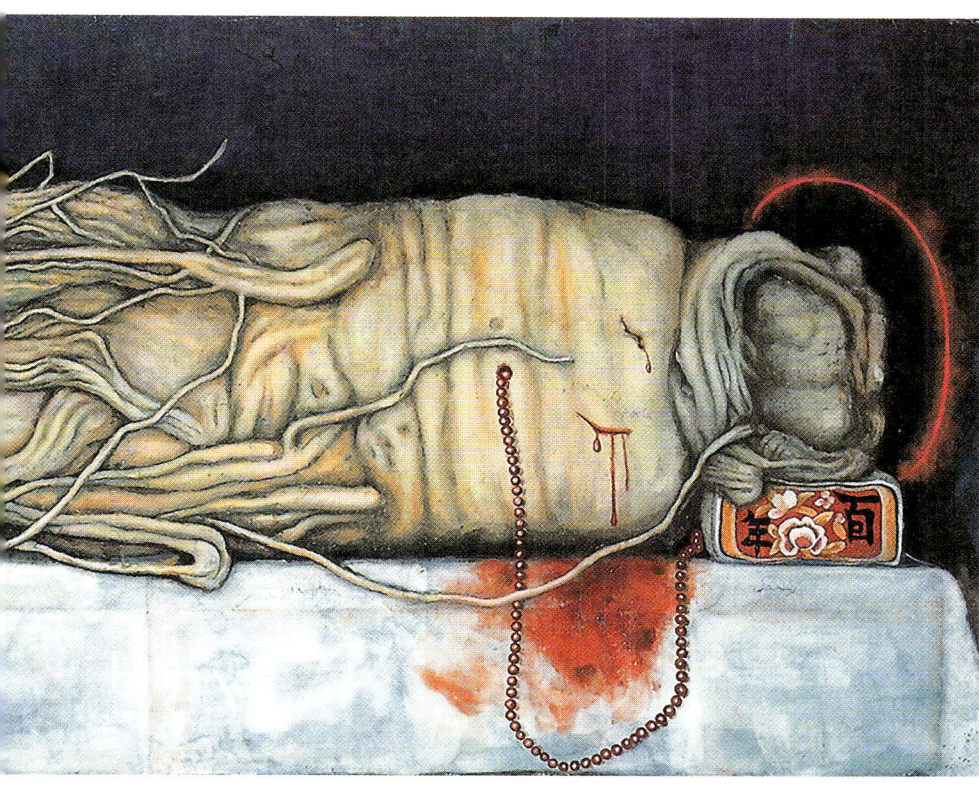

초상
종이에 채색,
177×75cm,
2002

바로 그런 작가의 마음과 시선에서 태어난 인삼이 더없이 강렬하고 음산하고 매력적으로 다가온다. 그림만의 또 다른 힘, 여전히 유효한 그 영성과 주술성의 힘을 만난다.

미 소
김.은.현.

    김은현이 도조(陶彫)로 만들어 놓은 인물상은 온화한 미소를 짓고 있다. 만들어지고 조각된 것이라기보다는 살아서 몽상에 잠긴 듯한 미소다. 미소란 사전적으로 정의하면 '소리내지 않고 가볍게 웃는 것'이다. 눈, 입, 관자놀이, 입아귀 등이 관련된 신체적 움직임인 미소는 분명 이 세상에 존재하는 가장 인간적인 표현일 것이다. 인류가 가진 특수한 기호이자 사람들마다 고유하게 나타나는 표현인 미소는 언어와는 다른 이야기를 우리에게 전해 준다. 침묵 속에 감춰져 있는 바를 무언의 표정으로 드러내는 미소는 살아가는 내내 우리와 함께 하는 일종의 '하위텍스트'이다.

    흙을 빚고 주물러 인간의 얼굴을 떠올리고 이를 뜨거운 불로 구워내 만든 이 도조는 특정한 이의 얼굴이기 이전에 보편적이고 절대적인, 누구의 얼굴도 아니지만 결국 모든 이의 얼굴로 다가온다. 날렵하고 경쾌한 선이 머리카락과 눈썹, 눈 그리고 코와 입술의 라인을 만들었다. 무심하면서도 더없이 세련되고 경쾌한 선은 흙의 물질성과 질료성을 일거에 휘발시킨다. 오로지 미소가 모든 것을 대신한다. 작가가 무심하게 그려 놓은 선은 마치 이름 없는 도공들이 옹기나 그릇의 표면에 아무렇게나 휘갈긴 선들의 자취를 연상시킨다. 무욕과 무목적성의 순연한 장식 말이다.

    이 얼굴은 작고 아담하고 풍성하다. 아울러 조각과 회화의 접점에서 진동한다. 흙덩어리의 육체성이 응축되어 있는데 밋밋한 부위에 순간 얼굴의 윤곽이 떠오른다. 대부분 길고 가는 눈이 감겨 있고 마치 잠을 자는 듯, 꿈을 꾸는 듯, 몽상에 잠기거나 참선에 들 듯, 적멸의 순간인 듯, 깨달음의 정점인 듯 그렇게 멈춰 있다. 작가는 그 얼굴들에 '처음 마음', '나 아닌 것이 없다', '기쁨' 등 별같은 이름들을 달아줬다.

얼굴은 풍부한 표현과 미세한 차이를 담고 있는 장소이다. 그런 면에

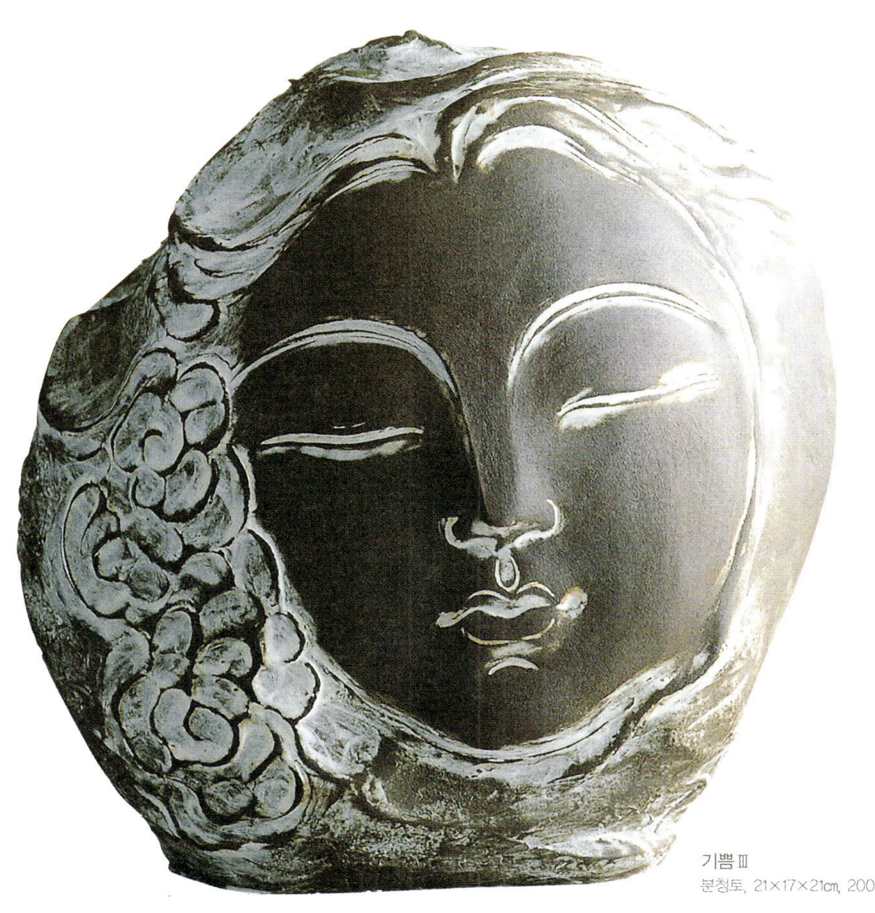

기쁨 Ⅲ
분청토, 21×17×21cm, 2004

서 얼굴은 하나의 풍경이다. 그 풍경은 개인성을 드러내고 유일성을 표현하는 최선의 수단이기도 하다. 김은현이 빚고 그린 얼굴은 여인일까? 나는 마치 중국 한의 무덤에서 출토된 토용들의 얼굴상을 떠올려본다. 성의 구분은 다소 모호하지만 분명 소녀나 여인의 상임을 짐작케 한다. 침묵으로 절여진 공간에 그 미소만이 구름처럼 떠있다. 그래서 미소는 부표와도 같다. '미소란 땅 위에 하늘이 잠시 나타나는 것'(크리스티앙 드 바르티야)이자 유토피아를 향해 열린 마지막 창이다. 가만 바라보고 있노라면 자신도 모르게 입가에 저 미소를 올려놓는 나를 깨닫는다. 은은한 미소를 짓고 있는 부처의 얼굴을 만나고 있는 듯한 느낌도 자욱하다. 얼굴의 관자놀이나 머리카락 부위에 슬그머니 새겨놓은 문양은 그것이 불상으로부터 기원하고 있는 형상임을 조심스레 알리는 표식 같다.

사실 부처는 아름답지도 않다. 그는 젊지도 않고, 언뜻 봐서는 남자인지 여자인지 잘 구분이 가지 않으며, 짧은 머리에 둔중한 몸집으로 가부좌를 틀고 앉아 있다. 그런데 그는 늘상 미소를 짓고 있다. 마치 미소 자체만을 구현하고 있는 형상인 듯도 하다. 부처는 항상 가수면의 상태에서 미소를 짓고 있는 형국으로 다가온다. 그리하여 그 미소는 그것을 보여주는 자의 모습을 완전히 탈바꿈시키기에 이른다. 그가 부처이기 위해서는 미소를 짓는 것만으로도 충분해 보인다. 둔중한 몸에 스며 있는 그 미소는 그의 몸에 가벼움과 탄력을 부여한다. 미소가 나이와 시간의 흔적을 지우고 그 부동자세 속에 희망과 꿈, 믿음과 약속에 대한 상념을 불어넣어 준다. 죽은 것도 아니고 산 것도 아니다. 웃음인지 무표정한 것인지도 애매하다. 눈을 감고 유일무이한 인사와도 같은 미소를 짓고 있는 존재가 바로 부처다. 부처의 얼굴은 미소에 의해 승화된 이상적인 얼굴일 것이다. 그 미소짓는 얼굴은 약속을 변치 않고 지키리라는 확신을 은연중 심어준다. 보는 이들은 그 미소에 응답하고 순응하고 약속한다.

　부처의 육신은 그 미소 아래 사라진다. 모든 물질적인 우연성과 몸의 무게를 미소가 벗겨낸 것이다. 마치 미소에 나타나 있는 환희가 근심과 삶의 고통에서 그를 해방시켜 준 것처럼, 인류에게 가장 고귀하고도 완벽한 희망을 전해주는 무욕과 선한 본성을 위해서 말이다.

　주지하다시피 부처의 미소는 애초부터 해탈과 평정, 현자가 된 인간의 숭고한 자기 집중을 상징하는 것으로 묘사되었다. 다른 미소와는 달리 부처의 미소에는 대상이 없다. 목적도 없고, 객체도 주체도 없다. 그러니까 부처는 스스로 빛을 발한다. 부처의 미소에 다가가는 것은 타자, 즉 우리들의 몫이다. 필요를 느끼고 그 미소에 빠져드는 것도 우리들의 몫인 것이다. 우리가 충분히 오랫동안 다가간다면, 그리고 그렇게 집중하고 마음을 다한다면 어떤 각성의 상태, 무아(無我)라고 표현할 수 있을 내적 인식의 상태에 도달할 수 있다. 그래서 그 미소는 일종의 화두다. 자신의 구원과 관련된 미소이다. 결국 부처의 미소는 모든 미소의 정수이고 절정이며 극치다. 우리의 모든 미소들은 오직 거기에 이르기를 꿈꾼다.

　김은현은 자신의 손아귀가 허용하고 납득하고 감당할 만큼의 흙을 주무르고 만지작거려서 얼굴, 두상을 빚어 놓았다. 더없이 무심하기도 하고 그지없이 소박하면서도 한 얼굴이 지을 수 있는 평화와 휴식, 안온과 정신적인 충만함을 온전히 드러낸다. 수식과 치장을 거둔 자리에 그저 흙이 불과 만나 응고되고 결정화된 형태에서 자연스레 배어 나오는 미소만으로도 이 얼굴은 충일하다. 미소가 수수께끼와 같다는 것은 무엇보다 미소는 말로 설명할 수 없는 것이기 때문이다. 미소는 눈에 보이며, 따라서 따로 자신을 증명할 필요가 없다. 미소는 사람들의 눈길을 끌지만, 흔히 각종 수식어들이 뒤따르는 분석의 칼날을 피해간다. 미소는 아름다운 문명의 가장 소박하고도 가장 이상적인 이미지다. 그래서 모든 종교적 도상과 성상의 피부에는 미소가 얹혀져 있다.

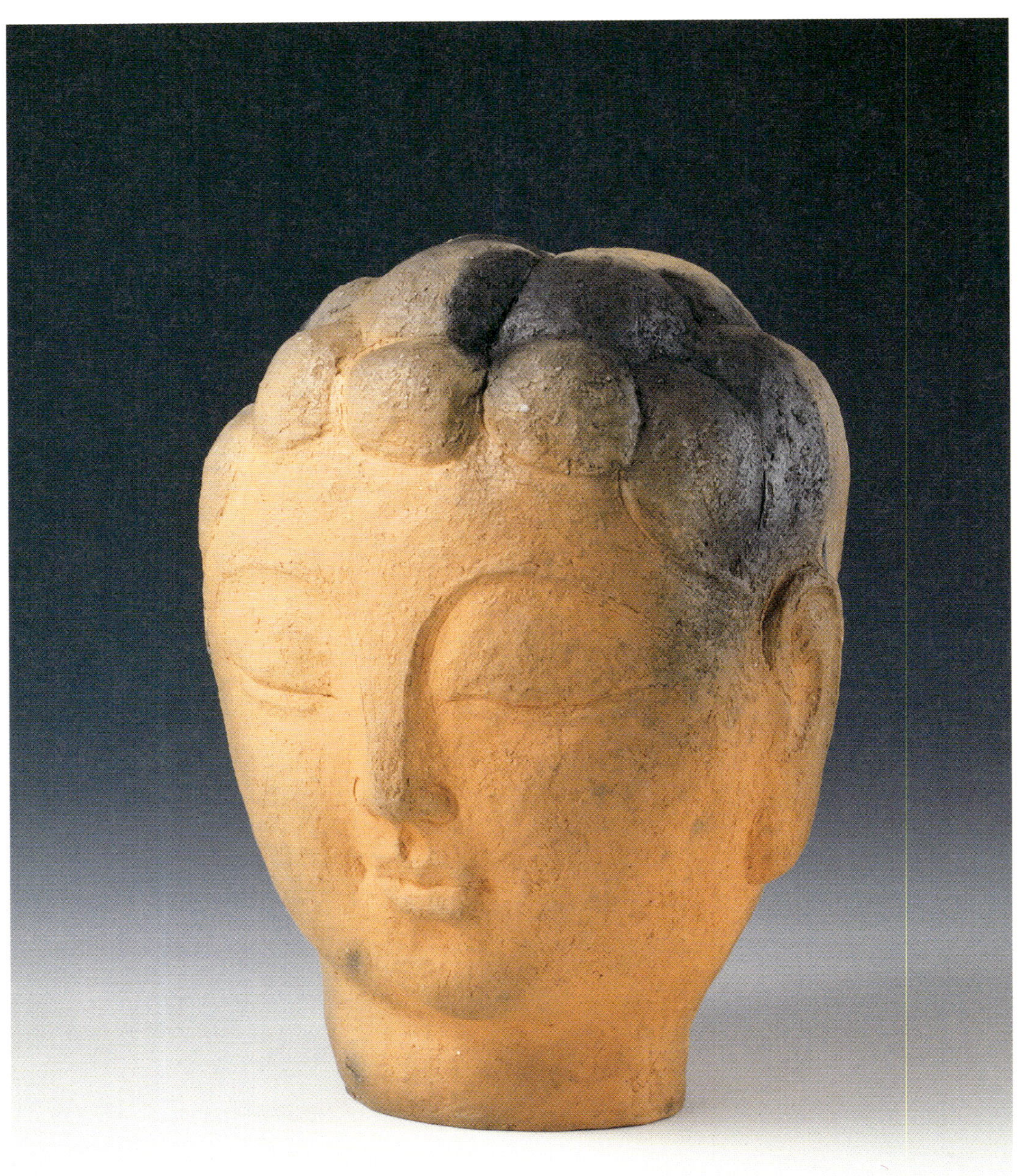

알아차림 잡토, 15×13×19.5cm, 2003

불상 및 다양한 종교적 성상의 표정에서 만나는 경건함과 엄숙함, 따스함과 신비스러운 분위기가 후광처럼 번지는 이 얼굴 앞에서 오래도록 서 있었다. 작가는 흙을 반죽하는 과정에서 공기가 침투할 수 있는 공간을 차단하기 위하여 여러 차례 흙덩어리를 치댄 결과 자연스럽게 형성된 형태를 가다듬지 않고 그것에 충실하여 최소한의 얼굴 형상만 나오도록 손질을 가했다. 이 작고 아담한 크기에서 형태의 요철은 물론 중량, 양감, 질감 등이 촉각적으로 감촉된다.

표현의 절제를 통해 인위성을 최소화한 결과 형태는 단순, 소박하지만 원만한 표정을 통해 조화와 안정이란 미적 특질은 물론 종교적 차원의 여러 의미 역시 자연스럽게 고양되고 집중되어 있다. 이 미소는 하나의 약속이다. 김은현의 미소를 띤 두상 역시 우리에게는 신비스럽고 영성을 지닌 미소에 다름 아니다.

생·사·고·락

김주연

이숙

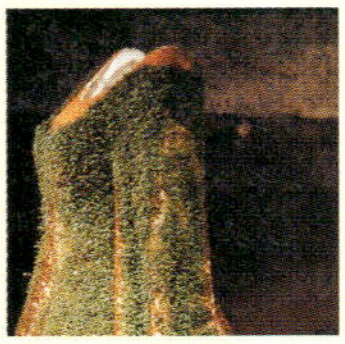

김준

생·사·고·락

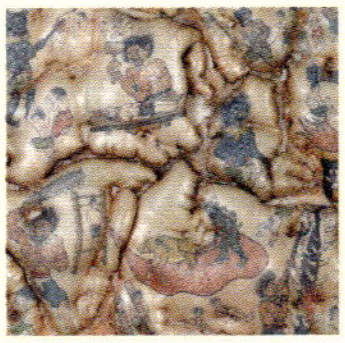

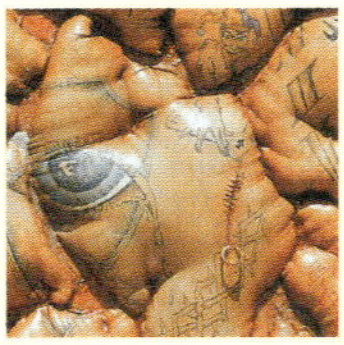

김호석

성철 큰 스님

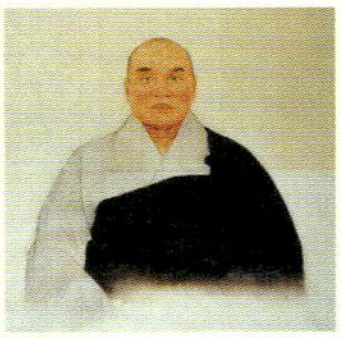

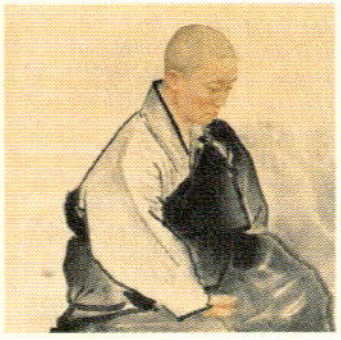

김홍주

현재의 쾌락에 잠긴 연꽃

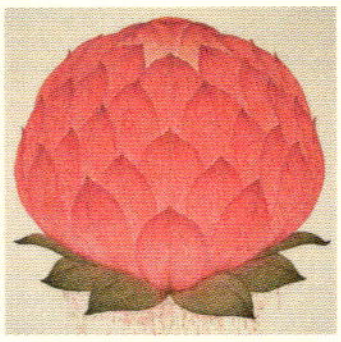

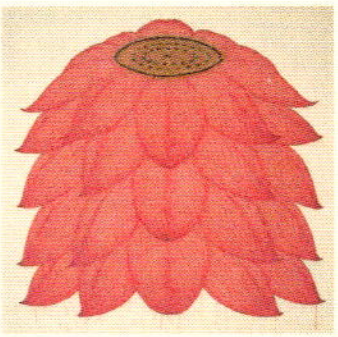

노상균

시퀸으로 뒤덮인 불상

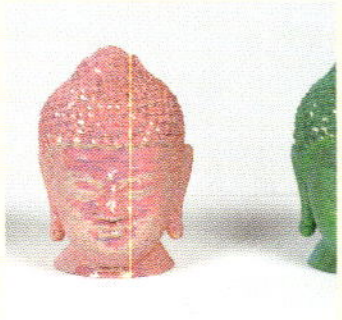

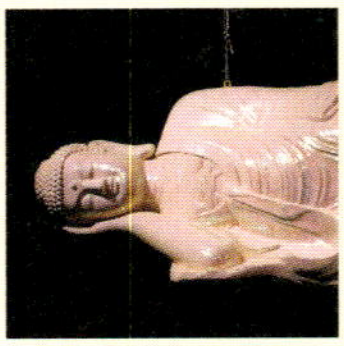

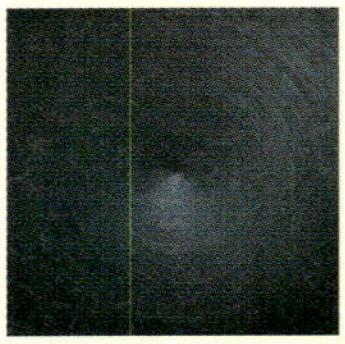

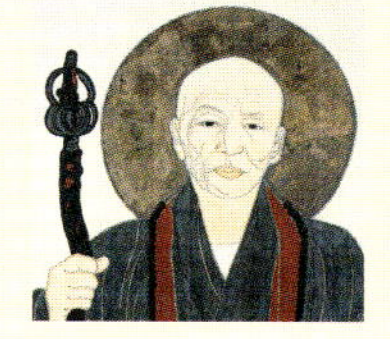

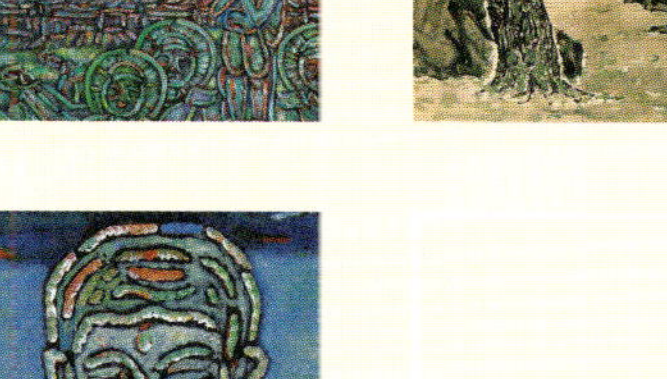

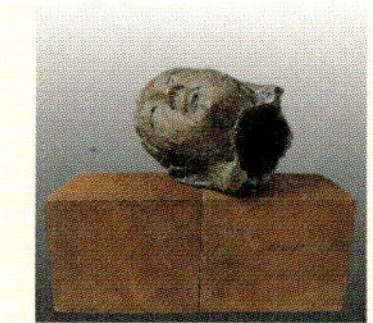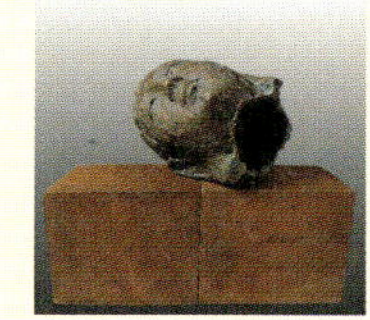

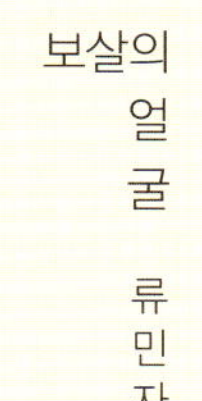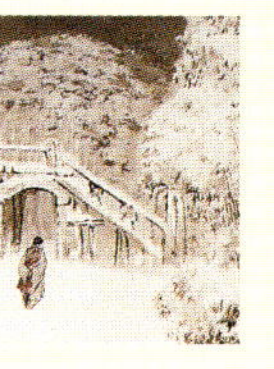

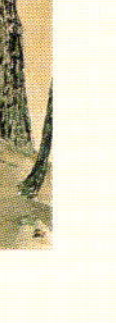

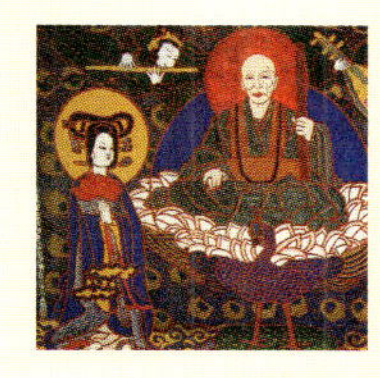

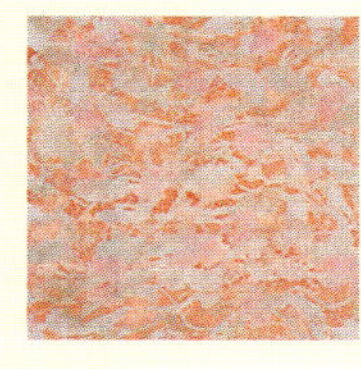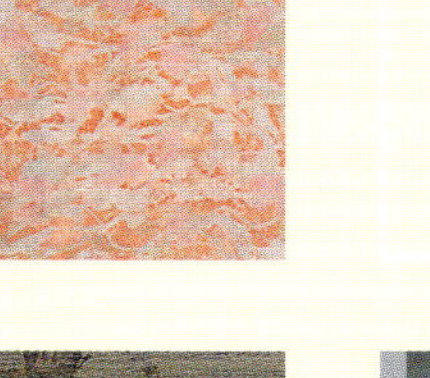

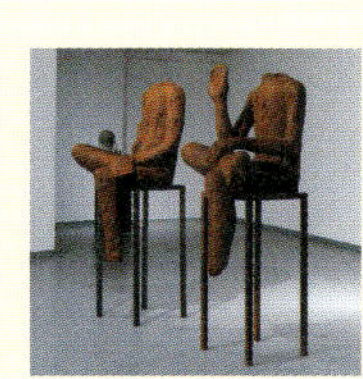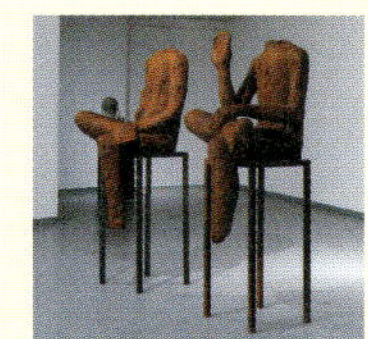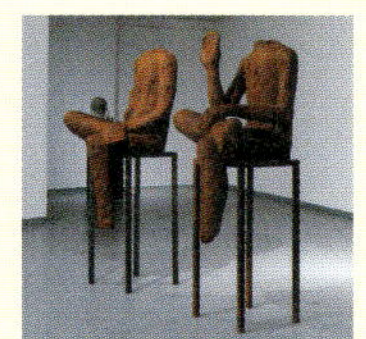

보살의 얼굴 류민자

뒷모습 박대성

내 친구이자 스승인 청담 박생광

생성적인 현재 박혜련

잠자는 불두 배형경

이 숙
김.주.연.

어느 날 인사동에 위치한 '사루비아다방프로젝트'라는 전시공간에서 낯선 작업을 접했다. 전시장 한가운데에 덩그러니 옷 하나가 놓여 있을 뿐이었다. 가만 들여다보니 흰 드레스가 넓게 펼쳐져 있고 그 표면에 이끼 같은 것이 잔뜩 끼어 있었다. 천을 숙주 삼아 기생하는 식물의 삶이 적나라하다. 김주연의 '이숙(異熟)'이란 작품이 그것이다. 일종의 설치작업인데 옷의 표면에 씨앗을 뿌리고 정해진 시간에 물을 주어 키워나간 흔적을 기록한 것이다. 특정한 장소에서 전시가 진행되는 동안 씨앗들은 조금씩 자라 옷 전체를 새파랗게 물들이며 점유해 갔다. 이런 작업은 '살아있는 미술', '생태미술' 또는 환경과 생태가 페미니즘과 맞물려 나오는 그런 내용을 함축해서 보여준다.

'이숙'이란 말 자체는 불교에서 유래한 개념으로서, 다른 형태로 성숙함을 뜻한다. 이숙, 즉 다른 형태의 생장이란 말은 인간의 논리를 넘어서는(이념의 그물에 포획되지 않는) 자연의 변화무쌍한 다양한 존재 방식과, 동물적 생존원리와는 비교되는 식물적 생존원리, 그리고 현저하게 자연에 밀착된 여성의 성적 정체성을 복합적으로 암시하는 문구가 된다.

이 작업에서 작가는 식물의 생장을 통해 생태계의 성장과 소멸에 이어진 일련의 변화과정을 직접적으로 보여주는 한편, 이를 여성의 성적 정체성에 결부시킨다. 그러니까 여성성의 상징인 웨딩드레스를 연상시키는 하얀 의상(드레스)의 표면에 여러 종의 씨앗, 그러니까 각종 식물들(크레세, 아팔파, 린제 등 십자화과 식물들과 콩과류에 속하는 식용식물)의 씨앗을 일정한 기간 동안 지속적으로 심어서 그 생장하는 과정을 가시화한 것이다. 시간이 경과함에 따라 원래의 하얀 의상은 점차 녹색으로 변하고 이내 자라나는 것과 죽어가는 것들이 혼재한다. 싱그럽게 푸른 녹색과 그리고 점차 죽어가는 식물들로 인한 갈색, 짙고 어두운 색들이 하얀 드레스를 걷잡을 수 없이 덮어가고 있다.

자세히 들여다보면 드레스의 표면에 씨앗이 어느 정도의 시차를 두고 심어졌으므로 일정한 시간이 지나면서 녹색의 표면과 갈색의 표면이 공존하고 이는 곧 성장과 소멸의 공존, 삶과 죽음의 교차에 대한 은유가 된다. 그것은 자연의 순환원리를 그대로 예시한 것에 해당한다.

그러니까 최초의 씨앗들은 심지어 죽음마저 껴안는 다른 형태로 성숙해 가는 것이다. 여기서 드레스는 여성의 연장된 몸의 상징이자 식물의 씨앗이 발아하기 위한 대지를 대신한다. 여성의 몸과 대지는 동일한 존재가 된다. 둘 다 생명체를 잉태하고 세상 밖으로 길러낸다는 공통점을 지닌다. 자연에 밀착된 여성의 성적 정체성에 대한 은유이자 여성의 성적 정체성이 생명원리에 연루된 것임을 밝히고 있는 것이다. 그러니까 순백의 드레스는 생명을 위한 숙주로서, 자기희생을 통한 모성애를 상징적으로 가시화시키고 있다.

또한 이 작업은 무엇보다도 실제 '살아있는 미술'이 된다. 식물, 씨앗들은 자라고 죽기를 지속적으로 되풀이하고 있으며 전시장은 그 장엄한 생태계의 법칙을 실제 목도하는 장이 되는 것이다.

생태란 살아있는 모든 것들의 생활하는 상태, 즉 어떠한 존재가 유기적이고 포괄적으로 살아가는 삶의 상태이자 존재방식을 말한다. 생태는 몸과 욕망의 문제이자 그 몸과 욕망의 상생의 문제이기도 하다. 생태는 같은 공간 속에 존재하면서도 타자에게 주는 피해(장애)를 최소화 내지는 무화시키는 연기적인 삶의 방식과도 연관된다고 하겠다. 생태론의 시각에서 인간과 세계를 바라보면 차별이 있을 수 없다. 모두가 관계의 그물 안에서 제 몫을 다하며 서로 기생하고 있기 때문이다. 이런 인식은 특히 불교사유 속에 잘 녹아 있다. 불교는 '내 것'에 대한 연기적 이해를 제시하면서 그 '내 것'이라는 것을 통해 나의 것이 아무것도 없음을 일깨워준다. 불교의 생태이해는 연기패러다임, 즉 나의 욕망공간의 확장이 남의 욕망공간에 대한 장애(희생)를 최소화시키는 인식 틀 위에 존재하고 있는 것이다.

따라서 생태미술에서는 오로지 자연이 중심이며, 인간은 단지 자연의 일부로 편입되거나 최소한 자연과 대등한 관계로 재정립된다. 자연과 인간은 하나같이 생명을 본질로 한 존재인 것이며, 그 생명을 매개로 하여 생성과 소멸을 거듭할 뿐인 순환구조의 한 원소에 지나지 않는 것이다.

자연을 살아있는 생명체로 간주하고, 그 자체를 그대로 대상으로 하는 '살아있는 미술'을 실천하고 있는 김주연의 작업은 생성과 소멸을 거듭하는 자연의 순환원리에 공감하는 형태로 표출된다. 소재 자체를 자연으로부터 취한 만큼 작업의 과정 자체가 자연의 생리와 구분되지 않는다. 그런가 하면 이 '살아있는 미술'은 그 자체 생명을 본질로 한다는 점에서 여성주의 개념, 특히 에코 페미니즘 곧 생태 여성주의 개념에 그 맥락이 닿아 있다. 에코 페미니즘은 자연의 생리와 여성(인간)의 생리가 일치한다는 것, 그리고 그 생리는 무엇보다도 생명을 본질로 한다는 논리로 간추려진다.

인간과 자연이 하나됨을 인식하는 범(汎)자연주의를 실천하고자 하며, 생명을 본질로 하는 인간의 보편조건을 묻는 것이자 무엇보다도 여성의 성적 정체성을 찾는 한 과정이 바로 김주연의 '이숙'이라는 작업이다.

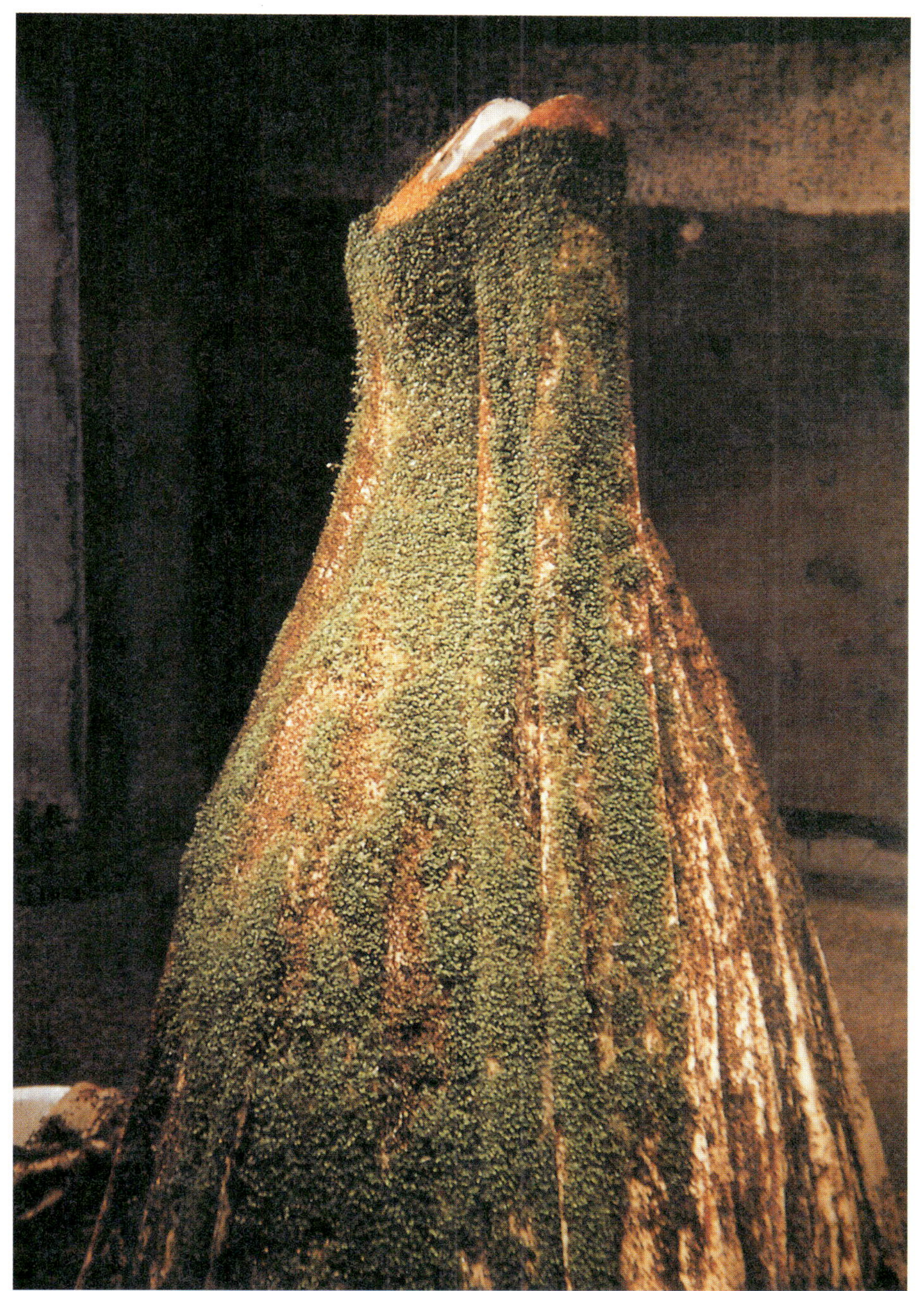

이숙(異熟)　천 · 씨앗 · 세수대야 7개, 의상길이 350cm, 2002

생 · 사 · 고 · 락
김.준.

　　언젠가 목욕탕에서 나는 놀라운 문신 하나를 발견했다. 뜨거운 물로 온몸이 덥혀지면서 나른하고 아늑한 기분에 젖어들던 순간 망막에 너무도 선연히 그리고 알 수 없는 기이함으로 들어와 박힌 것은 앞에 있는 남자의 팔뚝에 새겨진 단호한 문신이었는데 그것은 물렁한 살의 외피에서 훈장이나 견장처럼 빛났다. 차라리 그것은 보는 이의 눈에 한 존재를 가장 강렬하게 인식시키는 가장 치명적인 호명과도 같았다. 푸르스름한 잉크색깔로 새겨진 그 문신은 '저축'이란 두 글자였다. 그날 하루 종일 내 머릿 속은 복잡했다. 왜, 무엇 때문에, 무슨 사연으로 그는 자신의 팔뚝에 저축이란 글자를 새겼을까? 그의 얼굴도, 몸도 생각나지 않지만 그 글자만은 모락거리는 욕탕의 증기와 함께 또렷하게 살아난다.

　　문신기법을 이용한 작업을 선보이는 김준은 몸에서 기관들을 분리시키고 절단해내면서 외과적으로 접합된 음습한 신체 파편들을 다소 참혹하게 보여준다. 육체에서 이탈된 기관은 그 자체로 절단되고 분리되어 있다. 예를 들어 팔뚝이거나 성기, '똥꼬'나 혓바닥으로 걸려 있다. 은연중 그 기관들은 성적 행위와 연관되어 있으며 포르노적 상상력을 한없이 자극한다. 해서 우리로 하여금 시각적 금기를 위반하게 해주는 이미지로도 기능한다. 그 신체의 파편들에는 한결같이 문신이 새겨져 있다.

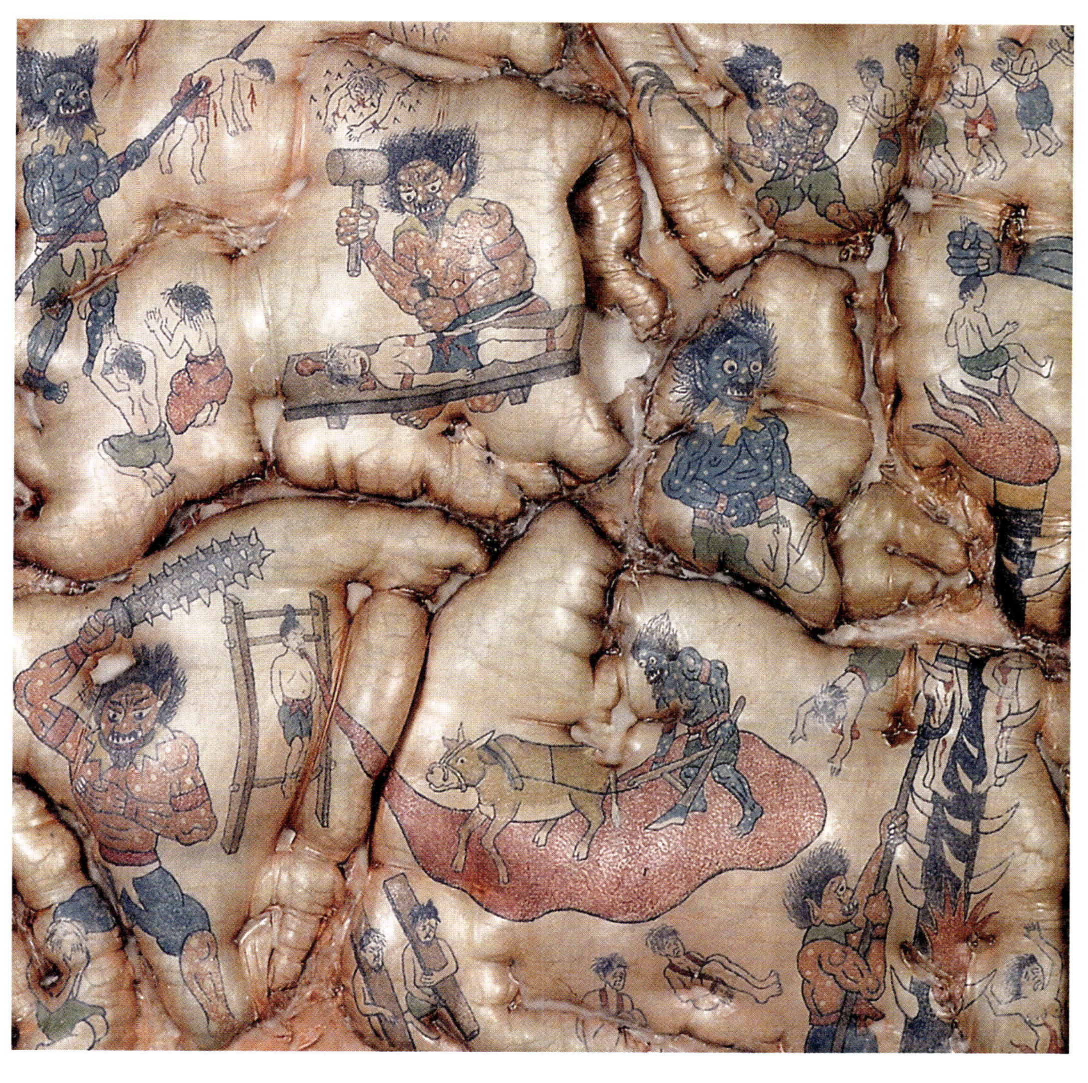

생 · 사 · 고 · 락(부분)
혼합재료,
1996

　　자크 라깡에 의하면 문신이란 정신분석학적 관점에서 '공격성'과 관

계를 맺는 마조히즘, 죽음의 한 변형이란다. 아름다운 육신의 표현이 아니라

성적인 폭력을 내포한 이 오브제의 형태적 특성은 다분히 공격성을 내포하

고 있고 인간의 본능 속에 침잠해 있는 나르시시즘적인 성적 본능에 보다 가

깝게 밀착되어 있다. 그리고 그것이 바로 문신의 특성과 슬쩍 연결된다. '인 프라 페인팅'이라 할 그 문신은 소수집단의 동일한 취향과 자기네들끼리의 기호화된 자국들로 신체에 들러붙어 있다. 그것은 또 하나의 몸으로, 피부로 다가온다.

"제 작업을 통해서 이야기하고 싶은 것은 문신이 새겨진 몸이나 몸 위에 새겨진 문신에 있는 것이 아니라 몸과 문신 사이에 대한 것입 니다." 〈작가노트〉

김준은 라이텍스라는 소재를 사용해 실제 인간의 살과 유사한 가짜 피부를 만들어놓고 그 위에 문신기법으로 특정 이미지를 새겨놓았다. 문신 의 모양은 꽃, 용, 문자, 부처 등 다양하다. 살갗을 바늘로 찔러서 가지각색 의 정교하고 화려한 문양들을 조심스레 새겨나간다. 이렇게 문신에는 상처 와 장식이 하나로 들러붙어 있다. 문신은 예술적인 상처처럼 보인다. 그에게 새긴다는 것은 무척 중요한 작업 요소다. 그린다는 것과 새긴다는 것 사이에 위치한 그 작업은 그리면서 새기고 새겨나가면서 그려나간다. 그러니까 그 에게 새긴다는 것은 자신이 스스로의 의지에 의해 육체적·정신적으로 경 험하는 것과 타의적 또는 외부적인 것에 의해 경험되는 것 모두를 의미한다. 이는 사회규범과 틀에 의해 제한, 억압받는 한 개인의 삶에 대한 관심으로 자연스레 연결된다. 그는 '부정하고 싶지만 부정하면 안 되는 것, 하고 싶 지만 선뜻 하지 못하는 것', 즉 금기(taboo)된 것들을 드러내고자 한다.

문신이란 육체에 각인된, 소유의 욕망이자 나와 타인의 몸을 하나로 묶어내고자 하는 욕망은 아닐까? 신체로 증거되는 지하화된 몸의 분화가 아 닐까?

몸에 덧붙여지고 새로운 몸으로 보여지는 그의 작업은 또한 이질적이고 기이한 체험을 제공한다. 온전한 몸에서 이탈한 이 기관들은 그 자체로 욕망을 극대화해 도피해 있다. 문화적 테크놀로지에 의해 휴머니즘 자체의 기반이 와해되고 오로지 욕망만이, 그 '온몸이 혓바닥뿐인 욕망'만이 증식하는 우리 시대의 기관, 육체에 대한 하나의 강력한 은유인 셈이다. 기관들이 저마다 도피해버린 이 육체는 더 이상 온전한 육체로서의 삶을 멈추고 끊임없이 이탈한다. 그가 분리시킨 이 기관들은 모두 지독한 성적 욕망과 나르시시즘으로 관자의 시선을 얼어붙게 한다. 우리들은 오로지 이 파편화되고 분절된 기관들에 기생하는 것이다. 그것이 김준이 보는 우리들 육체이고 주체인 셈이다.

그는 몸 속 내장이나 인간의 장기처럼 보이는 부위에 '지옥도'의 장면들을 문신으로 삽입했다. 생사고락이 엉켜 있고 한 몸으로 들러붙어 있다. 몸에 직접적으로 수놓아진 부적과 금기의 표시, 고통과 염원의 징표들이 고스란히 피부가 되고 살이 되고 내장이 되어 함께 한다. 생사고락이 내장, 속살, 장기와 함께 간다. 회화적 요소와 조각적 요소(부조와 공간의 구축), 공예적 요소들이 혼합된 이 작품은 색다른 시각적 흥미를 제공한다. 평면적으로 나타나는 형태와 색상이 빚어내는 다채로운 회화적 이미지, 스펀지와 헝겊을 이용한 공간 및 배경의 구축이라는 조각적 특성, 그리고 스펀지와 헝겊이라는 재질과 군데군데 나타난 바늘로 꿰매고 붙인 수공예 자국들이 하나를 이루고 있다는 점 등이 그렇다. 그리고 이를 이용해 지옥도를 문신으로 새겨 놓았다.

어느 날 그는 '지옥도'의 한 장면을 흥미롭게 들여다보았다. 지옥 개념은 선악의 분기점에서는 크나큰 강박관념으로 작동되어 제동을 가하기도 하고 심리적인 억제기능을 하기도 한다. 사람이 죽은 후에 가서 고통받는다는 저승인 지옥을 나락(奈落)이라고도 한다. 죄를 범한 사람이 사후에 가는 것으로 지하 또는 세상 끝에 있다고 하는 지옥은 부처의 자비에 의해 구원되

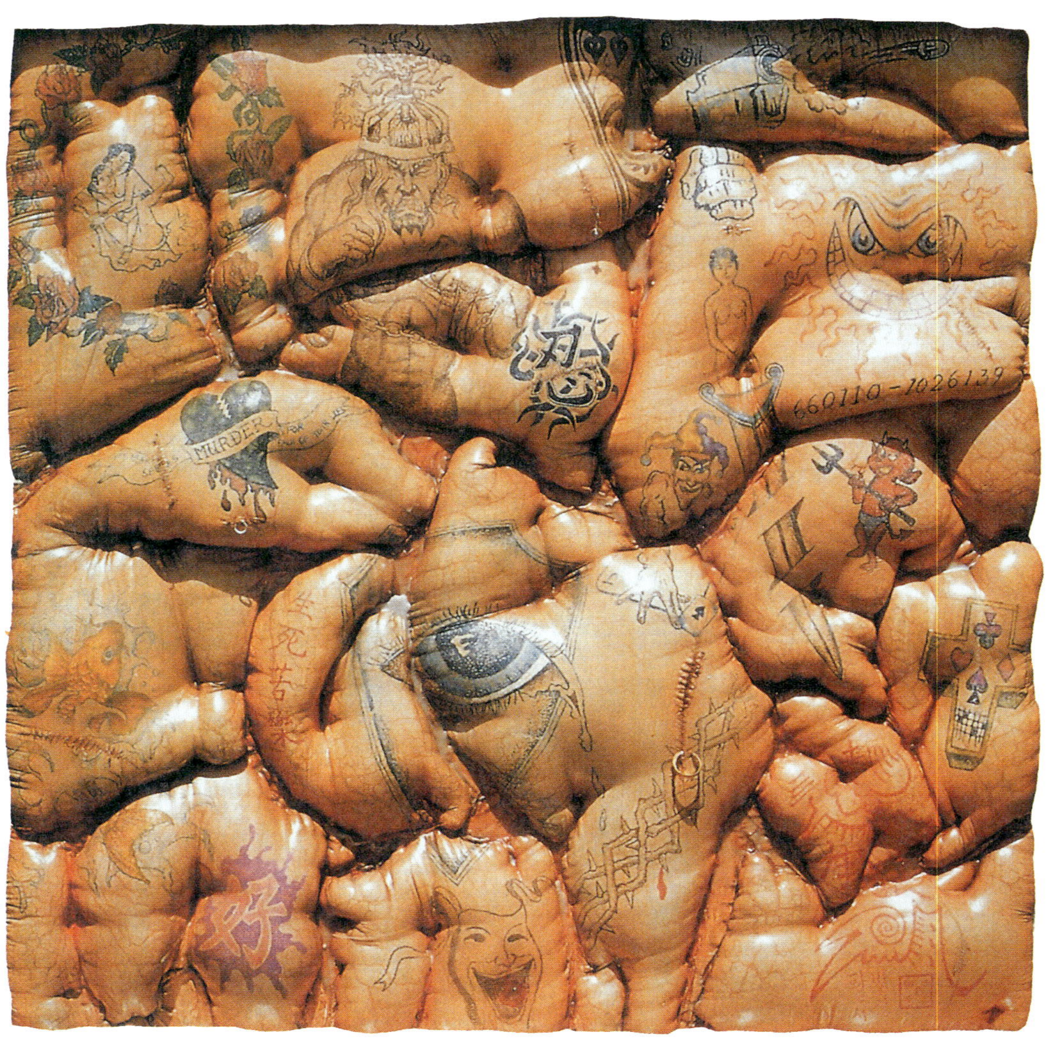

생 · 사 · 고 · 락 혼합재료, 10×130×130cm, 1996

든가 혹은 죄의 다과(多寡)로 윤회전생을 반복하는 유한적인 영원의 사고를 보여준다. 지옥의 잔인한 형벌은 이 세상에서 가장 무서운 광경으로 이는 생전에 악행을 하면 사후에 이와 같은 가혹한 제재가 가해짐을 암시한 것이다. 지옥도의 잔혹, 처절한 광경은 생전의 악행에 대한 인과응보로서 악을 배격하고 선을 권장하려는 의미 또한 내재해 있다.

나쁜 짓을 한 사람이 숨을 수 있는 곳은 어디에도 없다. 하늘도, 깊은 바다도, 산골짜기 동굴 속도, 죽음으로부터도 사람을 보호해주지 못한다.

〈법구경〉

지옥도는 죽음까지도 가지고 가야 되는 자신의 죄를 묻는다. 따라서 그것은 금기의 설정이자 위반에 주어지는 벌을 시각화한다. 눈으로 보게 함으로써 보는 이들은 그 공포와 두려움을 스스로 내재화한다. 본 것은 기억되고 마음에 남아 자기 내부에 지옥을 가설하고 살아생전의 모든 행동을 스스로 검열하게 된다. 우리가 보는 지옥도 안에는 그치지 않는 고통만이 있다. 가장 무섭고 끔찍한 아픔은 거기에 시간이 없다는 것이리라. 무한정한 아픔과 고통은 유한한 인간의 사유와 시간 개념 속에서는 측량할 길이 없다.

지옥도는 공포심을 자아내는 그로테스크한 도상으로 가득하다. 그로테스크는 인간 존재에 내재되어 있는 공포감을 형상화시킨 심미적인 조형이다. 고통받는 지옥중생이나 아귀의 모습은 업의 굴레를 헤매는 우리들의 초상이기도 하다. 동시에 지옥이나 아귀상에 나타나는 고통의 표현이 그로테스크해질수록 현세의 삶에 대한 경각심은 더욱 증폭될 수밖에 없을 것이다.

성철 큰스님
김.호.석.

　　성철 스님을 직접 뵌 적은 물론 없다. 그런데도 낯설지 않다. 그만큼 다양한 매체를 통해 스님의 얼굴을 보았기 때문인지 모르겠다. 주명덕의 사진으로, 김호석의 초상화로 혹은 텔레비전을 통해 여러 번 접했다. 한번은 어느 갤러리에 갔더니 앞에 앉은 사장의 뒷벽에 성철 스님이 그린 원이 액자에 걸려 있었다. 한자로 '성철'이라 쓴 글자가 선명했다. 일획으로 그어 그려 놓은 원뿐이었지만 성철이란 글자와 맞물리는 순간 그 원은 예사롭지 않는 그림, 이미지가 되어 다가온다. 마치 후광처럼, 부적처럼 그것은 스님을 대신해 현세에 여전히 영향을 미치고 있다.

　　성철 스님의 이미지 중 김호석의 초상화는 단연 손꼽을 만하다. 그는 80년대에 한국의 역사적 인물을 형상화해낸 일련의 초상화로 주목을 받았다. 그의 사실적인 인물화의 조형적 특징 가운데 주목되는 것은 무엇보다도 배채(背彩)기법이었다. 과거 전통화가들이 인물화를 그릴 때 종이의 뒷면에서 색을 칠해 앞면에 부드러운 발색이 이뤄지도록 하는 경우가 많았는데 이 기법의 사용이 한동안 거의 사라졌다가 그의 작품을 통해 다시금 본격적으로 등장한 것이다. 아울러 조선시대 초상화의 탁월함이 그의 손에 의해 놀랍게 환생하였다.

　　그가 전통 초상화를 환생시킨 내력은 흥미롭다. 그것 역시 인연의 소

산일 것이다. 우선 전북 정읍이 고향인 그의 집안으로 거슬러 올라가 보아야
한다. 그의 고조부는 유학자로서 일제 침략에 맞서 항거하다 감옥에서 돌아
가셨고, 그 반외세 정신은 조부에게로 온전히 이어졌다고 한다. 김호석의 아

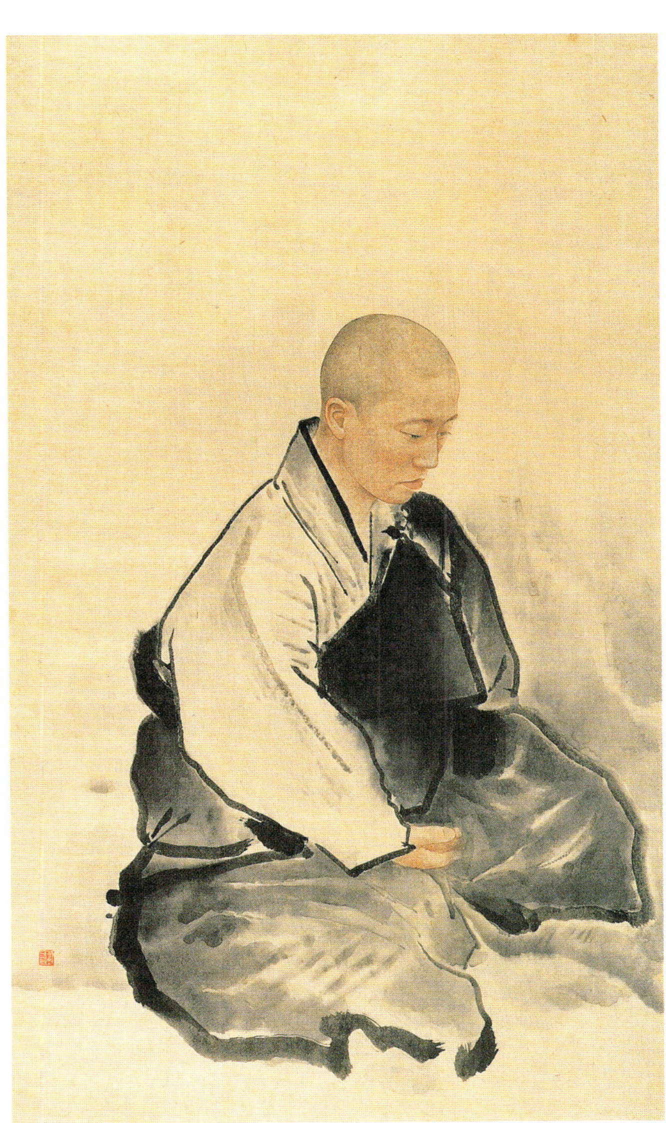

선(禪)
종이에 수묵채색,
99×60cm,
1996

버지는 항일지사의 집안이면서 가난하게 살았던 농부였다. 민족주의 · 반외세 · 민중성의 피를 이어받았다는 그는 그런 성향이 알게 모르게 자신의 작업에 영향을 끼쳤다고 믿는다. 그래서 역사에 대한 관심과 현실 참여적인 성향을 작품 속에 내재해 왔던 것이다. 자연스레 한국 근현대사의 정신적 표상으로 삼을 수 있는 이들의 초상을 담아왔다.

그러나 역사적인 인물의 초상화를 그리는 과정에서 카메라의 눈과 서양화적인 투시도법에 익숙해 있는 그의 눈은 한국인의 초상을 그리는데 무척 곤혹스러운 장애를 심어주었다. 그래서 새롭게 인물화에 접근하자고 생각하게 되었고 그에 따라 조선시대 전통 초상화에서 그 돌파구를 찾게 된다. 마침 자신의 집에 조선 말기의 뛰어난 초상화가 채용신(蔡龍臣, 1850~1941)이 그린 초상화가 있었다고 한다. 옛날 자신의 집에 6개월 동안 묵으면서 여러 점의 그림을 남겼던 것이다. 어린 시절 할아버지께서 채용신이 그림 그리던 당시, 현장에서 깨알같이 적어둔 메모를 꺼내 여러 말씀을 하시던 일이 생각나 그 초상화를 뜯어보기로 한 것이다. 비로소 초상화기법의 비밀이 조금씩 풀리고 이를 숙지하게 되었던 것이다.

예를 들어 배채기법 역시 그냥 뒤에서 채색을 입히는 것이 아니라 피부, 옷, 머리카락 등에 따라 먹과 호분 등의 채색방법이 각각 다름도 확인했다. 그 이후 본격적인 초상화 공부를 위해 전국 60여 곳의 사당을 돌아다니며 인물화기법을 연구했다. 보푸라기가 많은 닥종이를 매끄럽게 처리하는 방법, 자연에서 채취한 물감, 불화 등의 채색기법, 모필의 특성까지도 탐구하게 되었다. 그로 인해 김호석은 전통 초상화기법에 가장 정통한 작가가 된다.

그는 1995년 예술의 전당에서 열린 〈수묵 인물화전〉에 성철 큰스님의 입적 1주기를 추모하는 초상 및 영정을 전시해 큰 호응을 얻었다. 마침 성철 큰스님을 그려달라는 의뢰를 받고 해인사에 한 달간 머물면서 영정 등

60여 점의 그림을 그렸던 것이다. 당시 그는 성철 스님이 이 시대의 탁월한 정신적 지즈임에는 틀림없지만 도인의 경지보다는 속세에서 살아가는 모습을 그려 범인들이 나도 이런 사람이 되고 싶은 마음이 생기도록 하려고 노력했다고 한다. 그래서 자연스레 선화(禪畫)를 연구하게 되었는데 이는 간단명료한 표현, 은유적 표현을 공부하기 위한 것이었다.

사실 동양의 초상화에서는 대상 인물의 사실적 묘사만이 아니라 그 인물의 고매한 인품과 정신까지를 담아내고 있다. 한국의 초상화, 특히 임금이 용안을 그린 어진의 경우 어느 시대건 당대 최고의 화가가 거국적 배려 아래 제작했기 때문에 그 수준이 무척 놀랍다. 아마 우리 미술품 중 가장 탁월한 성과를 하나 꼽으라면 단연 조선시대 초상화를 거론할 수 있을 것이다. 옛 사람들은 눈앞에 있는 인물을 그대로 사실적으로 재현하려는 극진한 노력을 보여왔다. 그에 따라 조선조 화가들에게 제작시 가장 중시해서 묘출해야 할 방향이 설정되었는데, 그것은 대상인물의 외적인 닮음뿐만이 아니라 정신을 표현해야 한다는 것이었다. 이른바 '전신사조(傳神寫照)'란 말이 그것이다. 이 용어는 중국의 고개지(顧愷之)가 처음으로 사용한 말이다. 전신이란 대상 속에 숨겨져 있는 신, 즉 정신을 일컫는 말이고, 사조란 작가가 관조한 대상의 형상을 묘사한 것을 말한다. 그러니까 전신사조란 형상을 통하여 정신을 표현해내는 것을 의미한다.

현실적으로 존재하는 어떤 인간의 어떤 순간, 혹은 어떤 장소에서의 모습이 아니라 그 초상화를 첨배하는 사람이 그 인물로부터 기대하는 모습, 기억하고 숭배하고자 하는 바람직한 모습이다. 조선시대 초상화가들은 대상인물이 지닌 가장 반듯하고 흐트러짐 없는 모습을 표출해내야만 한다고 생각한 것이다. 그리고 이는 임금의 얼굴이건 사대부의 초상이건 공통적으로 요구되는 것이었다. 그러니까 모든 유형의 인물들로부터 담담하고 절제된 군자의 자세를 바랬으며 그것을 최상의 미덕으로 여겼던 것이다.

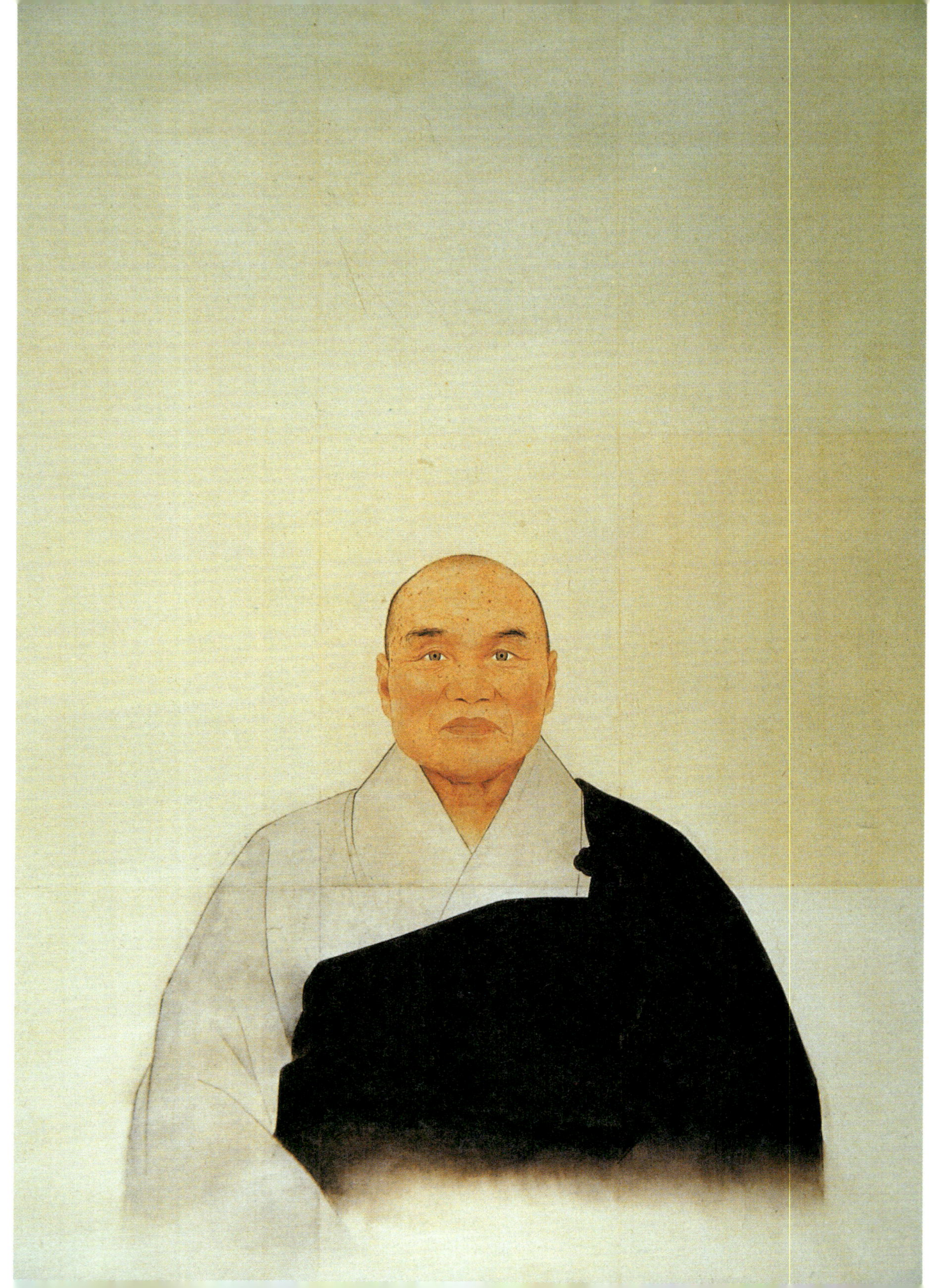

이처럼 한국의 초상화는 왜곡이나 변형을 통한 실제 인물 이상의 회화적 효과도, 또한 특징의 강조를 통한 의도적 과정도 추구하지 않고 오로지 실제 인물에 접근하기 위한 사실적 노력에 극진했던 것이다. 한국 초상화의 묘는 바로 그 같은 재현의 극한에서 오는 표현력에 있다고 해도 과언이 아니다.

김호석은 우리 전통 초상화의 정신과 기법을 되살려 내면서 동시에 이 시대를 살아가는 인물을 오늘의 시각으로, 오늘의 감정에 맞게 제대로 그려낸다면 그것이 새로운 창조라고 믿는다.

성철 스님의 영정은 그런 시각에서 그려졌다. "산은 산이요, 물은 물이로다"라는 말씀으로 무소유와 개인 부재를 평생 실천하신 큰스님의 전인격적인 행적과 무소유의 수행을 단아하면서도 엄정하게 표현한 초상화다. 한지 자체의 재질과 색감이 자연스럽게 배경으로 자리하고 하단에는 흡사 물이 차오르듯이 성철 스님의 상반신이 떠오르는 느낌으로 그려졌다. 얼굴 부분의 핍진한 전신사조기법과 과감한 발묵으로 파격적이며 자유분방하게 처리한 승복의 조화가 절묘하다. 금세기 대중으로부터 가장 사랑받던 스님의 평화롭고 자애로운 인상과 함께 선사상의 특징인 완전한 자유자재의 미학과 그분의 삶을 겹쳐 놓은 오롯한 표현이다.

"불자도 아니고 뵌 적도 없었다. 집착하면 할수록 얼굴로는 오지 않고 말씀으로만 오는 이…… 도대체 어떻게 해야 그분의 영상이 잡힌단 말인가. 번번이 좌절하고 뉘우치는 생각이란, 스님의 영정과 구도 행적을 내 붓에 가두어 보겠다고 덤빈 것이 잘못이었다는 사실

성철 스님 종이에 채색, 175×256cm, 1994

뿐. 아, 그럴 때의 막막함이란. 그러나 돌이킬 수 없는 발길이었다. 어쩌겠는가. 일단 붓을 놓았다. 그리고 큰스님의 말씀을 열심히 읽었다. 또 그분의 채취를 조금이라도 더 느끼고 싶은 욕심에 기회 닿는 대로 해인사를 찾았다. 지금 와서, 작업을 끝냈다는 뿌듯함은 간 데 없다. 오직 그 자리엔 큰스님 가신 길에 누(累)가 되지 않았으면 하는 간절한 바람만이 외로이 서 있을 뿐이다." 〈작가노트〉

현재의 쾌락에 잠긴 연꽃

김.홍.주.

꽃은 그것을 바라보고, 냄새 맡고, 만져 봄에 의한 즐거움으로서 우리의 미적 의식에 주어지는 무상의 순수한 부여물이다. 하나의 꽃은 단순히 식물로서의 꽃이라는 개별적 존재에 머물지 않고, 그로부터 벗어나 아주 멀리 달아나 하나의 우주, 실존의 공간으로 다가온다. 그것이 꽃을 그리는 이유이리라. 식물성의 세계는 고요하고 정지되어 있으며 남을 상처주지 않는다. 그것은 자신의 주어진 공간에 침묵하고 수직으로 뻗어 내려갈 뿐이고 주변의 공간 위로 마냥 부풀어 오른다. 지표가 경계를 이루고 그 위와 아래로 세계는 나뉜다. 그 어딘가에 지천으로 꽃이 핀다.

5만년 전에 살았던 네안데르탈인은 친척이 죽으면 히아신스와 수레국화를 시신과 함께 묻었다고 한다. 그 꽃은 죽은 이를 기리고 그에게 바치는 것이다. 그토록 오랜 시간 동안 꽃은 제의와 죽음, 기념과 추억, 기쁨과 심미적 행위의 중심에 위치해 있었던 것이다. 사실 꽃은 한 순간, 바로 그 찰나에 그저 아름다울 뿐 영원이나 희망과는 거리가 먼 존재다. 그러나 인간의 관점에서 볼 때 세상에서 꽃을 빼버리고 나면 세상은 죽은 것이나 다름없을 것이다. 그러서일까? 그림의 소재로 가장 많이 그려지는 꽃, 아니 모든 이미지 중에서 빈번하게 차용되는 꽃의 이미지는 무슨 의미를 지니는 것일까?

꽃은 아름답다. 아마도 쓸모가 없기 때문일 것이다. 옛부터 상징적인

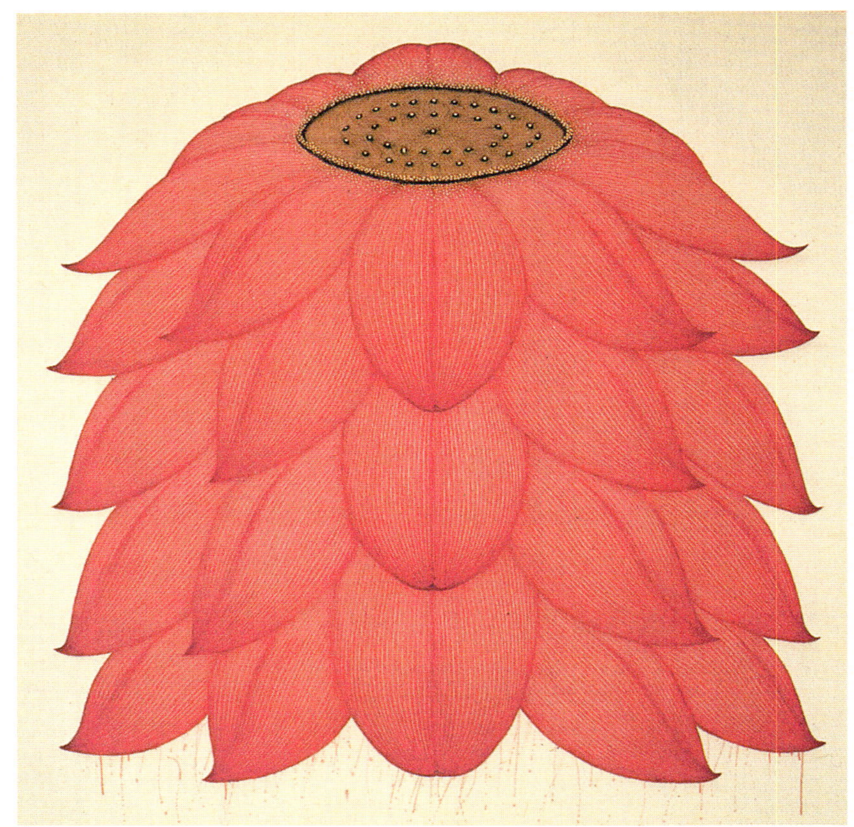

무제
캔버스에 아크릴,
185×185cm,
1996

아름다움을 지향해 왔던 미술은 꽃을 모방함으로써 덩달아 상징적이고 아름답고 긴 역사를 가지고 있고, 그렇게 오랜 세월 동안 꽃 그림은 상투화되어 왔다. 따라서 아직도(?) 꽃을 그리고 있는 이들은 대부분 비현실적 탐미주의자들 내지 표구사의 진열대를 채우고자 하는 이들이거나, 아니면 요즈음의 세상과 미술계의 세태에 매우 실망하여 낙향한 이들이다.

연꽃은 가장 흔하고 빈번하게 그려진 꽃이며 무수한 의미를 품고 있는 도상, 오래되고 빛바랜 그런 상징의 하나이다. 그런데 꽃이 있기에 꽃을 그린다는 김홍주가 그린 연꽃('무제')은 사실 무척이나 괴기한 꽃이다. 단조로운 배경을 등지고 연꽃 하나가 피를 흘리고 있거나 징그럽게 꿈틀대는 것처럼 보인다. 그것은 마치 살아서 갖은 희로애락의 감정을 기꺼이 표현하고 있는 연꽃이다. 동시에 그 연꽃은 불교적 사유의 도상으로, 한국인들의 심층에 깊숙이 자리한 종교적·기복적 상징(풍요와 다산 등)으로 봉긋하니 부풀어 올라 있다.

흔히 연꽃은 불교의 교리를 상징하는 만다라로 상징된다. 그리고 윤회와 환생이라는 상징적 의미로도 쓰인다. 피를 흘리는 이 그로테스크한 연꽃 그림은 환생이란 측면과 그에 대한 민중의 집단적, 무의식적 소망의 표현에 보다 밀접하게 연관되어 보인다.

김홍주는 어린 시절 사찰이나 당집 같은 곳에서 그 연꽃 이미지를 수시로 접했다고 한다. 불교와 무속이 습합된 곳에서 연꽃은 가장 핵심적인 상징이다. 유년의 기억 속에 잠들었던 연꽃의 추억이 이렇게 하나의 연꽃이 단독으로 화면 전체를 가득 점령한 형국으로 추억화되었다. 어쩌면 그의 연꽃은 한국인의 무의식 속에, 기층문화와 의식의 저간에 자리한 보편적인 상징일 것이다.

김홍주의 연꽃은 그저 주어진 화면 공간을 채워나가고자 하는 '자기현시적 욕망'만을 보여준다. 화면에 달라붙어 자신의 그리기라는 행위로 온전히 그 화면을 차지해 나가겠다는 작가의 기이한 욕망을 만나는 것이다. 그에 따라 보는 이의 눈은 그림 속의 꽃을 보는 동시에 세필로 촘촘히 그려나갔던 작가의 신체적 행위에 마냥 빨려들어간다. 그리는 순간의 강렬한 정신집중은 작가의 주관적인 의식을 잃게 하며 동시에 무의식적인 상징적 의지를 동반한다. 그래서 이 즉물적인 사실성이 보여주는 객관성이 김홍주가 창출해낸 이미지의 최대 장점이 된다.

무엇보다도 그의 무궁무진한 세부 붓질은 전체적인 형태를 떠올리거나 연꽃의 저현에 머무르지 않고 전체와는 상관없는 '세부를 위한 세부', 자신의 끊임없는 지속과 과잉을 즐기는 자기애적 그림을 보여준다. 그림을 그린다기 보다는 '노동'을 한다고 표현하는 것이 맞을 것 같다. 이렇게 부분 부분을 세밀하게 그리다 보니 각각의 부분은 섬세하지만 전체적으로 볼 때는 괴기한 꼴로 나타난다. 의도적으로 왜곡된 이미지를 그리고자 한 것이 아니라 그리는 과정을 통해 왜곡된 꼴이 자연스레 출현하는 것이다.

대상을 일대일로 복제해내는 전통적인 재현론에 대응하여 재현을 일종의 투시 관계로서 파악하는 그는 모든 사물을 해체하고 재구성하면서 돌아서면 잊어버리기 쉬운 일상의 이미지를 생생하게 인식할 수 있는 방법으로 재구성하고 있다. 이런 그림이 우리에게 일종의 '소격효과'를 불러일으킨다. 상식화된 원근법을 지양하고 부감법을 이용하거나 서양화에서 오랫동안 무관심해 왔던 여백의 문제를 적극 활용한 이 그림은 앞서 언급했듯이 낯설게 하기의 방식으로, 모든 것이 빠르게 지나쳐버리듯이 이 시대에 우리들이 잃어버린 것들, 혹은 놓치고 간 것들을 재음미하고 재해석함으로써 새로운 효과를 야기한다. 그래서 다소 진부한 연꽃의 도상이 새삼스럽게 다가온다.

무엇보다도 이 연꽃은 목적이나 흐름 없이, 특별한 메시지나 주제도 없이 오로지 그림을 그려나가는 현재의 시간에 대한 집착만을 보여준다. '현재'라는 시간만을 충실하게 살아나가는 것이다. 그림 밖에서 그림을 말하거나 그림 외적인 것으로 그림을 지칭하지 않고 오로지 그림 그리는 수난의 과정이라는 '현재의 쾌락'만을 문제삼는다. 그러니까 '밥을 먹을 때는 몸과 마음 전체가 밥이 되어 밥을 먹는다'는 것처럼 그도 그림을 그리는 순간에 그림이 된다.

내일은 없다. 오로지 현재만이 있을 뿐이다. 불교에서는 그 현재의 시간을 충실히 사는 법에 대해 즐겨 말한다. 이미 지나가버린 과거에 의해 발목이 잡혀 있거나, 오지 않은 미래에 의해 현재의 시간이 저당잡히지 않고

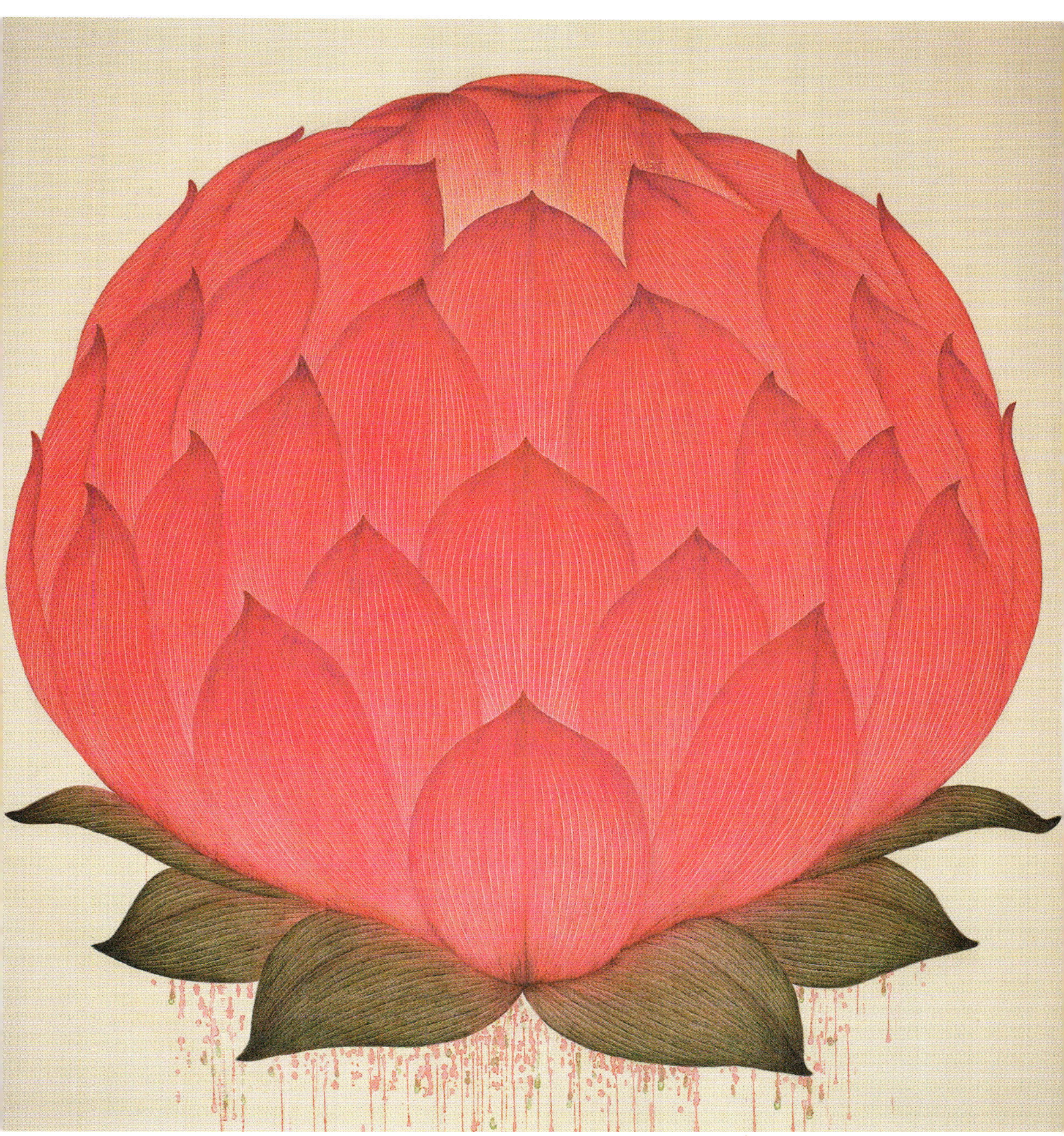

무제 캔버스에 아크릴, 185×185cm, 1996

오로지 현재를 위해 자신의 삶을 충실히 사는 것에 대한 이 불교적 인식은 시사하는 바가 크다. 그것은 서양의 직선적 시간, 목적론적 시간, 기계적 시간을 거스르고 넘어서게 한다.

아울러 그 쾌락은 꽃잎의 장식에 몰두하는 태도에서 찾을 수 있다. 장식이란 것이 '현재의 순간 속에 의도적으로 정지하면서 본분을 망각하고, 대신 몸의 찰나적 감각만을 부각시키려는 노동'이라면 그의 이 연꽃은 꽃을 통한 모종의 관념, 이야기, 감정의 표현이 아닌 전적으로 장식에 해당한다고 볼 수 있다.

무릇 그림은 언어적인 것과 비언어적인 것 사이에 있다. 그림은 언어의 소통성과 사물의 침묵을 다 가지고 있고, 좋은 그림은 말과 침묵이 적절히 조화되어 있음을 느끼게 한다. 그림이 너무 많은 말을 하면 시끄러워서 눈을 돌리게 되고, 아무 말도 하지 않으면 더없이 지루해진다.

좋은 그림은 결코 수다스러운 그림이 아니다. 작가의 주관적인 작품과 관람자의 주관적인 해석, 그 가운데 작품은 존재하여, 작품의 의미라는 것도 그들 중의 한쪽 면에 존재하는 것이 아니라 그 사이에 존재한다. 이러한 거리를 인정한다면 그리는 자가 할 수 있는 것은 진정성을 가지고 그리는 일 뿐이다. 현재의 시간에 충실할 뿐이다. 그리고 그림은 그림일 뿐이다.

시퀸으로 뒤덮인 불상

노.상.균.

부처를 인간의 형상으로 재현하는 것은 오랫동안 금지되었었다. 그렇기 때문에 부처는 현학적이면서도 비우상적인 이미지를 갖게 되었다. 이런 전통 덕에 불교는 세존을 묘사한 이미지는 성스러워야 한다는 인식을 물려받게 된 것이다. 따라서 정해진 도상의 원칙에 충실하게 재현되어야 했다. 부처의 신체는 여느 사람들과 달리 마하푸리사〔大人〕의 서른두 가지 특징을 갖추고 있다고 한다. 황금빛 안색과 부드러운 피부, 고르고 흰 치아, 떡 벌어진 어깨, 동체의 연결 부위가 동그스름함 등이 그것이다. 또한 부처의 모습이 재현될 수 있는 네 가지 자세는 부처가 경쟁교단의 스승들을 제압하기 위해 행한 슈라바스티의 '위대한 기적'에서 보인 네 가지 자세에서 연유한다. 바로 서고, 걷고, 앉고, 누워 있는 자세만이 부처를 재현하는 적절한 자세로 여겨지고 있다. 그 중에서 누워 있는 자세는 반열반을 묘사하는 경우에만 주로 쓰인다. 나로서는 그 와불이 모든 불상의 자세 중에서 더없이 편안하고 친근하게 다가온다.

미술가의 관심을 가장 많이 사로잡은 것 역시 부처가 세속의 삶을 마감하고 죽음과 환생의 고리를 끊어 열반에 드는 순간의 모습일 것이다. 그래서일까, 노상균은 커다란 와불상의 표면, 즉 피부에 시퀸(sequin, 여성용 의복 등에 쓰이는 장식용 둥근 금속조각)을 촘촘히 감아놓았다.

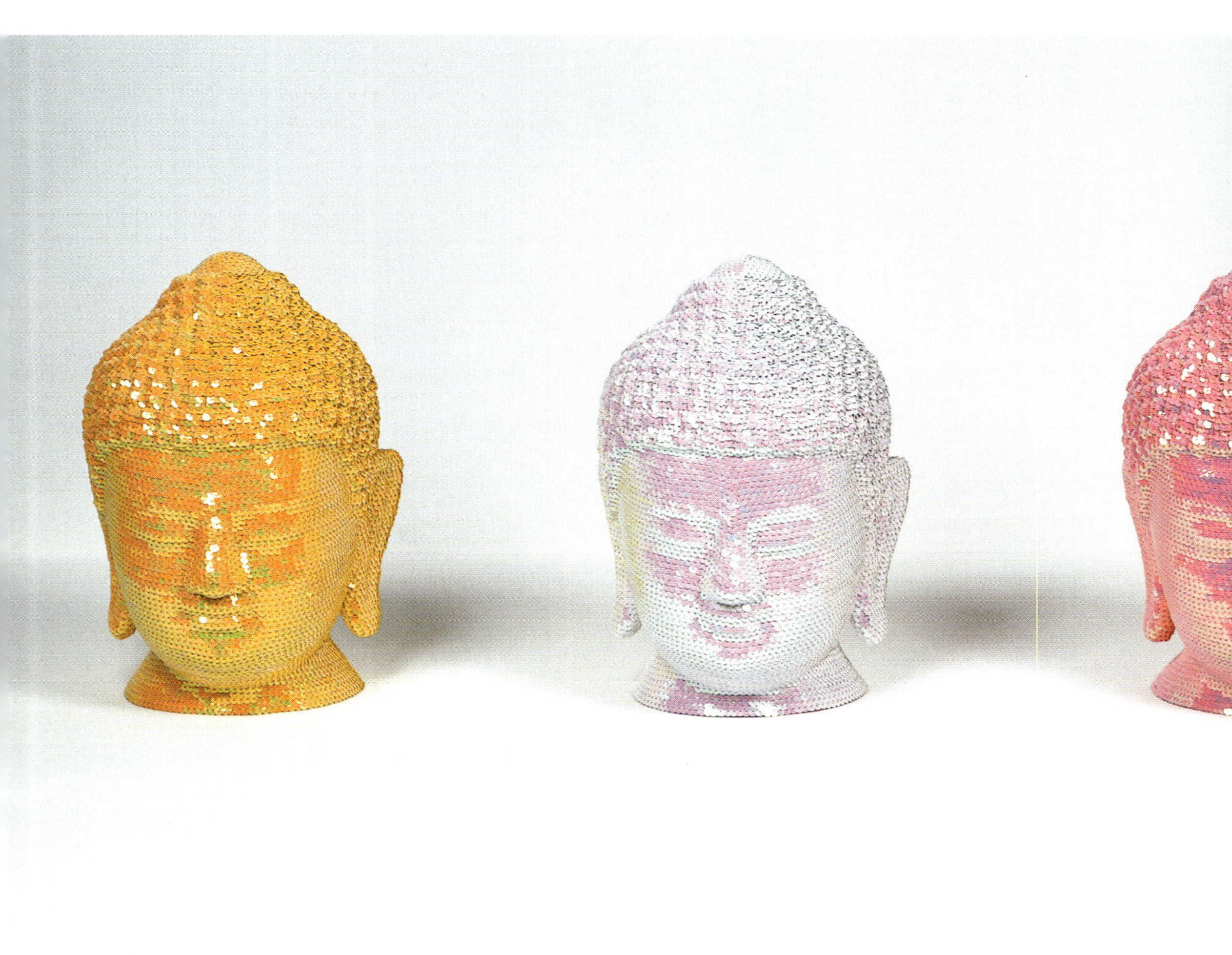

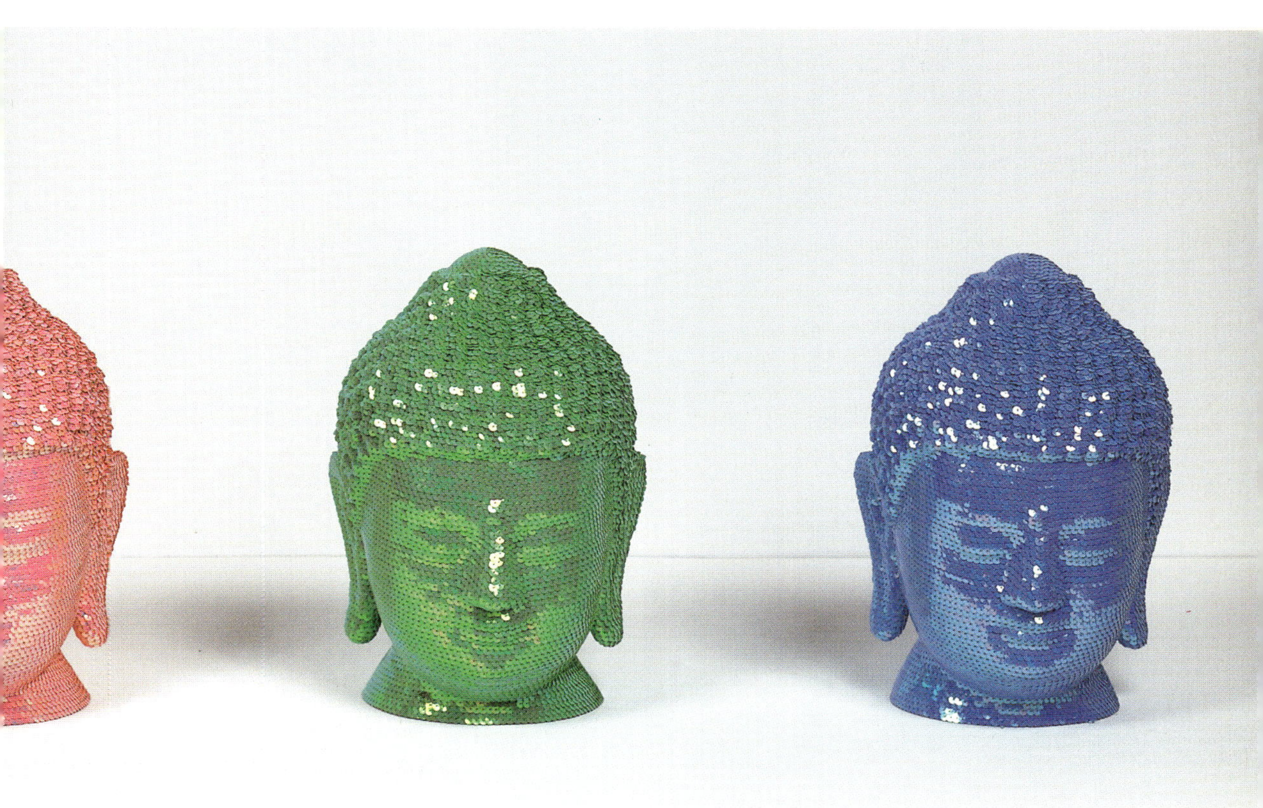

숭배자를 위하여 Sequins on the Buddha head of Polyester resin fiberglass, 32×22×22cm, 2001

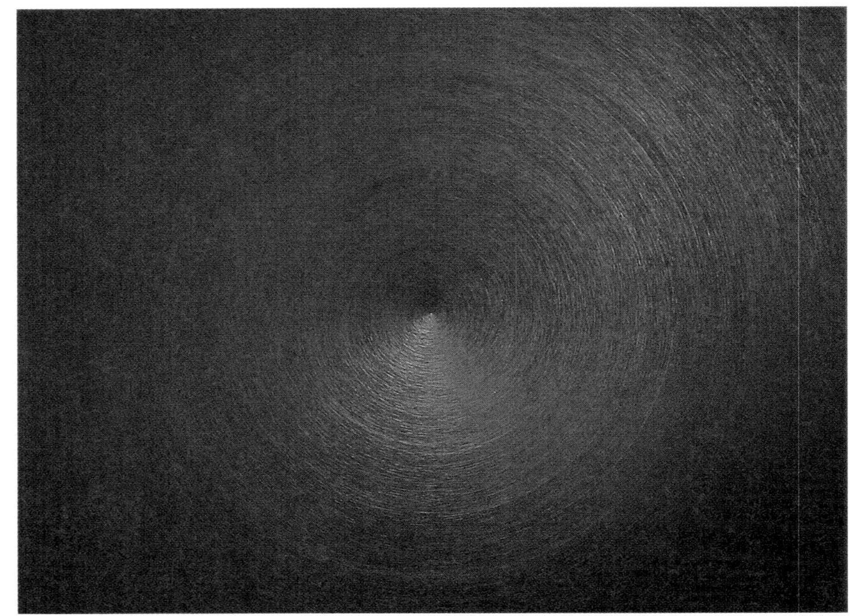

또 다른 끝
캔버스에 시퀸,
130×162cm,
1999

　　물고기의 비늘처럼 시퀸은 반열반에 드신 부처의 몸을 촘촘히 감싸고 있다. 시퀸과 빛에 의해 광휘로 뒤덮인 불신은 장엄하고 화려하며 웅장하다. 가장 세속의 재료들이 가장 존귀한 몸을 드러낸다. 여기에 이중의 은유가 스며 있다.

　　부처가 죽은 시기는 기원전 486년으로 알려져 있다. 늙고 쇠약해진 부처는 평생 그랬듯이 걸어서 네팔 국경 근처의 작은 마을인 쿠시나가르로 가서 가까운 제자들에게 마지막 음식을 청했다. 음식을 먹은 후 심한 복통을 겪던 부처가 마침내 자신이 삶의 마지막에 이르렀다는 것을 알았을 때 사라 숲에 도착해 두 나무 사이에 자리를 깔게 하고서 머리를 북으로 두고 서쪽으로 향해 누워서 정념, 정지에 머물렀다고 한다. 그날 밤 부처는 고요히 열반에 들었다. 시신은 제자들이 화장하였다. 어의적으로 열반은 '소멸'을 의미하는데, '적정·적멸' 등을 뜻하기도 한다. 시작이 없고, 변화가 없고, 소멸하지 않고, 파괴하지 않고, 전생하지 않는 상태를 말한다. 자아를 소멸하지 않으면 획득할 수 없는 니르바나는 처소가 없는 영원의 상태다. 논리나 이성으로 파악되지 않고 문자로는 설명할 수 없는 그런 상태이다. 마지막 설법은 이러했다. "이 세상에 존재하는 모든 것은 일시적이고 무상하니, 열심히 정진하여라. 이 세상에 있을 때 자기 자신을 의지처로 하라. 법을 등불로 삼고 다른 것을 의지하지 말라."

노상균은 자잘한 시퀸들을 엄청나게 반복해 붙여나가면서 형상을 만들어내는 지독한 손작업을 보여준다. 무수한 시간의 집적 아래 가능한 이 작업은 모든 사물의 피부를 색다른 피부, 또 다른 살로 변신시키는 작업이기도 하다. 무던한 노동과정을 보여주는 사이로 작가는 온갖 공상을 즐기고 더러 면벽 수도하듯이 그 시간을 견디고 이겨낸다. 그는 시퀸이라는 특이한 소재를 평면이나 입체에 붙이는 작업을 한다. 섬세하게 굴곡진 조상들을 덮은 시퀸은 한 땀의 빈틈도 없이 매우 치밀하고 섬세하게 표면을 형성한다. 시퀸을 하나하나 붙여나가는 행위 자체에 요구되는 엄청나게 긴 시간 동안 자기 학대적 반복과 기다림 속에서의 고통—쾌락의 환영을 추구하는 마조히즘적 주체의 전형 또한 개입되어 있다. 그것 역시 고행의 일종이다.

일명 '반짝이'라고 불리는, 싸구려 레디메이드로서의 시퀸을 이용해 끝도 없이 겹쳐지며 확산되는 동심원의 증식과 분열로 이루어지는 형태들을 생산해내는 편집증적 반복행위는 놀랍다. 시퀸 자체가 지닌 장식적·자기 과시적·도발적·자극적인 효과를 의도한 이 작업은 자극적인 형광색의 교란, 플라스틱 키치용품과 그 표피적 감수성, 모든 차이를 무화하고 덮어버리는 속성을 통해 현대문화와 현대인의 정서의 한 단면, 즉 과잉과 결핍이라는 현대 특유의 삶을 은연중 반영한다. 싸구려 플라스틱, 무대의상, 간판에 쓰이는 천박한 색감의 시퀸을 비판적으로 이용한 그는 키치적이고 펑키한 것을 예술작품 안으로 도입했다. 현대인이 지니고 있는 것이 이렇게 가볍고 즉물적이고 매우 '스피드'한 삶이기에 그 소재는 적절하다.

아울러 빛과 조명에 따라 수시로 변화하고 반짝이는 이 재료는 인간 눈의 착시를 부추기고 이용하는가 하면 가장 강렬한 환영(스펙터클한 볼거리)을 연출한다. 대량생산되는 산업사회의 속성을 지닌 물건으로서 인공적이고 키치적이며 화려하고 가볍고 싸구려이자 천박한 특성을 소유한 시퀸은 동시에 화려한 아름다움이 있다. 그러나 그것은 가짜고 눈속임이고 모조된 것들이다.

그 시퀸으로 섬세하게 굴곡진 조상들을 덮은 작가는 한 땀의 빈틈도 없이 매우 치밀하고 섬세하게 표면을 성형하였다. 정교하기 이를 데 없는 작가의 장인적 솜씨는 그의 오브제들을 훌륭한 관찰의 대상으로 변화시킨다. 시퀸으로 작업하는 것은 마치 염주 알을 굴리는 것과 유사한 행위, 즉 삶에

숭배자를 위하여
Sequins on the Buddha
statue of polyester resin
fiberglass,
95×303×65cm,
2000

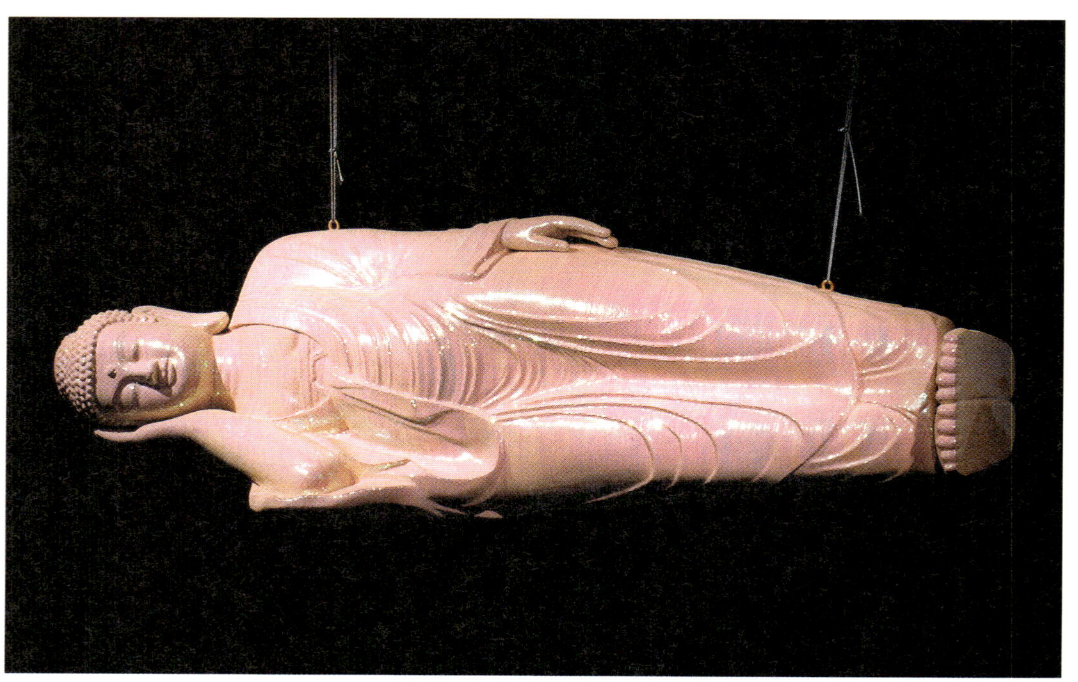

대한 생각이라고 작가는 말한다. 공중에 부양하듯이 띄워져 있는 불신(佛身)이 시퀀으로 치장된 모습은 성(聖)과 속(俗)의 강렬한 충돌을 보여준다. 종교적 도상의 화려한 변신은 그러나 여전히 그것의 숭배대상으로서의 이미지를 강조하고 있다.

시퀀은 표면에 놀라운 착시적 효과를 보여주고, 시선을 사로잡는 데 성공하고 있다. 부드럽고 화려한 물고기의 비늘이나 강렬하게 반사되는 표면의 발광효과를 극대화해서 보여준다. 그 가운데에서 표면을 지우고 은폐시키면서 븐래의 존재를 함몰시키는 동안 제거되기를 기대하던 종교적 · 문화적 · 역사적 의미들이 다시 등장하는 다중성과 애매함이 존재한다. 오늘날 모든 종교적 도상과 신성의 대상으로 위치한 사물들이 새삼 키치화되고 있다는 반성과 동시에 동시대 문화에서 숭배의 대상이란 바로 이렇게 외형에 기생해 화려한 껍질로만 존속되는 것은 아닌가 하는 비난의 음성도 울울하다.

보살의 얼굴

류.민.자.

보살은 부처의 경지를 깨달은 분이지만 중생을 제도하기 위하여 아직까지 부처의 경지에 오르지 않고 중생과 함께 있는 분이다. 대도(大道)를 구하는 마음을 가진 자라는 뜻의 대도심중생(大道心衆生), 도중생(道衆生), 또는 대각유정(大覺有情) 등으로 풀이된다. 보살은 위로는 부처에게 최고의 이상인 정각의 지혜를 구하는 한편 스스로 얻은 불과를 자기 자신만을 위해서가 아니라 중생을 위하여 남김없이 베풀어 주는 이다. 다음 생에 부처가 될 보살을 일생보처(一生補處) 보살이라 한다. 소승불교에서는 부처는 오직 석가모니 한 분이고, 그 역시 성도하기 전에는 보살이요, 그 뒤를 이을 보살은 오직 미륵보살 한 분이라고 한다.

이 그림('상像')은 단정한 용모와 품행으로 '보살'이란 별명을 가지고 있는 류민자가 그린 부처님 또는 보살의 얼굴이다. 나아가 종교적 도상, 진리를 머금은 평화로운 얼굴상이라고 말하는 것이 더 정확할 것 같다. 통통하게 살이 붙은 둥근 얼굴에는 입가에 미소를 머금고 두 눈은 지그시 감아 깊은 명상에 잠긴 평화로운 표정이 풍경처럼 자리했다. 정신을 한군데로 정(定)

상(像) 캔버스에 아크릴, 32×41cm, 2002

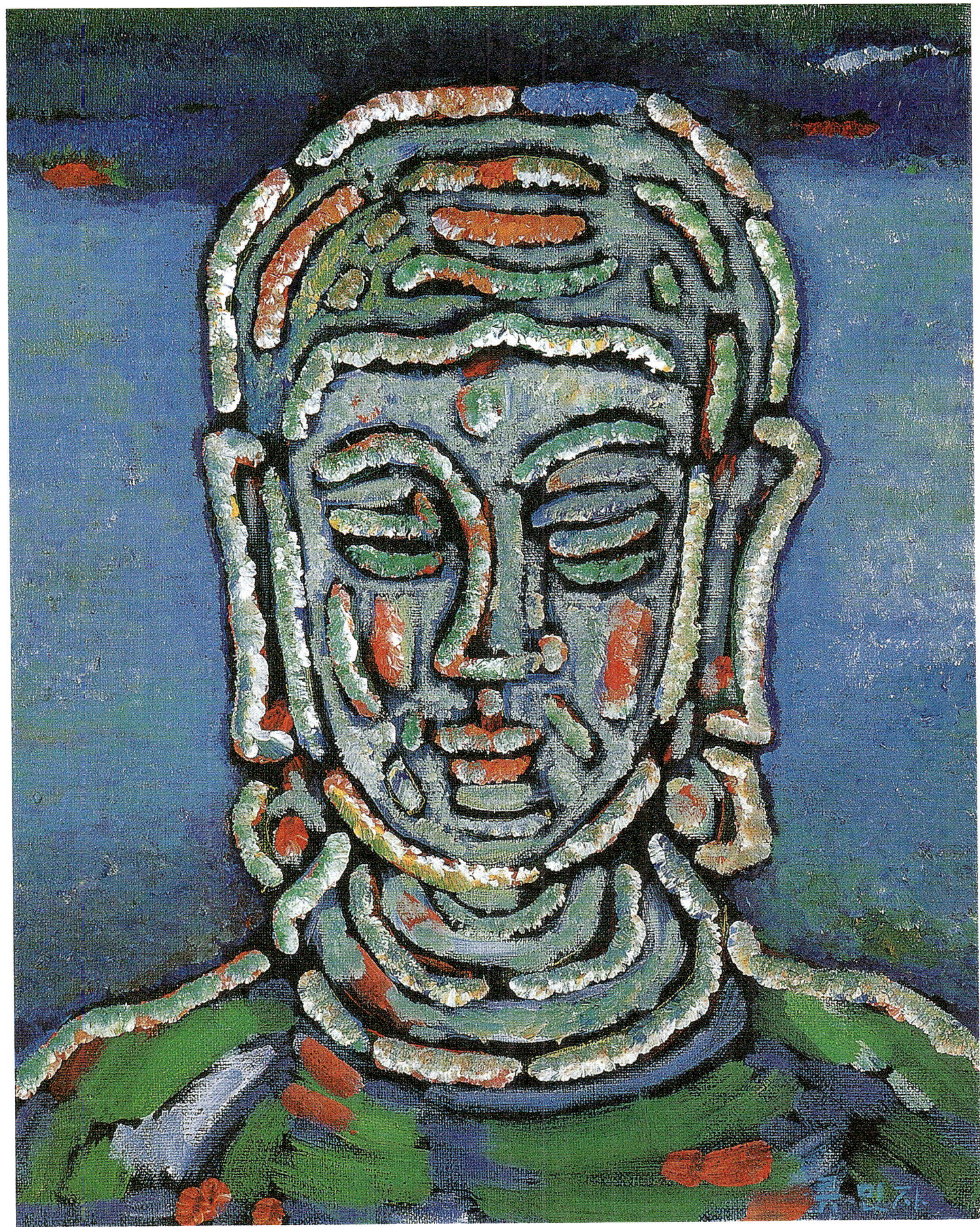

하여 동요가 없게 하고 고요히 하여 잡념을 없애는 선(禪)의 경지가 드리워져 있는 표정이다. 고요히 마음을 가라앉히고 생각에 잠겨있는 얼굴이다. 서늘하고 청정한 파란 색상을 배경으로 녹색과 적색이 섞인 띠 같은 선들이 흰색과 조화롭게 어우러져서 평화로운 얼굴을 만들어 보인다.

깊은 명상에 잠긴 석가, 변화신(變化身)을 보이는 관음보살의 이마에는 지혜를 상징하는 백호가 있으며 목에도 덕을 상징하는 삼도가 표현되어 있다. 그것은 동시에 부처이자 깊은 명상에 잠긴 인물의 얼굴이며 깨달음과 정신적 구도자의 초상이기도 하다. 그 모든 얼굴이 하나로 겹쳐져 떠오른다.

불자들의 관념 속에 존재하던 부처를 구체적인 형상으로 만들어 관불과 예배의 대상으로 삼는 데 있어서 중요한 것은 가시적인 형상을 통하여 불가시적인 부처의 권능과 신성을 어떻게 표현해내느냐에 있다. 사실 모든 종교미술은 그 같은 어려운 난제를 시각화해오던 역사를 보여준다. 그것이 지난 미술사이기도 하다.

류민자가 그린 보살의 얼굴은 밀도 있게 모자이크되어 있고, 때로는 굴절된 수평선으로 때로는 기둥을 형상화한 것 같은 수직선으로 배치되어 있다. 이 밀집·병렬된 얼굴에서 오는 풍부함, 깊은 맛이 나는 색깔, 피부로 느껴지는 화강암 같은 질감이 역사적인 유적의 불상을 슬그머니 떠올려준다. 이끼가 잔뜩 낀, 세월의 때가 켜켜이 쌓인 불두 말이다.

작가는 자신이 믿고 있는 종교에 의해 이루어진 정신적인 표현 방식으로서의 얼굴을 재현하고자 했다. 그 얼굴 형상은 명료한 선과 면으로 드러나고 있으며 수많은 색과 선이 얽혀 있다. 그래서 그림 안에서 우리는 만다라적 세계관의 투사 또한 만날 수 있다.

작가는 자신이 평생 추구한 세계가 다름 아닌 생명의 법칙에 있었다고 말한다. 그 생명의 법칙은 작가가 스스로 부여한 질서라고 생각되는데, 동어 반복적인 표현이나 구획을 이루어 제각각 자리를 잡은 형태들이 사실 그러한 예다. 아울러 하나의 구획을 지닌 선 안에 보색이 섞여 있고 공존한다. 저마다 독립된 단위의 붓질, 선, 면이 서로 공존하고 기생하며 오롯한 얼굴을 만들고 있다.

그녀는 오랫동안 표현하던 불교에 관한 생각이나 선의 경지나 나아가 모든 종교가 추구하는 세계가 그리 다르지 않다고 여기며 그것은 모두 인간이 바라는 진리에 다름 아니라고 말한다. 그리고 그것을 그림으로 드러내고자 한다. 결국 작가는 보살의 얼굴을 빌어 보살 얼굴의 원형, 깨달은 자의 초상의 원형을 그려 보이고 싶었던 것이다.

법열도(法悅圖)
캔버스에 모래·아크릴,
116×90cm,
1982

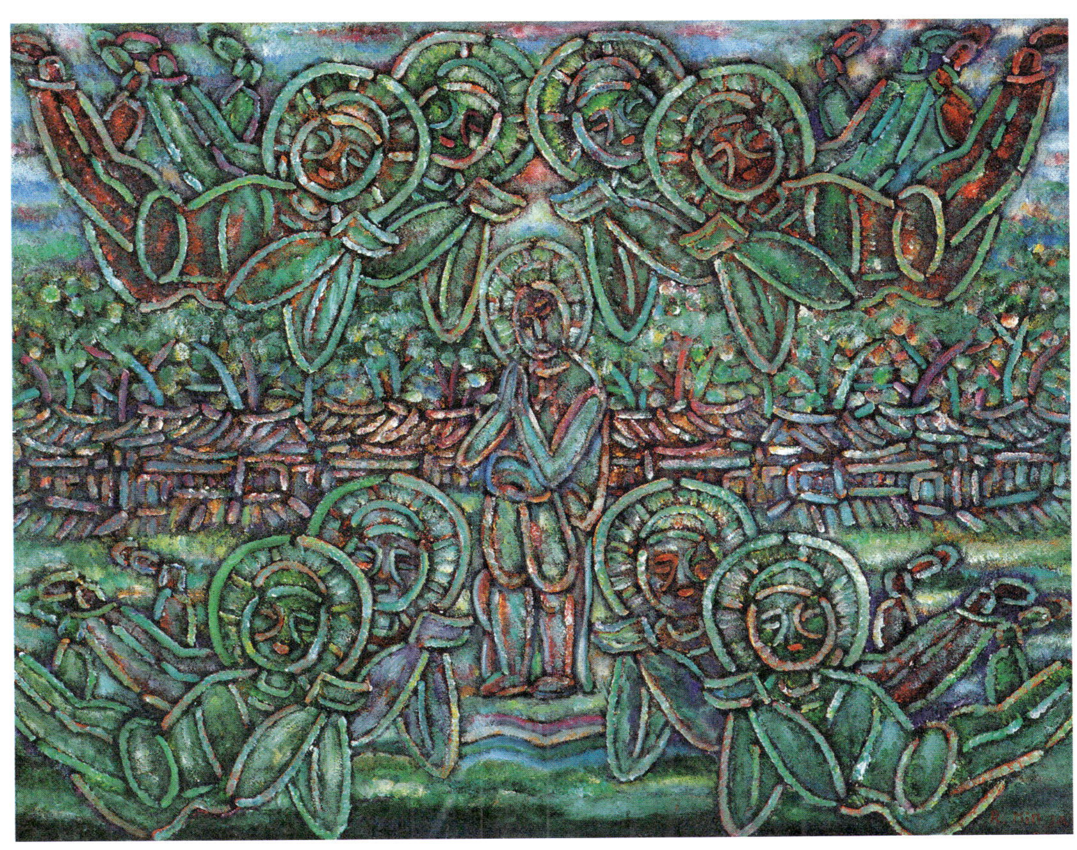

앞서 언급했듯이 이 얼굴은 석가와 관세음보살로 보인다. 관세음보살은 중생에게 온갖 두려움이 없는 무외심(無畏心)을 베푼다는 뜻의 시무외자(施無畏者), 자비를 베푼다는 뜻의 대비성자(大悲聖者), 세상을 구제하므로 구세대왕(救世大王)이라 불리기도 한다. 중생이 고난에 빠져 있을 때 열심히 그 이름을 외면 그들을 구제한다고 한다. 그래서 작가는 이 작은 얼굴에 평화와 자비, 깨달음과 명상 등 모든 요소들을 함축하고자 했다.

반면 도상이란 것도 일상화된 질서에 불과할 수 있다. 그 질서를 어기지 않으면서 자신이 이해하는 하나의 세계를 상징적으로 표현하는 방안의 제시가 바로 유민자의 보살상이다.

뒷모습
박.대.성.

수직으로 상승한 메마른 나무 사이로 스님 한 분이 밀짚모자를 쓰고 배낭도 없이 그저 홀연히 걸어간다. 울창한 송림에 둘러싸인 산사로 돌아가시는지 또는 세속 세상에 볼일이 있어 저자거리로 나서는지 모르겠다. 혹은 깊은 산 속 암자로 수행하러 들어가시는 것 같다. 세속의 인연을 단호히 끊어내고 뒷모습을 초연히 보이면서 바삐 걸어가는 듯도 하다. 그는 이 세상을 등지고 산으로 들어온 이다. 그러니까 산에 귀의한 이다. 세상을 등지고 왔다는 것은 그 세상을 여의고 왔다는 것이자 그 세상을 다시 한번 알고 세상 자체를 내 마음 안에 품어 보는 일이라고 한다.

나는 스님의 뒷모습을 보면서 그 누군가의 등을 떠올린다. 얼굴도 표정도 다 지운 채 오로지 침묵으로 절여진 몸짓만을 절벽처럼 보여주며 부유하는 사람들의 풍경 속에서 외롭고 고독했던 시간들을 상기한다. 등을 보인다는 것은 차갑고 단호한 결별이자 말을 끊어내고 언어와 문자를 무용의 것으로 만들어버리면서 모든 문화를, 인간화의 자취를 속절없이 근원으로 되돌려놓는 일이다.

그래서 누군가의 뒷모습은 아름답다기보다 처연하고 슬프다. 어떤 막막함과 그 막막함을 되돌릴 길 없음에 낙담하게 만든다. 인간이 지닌 가장 고독하고 외로운 모습이기도 하다. 그러나 뒷모습은 앞모습보다도 더 진실

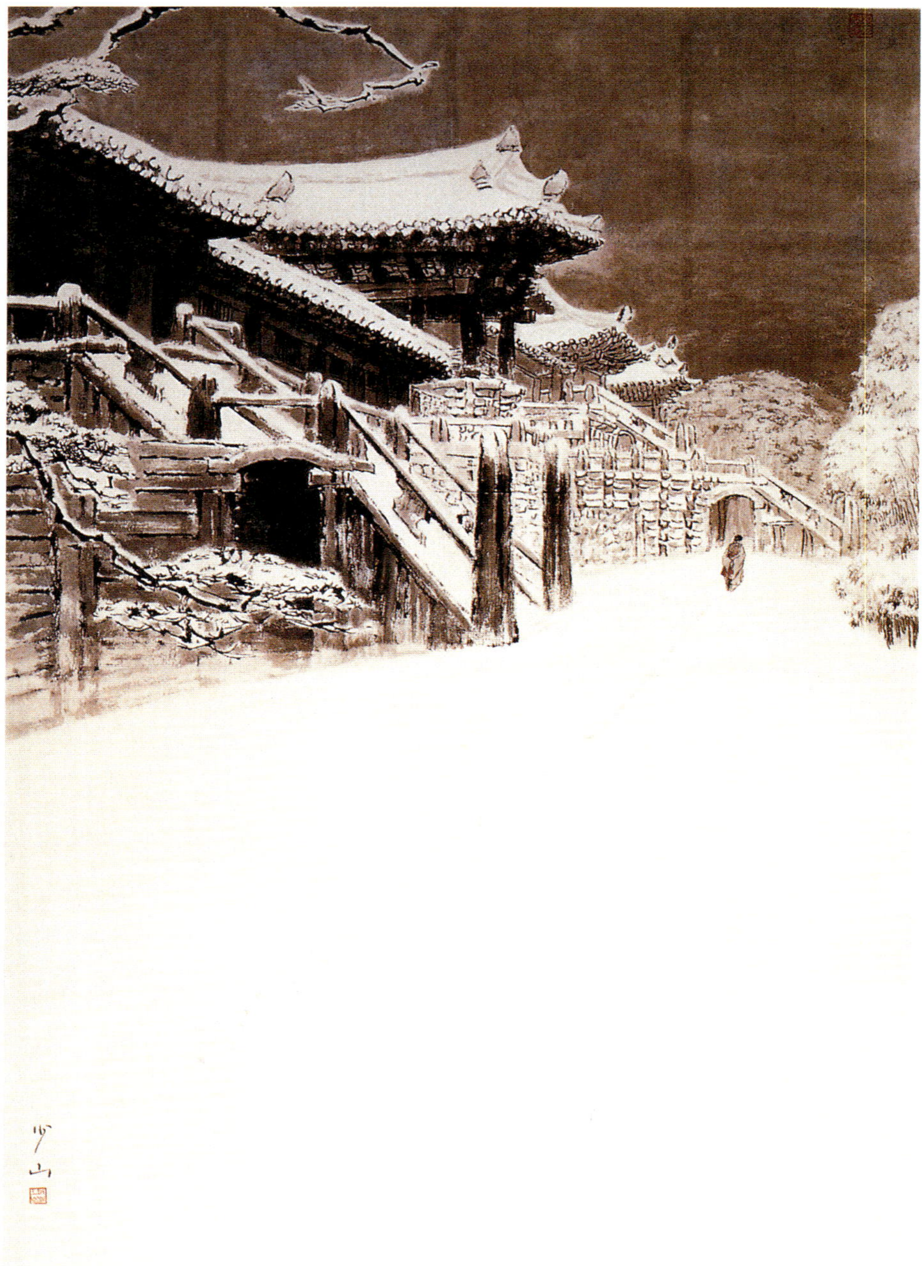

불국사 한지에 수묵담채, 204×144cm, 1996

하다. 뒷모습은 거짓말을 할 줄 모른다. 그 뒷모습은 누군가의 시선을 의식하지 않는다. 아울러 뒷모습은 너무도 많은 사연을 보여준다. 말을 지운 등은 침묵을 드리우고 대신 보는 이의 눈 속으로 들어와 실존의 흔들림을 하염없이 보여준다. 그 뒷모습만으로도 수행자는 고독하면서도 자유스러움을 서늘하게 증거한다.

　　사람에게는 네 가지 고독함이 있다고 한다. 태어날 때도 혼자서 오고, 죽을 때도 혼자서 가며, 괴로움도 혼자서 받고, 윤회의 길도 혼자서 간다는 것이다. 싯다르타에게 일차적으로 문제가 된 것 역시 '일체개고'라는 인간의 고통스러운 현실이었으며, 그의 과제는 어떻게 하면 이 고통스러운 현실로부터 벗어날 수 있을까 하는 것이었다. 해탈은 우리를 묶고 있는 속박으로부터의 벗어남이라는 의미이며, 그것은 번뇌로부터 해방된 자유로운 심경, 즉 심적 상태를 의미한다.

"우리들을 생존에 얽어매는 것은 집착이다. 집착하는 것은 마침내 근심이 된다. 그 집착을 모두 버린 수행자는 이 세상도 저 세상도 모두 초월해 버린다. 뱀이 묵은 껍질을 벗어버리듯이……." 〈숫타니파타〉

"그렇다면 괴로움을 소멸시키는 진리는 무엇입니까? 그것은 갈망에 대해 무관심해지는 것이고 갈망을 없애버리는 것입니다. 다시 말하면 갈망으로부터 자유로워지고 초연해지는 것입니다." – 사성제 중에서

　　박대성이 그린 이 그림은 '노정(路程)'이란 제목을 달고 있다. 산행을 나선 스님의 뒷모습을 그린 것 같은 이 그림은 구도의 길, 그 여정을 함축해서 형상화하고 있다. 이 나라 고승들은, 깨달음이 깊은 스님들은 한결같이 모두가 다 숙련된 산악인이었다고 한다. 한반도의 수려한 산세, 고산준령을

오르내리는 고행과 이런 능선에서 저 자신을 버리는 수행으로 가능했던 것이다. 그렇게 해서 그 스님의 도가 깊으면 나뭇잎, 새 한 마리, 스치는 바람 한 조각과도 능히 얘기할 수 있었을 것이다.

이 뒷모습을 보노라면 불도에 정진하시는, 수행 공양하시는 스님의 일과가 손에 잡힐 듯도 하다. 검박한 먹빛의 가사와 밀짚모자, 고무신을 신은 스님은 무소유의 미덕을 온몸으로 두르고 있고 직립한 나무들 역시 모든 잎들을 다 내려놓은 채 쇠락하고 퇴색한 색상으로 차분하게 자기 생의 마지막을 기꺼이 받아들인다. 스님의 발걸음 아래, 시간의 입김 아래 가루가 되어 부서지는 낙엽들은 바람에 실려 떠돌거나 가라앉아 소멸될 것이다.

작가는 생명의 순환과 수행 중인 스님의 생애를, 모든 것을 떨치고 가는 뒷모습을 통해 형상화했다. 전체적으로 갈색 톤이 자욱하게 내려앉은 스산한 정취는 탈속과 메마름, 세속의 인정과 무관한 상황, 절정과 고비의 순간과 곧바로 들이닥치는 고요와 평온 등을 드러낸다. 마르고 가벼워 보이는 스님의 몸은 나무 사이로 흔들리듯 지나간다. 나무에 비해 스님, 한 인간의 육체는 지나치게 왜소하고 초라해 보인다. 그러나 그 의연한 발걸음은 나무의 무게를, 중력으로 비롯된 지상계에 집착된 모든 인연을 마냥 흔든다.

박대성 그림의 두드러진 특징은 약간 메마른 갈필로 슬슬 문질러가면서 전체 풍경을 마무리짓고 있다는 점이다. 전각에서 맛볼 만한 예리하고 힘있는 필선의 거친 맛이 세부 묘사를 배제하고 윤곽선만으로 모든 것을 표현하고 있다. 서예적 필선 외에도 과감한 생략, 절제되고 감각적인 색채 등은 대단히 매력적이고 산뜻한 느낌을 전해준다. 수채화를 연상케 하는 명징한 화면, 깔끔한 필선, 감각적 색채 등은 선적인 경지를 은연중 드리운다.

노정(路程) 한지에 수묵담채, 68×197cm, 1990년대

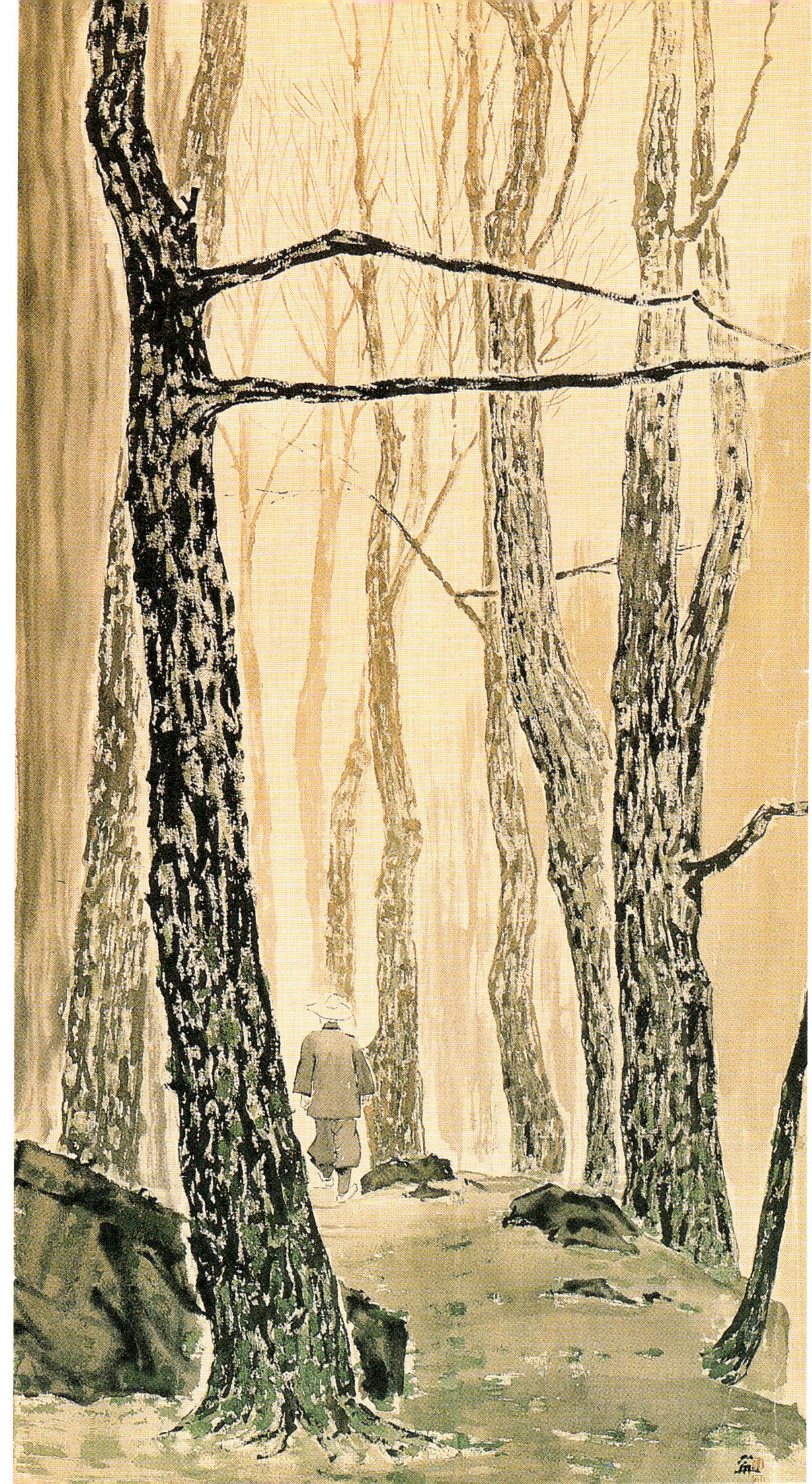

그런가 하면 까칠까칠하게 일어나는 붓의 피움은 잔잔하면서도 소슬한 한국의 산천이 지니고 있는 정취를 득의(得意)하게 표출해 준다. 풍경이나 산수에서 가장 중요한 요점은 대상의 사실적 묘사보다도 그것의 정취를 파악하는 데 있다고 할 수 있다. 어떤 자연의 경관을 충실하게 그리는 것 자체보다 자연경관이 지니고 있는 기운을 어떻게 체득하느냐에 관건이 달려있다는 것이다.

한국의 산천을 그린다는 것은 결국 한국 산천이 지니고 있는 시정(詩情)의 획득일 것이다. 그런 의미에서 박대성의 그림, 산수풍경은 바로 그러한 시정의 득의다. 박대성은 그 특유한 갈필로 기름기가 걸러진 약간 메마르면서도 푸근한 한국 산천이 갖는 특유한 정취를 형상화하면서 그 풍경 안에 수도에 정진하는 스님의 육신을 슬쩍 내려놓았다. 스님의 가벼운 발걸음 소리가 숲에 표표히 진동할 것이다. 어디선가 새소리와 낙엽 밟히는 소리, 가벼이 지나는 바람과 먼 사찰의 풍경소리 또한 들릴까?

내 친구이자 스승인 청담
박.생.광.

박생광(朴生光, 1904~1985)은 진주에서 태어나 진주농고를 다녔는데 당시부터 불교에 관심이 많아 중이 되고자 했었다고 한다. 그때 그의 절친한 친구가 바로 청담 이찬호(靑潭 李贊浩, 1902~1971)다. 진주보통학교 시절부터 청담 스님과 동네친구로 지냈으며 그와의 교우를 통해 불교를 정서적으로 가장 친근한 것으로 받아들인 작가다. 청담은 25세 때 일본으로 건너가 불법을 배웠으며 이후 귀국하여 고성 옥천사(玉泉寺)에서 은사 박한영을 만나 '청담'이란 법명을 받았고 불교개혁과 정화에 앞장선 스님이자 참선 수도에 전념, 해방 이후 교단재건과 불법중흥을 위해 도제양성과 역경, 포교 등에 힘을 쓰기도 했던 큰스님이다.

근대기 현실적인 불교운동가인 청담은 유심론(唯心論)에 입각하여 현실 속에서 선적인 수행을 통한 구원의 문제에 천착한 이다. 그는 "오직 부처와 같은 완전한 지혜는 부처와 같이 정화된 생활을 통해서 파악할 수 있다. 불교의 모든 내용은 정화되어 가는 기초적인 생활체험을 체계화한 것에 불과하며 불고는 수도, 수행으로서 선학(禪學)이라 해도 무방하다"라고 말한다. 그의 사상은 불교의 중심사상이기도 한 심학(心學)에 깊이 뿌리를 두고 있다. 그는 불교를, 자기 해탈의 도구를 넘어서 현실의 질곡으로부터 인간을 해방시켜야 하는 적극적이고 혁명적인 힘으로 보았다.

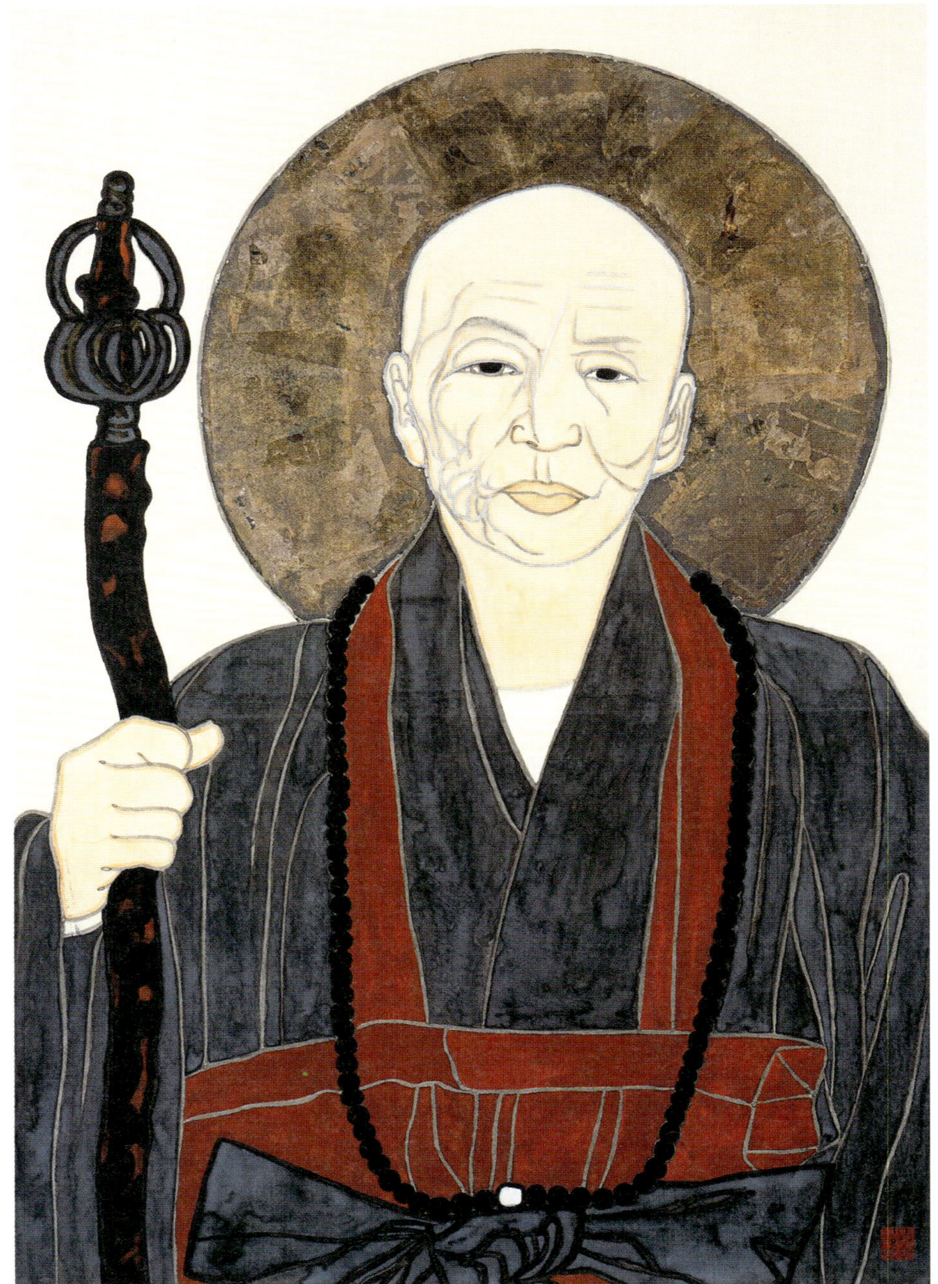

청담대종사 I 종이에 채색, 80×120cm, 1982

1971년 타계한 청담을 기리며 그린 '열반의 청담 대종사Ⅲ'는 본존과 그 주위에 협시를 배치하는 불화의 형식과 불교와 관련된 도상들을 배열하고 있는 점에서 전통적인 불교회화를 연상시킨다. 반면 청담 스님이 본존의 위치에 자리잡고 석굴암의 본존불이 협시의 위치에 청담을 향하도록 옆모습으로 그려졌다. 또한 석굴암의 본존, 금강역사, 문수보살, 10대 제자 등 주요 도상과 구성이 불화가 갖는 체계와는 완전히 다른 점이다. 흥미로운 점은 청담이 공작을 타고 있는 장면이다. 하단의 스님과 한복을 입은 시주자의 모습이나 산신상의 모습을 한 청담 등은 불화와 민화, 인도의 만다라 등의 도상을 거침없이 혼용한 결과다.

주황색 굵은 선으로 윤곽을 나누고 강렬한 단청의 채색들이 자리한 평면성이 강조된 그림, 콜라주화된 그림, 즉 여러 장면들이 한데 얽혀 있는 장면 연출 등이야말로 박생광 그림의 주된 특징이다. 무엇보다도 테두리를 두른 선은 이미지를 단순화시키고 이질적인 이미지를 하나로 통일시키며 역동적인 공간을 적극 창출하는 데 적극 기여하고 있다.

"불화나 무속을 많이 다루고 작품 자체가 전통적인 동양화 채색법을 떠난 생소한 것이라 나를 기인처럼 여기거나 환속한 중처럼 생각하는 사람도 많아요. 그러나 나의 채색은 화조나 신수를 하던 초기부터 병행해 오던 것이고 한국의 전통미술 가운데서 그런 극채색의 소재를 찾다보니까 단청과 탱화의 기법을 택하게 된 것입니다."

〈작가노트〉

박생광은 17세에 일본 교토로 가 미술수업을 했다. 그 후 오랫동안 일본에 머물면서 일본미술원 등에서 활발한 작가활동을 하였다. 그가 한국에 완전히 귀국한 해는 1977년이었다. 비록 몇 차례 귀국과 도일이 반복되었지만 대부분의 세월을 일본에서 보낸 셈이다. 바로 이 점이 그가 한국화단에서 다분히 아웃사이더로 머문 요인이다.

또한 해방 이후 일제 잔재를 청산하기 위해 채색화 분야를 외면하고 폄하한 사정과도 연관이 있다. 물론 식민지시기 동안 일본적 채색화가 광범위하게 유포되었고 대다수 작가가 그 영향권에서 자유롭지 못한 점이 있지만 그에 대한 반발로 수묵(문인화)이 대안이 되고 모든 채색화가 소외되어야 할 이유는 아니었다. 박생광처럼 일본화의 영향이 강했고 채색화 작업을 하고 있는 데다 국내에 그다지 알려지지 않은 경우는 더욱 화단에서 배제되는 분위기였다.

그는 가난과 고독 속에서도 일관되게 작업세계를 펼쳐나갔다. 오히려 무관심과 소외가 자신의 세계로 더욱 깊이 들어갈 수 있는 시간과 공간을 마련해 주었으리라. 1980년대에 들어와 그는 민족적 소재와 불교, 무속, 역사인물화에 대한 관심과 탐구를 바탕으로 비로소 그만의 독자한 양식을 선보이기 시작했다. 강렬한 채색이 한바탕 춤을 추는 듯한 그림, 굵은 주황색 윤곽으로 이루어진 형상들, 불화, 탱화, 민화, 무속화 등에서 자유로이 차용해온 소재와 문양들이 한데 어울려 이룬 그 채색화는 유례가 없던 축복 같은 그림이었다.

"촉석루가 있는 유서 깊은 곳에서 논개의 이야기를 들으면서 민족을 생각하고, 고색창연한 원색 단청을 늘상 생각하면서 자라기 때문에 오늘과 같은 내 그림의 세계가 펼쳐진 것 같다. 샤머니즘의 색채, 이미지, 무당, 불교의 탱화, 절간의 단청, 이 모든 것들이 서민의 생활과 직결되어지는 그야말로 '그대로' 나의 종교인 것 같다."

〈작가노트〉

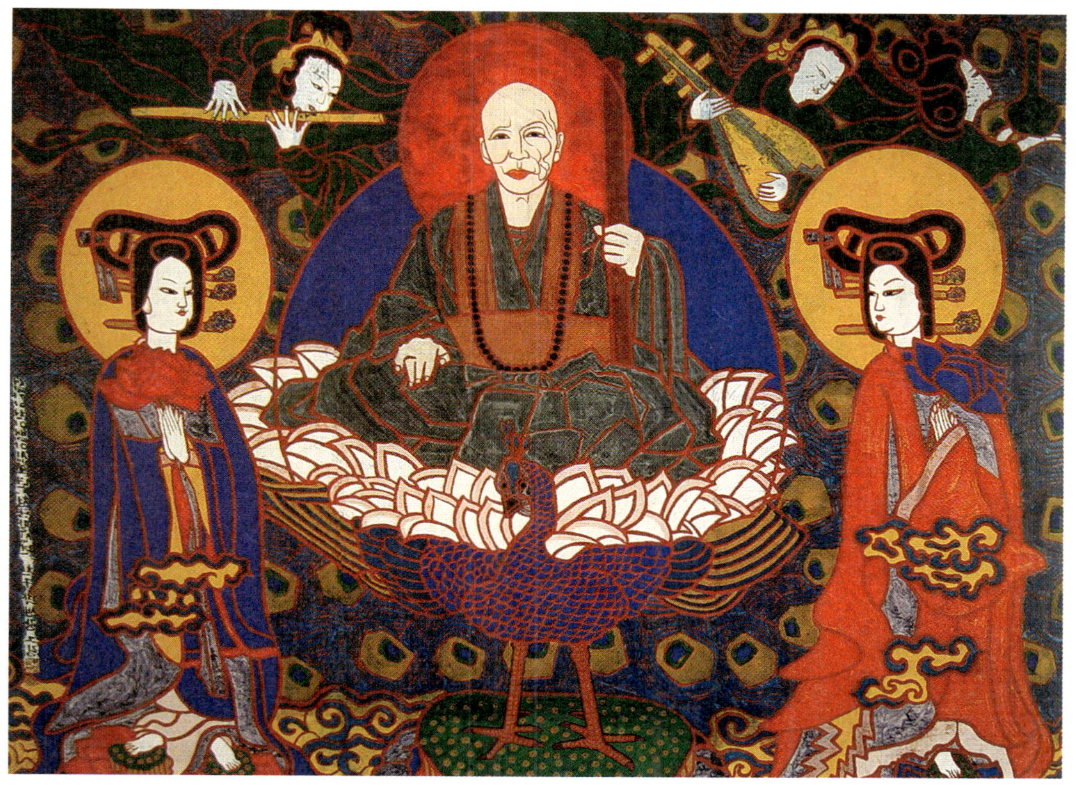

　　그는 한때 불가에 귀의할 것을 고려했을 정도로 전통종교와 옛 것에 대한 체화된 이해를 가지고 있던 작가로서 현대미술의 에너지를 완벽히 자기화해서 복고취향이나 전통에 대한 고답적 이해를 훌쩍 뛰어넘어 민족정서의 현대적 형상화를 말끔히 이뤄냈다. 특히 우리 전통미술 속에 녹아 있던 색채와 도상의 힘, 메시지와 화면구성의 절묘한 조화, 대담한 스케일을 거침없이 끌어들여 그 누구도 그려내지 못한 그림을 그린 것이다. 채색화라면 미인도나 꽃그림을 기계적으로 반복해서 그리는 것만을 일삼던 화단은 충격을 받았다. 이후 많은 작가들은 그의 그림을 차용했고 그 결과 80년대 중반 한국동양화단은 수묵과 소재 중심의 그림에서 한 발짝 나아가게 되었다. 그러나 한편으로는 대다수 작가들이 박생광 그림의 참뜻에는 무지한 채 오로지 민화, 무속화, 불화에서 따온 도상과 색채를 소재로만 다루는 경우도 비근했다. 어쨌든 당시 그의 나이 80을 앞두고 쏟아져 나온 그림들 앞에서 많은 이들은 놀라워했다. 그러나 82세 되던 해 그는 후두암으로 세상을 떠나고 말았다. 그의 죽음은 그의 성과를 좀더 밀어젖혀야 할 시점에 갑자기 닥쳤다. 그렇지만 그 짧은 시간 동안 그가 남긴 그림만으로도 그의 존재는 별과 같을 것이다.

생성적인 현재
박.혜.련.

시간은 단순한 현재에 고정되어 있지 못하다. 우리는 과거와 미래가 고스란히 연결되어 있는 '생성적인 현재'를 산다고 해야 한다. 그것은 단순한 현재가 아니라 그 속에 과거와 미래가 공존하고 섞여 있다. 시간의 여러 주름들이 겹쳐져 있는 그런 시간대를 사는 것이다. 시간이 그렇고 삶의 모든 것이 그렇다. 시간이란 나를 구성하고 있는 본질에 다름 아니다.

박혜련의 그림('Folds of Time in Space')은 그러한 '생성적인 현재'를 보여준다. 화면은 늪처럼 잠겨 있다. 전체적으로는 색채추상화로 다가오지만 위에 얹혀진 이미지와 함께 어우러져 구상과 추상이 공존하고 그 두개의 세계가 분리되지 않는 그림이다. 아크릴과 과슈 물감으로 이루어놓은 회색조나 암청색과 같은 다분히 중성적인 색채로 침잠된 색조의 바다, 늪에 꽃잎이나 혹은 잎사귀 같은 모호한 이미지, 형상들이 마냥 흘러다니고 있다. 사라졌다가 이내 다시 출몰하고 그러다가 잠기는 그런 형국을 보여주는 이 그림은 보는 이의 심리에 파문을 만들어 그 틈에 슬쩍 환영을 부여한다.

기호처럼 떠도는 흔적들은 다름 아니라 붓이 캔버스의 표면에 맞닿아 만든 자국들인데 그것들은 붓 자국과 잎사귀 형태 그 어디쯤에서 돌연 멈춘 것 같다. 막연한 붓놀림이나 순간순간 작가 자신의 감정을 실은 몸의 모든 것들이 총체적으로 압축되어 불현듯 만든 자취, 흔적들이다. 단순한 붓질인지 혹은 어떤 대상을 재현하기 위해, 형상을 만들기 위해 그려놓은 붓질, 선인지가 애매하다는 인상인데 그런 면에서 붓질 역시 다분히 중성적인 편이다. 그것은 붓질 자체의 신체성만을 드러내는 것 같다가도 자꾸 무언가를 재현하는 것 같기도 하다.

결국 그녀 그림의 모든 요소들은 명확성, 중심성을 슬쩍 비껴나 중성적인 지점에서 유동한다. 서늘한 느낌을 주는 무채색 계열의 색상들과 모호한 이미지, 터치들은 화면을 전체적으로 조망하게 하고 그 흐름과 분위기 속에서 모종의 이야기를 건져 올리도록 배려된다.

칠하고 씻고 닦아낸 과정들이 여러 번 반복되면서 화면은 무수한 시간의 층차를 머금은 빙하처럼 보인다. 그래서 일종의 시간의 겹들이 느껴진다. 평면은 그렇게 찰나적인 시간의 변화를 몸소 체득하는 기이한 공간으로 자리한다. 여기에 등장하는 식물 이미지는 그런 시간의 경과와 흐름 속에 생성과 소멸을 끝없이 반복하는 생명체의 은유로 보여진다. 그러니까 그녀의 화면은 시간을 머금고 무수한 시간의 과정과 흐름, 반복을 보여주는 특이한 공간으로 다가온다. 납작한 사각형의 평면이 시간의 자취를 안고 수많은 사연과 기억, 감정의 여러 편린들을 담았다가 흘리곤 그리고 불현듯 정지시켰다. 그래서 화면은 장소성을 지닌다. 우리들의 몸과 마음 역시 그런 지난 시간의 자취를 안쓰럽게 저장하고 있는 장소이다.

사각형의 평면/화면은 의식과 시간을 다시 불러모아 그것들에 살을 입히고 형체를 부여하고 그래서 캔버스는 '몸'이 되었다. 몸은 시간 속에서 형성되고 변화한다.

그림을 통해 명료한 형상이나 주제, 내용을 명시하지 않고 다만 주춤거리고 머뭇거리다가 칠하고 지우고 덮어나간 과정만을 창백하게 보여주는, 다만 그런 흔적만을 강렬하게 상기시켜주지만 이 그림은 결국 시간과 삶, 생명에 대한 작가의 인식을 드러낸다.

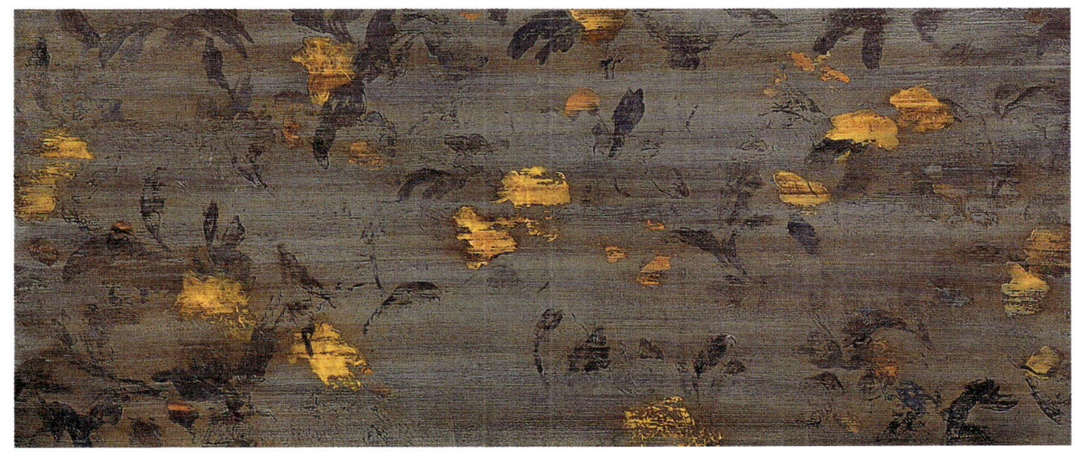

Folds of Time in Space
캔버스에 아크릴 · 과슈,
180×80cm,
2002

화면 위에는 시간의 결과 주름들이 얹혀져 있다. 수십 번의 붓질을 반복적으로 사용하는 것, 지우고 칠하고 다시 문지르고 덮어나간 다양한 흔적들, 균열들이 고스란히 겹쳐져 올라오는 이 그림은 빛바랜 지난 시간과 생생한 현재의 시간이 공존하는가 하면 생성과 소멸을 동시에 보여준다. 시간은 기억이고 이는 생을 말하는데 결국 우리에게 생이란 이렇게 다양한 시간을 함께 껴안으면서 진행된다.

이 그림에서 있던 이미지가 사라지고 지워져버리는 것은 과거, 소멸을 나타내는 것이고 형성되거나 다소 명료한 이미지는 현재, 생성적인 것이다. 서로가 서로에게 연결되어 있고 촘촘하게 짜여져 있으며 그것이 실마리가 되어 또 다른 생이 이어진다. 이는 또한 감정이 머물렀던 자리이고 그것이 잊혀지고 지워진 자리이기도 하다. 그 모든 시간들은 지워지거나 사라질 수는 없다. 무수한 시간의 겹들은 다만 그렇게 불현듯 상기되면서 공존한다.

그러니까 박혜련의 그림 속 이미지는 결국 생명체를 암시하는 것으로 보인다. 자연이나 인간 혹은 모든 생명체 말이다. 인간은 어머니의 뱃속에서 의식이 생겨나고, 바깥으로 나와 일정 기간 머무르며, 온갖 다른 형태

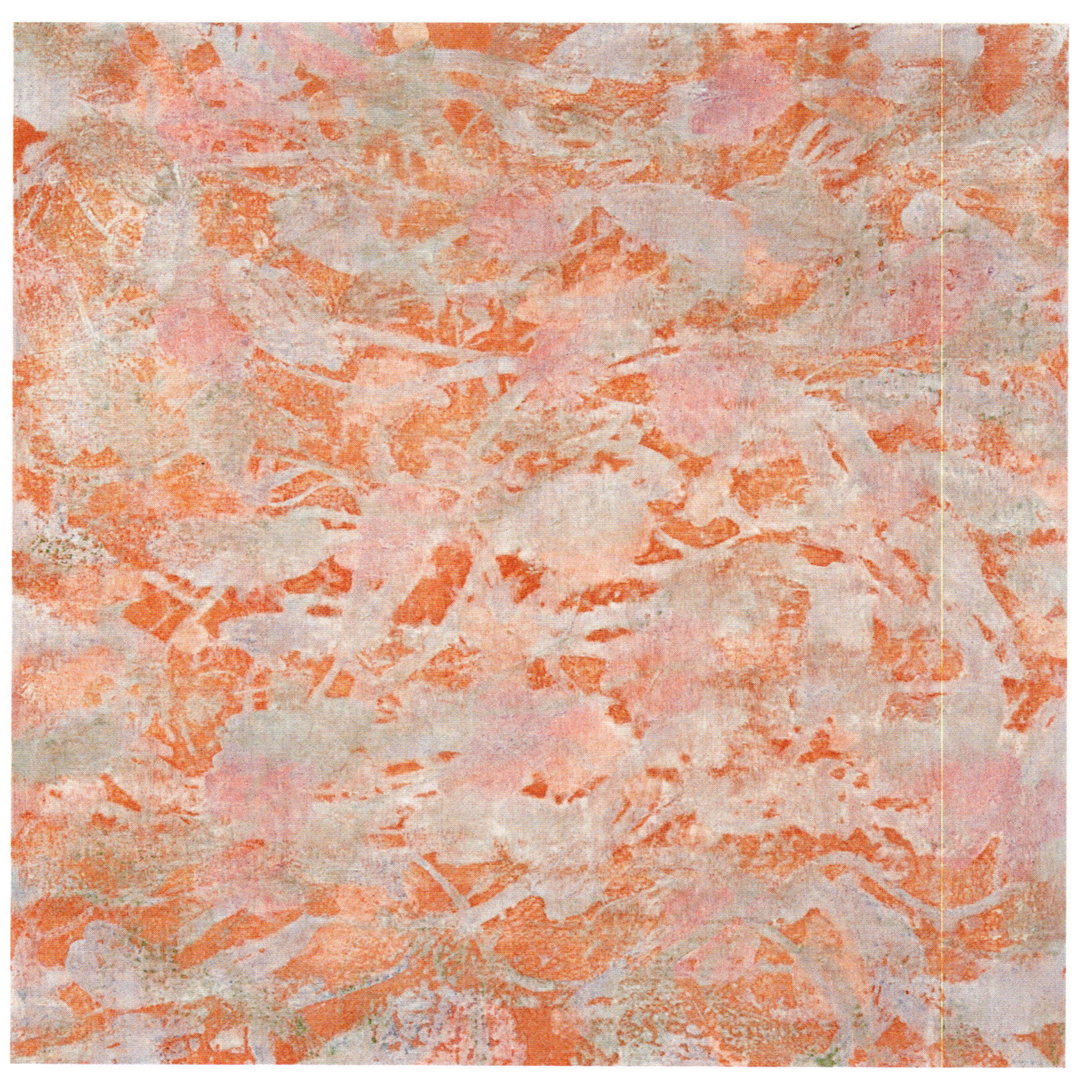

Folds of Time in Space No.307　천에 아크릴 · 과슈, 80×80cm, 2002

로 찰나 생, 찰나 멸을 반복하다가 아무런 흔적도 남기지 않고 사라진다. 그
것이 한 인간의 정신이다. 이 장구한 시간의 윤회를 얼핏 연상시켜주는 것이
그녀의 화면이다. 그런데 이는 다름 아닌 불교적 윤회관, 시간관에 상당히
근접한다.

　　불교적 사유에 기대어 존재의 일차적 정의를 시간적으로 변화하고
공간적으로 거리끼는 것이라고 할 때, 시간은 이 변화의 지속을 표현하는 용
어이고 공간은 무수한 타자들과 관계맺음으로써 거리낌을 주는 범위이다.
자아와 세계는 이렇듯 연기적으로 인식된다. 연기란 사물이 존재하는 방식
이 반드시 '연'하여 '기'한다는 것이다. '연한다'는 것은 '원인으로 한다'는
것이요, '기한다'는 것은 '생겨난다'는 뜻이다. 그것을 인과 또는 인과관계
라고 한다. 그러니까 연이란 타자를 통해 나를 규정하는 원리이다. 나는 변
화하는 존재이며, 나라고 할 만한 것이 없는 존재이며 오직 타자의 전제 위
에서만 존재하는 폭포수와 같은 의식의 흐름덩어리일 뿐인 것이다. 모두가
관계의 그둘 안에서 제 몫을 다하며 기생하고 있는 것이다. 식물 이미지, 잎
사귀들의 시간 속 변화와 관계가 그런 인식을 상징화시키고 있다.

　　사실 세계는 사람이 사는 세계만으로 다하지 않는다는 불교적 사고
는 잘 생각해 보면 간절한 바 있다. 오늘은 오늘뿐이 아니다. 오늘이 어제의
아들이며 내일의 아버지인 것이다. 덧없이 흐르는 삶을 그것만으로 끝내지
않고 언제까지나 흐르는 삶으로 약속한 것이다. 그렇다면 오늘의 일을 오늘
만으로 마감하지 않고 내일 또는 내생에도 오늘의 책임을 지게 하려는 무서
운 확신인 것이다. 그 점이 여전히 불교적 사유관, 시간관이 오늘에 의미 있
게 환생되는 접점일 것이다.

잠자는 불두
배.형.경.

불상은 부처의 권능과 신성의 표현이다. 불상 조성의 가장 근본적인 이유는, 깨달아 부처가 되는 일은 석존 한 사람만이 할 수 있는 것이 아니라, 그를 진심으로 따라 배운다면 누구나 가능하다고 생각한 불자들의 구도정신 때문이다. 그런 수단이 관불(觀佛)이고 염불(念佛)이며 그것을 위해서는 구체적으로 가시화된 예배의 대상이 필요했던 것이다. 그것이 바로 불상이다. 그러니까 불자들의 관념 속에 존재하던 부처를 구체적인 형상으로 만들어 관불과 예배의 대상으로 삼으려는 것이다. 따라서 불상을 제작함에 있어 가장 중요한 것은 가시적인 형상을 통하여 불가시적인 부처의 권능과 신성을 표현하는 일이다. 사실 모든 이미지는, 종교와 관련된 미술은 그 비가시적인 신성을 어떻게 가시화할 것인가로 귀결된다. 볼 수 없는 것을 보게 하는 것이 이미지의 과제였고 본질이었다. 우리는 불상을 통해 그 너머의 보이지 않는, 불가시적인 세계를 관조하고 체득하고 느낄 줄 알아야 한다.

배형경의 '잠자는 부처'는 죽음 혹은 반열반상태를 상징화한 것 같다. 나무 박스를 베개 삼아 잠든, 죽은 부처의 얼굴 같다. 불상의 목만 댕겅 잘린 채 놓여 있다. 두상(불두)만이 단독으로 좌대를 바닥 삼아 처연하게 누워 있는 것이다. 그곳에는 또한 짙은 고독과 허무, 그리고 죽음의 내음이 질펀하다. 순간 경주박물관 앞뜰에 놓인 목 없는 불상이 생각났다. 나는 오히려 박물관 안보다 그 불상 앞에서 오랜 시간을 머물렀다. 기우는 석양을 역광으로 받고 좌정하고 있는 그 불신들은 조선시대의 불교탄압정책에 의하여 잔혹하게 파괴된 채 버려진 것들이리라. 비록 머리는 없어지고 신체 일부가 손상되기는 하였으나 통일신라시대의 완숙한 조각 솜씨를 유감없이 보여주고 있었다. 불교를 억압하고 잔혹하게 다루었던 유림들의 실상은 안타까움을 넘어 분노로 가 닿게 한다.

　그런가 하면 스리랑카 폴로나루와에 있는 12세기의 거대한 와불의

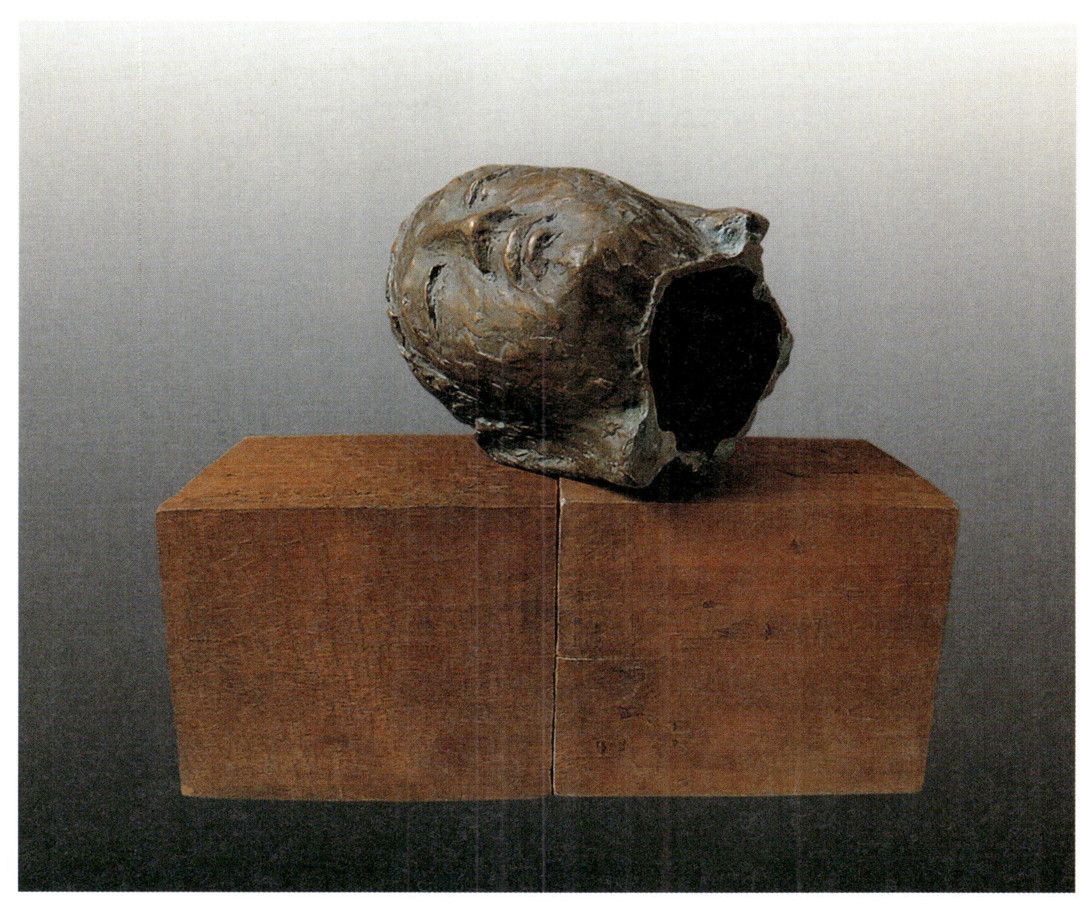

잠자는 부처
청동 · 나무,
40×50×50cm,
2003

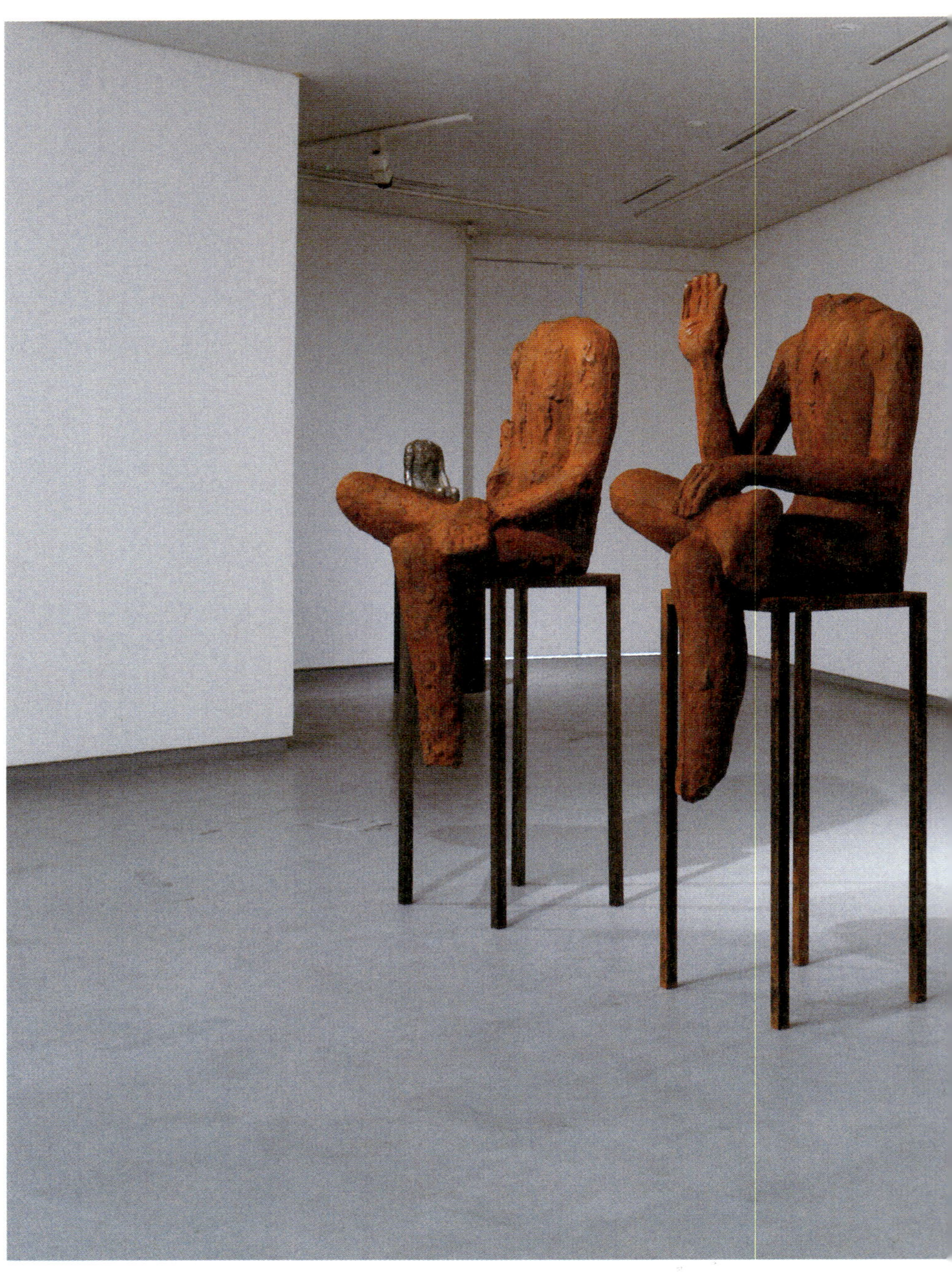

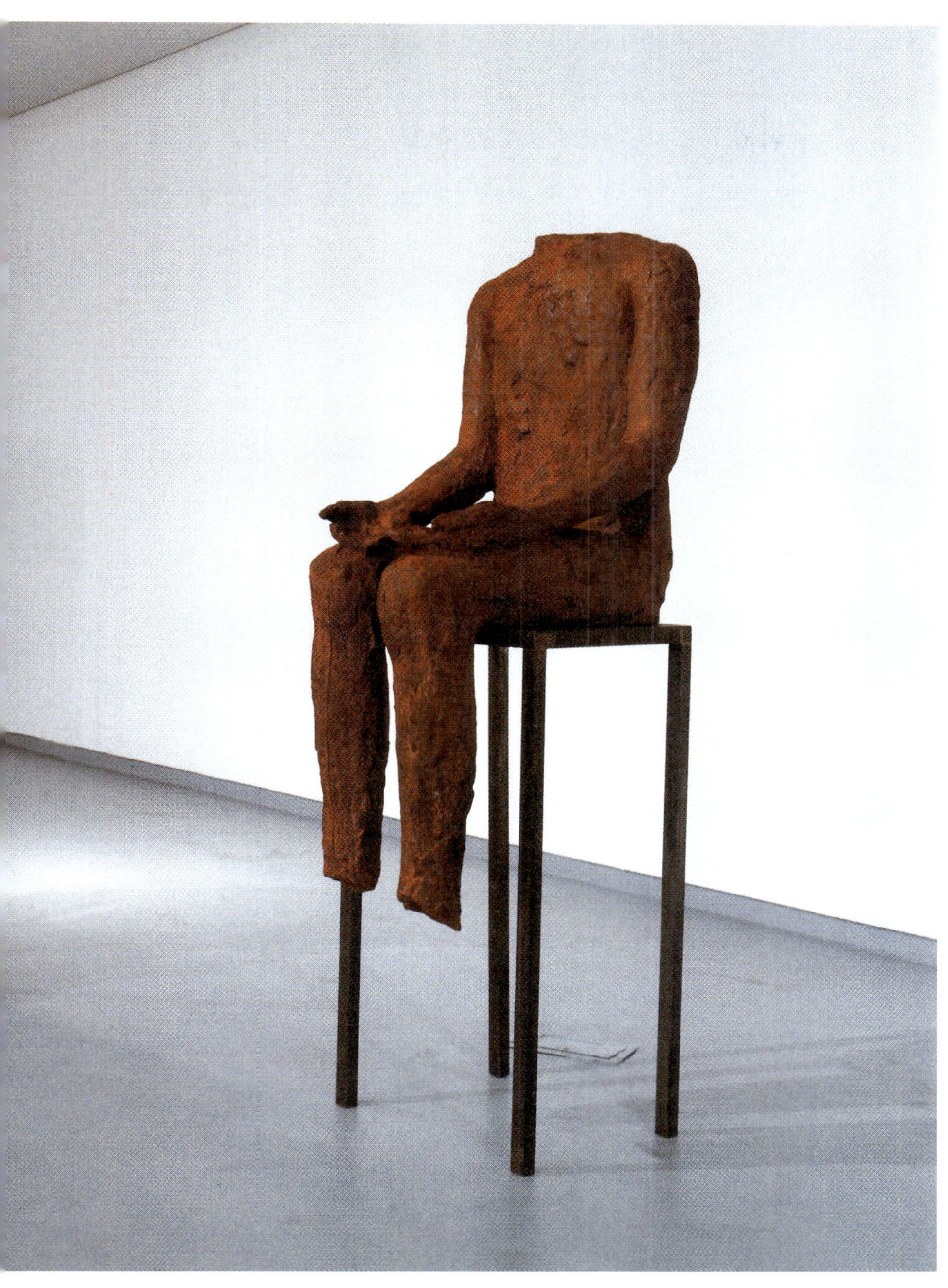

인간은 태어나서, 살다 죽는다(부분) 철, 2004

머리와 은은한 미소가 연상되기도 한다. 나무 그늘 아래 지친 몸을 누인 채 스스로의 죽음을 감지하고 있는 쇠약한 병든 부처의 얼굴 말이다. 거기에 보편적인 인간의 평범한 얼굴이 슬그머니 내려앉는다.

"내 나이 여든, 육신은 마치 고장나고 부서진 곳들을 끈으로 대충 엮어 가까스로 굴러가는 낡은 수레와 같구나. 삼매에 깊이 들었을 때나 겨우 편안할 뿐"이라며 자신의 죽음을 예감한 부처는 초벽을 둘러친 정글 속의 작은 마을 쿠시나가라의 숲에서 "잘 들어라, 비구니들이여. 내 이르노니, 조건 지어진 모든 것은 덧없는 것이다. 부지런히 정진하라"는 말을 남기고 적멸을 맞이하신다.

배형경의 불두 역시 깊은 명상에 잠겨 있다. 아니면 열반에 든 모습일지도 모르겠다. 혹은 조선시대 불교가 탄압받던 시절에 그 연유로 목이 잘려나간 원통한 불상들에 대한 추모의 의식일까? 몸에서 이탈된 머리만이 바닥에 존재하는 풍경은 그로테스크하면서도 비장한 분위기를 만든다.

무엇보다도 작가는 인체, 불두를 빌어 존재와 부재에 대해, 삶과 죽음에 대해 사색하도록 만드는 비상한 힘이 있다. 따라서 이 작품 앞에 설 때 느끼는 유혹의 정체는 '생각하기'이며 그 대상은 '죽음과 같은 평온의 지속'이다. 그의 작품은 죽음, 즉 평온의 이미지를 통해 우리 존재의 의미를 드러내려고 한다. 죽음은 끝이 아니며, 삶이 있으므로 죽음이 있고 따라서 순환하는 것이다. 그 순환의 신비가 그의 손에 의해 형상화된 것이 이 작품들인 것이다.

작가는 일관되게 자신의 고민, 상념을 적합한 형태와 분위기로 만들어 보이는 쪽으로 작업의 실마리를 부단히 끌어오고 있다는 데서 모종의 심화된 저력을 느끼게 한다. 그리고 그 저력은 조각을 통해 인간이란 존재와 그 인간의 삶, 운명에 대한 사유나 깨달음 같은 것을 어느 정도나마 표현해 낼 수 있을까 하는 자신과의 시련 속에서 몸을 내미는 지난한 작업 과정 속에서 감촉된다. 무엇보다도 특정한 상황의 연극적 세팅은 문학적인 이야기를 공간에 그윽하게 울려주는 편이다. 그래서 그녀의 조각은 읽는 조각이다. 본다는 것은 실상 읽는 것, 인식의 문제에 해당한다. 사색을 권유하고 생각에 동참시키며 침묵 속에서 은밀한 소통의 손길로 유인하는 그런 조각이다. 그래서 전시장 공간 전체를 생각거리로 환기시키는 힘을 지니고 있다.

인간이기에 지니는 삶과 죽음의 문제는 사실 종교의 핵심적인 문제이자 영원한 예술의 화두이다. 작가는 그 문제에서 한시도 떨어지지 않는, 떨어질 수 없는 자신을 본다. 작업은 그런 자신이 고스란히 투영되는, 실체화되고 모방되는 유일한 일이다. 그 조각들은 결국 자신의 자화상에 다름 아닌 것 같다. 몸에서 잘려나간 불두의 모습을 빌어 매순간 자신이 처한 삶과 인생에 대한 물음, 사색, 관조 등을 함축해서 강력하게 각인시키고자 한다. 궁극적으로 그것은 자신이 느낀 정서와 감정의 모방이다. 모든 예술은 감동의 모방이다. 예술가들은 그런 모방 충동에, 정서의 충격에 지극히 예민한 자들이다. 바람이 슬쩍 스치는 동안에도, 나뭇잎이 떨어지는 장면에도 인생과 우주가 흔들리고 뒤척이는 것을 느끼는 자들이다. 이 세상이 내 것이 되지 못하는 자들의 고독과 근심이 평생 자신의 목덜미를 움켜쥐고 놓지 않는다. 그리고 거기에서 자유롭지 못해 이를 어떤 식으로든 밖으로 표출하고자 애를 쓰는 자들이다.

배형경은 불두를 화두 삼아 그 문제를 표상한다. 작가는 불두 하나를 우리들의 시선 앞에 던져 놓았다. 산 듯, 죽은 듯, 눈을 감은 듯, 뜬 듯, 알 수 없는 미소와 헤아릴 수 없는 감정 등이 침묵 아래 고즈넉하다. 다들 자기 앞에 놓여진 불두 하나를 화두 삼아 새삼 삶과 죽음, 진정한 깨달음과 열반의 경지를 궁구해 보라고 권유하는 듯도 하다.

신나고 유쾌한 도원경

백남준 선정에 든 TV부처

서은애 신나고 유쾌한 도원경

송필용 운주사 미륵불

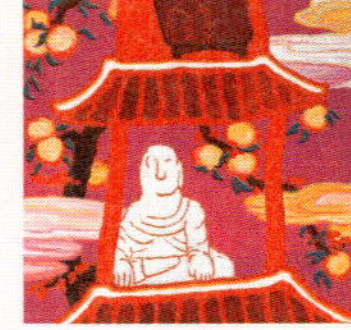

오순환 민불

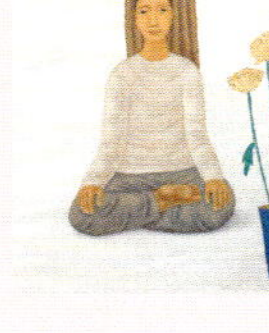

오윤 지옥도

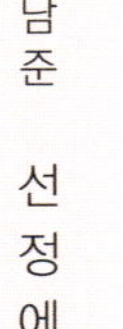

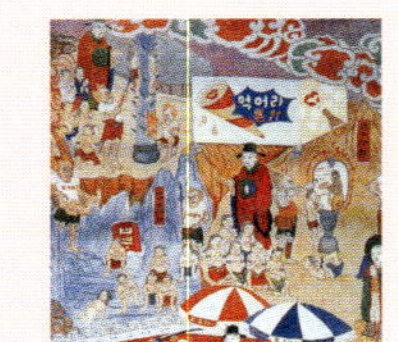

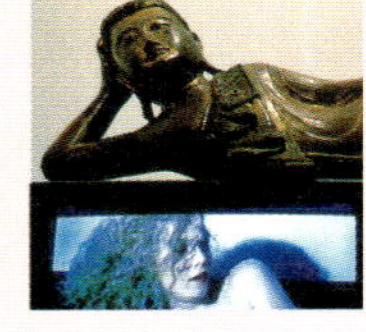

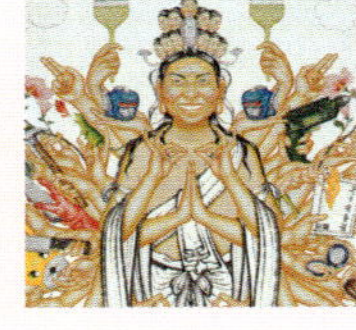

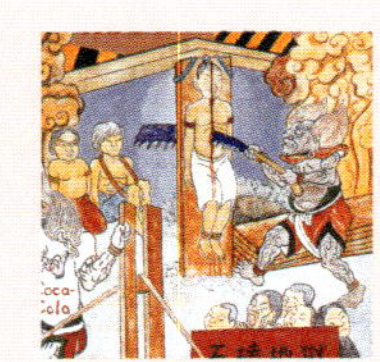

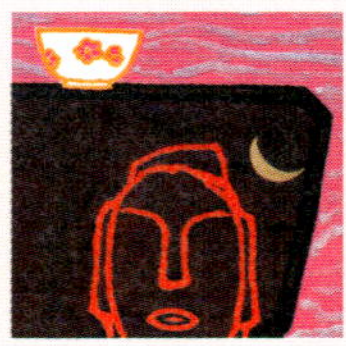
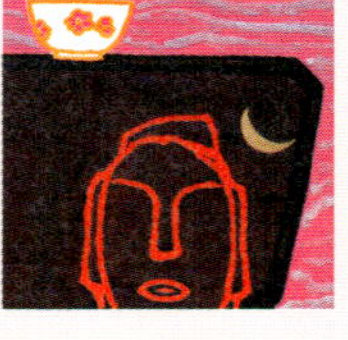

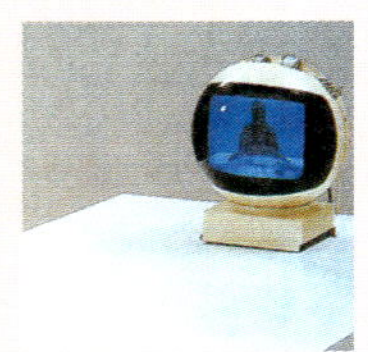

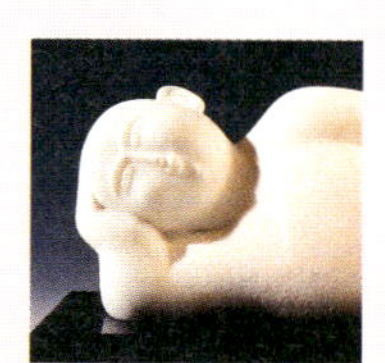

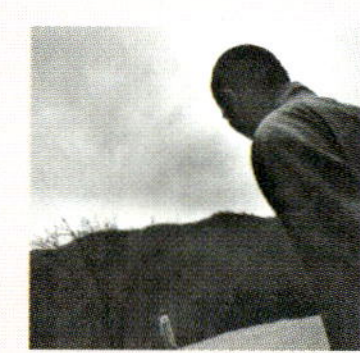

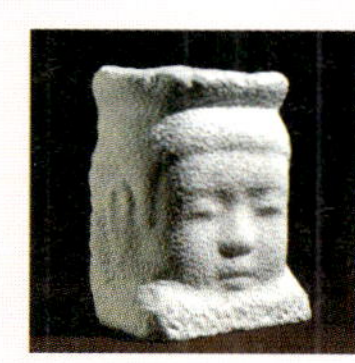

백제불의 웃음 유향숙

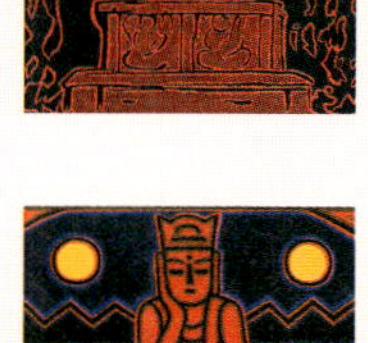

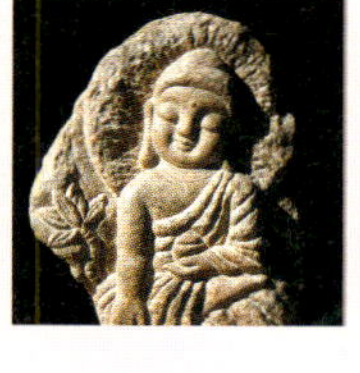

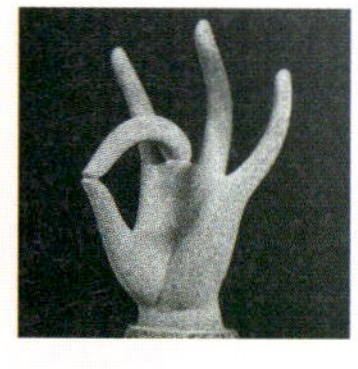

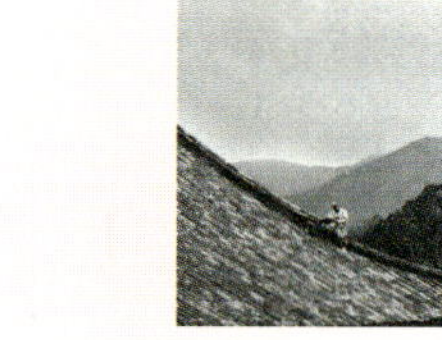

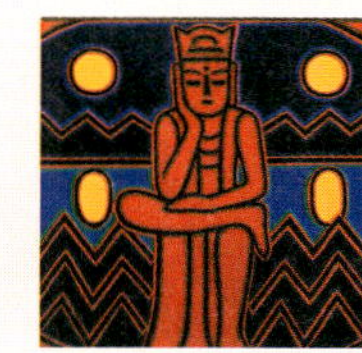

법어를 말하는 손 유영교

뜰 앞의 잣나무 이갑철

해인삼매 이만익

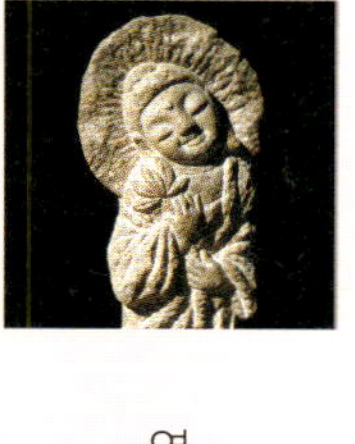

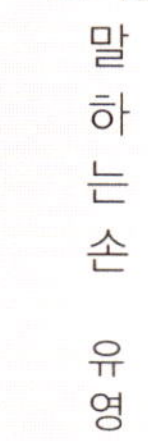

염화미소 오채현

선정에 든 TV부처

백.남.준.

불교는 불〔Buddha란 알다, 깨닫다의 뜻을 가지는 어근 budh의 과거수동 분사로서 안 사람, 깨달은 사람을 말한다.〕의 교(敎)란 뜻이다. 즉 깨달음의 가르침이 바로 불교다. 여기서 깨달음이란 어디까지나 자각(自覺), 즉 스스로 깨달음의 체계이기 때문에 불교의 주된 특징은 교주나 교리가 없다는 점이다. 그러니까 불교는 도그마의 체계가 아니라 깨달음의 체계며, 있음〔有〕의 체계가 아니라 없음〔無〕의 체계라고 말할 수 있다. 나로서는 바로 이 점이 불교만의 특징이자 매혹적인 부분이라 생각한다.

"돌아갈 곳은 자기 자신 밖에 없으니, 다른 데 의지하려 말라. 이것이 무명(無明)에서 벗어나는 길이다."

'TV부처'는 백남준의 가장 유명한 비디오 조각 중에 하나다. 고대 부처상이 모니터와 마주하고 앉아 있는 상당히 매력적인 이 작품은 모니터 뒤의 카메라가 부처를 정면으로 촬영하여 머리와 가슴 부분들이 화면에 나타나게 되어 있다. 화면/카메라는 제작과 수신의 과정에 명상하는 이 인물을 연결시켰고, 이와 같은 순간적 회로 속에서 부처는 화면 위의 자신을 고요하게 바라본다. 그러니까 부처는 자신의 영상 앞에서 명상을 하지만 그 영상은 거울에 비친 상처럼 거꾸로 재연되어 있지는 않다. 이 설치작품은 이른바 동양의 종교와 서양의 테크놀로지를 서로 결합시킨 것에 해당한다.

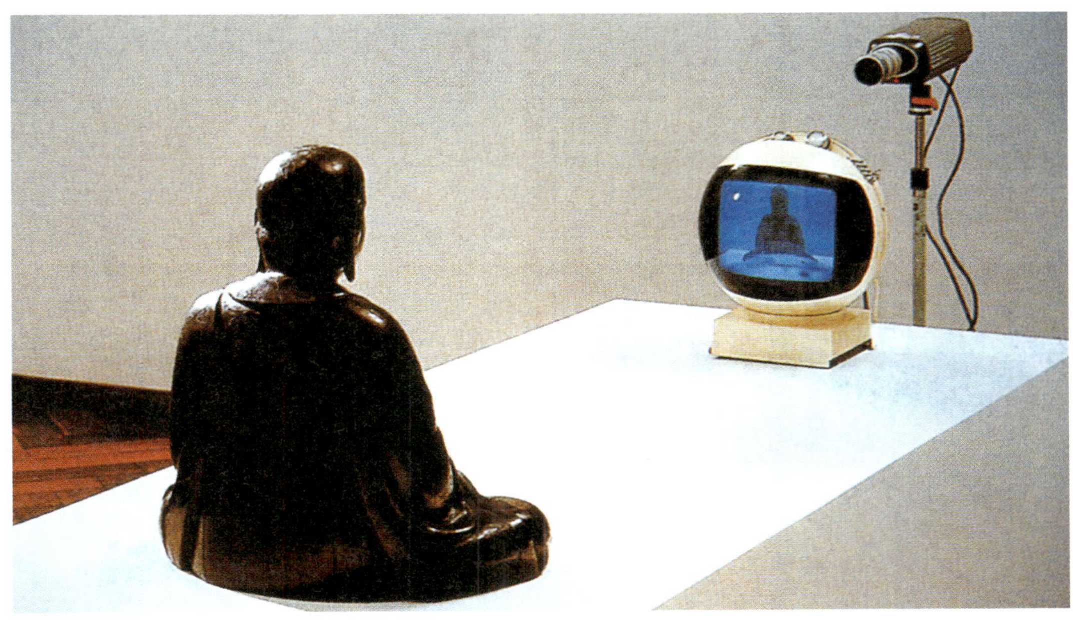

　　백남준의 생각으로는 부처를 시청자로서 텔레비전과 마주 보게 하는 것이었다. 일반적으로 좌선 명상이라면 미동도 하지 않은 채 하얀 벽만을 보고 몰두하게 되는데, 이 작품에서 부처는 자기 자신 내지는 자신의 영상과 마주 앉아 있다.

　　뒷모습으로 봐서는 금동여래좌상으로 보인다. 양손을 깍지끼듯 몸 앞에 모으고 앉아 깊은 사색에 잠긴, 이른바 선정인(禪定印)의 자세를 취하고 있는 것 같다. 선정이란 일종의 명상을 통하여 도달하게 되는 특수한 정신상태를 말한다. 부처는 선정의 과정을 통하여 불교의 진리를 깨달았다. 그러므로 선정은 곧 불교의 가장 본질적인 수도과정이라 할 수 있다.

　　그의 명상의 목적은 시간과 공간을 초월한 절대적인 공(空)이었지만, 모니터상의 카메라 영상은 그가 벗어날 수 없는 자신의 육체를 반사하고 있다. 동양적 지혜의 상징인 부처는 그렇게 강제적으로 현대적인 나르시스가

된 것이다. 여기서 부처는 텔레비전과 동등한 가치의 문화예술작품으로 나타난다.

비디오의 기본적인 특성은 모니터 화면을 통해 카메라가 녹화하는 것을 실시간으로 볼 수 있다는 점이다. 백남준은 이와 같은 비디오의 시점을 활용했다. 그는 비디오라는 매체를 확장시키는 수단으로서 즉각적인 특성을 도입하였고, 이를 통해 모니터 화면과의 관계 속에서 카메라 위치를 탐구하였다.

비디오아트의 창시자로 알려진 백남준은 1932년 서울에서 태어났다. 그는 대부분의 창작생활을 유럽과 미국에서 보냈으며, 1956년 유럽을 여행하다 독일에 정착하면서 전위음악과 퍼포먼스에 대한 그의 관심을 쏟아부었다. TV라는 매스미디어에 대한 최초의 예술적 탐구는 63년 독일 부버탈에서 가졌던 개인전에서 소개되었는데, 이 전시에서 그는 TV세트의 송전수신을 왜곡시키고 변형해 옆으로 뉘거나 혹은 거꾸로 놓는 등 변조된 TV뿐 아니라 인터랙티브 비디오 작업도 선보였다. 이듬해 백남준은 뉴욕으로 이주해 TV와 비디오 작업을 지속하며 그의 작업의 중요한 동반자가 되는 첼리니스트 샬롯 무어맨을 만나 'TV브라', 'TV첼로' 등 많은 비디오 작업과 퍼포먼스에서 공동작업을 한다.

60년대 말에 이르러 백남준은 TV와 움직이는 영상으로 새로운 미학적 담론을 창출하는 신세대의 기수가 된다. 70년대와 80년대를 거치며 그는 행동주의자로, 혹은 교수로 다른 신예작가들을 도와주며 그들의 정신적인 지주 역할을 했을 뿐 아니라 자신의 작업을 지속하며 부상하는 매체의 무한한 잠재력을 발굴, 실현해나갔다.

사실 그가 세계적인 거장으로 인정받는 이유는 단순히 비디오아트의 시조여서가 아니라 미디어의 메커니즘에 대한 철학적 탐구와 대중미디어의 단방향적 전달방식을 비판하며 끊임없는 예술적 대안을 모색하였다는 점에 있다.

　흔히 백남준의 예술세계의 특징으로 이른바 '비빔밥 미학'으로 대표되는 혼성적 성격을 이야기한다. 그러나 혼성 그 자체보다 혼성적 요소를 절묘하게 배합하는 '균형'에 백남준 작품의 더 큰 미덕이 있다. 백남준이 상업광고를 찬미하면서도 상업광고의 영향력에서 벗어난 예술형식을 온존시킬 수 있었던 것도, 미디어의 역사를 차용하면서도 새로운 미디어의 예술적 방향을 제시할 수 있었던 것도, 모두 이 균형감각에서 비롯된다. 그는 미디어에 냉소적이거나 테크놀러지에 비관적이지 않으면서도 인간적 척도가 적용된 소통의 가능성을 열었다. 그가 숱한 오브제를 차용하여 테크놀러지의 속도감을 유조화시킨 것도 자신의 작품이 인간의 상황을 되돌아보는 백미러

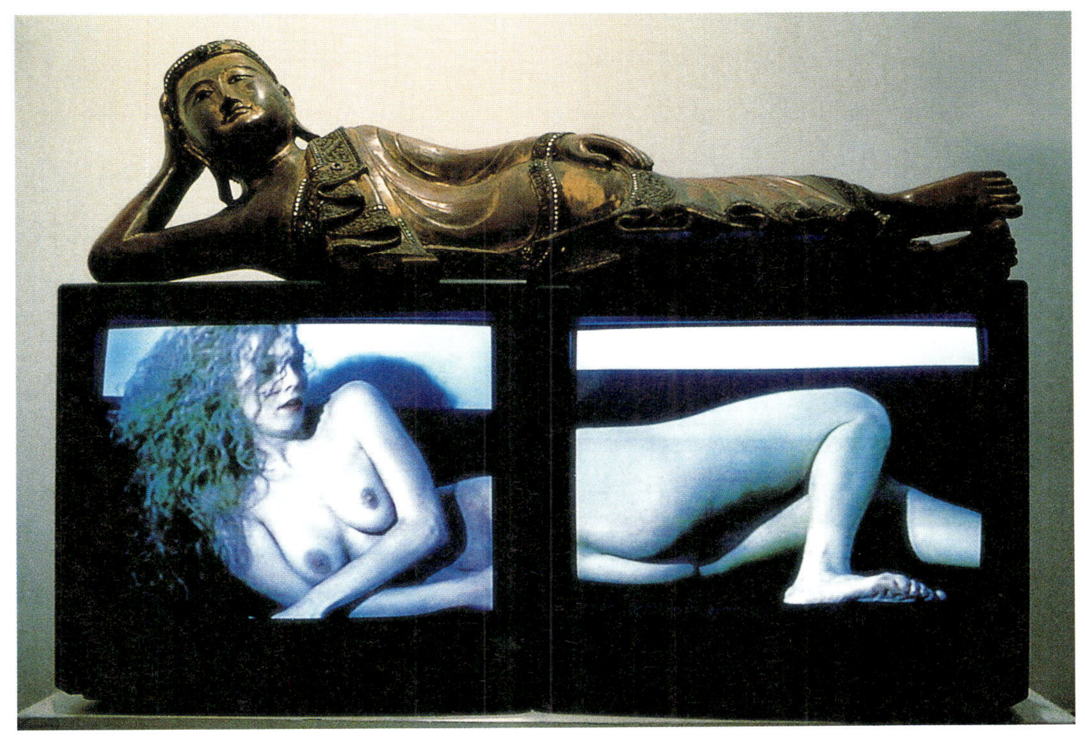

카르마(Karma) N° 8
2 Laser disks · 2 Monitors
· 1 Buddha,
105×34×22cm,
1990

로 기능하기를 바랐기 때문이다. 바로 이 지점에 모니터 앞에 앉은 불상과 같은 작업도 가능했다. 서양과 동양의 충돌, 만남, 합리주의와 정신주의, 물질과 사유의 느닷없는 조우를 연상시키는 작업은 새삼 동시대를 살아가는 모든 이들에게 자신의 현재의 문화와 삶을 반성하게 해주는 명상의 시간을 순간적으로 부려놓아 준다.

　새로운 테크놀러지의 발달은 그의 예술적 감성을 자극하는 하나의 소재에 불과했다. 그는 TV라는 고정된 미디어로 조형적 실험뿐 아니라 철학적 사유를 가능하게 했고, 나아가 단순하게 움직이는 영상 디스플레이인 레이저에 생명력을 불어넣었다. 예술의 대중 참여는 특히 하이테크가 중심을 이루는 멀티미디어 작업에서 더욱 위력적이다. 관객은 정지된 이미지보다 움직이는 영상이 던져주는 기호에 시각적으로 매료되고 그 이미지의 농간은 내용과 관계없이 관객에게 정보 전달의 도구로 해석된다.

　관객은 고요한 전시 공간에서 정지된 채 위압적으로 다가오는 회화나 조각 등 전통적 오브제보다 적당히 무시하거나 지나치는 것이 용인되는 영상들을 심리적으로 편하게 생각한다. 그리고 뭔가 스크린에서 움직인다는 것은 이미지의 연속성을 배가시킴으로써 수동적 관람자가 아니라 함께 어울려 한판 놀아 보자는 참여정신을 요구한다. 백남준 예술의 중심을 이루는 대중 참여와 정보는 개념적으로는 매우 간단하지만 감각적으로 뛰어나며 순발력이 강한 소재의식 때문에 그 수용력이 넓다. 예술작품이 보여지는 특정한 장소성과 절묘한 일치감을 이루기 때문에 순식간에 지식은 정보로 치환되며 그 정보는 대중이 참여하기에 적합한 조건이 되는 것이다. 백남준 미학의 중심을 이루는 대중 중심의 수용태도는 바로 이 같은 장소성이 강한 소재의식에서 연유한다.

신나고 유쾌한 도원경

서.은.애.

한가로운 겨울 어느 날 인적이 드문 한 전시장에서 서은애가 그린 '생활 십일면 천수관음도'란 그림을 보았다. 불화에서 차용한 이 그림은 동시대 젊은 여성 작가의 지극히 개인적인 삶의 욕망과 솔직한 소망과 바람을 그려내고 있다는 점에서 무척 흥미로웠다. 그녀는 이렇게 말하고 있다.

"내가 종이 위에 담아내는 세상은 달콤한 허상의 파라다이스이다. 일상 속에서 쉽게 접할 수 있는 신변잡기적이고 대중적인 매체와 형상들ㅡ만화책, 화투 패, 유명 고화(古畵), 불화(佛畵) 등ㅡ을 의도적으로 차용해, 그 일부분에 직접적으로 '나'를 그려 넣거나 또는 자신을 상징하는 대체물을 삽입 또는 환치시킴으로써 다분히 직접적이고 노골적인 방법으로 작품을 감상하는 이들을 '내'가 주인공이 되어 꾸며가는 역동적인 '낙원'의 세계로 초대하고 있다. 이 세계 속에서 나는 자비(慈悲)와 인덕(仁德)의 결정체인 보살의 형상으로 현현하기도 한다. 이렇듯 나의 모습은 남녀 구분을 불문하고 동서와 고금의 경계를 뛰어넘어 다양하게 변화하는 모습으로, 그 위장된 이미지의 가면들을 수시로 바꾸어가면서 자유롭게 등장한다. 자신 속에 공존하는 다면적인 인격을 나타내기 위한 배려도 있다.

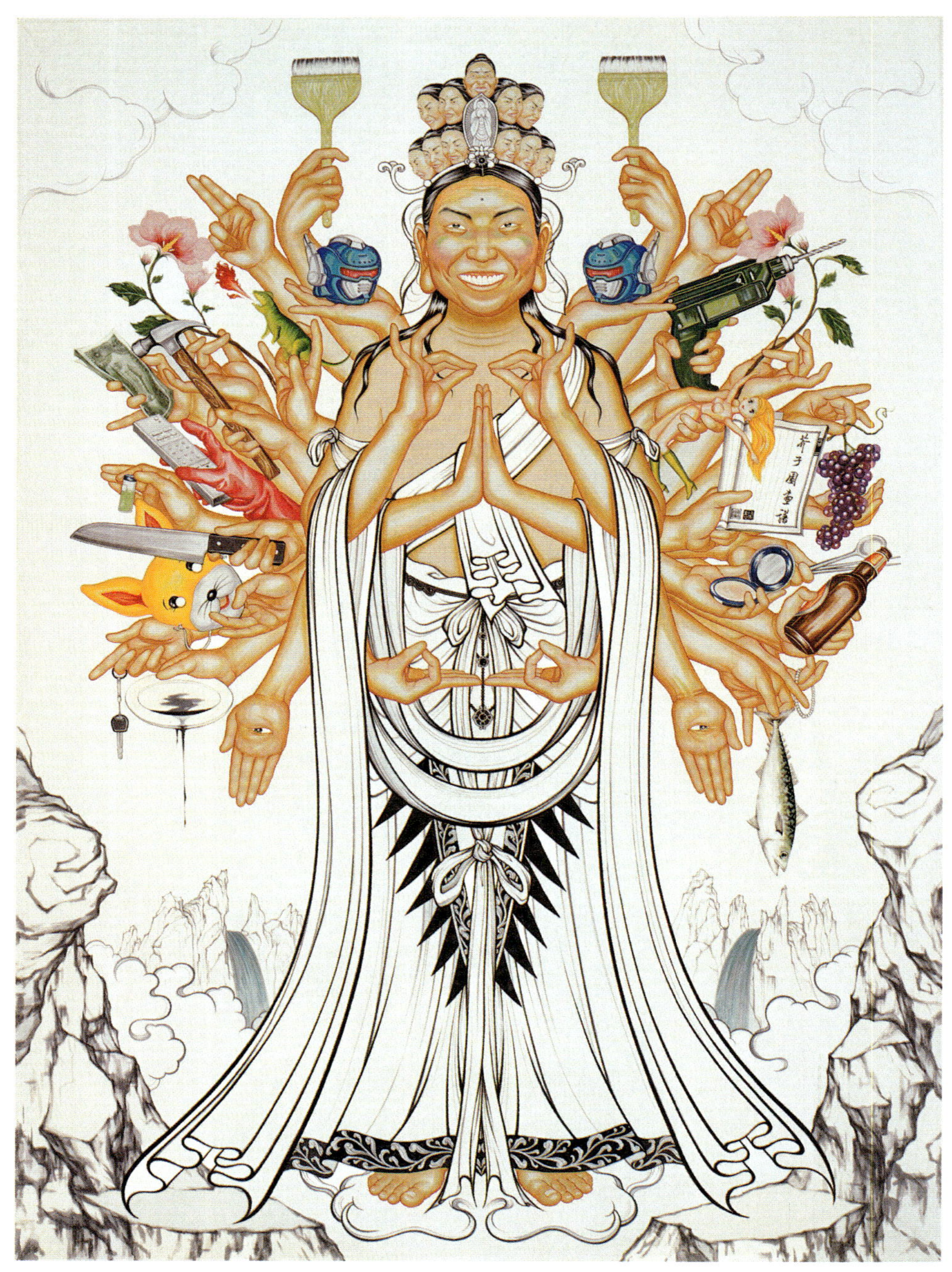

생활 십일면 천수관음도 종이에 채색, 150호, 2003

"이렇듯 다양한 캐릭터로 옷을 갈아입으며 등장하는 우스꽝스러운 화면 속의 주인공은 바로 '나' 자신의 모습인 동시에 아픔과 슬픔, 같은 기쁨과 행복으로 동시대를 살고 있는 지극히 평범한 우리의 모습이라고도 할 수 있다." 〈작가노트〉

부처님의 가르침은 여러 경전을 통해 전해진다. 많은 사람들이 좀더 쉽게 그 이치를 깨달을 수 있도록 경전의 내용을 그림으로 형상화한 것을 변상도라 부르는데 항상 쳐다보고 예경(禮敬)할 수 있고 내용도 알만한 그런 그림이 되어야만 비로소 불화라는 것이 된다. 이 작가의 그림은 새로운 메시지를 내기 위한 수단으로 기존 불화양식을 차용하였다. 그러나 이런 불화가 어쩌면 현대사회를 살아가는 젊은이들에게 더 호소력 있게 다가오는지도 모르겠다. 그녀는 천수관음도의 형식을 빌려 이를 도원경, 파라다이스, 요술방망이로 형상화했다. 내가 천 개의 손과 많은 눈을 가지고 있다면 어떨까?

관세음은 '바라는 바를 관찰한다'는 소박한 희구신앙의 의미인데 관음신앙의 가장 보편적인 모습은 고난받는 현실세계에서의 중생을 구해주는 현세적 성격의 신앙이다. 그러니까 관음의 뛰어난 구제력으로 온갖 어려움에 처해 있는 중생들을 해탈시켜 준다는 의미가 그것이다. 여러 가지 고뇌를 가진 일체 중생이 관세음보살의 권능을 듣고 일심으로 그 명호를 부르면 관음이 즉시 그 음성을 관하고 모두 해탈을 얻도록 한다는 것이다.

어려운 지경에서 관세음보살을 지성으로 부르면 그 구제력에 의해 어려움에서 벗어날 수 있다. 주술적인 힘을 얻기 위해 신비한 음절을 되풀이하여 읊거나 노래하는 것은 고대사회에서 늘 행해지던 것이다. 온 우주는 소리로 이루어졌으며 그 중에서도 가장 위대한 진언인 '옴'은 모든 실재를 재현함과 동시에 수행자를 직접적인 신성의 체험으로 이끈다는 이론도 있다.

서양인들이 눈으로 보는 것, 만질 수 있는 것을 중시했다면 동양인들은 들리는 것을 무척 소중하게 여겼다. 청각이란 말의 어원에는 '복종하다' 란 의미가 놓여 있다. 그래서 종교와 신성이 깊은 시대에는 청각이 존중되었 다. 말이 가지는 발음 중에서 신성에 해당되는 것이 있어서 반복해서 그 발 음을 내면 신성이 현현한다고 믿었던 것이다. 주문이나 명상을 통해 신자는 자신을 신과 일치시키고 그 힘을 획득하고자 한 것이다. 그래서 이전의 공부 란 항상 큰소리로 낭랑하게 현자의 음성을 따라 읊는 일이었다. 내 스스로가 경전 속의 공자와 맹자가 되어 보는 일이다. 죽은 이의 음성을 빌어 산 자가 그 삶을 연장해서 다시 사는 것이 공부 방법이었던 것이다.

관음은 이렇게 많은 경우의 부름에 응해야 하기에 33가지의 몸을 응 현하여 그 구제력을 구체화한다. 이 관음의 구제력을 확대한 변화관음 중에 서〔인도 대승불교의 후기 밀교시대에 힌두신들이 불교에 유입되는 데 상응하여 여 러 가지 변화관음이 만들어졌다.〕 극치에 이른 천수관음도는 천 개의 손과 눈을 가지고 중생들의 온갖 구제요청에 응하는 관음을 말한다. 작가는 바로 이 천 수관음도를 빌어 자신의 여러 욕망을 발설하고 있다.

천수관음은 부처가 보타락가산 관세음 궁전의 장엄도량에서 관음이 대자대비를 성취하고 다라니문을 익혀 중생이 안락을 얻고, 병고에서 벗어 나고, 수명과 풍요를 얻으며, 일체 악업과 장애를 없애고 공덕을 키워 일체 바라는 바를 이루게 하기 위해 대비심다라니를 연설한다고 전한다. 그리고 그 형상은 40개의 손을 지니고 각 손마다 연화를 비롯한 갖가지 지물(持物, 연꽃, 금강저, 석장, 여의주, 정병 등)을 들고 또 각 손바닥에는 자안(慈眼)을 새 겨 그 40수(手) 하나하나가 25계씩을 관장하여 천수천안을 이루는 것으로 설 명한다.

서은애는 그런 천수관음도를 빌어 화가로서의 자신의 존재를 알리는 붓과 전통적인 동양화를 배우는 데 필수 책자였던 개자원화보, 지폐와 리모 콘, 차 열쇠, 화장품과 진주목걸이, 여성의 가사노동을 암시하는 식칼과 비닐

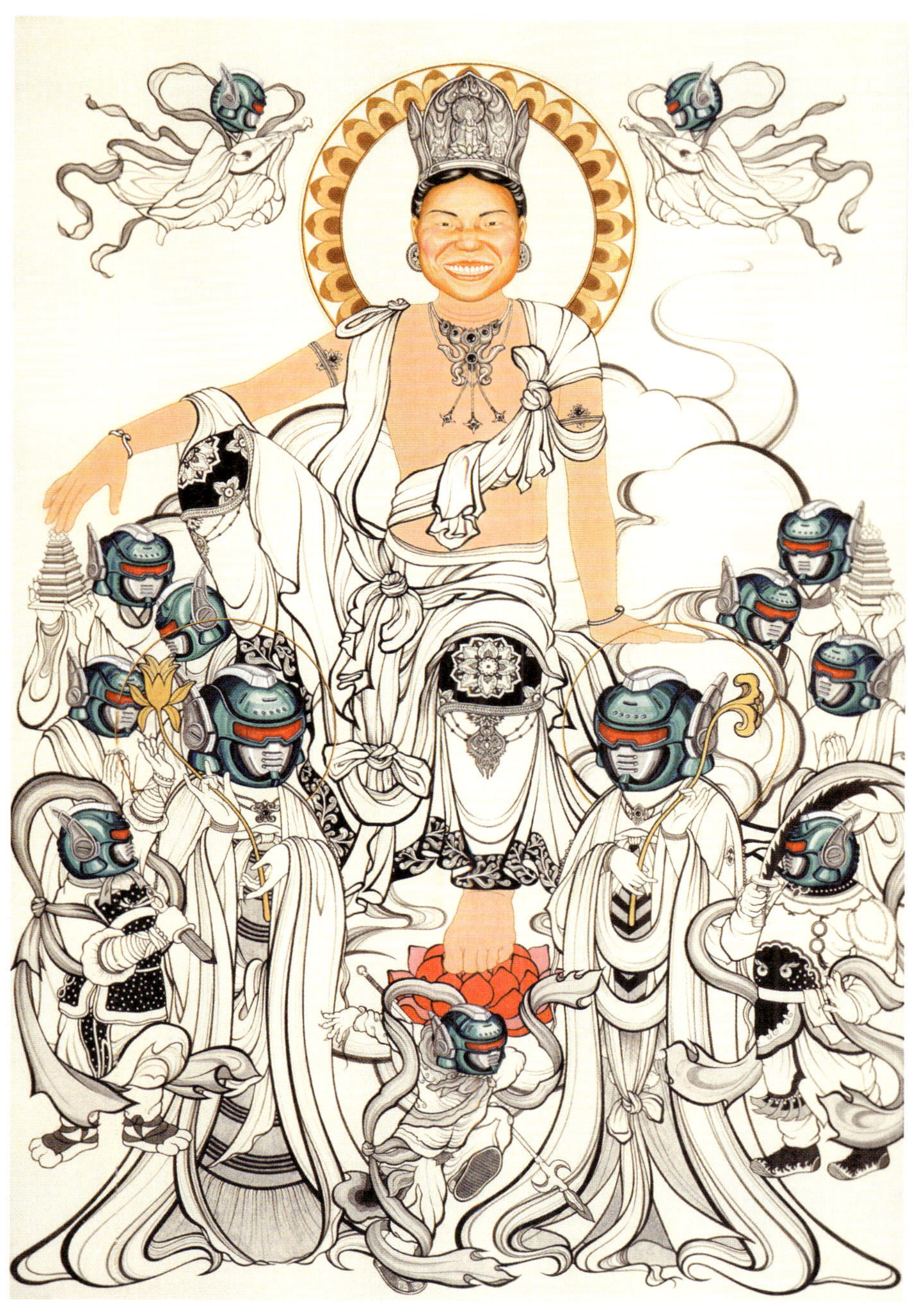

유일무이 관음보살도 종이에 채색, 150호, 2003

장갑 등을 복잡하게 그려 넣었다. 지물을 대신하는 그것들은 오늘날을 살아가는 데 필요한 것들이자 소비사회의 품목들이고 자신의 삶에서 필수적으로 요구되는 것들이다. 여성으로서, 화가로서, 물질적 풍요를 누리고자 하는 욕망과 자기 속에 깃든 무수한 '나'의 현존을 솔직하게 보여주는 그림이다.

"우리를 둘러싼 이 사회가 온갖 꿈틀거리는 욕망들로 넘쳐나고 있다. 하지만 품고 있는 욕망들이 모두 현실로 이루어질 수 없기에 대신 우리는 위장된 이미지들을 소비하는 것으로 부대끼는 속을 달래고 산다.

우리가 적당하게 짜깁기를 해서 사용하는 이 이미지란 것들도 결국은 사회의 특정 세력들의 이해관계가 맞물리면서 만들어낸 일종의 일시적이면서 또한 이기적인 유행 소비품목에 지나지 않는 것이다. 자신을 지탱해줄 수 있는 구심점을 구축하지 못한 채 이런 저런 이미지들로 덮어씌우는 데만 급급해 하고 있다면 이는 그 자신이 꽤나 유약한 인물임을 스스로 인정하고 있는 것에 다름 아니다. 허나 재미있는 것은 진실이야 어떻든 간에 허상에 지나지 않는 이 꾸며진 거짓 이미지들이 세상에는 꽤나 잘 먹혀 들어가고 있다는 사실이다. 이렇듯 필요에 의해 여러 이미지들을 소비하다 보면 가끔씩 자신의 실상이 어떠한지 헷갈리기도 한다. 현실과 환상 사이를 반복적으로 오고 가다가 나중에는 그 두 경계를 쉽사리 구분지을 수 없는 몽롱한 지경에 빠져들게 되는 것이다. 이것도 '나'인 듯 하고 저것도 '나'인 듯하니, 때론 스스로도 자신의 참 모습을 제대로 바라보기 어려워지게 되는 셈이다.

나이가 들수록 세상 앞에서 자꾸 위축되고 또 위축되어 가는 우리들이 스스로를 토닥이며 위로하는 방법 중의 하나가 일시적이나마 자신이 열망하는 이미지로의 변신을 시도하는 것, 다시 말해 환상과 현실 사이의 몽롱한 경계, 즉 신나고 유쾌한 도원경 속으로 빠져들어가는 것일진대 비록 이것이 위장된 거짓말에 지나지 않는다고 할지라도 어찌 위태롭고도 조그마한 도피처에 감히 비난의 화살을 쏠 수 있겠는가." 〈작가노트〉

운주사 미륵불

송.필.용.

1990년 12월의 마지막을 며칠 앞두고 나는 운주사에 갔었다. 추운 겨울날, 가는 눈발이 희끗희끗 날리고 바람이 거칠다가 잦아들기를 반복하고 주변 들녘이 온통 고요할 때 혼자 운주사의 이곳 저곳을 다니며 석불과 탑들을 둘러보던 기억이 새롭다. 왜 그곳에 갔었을까? 무너지고 흩어진 석불을 바라보면서 그렇게 허물어지던 당시의 나의 모습을 반추하기 위해서였는지 아니면 그 폐허화되고 소멸되어 부서지는 시간의 위력 앞에 허물어지면서 견디고 있는 돌의 눈물겨운 생애를 만나고 싶어서였는지 가늠이 되지 않는다. 반나절을 그곳에서 외롭게 서 있다 돌아오는 길에 드디어 깊은 눈이 내렸다. 저 눈이 운주사 석불들을 덮고 지상의 모든 것을 죄다 덮어 이 겨울을 진정 겨울이게 하길 바랐었다.

운주사(雲住寺 또는 運舟寺)는 '구름이 머무는 절' 또는 '움직이는 배의 절'이란 뜻이다. 천불 천탑의 꿈을 실현하기 위해 신라 말 도선국사가 하루 만에 조성했다는 설화가 전해지는 곳이다. 이곳의 탑과 석불들은 모두 변형이 심하고 파격적으로 특이한 양식을 보여준다. 하나같이 못생기고 평평한 조각들은 민중의 미적 감성에 가깝다. 이곳의 불상들은 모두 미륵불의 토착화로 가능한 것들인데 미륵은 원래 불타의 제자며, 석가모니라는 각자(覺者)의 계승자로 알려져 있다. 미륵보살은 석가모니 부처가 입멸한 뒤 56억7천

만년이 되는 때, 즉 인간의 수명이 8만세가 될 때에 도솔천에서 이 사바세계로 내려와 화림원의 용화수 아래에서 미륵불로 성불하여 3회의 설법으로 272억 명을 교화한다고 한다. 이러한 미륵보살이 미륵불로 다시 태어날 때까지 먼 미래를 생각하며 명상에 잠겨 있는 자세로 있는 것이 바로 미륵보살 반가사유상이다.

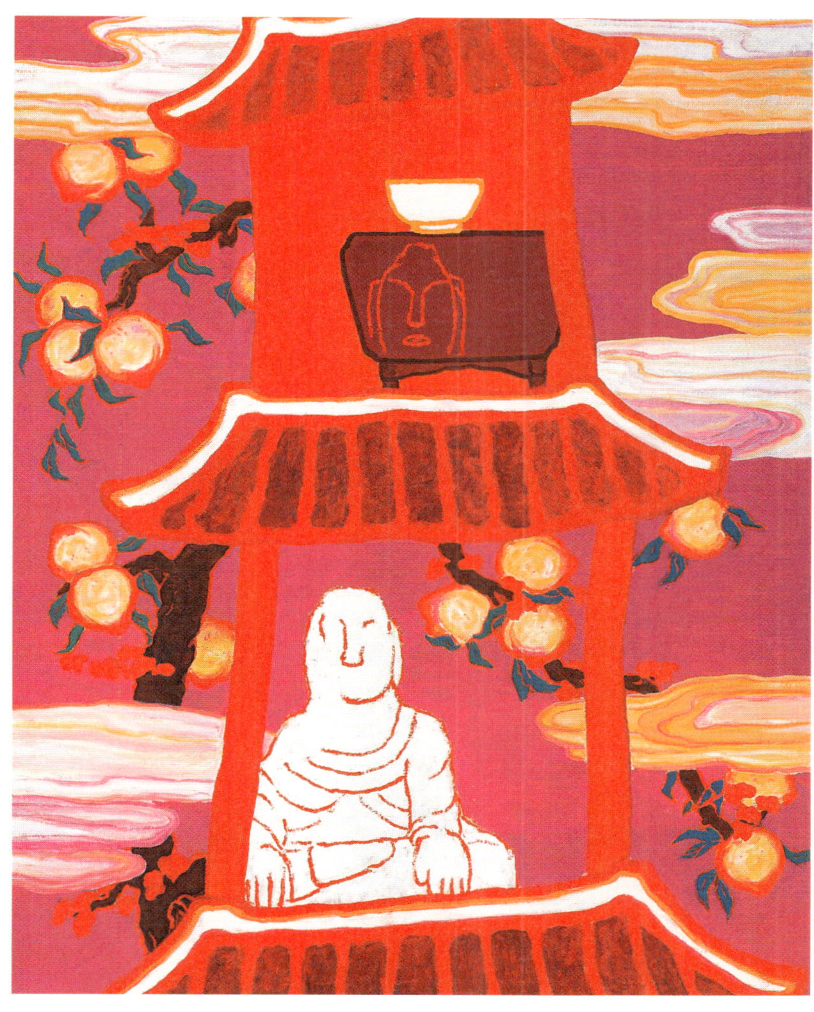

운주미륵
캔버스에 유채,
162.2×130.3㎝
1991

운주사의 와불은 다름 아닌 미래 현세적 미륵의 민간형태를 의미하는 것으로 백제계열 양식의 질박한 표현을 지녔다. 언젠가 도솔천에 있는 미륵보살이 하강하여 그 와불로 현현하여 그 누운 자태를 일으켜 현세를 개혁하리라고 믿었던 지극히 특수한 재림사상을 신봉하는 특수 신앙공동체의 본산이 바로 운주사라고 여겨진다.

운주사의 돌부처는 한결같이 못생겨서 부처의 위엄이라고는 전혀 찾아볼 수가 없다. 눈, 코, 입은 물론 신체 비례도 제대로 맞지 않으며 일반적으로 정통 불상이 지닌 도상에서 크게 어긋난 파격적인 형식미를 띤다. 석탑도 마찬가지이다. 정형이 깨진 파격미, 힘이 실린 도전적 단순미, 친근하면서도 우습게만 느껴지는 토속적인 해학미와 아울러 그것들이 흩어져 있으면서도 집단적으로 배치된 점이 운주사 불적의 신선한 감명이며 특별한 매력이다. 이렇듯 운주사 일대의 석불은 형상이 단순화되고 변형이 심하며 그 조각수법 또한 거칠고 평판적이다.

따라서 미륵불을 만드는 성스러운 작업은 혼이 깃들인 바위를 지배하려는 의도를 지닌 것이 아니라 예술가가 갖고 있는 미륵 이미지와 돌 속에 이미 들어 있는 미륵의 이미지가 조화를 이룬 상태이다. 석불의 상호나 수인, 의습 표현 등은 삼국시대부터 이어온 전통적 불상조각의 정형에서 크게 벗어난 파격적인 면을 지니고 있다. 모든 것은 어린아이 같이 서툴고 순진하고 새롭다. 민중들이 용화세계를 갈망하면서 풍부한 상상력으로 역사적인 문자, 표준적인 장식을 버리고 해방의 이미지로 장식했을 것이다. 그래서 이 '천구의 석불'은 현실을 모사하는 기능을 갖지 않는다. 그것은 현실 대신에 세워진 것이며, 이를 통해 비로소 현실이 생성될 것이라는 예감 아래 이루어진 것이다.

송필용은 전남 화순에 위치한 운주사에 얽힌 '미륵사상'에 많은 관심을 표명해 온 작가다. 운주사로 상징되는 새로운 삶과 세상에 대한 갈구는 바로 '오늘날 우리들의 삶의 현장을 향한 절실한 메시지'로 다가옴을 누구보다도 강하게 느끼고 있는 그는 우리의 삶과 현실을 운주사 그림을 통해 은유적으로 드러내고 있다. 그곳에 얽힌 다양한 민담과 설화는 민중들의 미륵하생이나 개벽, 혁명에의 염원과 맞닿아 있으며 현실의 억압과 고통을 민중들 스스로 딛고 일어서고자 하는 진취적인 사고를 반영하는 것이다.

운주사에 천불석탑을 첫닭이 울기 전 하룻밤 사이에 세우면 서울이 이곳으로 옮겨 앉는다는 미륵님의 계시가 있어 이곳에 수도를 만들겠다는 희망에 찬 일꾼들이 모여서 정신없이 돌을 쪼아 탑과 미륵불상을 세우고 밤새 일을 하다 이윽고 마지막 와불을 일으켜 세우려는 찰나 '닭이 울었다'는 소리가 들리고, 이에 일이 중단되고 끝내 와불은 일어서지 못했다는 전설에는 당대 민중들의 실천적 사고와 노력, 의지 및 미륵으로 대변되는 토속신앙적 요소와 역사적으로 간직되어온 남도지방 특유의 한과 체념 및 저항의식들이 간직되어 있다.

미륵이 도솔천에서 지상으로 하생하게 되면 그때는 지상의 정토가 이루어진다는 이 사상은 변혁에 대한 민중들의 염원과 새 나라, 새 세상을 세워 민중을 건질 사람이란 바로 민중들 스스로라는 의미를 함축하고 있다. 아울러 운주사의 석불과 석탑들은 당대의 형식화된 불상들에 비해 전형이 배제되면서 특이한 변형으로 서민들에게 친숙한 형상으로 다가오며 진한 토속적 냄새를 풍기고 있다. 이는 자생적이고 토착화된 형태의 대표적 사례들로 꼽히는데, 실상 운주사를 둘러싸며 이곳 저곳에 흩어져 있는, 버려진 것처럼 서 있는 석불과 석탑은 즉흥적이면서 미완성의 완성, 비합리적인 합리인 동시에 비계획적인 계획이라는 한국미술의 미학적 정의와 일정 부분 포개어진다는 생각이다.

작가는 그 운주사를, 단순히 불교의 부처님을 모시는 곳이 아니라 일반 서민들의 염원을 달래고 자기 생활 속에서 우러나오는 경험을 비는 곳이

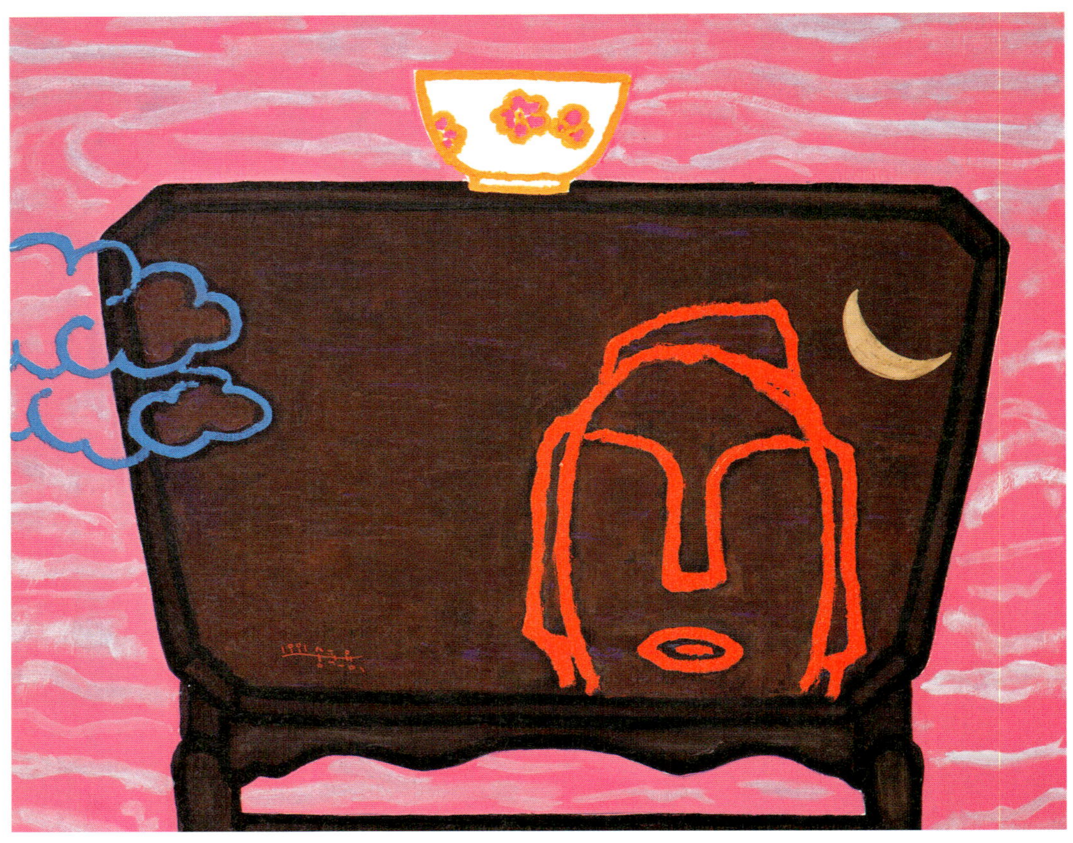

운주미륵 II
캔버스에 유채,
72.7×90.9cm,
1991

며, 좌절과 고통의 순환 속에서도 새로운 희망과 세계관으로 자신들의 땅과 목숨을 지켜보려는 의지와 기원을 드리던 곳으로 이해하고 이를 형상화했다. 그의 그림 속에서 운주사는 다시 새로운 삶을 기원하며 거듭나고 있다.

민 불
오.순.환.

　　오순환이 그린 '민불'이란 그림은 더없이 따스하고 정겹다. 부부로 보이는 남녀가 실내공간에 다소곳이 자리하고 있고 국화꽃 화분이 정갈하게 놓여 있는 풍경이다. 남자는 앉아서 좌선을 하는 자세이고 여자는 서서 합장을 하고 있다. 두 사람의 표정과 눈빛이 맑고 평화로워 보인다. 무욕과 겸손함이 그대로 몸을 이룬 이들이다.

　　커튼과 바닥에 깔린 이불, 천 그리고 이들이 입은 상의 모두가 흰 색조로 빛난다. 밝고 화사하고 따스한 온기가 서늘함 가운데에 깃들어 있다. 심플하고 검박한 일상의 풍경이자 모든 인욕과 허영이 증발되어 버린 공간이다. 전체적으로 수직과 수평이 엄정하게 자리해 있어 화면은 차분하고 엄숙하기까지 하다. 얼굴 표정을 곰곰이 들여다보면 평범하고 친근한 인상이다. 아마도 작가가 품고 있는 선한 사람들의 인상이 바로 그 형상인 듯 싶다. 이른바 무사인(無事人)의 경지 같다. 일상을 통하여 어디에도 거리낄 것 없이 순수하게 몰입하고 집중하는 천진한 마음을 지키는 이들 남녀, 부부의 소박한 손 모음이 그대로 믿음이고 불법이다.

　　단출하게 그려진 이 그림은 일종의 일러스트처럼 명징한 이야기를 담고 있다. 그만큼 보는 이의 눈과 가슴에 직접적으로 스며드는 그림이다. 작가는 의도적으로 쉬운 그림, 소통이 용이한 그림을 통해 자신의 이야기를

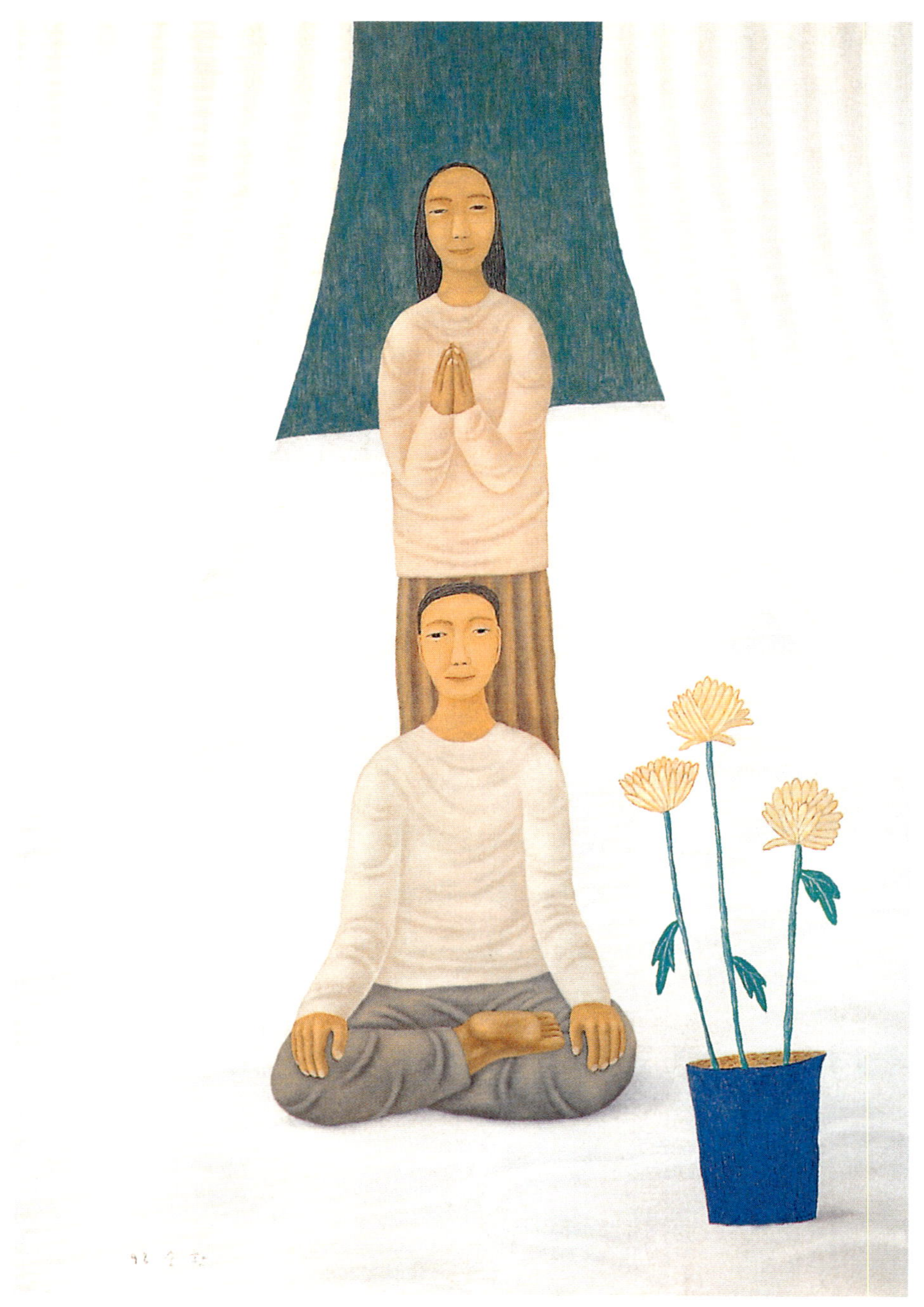

민불(民佛) 캔버스에 아크릴, 112×162cm, 1998

효과적으로 전달하려는 데 관심이 있어 보인다. 그래서 이 그림은 일종의 이야기 그림, 형상회화라고 부를 수 있다.

그런가 하면 이 그림은 일종의 종교화로 다가온다. 종교화에서 느껴지는 은은한 명상이 잔잔하게 깃들어 있다. 그래서인지 비근한 일상을 살아가는 평범한 사람들이 주불이 되고 미륵불이 되어 법당에 안치되어 있는 장면을 상상하게 한다. 아마도 작가는 우리 시대의 평범하고 일반적인 대중들의 모습에서 진정한 부처의 모습을 찾았던 것 같다. 자신에게 주어진 일상을 열심히 살아가는 이들의 모습이 결국 부처가 아니겠느냐는 메시지가 들린다.

> 내 인생에서 가장 행복한 날은 언제인가? 바로 오늘이다. 내 삶에서 절정의 날은 언제인가? 바로 오늘이다. 내 생애에서 가장 귀중한 날은 언제인가? 바로 오늘, 지금 여기이다. 어제는 지나간 오늘이요, 내일은 다가오는 오늘이다. 그러므로 오늘 하루하루를 이 삶의 전부로 느끼며 살아야 한다. 〈벽암록〉

작가는 그렇게 하루하루를 충실하게 살아가는, 가난하지만 따스하고 착한 마음을 지닌 민중들의 모습에서 진정한 삶의 모습을 본다. 불교는 느낌의 체계이자 깨달음의 체계이며 추상적인 정신, 마음의 체계가 아니라 구체적인 앎의 체계이다.

> "삶을 살아가는 사람들의 따뜻한 마음, 그것은 이 시대의 얼굴이며 이 시대의 부처이고 참이지 않는가 한다. 그것은 또 구름 잡는 식의 이야기일지 모르겠으나 분명 그림의 문제일 것이다. 그림은 분명 그림으로 되어져야 한다는 믿음이다. 이것이 나의 욕심이다." 〈작가노트〉

비록 선하고 강한 것이 존재할 수 없는 세상이라 하더라도 아직 가슴은 따스함을 꿈꿔야 한다고 그의 그림은 넌지시 말한다. 자신에게 주어진 현재의 삶을 충실하게 살아가는 모든 이들이 결국 진정한 보살이라는 의미도 새겨져 있다.

슬픔이 있으면 기쁨이 있고, 기쁨이 있으면 슬픔이 있다. 그러므로 기쁨과 슬픔을 가다듬어서 선도 없고 악도 없어야 비로소 집착을 떠나게 된다. 지난날의 그림자만을 추억하고 그리워하면 꺾어진 갈대와 같아서 초췌해지리라. 그러나 지난날의 일을 반성하고 현재를 성실하게 살아간다면 몸도 마음도 건전해지리라. 지나간 과거에 매달리지 말고 아직 오지 않은 미래를 기다리지도 말라. 오직 현재의 한 생각만을 굳게 지켜라. 그리하여 오늘 할 일을 내일로 미루지 말라. 진실하고 굳세게 살아가는 것 그것이 하루하루를 살아가는 최선의 길이다. 〈법구경〉

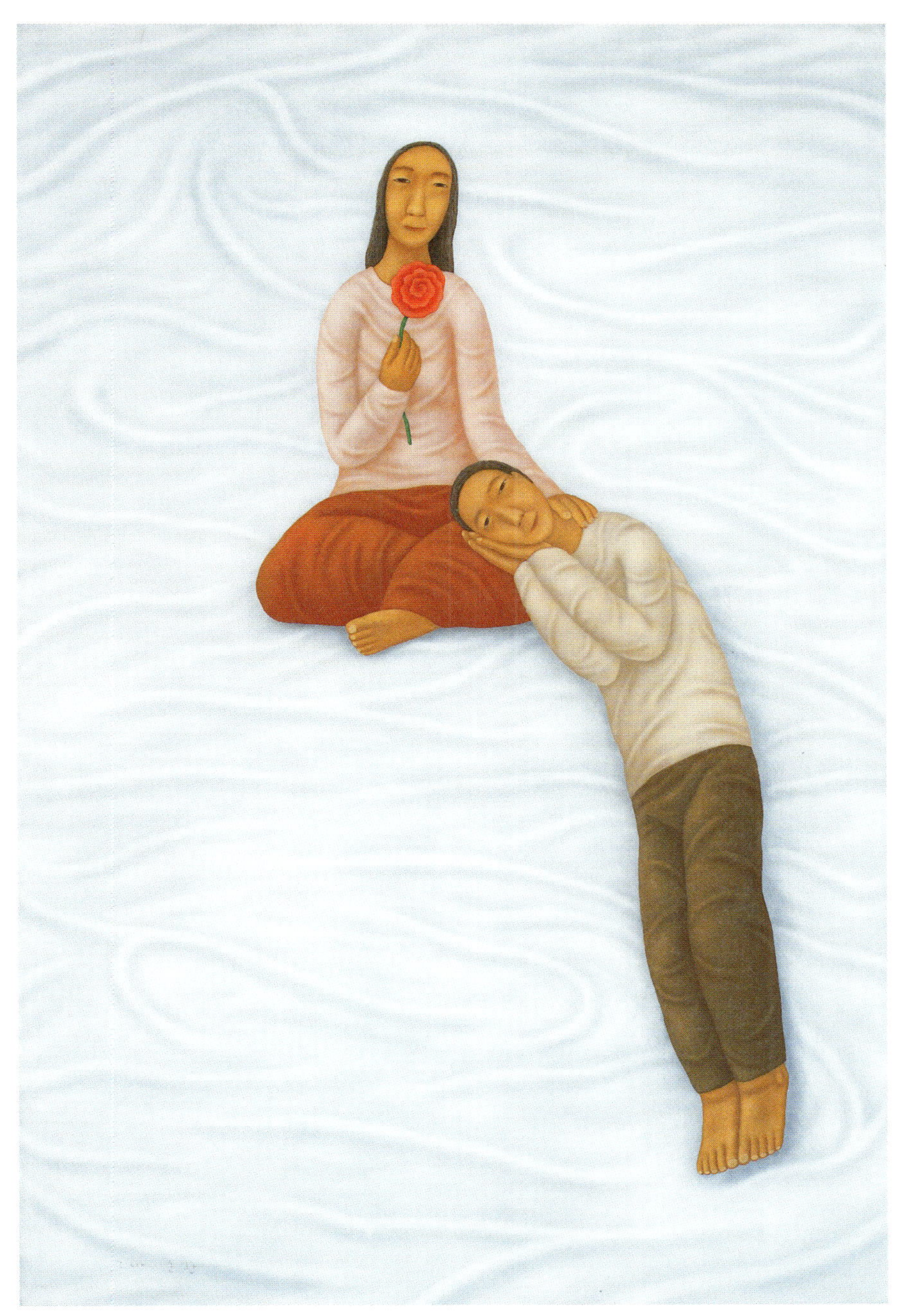

민불(民佛) 캔버스에 아크릴, 193×130cm, 2001

지옥도

오. 윤.

옛 사람들은 인간이라는 존재를 하늘적 요소와 땅적 요소의 결합이라고 생각했다. 하늘적 요소가 혼(魂)이고, 땅적 요소가 다름 아닌 백(魄)이다. 혼은 넋이고, 백은 얼이라 한다. 넋은 위로 올라가는 신(神/伸)적인 것이고, 얼은 밑으로 내려가는 것이라 귀(鬼/歸)적인 것이다. 그래서 죽은 이를 제사 지내는 것은 혼에 대한 예(禮)이며 이는 혼의 지속적인 시간을 관리하는 의식이라고 한다.

죽은 이도 산 자의 시간 속에서 여전히 살아있는 것이다. 사실 죽음의 시간, 죽음의 세계를 규명하고자 하는 것은 모든 종교의 본질이다. 죽음의 공포로부터 벗어나고자 하는 것, 죽음을 납득하고 받아들이거나 이를 회피하고자 하는 것이 삶이고 종교이다. 죽은 후에 어떻게 살아남느냐 하는 문제 말이다.

동양인들은 죽음이 곧 삶의 연장으로서 죽음과 삶이 하나의 시공연속체로서 융합되는 유기체론적 세계관을 지녔다. 죽음은 단절이 아닌 또 다른 삶에 이르는 과정이라는 인식은 불교에서 보는 죽음이다. 불교에서는 이번 생의 자취가 죽음으로 끝나는 것이 아니라 사후 시왕의 심판을 거쳐 다음 생을 결정한다고 보았다. 그런 인식을 이미지로 가시화시킨 것이 다름 아닌 지옥도다. 인간이 상상해낼 수 있는 가장 공포스럽고 무섭고 끔찍스러운 고통, 영원히 끝나지 않을 것 같은 고통과 아픔의 극대화를 보여주는 지옥도!

　　　지옥의 모습을 그린 그림은 우리가 맞닥뜨리게 될 고통의 세계를 보여줌과 동시에 여기서 나올 수 있는 방법 또한 제시해준다. 죽음 이후 영혼이 가는 세상, 즉 명부(冥府)의 모습을 담은 불화(지옥도)에는 당시 사람들의 삶과 영혼에 대한 사고가 반영되어 있다.

　　　명부란 사람이 죽어서 머물러야 하는 세계를 말한다. 이곳에서 영혼은 생전의 업보에 따라 지옥이나 극락에서 태어나기도 하고, 혹은 여타의 다음 생을 받기도 한다. 우리의 경우 조선의 건국과 함께 새로운 가치이념이 향토사회에까지 정립되어 가던 무렵에 불교의 하단신앙에 기초한 지옥의 도상이 종합되고 하나의 체계를 이룬 명부전(冥府殿)이 완성되었다. 이 명부전에 바로 지옥그림이 체계적으로 봉안된 것이다. 명부전은 죽은 자의 천도(薦度)를 위해 조선시대 불교교단이 마련한 특별공간이다. 천도될 대상은 지옥에 빠진 중생, 그 미래의 중생은 바로 그 지옥그림을 보는 관자들이다. 잔혹한 지옥의 장면을 바라보며 그 대극적 위치에 존재하는 극락을, 나아가 현실을 날카롭게 되새기게 하는 것이다. 나는 지옥도를 볼 때마다 오윤(吳潤, 1946~1986)의 그림 한 점이 떠오른다.

　　　오윤이 생애 처음으로 전시장에 내건 야심적이고도 명랑한 '마케팅 I -지옥도'는 감로탱화의 형식을 빌어서 소비를 강조하는 현대 산업사회의 이지러진 풍속을 탱화의 지옥풍경으로 번안한 도발적이고 유머스러운 풍자 그림이다. 이 지옥도는 현대판 한국의 상황, 1980년대 한국 사회와 문화를 절묘하게 풍자한다. 발설지옥, 한빙지옥, 노탄지옥 장면이 있고 끌려온 망령들과 옥졸귀들이 있고 코카콜라, 콘 등 소비상품 광고가 가득한 지옥의 풍경이다. 오윤은 탱화적 색채의 대비감과 섬세한 선묘의 형태는 기성의 차용묘법을 통한 역공의 수법을 유감없이 보여주는데 그 이면에는 한과 신명의 정서, 해학의 감정들이 공포와 그로테스크함 등이 함께 버무려져 있다.

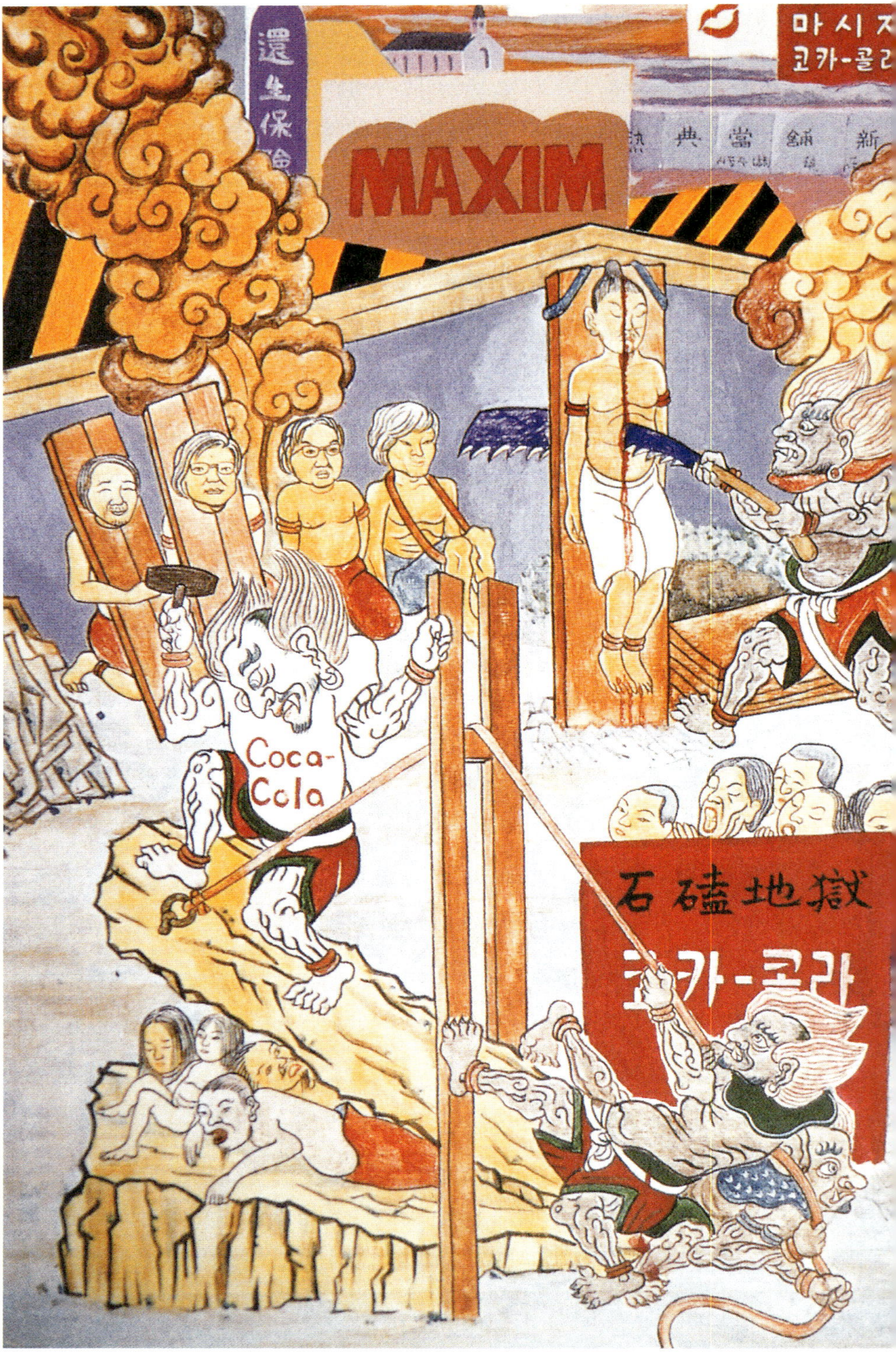
MAXIM
Coca-Cola
石磕地獄
코카-콜라

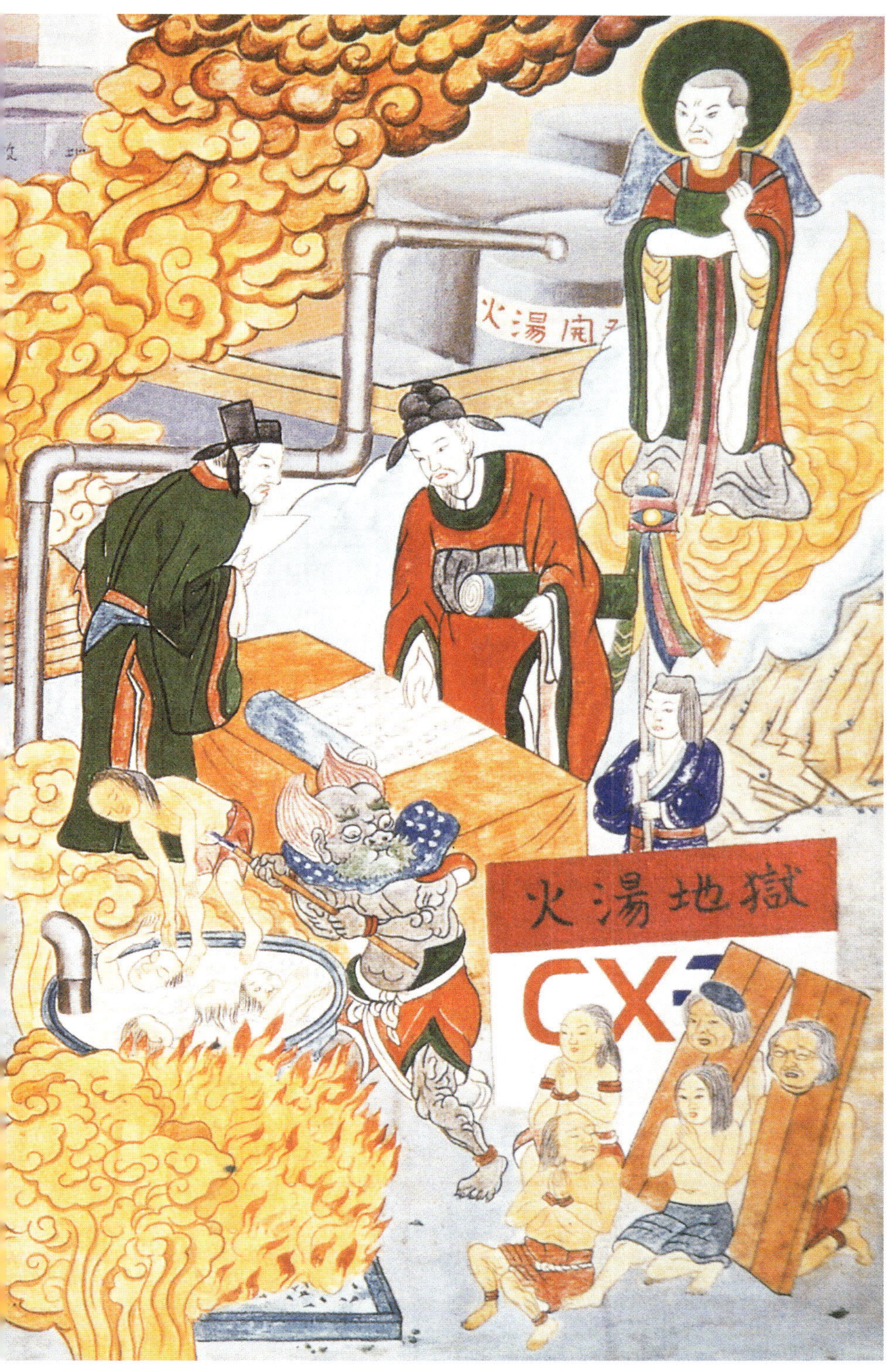

지옥도
캔버스에 유채,
122×90cm,
1981

그는 우리 시대의 어떤 예술가나 지식인보다도 '민간적'인 보통 사람들과 가까이 살았고, 그들과 호흡했던 미술가다. 지난 80년대의 진정한 민중미술인일 것이다. 그런가 하면 한국 전통미술의 힘과 건강함, 풍자와 해학, 민중의 염원을 탁월하게 추려내 형상화시킨 선구적인 혜안과 통찰을 지닌 작가이기도 하다.

그의 이 '마케팅─지옥도'는 조선시대 지옥도란 그림이 무엇이었는지를 본질적으로 헤아리고 이를 바탕으로 동시대 민중의 염원과 생활상을 절묘하게 대입시킨 그림이다. 그리고 그가 그리는 인간의 도상들은 본질적으로 풍속화와 풍자화와 전통에 근접해 있다.

사실 오윤이 그리고 있는 풍속화적인 인물 도상들은 당대 현실의 날카로운 풍자와 비판적 스케치였지만 이에 못지 않게 사라져 가는 전통과 문화에 대한 기억의 재생이자 정신과 얼의 일깨움이었다. 오윤의 작품은 완결된 작품으로서의 세련성보다는 직선적인 정직함과 소박성을 더 느끼게 하며 선에 의한 도상적(圖像的) 성격을 통해 이미지의 내용과 본래적 힘, 주술성을 가장 탁월하게 드러내는 방법을 알았던 작가다. 그런 면에서 우리 현대미술사에서 그가 차지하는 위치는 그만큼 특별하다.

무엇보다도 오윤의 작품에는 힘이 있다. 그런가 하면 그의 작품에서 확인하는 것은 누구나 부담없이 대할 수 있는 시각적인 친숙성이다. 그러나 이 쉬운 그림 안에는 까다롭고 꼼꼼한 그의 장인적 열정이 숨겨져 있다. 그의 모든 작품에서는 특유의 질박하고 토속적인 정감이 강하게 느껴진다. 그리고 섣부른 기량이 표면화되기보다는 그 기량을 자기 내부로 불러들여 삭혀낸 듯한 친근함과 함께, 자기 내부를 투사한 듯한 정적이고 관조적인 인상이 든다. 이런 토속적인 정감이나 관조적인 인상은 한국미의 원형에 가장 근접한 것이다. 그리고 그 기량과 힘이 가장 탁월하게 드러난 것이 바로 지옥도라고 생각한다.

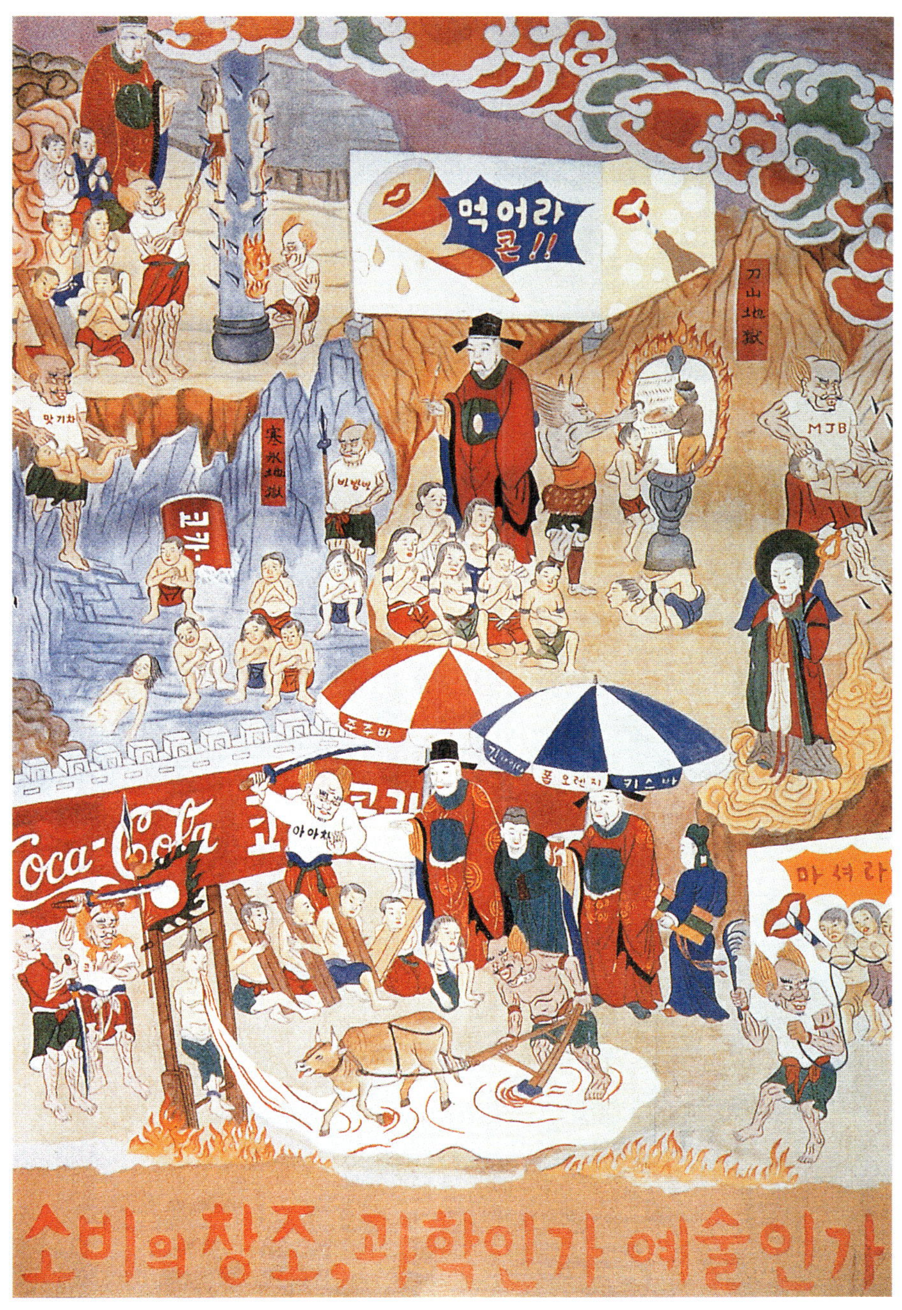

마케팅 I −지옥도　캔버스에 유채, 131×162cm, 1980

염화미소

오.채.현.

　　비언어화된 명상체험에 집중함으로써, 선 수행자는 어느 한순간 스쳐 지나가는 계시 속에서 '절대'를 포착할 수 있다고 선 사상은 말한다. 이 절대란 흔히 유식학파에서 나온 산스크리트어인 '타타타(如如, 있는 그대로)'로 흔히 묘사된다. 이 단어는 음과 뜻으로 볼 때, 세계의 통일성과 다양성에 대한 거의 비언어적인 응답의 표현이다. 대승의 한 설화는 부처가 조용히 꽃 한 송이를 들어올림으로써 말로 하는 이야기를 대신했던 일을 전한다. 부처의 제자 가섭만이 그 무언의 몸짓을 이해했다. 가섭이 본 것이 바로 '타타타'였다. 그것은 현상에 대한 단순하고 즉각적인 '그러함'이며, 몇 시간밖에 남지 않은 삶의 순간 속에 무심코 꽃을 들어올렸을 때의 삶과 죽음과 불성의 '그러함'이다. 소리 없는 감탄사와도 같은 가섭의 깨달음이야말로 선적 계시의 원형이란 얘기다.

　　오채현은 연꽃을 들고 있는 아기부처의 평화로운 미소를 조각했다. 그것은 흡사 가섭의 미소이자 깨달음과 해탈의 미소, 선의 경지에 든 미소에 다름 아니다. 또한 광명과 생명의 꽃으로 상정된 이 연꽃은 부처의 세계를 장엄하게 해주는 신성한 식물이다. 즉 연꽃은 더러운 물이나 진흙 구덩이에서 자라지만 더렵혀지지 않는 것처럼 중생의 마음 가운데에 있는 청정한 이치는 세속에 물들거나 집착하지 않는다는 것이다.

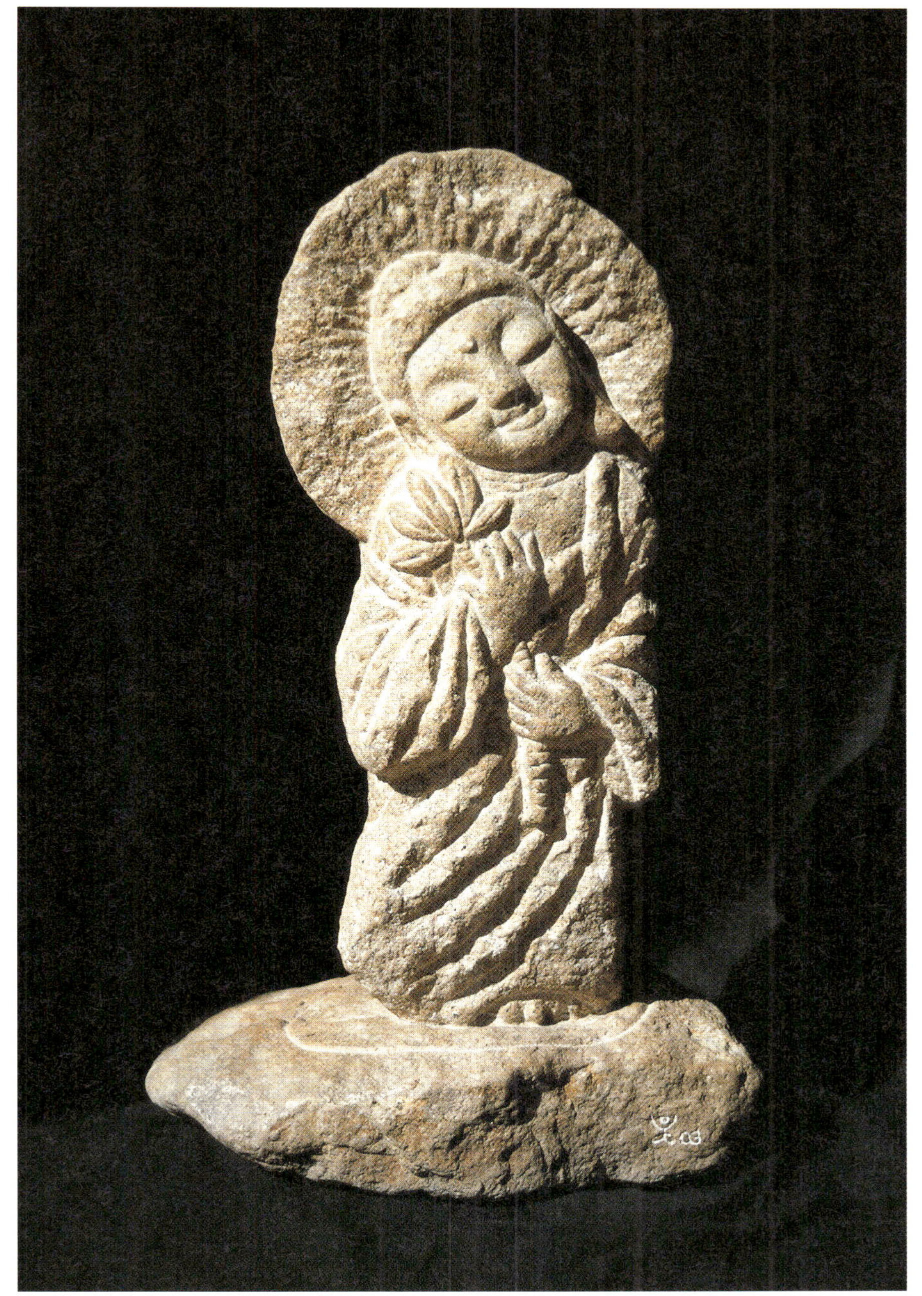

염화미소 화강석, 28×18×60cm, 2003

오채현은 신라의 고도이자 찬란한 불교문화의 중심지인 경주에서 태어났다. 유년의 기억은 고스란히 그 공간과 결부되어 있으며 한 개인의 성향과 감각, 취향과 미의식 역시 바로 그 공간에서 파생된다고 해도 과언이 아닐 것이다. 그는 어린 시절 늘상 남산을 오르내리면서 무수한 불상들을 만났으며 빈번하게 할머니의 손을 잡고 분황사를 따라가 등을 달거나 절 구경을 하러 다녔다고 한다. 자연스럽게 불교를 접하고 불교미술을 통해 최초의 이미지를 접했던 것이다. 아울러 어린 시절부터 주변에 흔하게 깔린 토기와 기왓장 조각 등을 보면서 놀고 자랐다고 한다. 아득하게 오래된 그릇의 파편과 유물의 한 편린들의 색감과 형태, 문양 및 돌의 피부에 새겨진 불상의 형태와 미소, 의습의 선들이 그의 어린 눈에 비친 태초의 이미지이자 가장 익숙하고 친근한, 완벽한 이미지로 다가왔던 것이다.

오채현은 대학과 대학원에서 조각을 전공하고 이후 이탈리아의 까라라라는 곳으로 유학을 갔다. 경주에서 까라라는 곳은 그 거리만큼이나 이질적인 문화와 조각세계를 지니고 있었지만 어린 시절부터 화강암에 새겨지고 깎여진 이미지에 길들여진 눈은 대리석을 화강암처럼 쪼아대는가 하면, 그 물질로 매끈한 피부를 재현하는 대신 우리네 민화나 설화에 등장하는 형상을 거칠고 희화적으로 다루었다. 그러니까 이탈리아 대리석을 화강암이나 자연석인냥 주무른 것이다.

귀국한 후 일정한 시간이 지난 후 그는 새삼 불상을 조각하기 시작했다. 어린 시절 보았던 그 불상의 미소가 새삼 자신을 이끌었을까? 어느 날 경주 남산 곳곳에 있던 불상이 갑자기 눈에 가득 차 왔던 것이다. 다시 유년의 기억과 추억으로 돌아간 그는 불교를 신앙적으로 접근하면서 종교를 배우고 불상조각(석불)을 찾아다니며 한국의 불교미술, 불상조각들을 체득해 나가는 과정을 겪고 있다. 그에 의하면 붓다, 즉 깨달은 자의 얼굴이야말로 사람이 만들 수 있는 가장 이상적인 모습이라고 한다. 그것은 단순한 조각상에 불과하거나 초상의 범주로 국한시키기 어렵다. 조각가로서 그런 얼굴과 미소를 제대로 만들어 보고 싶다는 욕망도 있었으리라.

작가에게는 무엇보다도 돌의 선택이 가장 중요하다. 그는 경주 주변에 산재한 자연석을 다룬다. 직접 채취한 돌들을 작업실 마당에 가득 부려놓고 한참을 코면서 그렇게 오랜 시간을 보내다가 어느 날 아무렇게나 잘려진 자연 그대로의 돌의 피부에 형태를 대충 그려 넣는다. 돌을 오랫동안 응시하던 중에 자연스레 떠오르는 형상을 영감에 의존해 그린 것이다. 그 돌은 이제 그의 품 안에서 하나의 조각으로 태어날 것이다.

그는 돌이 갖는 자연스러운 돌 맛을 유지해나가면서 그 안에 최소한의 인위적 흔적을 부여하고자 한다. 그는 마치 돌 속에 있는 부처님을 먼지 털듯이 털어낸다는 인상을 준다. 그가 만들어놓은, 돌과의 타협 아래 이룬 불상은 부드럽고 풍만한 양감을 지닌 4등신의 짤막한 신체, 묘사보다는 표현이 우선되는 상, 고졸한 미소와 거친 질감 등을 지닌 채 수수하고 질박한 아름다움을 보여준다. 그런가 하면 작고 아담한 크기로 인해 궁극적으로 한눈에 적절히 파고들어오면서 보는 이에게 심리적 안정과 친근감 역시 부여한다.

돌을 쪼고 깎아낼 때 가장 먼저 신경을 쓰는 것은 돌이 갖는 생명력을 어떻게 최대한 살려낼 수 있느냐 하는 점이다. 계곡과 산에서 오랜 시간을 그렇게 뒹굴어 생긴 형태와 피부, 색감과 질감을 존중하면서 그 돌에서 자연스럽게 연상되는 형태를 파내는 것, 물질 속에서 감춰진 생명의 형상을 밖으로 가시화시키는 것, 그것이 그에게 조각이다. 이는 다름 아니라 자연과 시간이 만들어놓은 돌에서 어떤 형상을 추출하기 위해 재료를 학대하거나 과도하게 다투지 않고 재료와의 부단한 동화를 꿈꾸는 일이기도 하다. 모든 자연 만물과 자아가 다투지 않고 하나가 되는 경지를 조각으로 구현해내는 일이기도 하다.

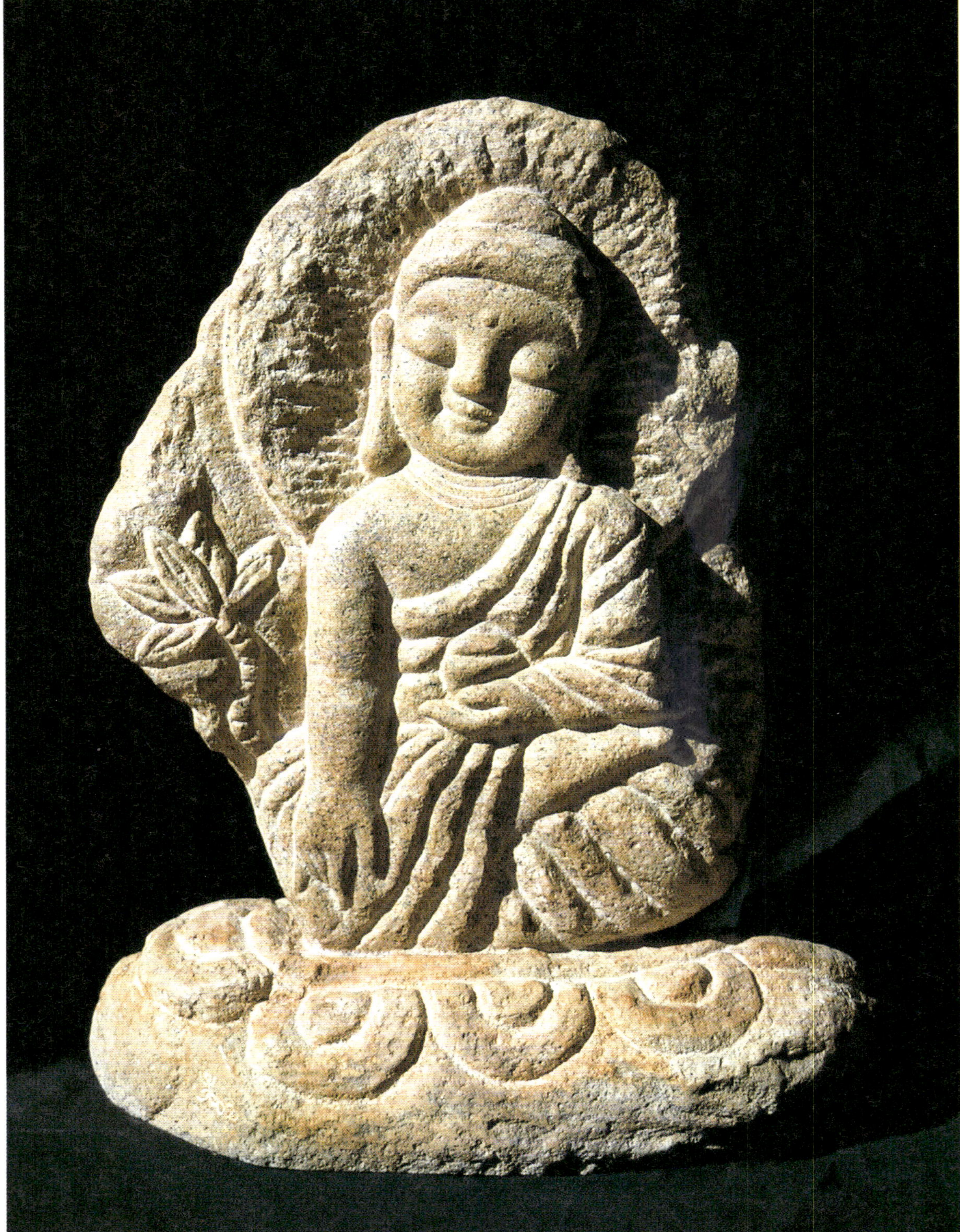

그렇게 해서 나온 부처는 기존의 정형화되고 근엄하며 딱딱한 부처들과 무척 다르다. 돌 공장에서 대량 생산되는 우스꽝스럽고 조악한 조각과도 다르다. 종교적 예배의 대상이라 해도 그것은 늘 당대의 문화와 미의식, 조형의식과 함께 녹아 나온 것들이어야 한다고 그는 믿는다.

"우리의 전통문화가 답습이나 재현에 머물러 있는 것이 아닌가 싶어요. 우리의 정신도 많이 잊혀져 가고 있어요. 진리도 시대에 따라 재해석되듯이 종교예술도 그 시대의 정신을 담아낼 수 있어야 해요. 끊임없이 변화 발전해야지요. 신라시대 석굴암 부처님이 좋다고 계속해서 그 모습만을 흉내내고 있을 수는 없어요. 지금 이 시대의 부처님의 모습으로 표출될 수 있어야 해요." 〈작가노트〉

오늘날과 같은 시대에는 해학적이며 따뜻한 이미지의 부처상이 필요하다는 생각이다. 삶에 대한 아픔과 고통이 여전하고 인간에 대한 신뢰가 희석되고 있는 상황에서 시름하는 모든 이들에게 바로 그런 부처의 얼굴과 미소를 돌려 주어 그들의 상처를 보듬어 주는 것이 필요하다는 것이다. 그것이 오늘날 필요한 부처의 얼굴이고 불교미술이라는 것이다.

약사불 화강석, 43×23×55cm, 2002

법어를 말하는 손

유.영.교.

유영교는 돌로 수행을 하는 자다. 그는 돌을 쪼고 다듬어 구도자의 상을 만들거나 구도의 과정을 시각화한다. 차가운 돌들은 둥글고 부드러운 몸들로 슬며시 육화되면서 하나의 상이 되었다. 마치 오랜 시간이 타원의 돌을 만들고 돌의 피부에 주름을 잡듯이 말이다.

화산 폭발의 용암이 식어 바위산을 이루고 몇십억 년 동안 흙이 쌓여서 변성암이 되고 수억 년의 세월 동안 바위가 물에 씻겨 수성암이 되어 탄생한 것이 다름 아닌 돌이다. 그래서 옛 사람들은 돌 속에 생명과 역사의 의미를 투영하며 삶을 살았다. 우리 조상들의 돌에 대한 사랑은 유별나다. 특출한 형태의 바위에 치성을 드리고 신앙의 대상을 아로새기고 사후까지도 돌을 사랑하면서 세상을 하직했던 이들이다.

무엇보다도 도처에 깔린 화강암이 그 사랑의 온전한 대상으로 극진하게 자리했었다. 화강암의 질감만이 가진 자연스러운 미감과 소박함은 이 땅의 예술가들의 영혼을 수시로 자극했다. 박수근의 그림이야말로 그 화강암의 미감이 고스란히 표면에 가득한 대표적 사례로 기억된다. 실은 삼국시대와 통일신라시대를 거친 이 땅의 모든 석상과 석물, 돌연장과 석기물에는 모두 다 돌에 대한 믿음과 신성이 깃들어 있음을 부인할 수 없다.

유영교의 조각 역시 한국 산하에 자리한 화강암을 불러내 새롭게 생명을 불어넣어 주는가 하면 종교의 신비스러운 정신성을 은총처럼 부여해 주고 있다.

그는 돌을 쪼아 그만의 불상, 구도자를 형상화했다. 어린아이를 닮은 이 구도자는 좌선, 와선의 자세를 무척 편안하게 취하고 있다. 둥글둥글하고 풍만한 육체에 해맑은 미소, 해학적인 천진함이 내려앉아 있다. 그것은 무엇보다도 보는 이를 행복하게 한다. 그 도상이 사람들에게 눈으로 구원의 길을 따라가게 하는 편이다.

그런가 하면 부처님의 수인을 단독으로 설정한 '선(禪)'이란 작품은 더없이 명료하다. 선이란 고요히 마음을 가라앉히고 생각하는 것이다. 길고 가느다란 손가락 5개가 마치 나뭇가지처럼 벌어져 있다. 그것들은 한편으로는 관능적이기까지 하다. 손의 자세, 손의 언어는 침묵 속에서 강렬하게 자존한다. 손은 몸의 연장이자 그 육체의 주인이 세상과 타인을 부르고 접하며

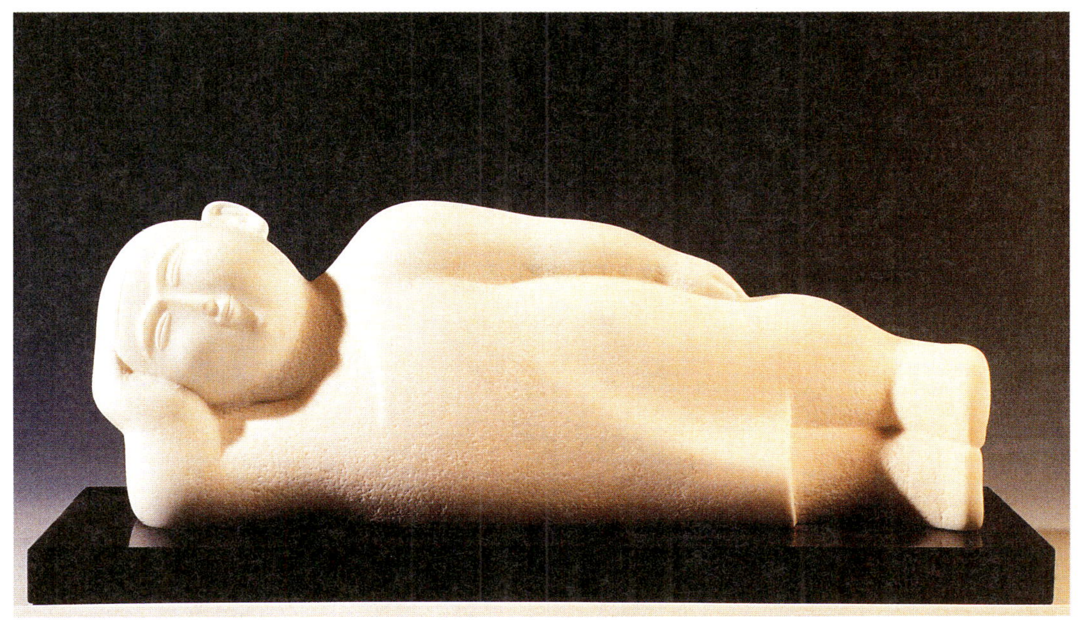

선승와상
대리석,
22.5×59.8×21.7cm,
1995

청하는 최전선이자 수신호와 발신음을 저장한 통로이며 모든 말과 언어를 대신해서 나아가는 몸과 마음이며 그 길이자 자취로 남는 보루다. 은연중 가볍고 활력적이며 부드러운 손가락으로 말하여지는 법어가 감촉되는 듯 하다. 꾸밈이 없고 표현을 최대한 절제한 양식으로 그는 선(禪)을 표현했다.

몸체에서 떨어져 나온 손가락, 분리되어 나온 이 손은 오롯이 자신의 존재로 직립해 있다. 기념비적인 손가락, 수인이다.

수인(手印)이란 상징의 일종이다. 상징은 어떤 관념적인 실재(實在)가 상통하는 의미를 지닌 형상을 통해 암시나 연상의 방법으로 드러나는 것을 말한다. 예를 들어 불상이라는 형상의 배후에 존재하는 관념의 실재는 바로 부처이며 불성이라 할 수 있는데, 이것은 불가시적이고 형이상학적이다. 이를 가시적이고 구체적으로 표현하는 방법이 바로 불상의 자세와 수인, 그리고 지물 등이다. 이를 통해 우리는 비로소 그 존재와 정신, 이념을 만날 수 있다. 이미지가 없다면 그 세계는 가닿을 수 없다. 이미지의 매개를 통해 사상과 종교, 정신이 우리에게 다가온다.

수인은 모든 불보살이 수행할 때 스스로의 바람을 이루고자 다짐한 본서(本誓)를 나타내는 손 모양을 말한다. 여기서 인(印)이란 여래의 내증(內證), 즉 스스로의 깨달음과 서원(誓願), 또는 공덕(功德)의 표지이다. 불보살의 공덕을 상징적으로 표현한 손 모양인 이 수인은 원래 불전도(佛傳圖)에 나오는 석가의 손 모양에서 유래한 것이라고 한다.

유영교는 그러한 수인을 불신에서 추출해 그 자체만을 제시하고 있다. 이를 통해 선적인 경지, 깨달음의 한 순간을 압축해서 가시화하고자 한다. 그가 보여주는 수인은 선정인에서 약간 변형된 아미타불의 수인인 아미타정인(阿彌陀定印) 중 하나인데 엄지가 셋째 손가락과 맞대고 있는 '중품중생'의 수인으로 보여진다. 『관무량수경(觀無量壽經)』에 의하면 중생들은 성품이 서로 다르기 때문에 상·중·하 3등급으로 나누고 이를 다시 세분화하여

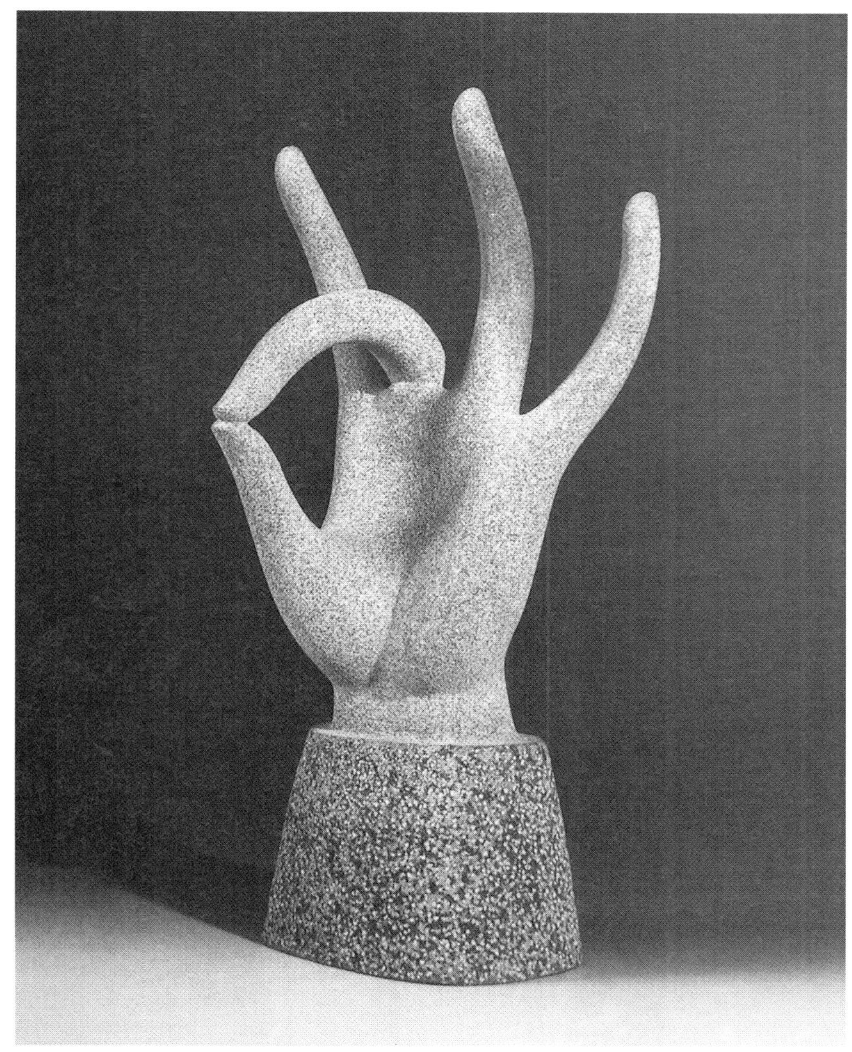

선(禪)
화강암,
58×25×20cm,
1996

9등급으로 나누어서 각 사람에게 알맞게 설법해야만 구제할 수 있다고 한
다. 이 9품에 따라 아미타불의 수인도 각각 다른 것이다.

　　그가 형상화한 이 수인은 허공 속에서 손가락의 자태만을 가늘게 보
여주고 있다. 그 주변의 공간이 손가락 사이로 물처럼 스며든다. 침묵과 절

제 아래 '선'에 대해 말하는 손가락은 현대판 수인의 결정이다.

작가가 불교적 진리나 구도자 등에 많은 애착을 갖고 이를 형상화하는 이유는 바로 갈등을 극복하고 마음의 평정을 얻고자 하는 희구 때문이라고 한다. 실제 생활에서 그는 애욕만이 아니라 명예와 부 등의 세속적 욕망에 어쩔 수 없이 이끌리기 마련이며 따라서 이에서 벗어나려는 노력 역시 매번 요구되기 때문이란다. 그래서인지 그는 틈만 나면 성경이나 『법구경(法句經)』 등의 종교 경전 등을 읽거나 노자, 장자의 일화를 즐겨 말한다.

그는 근원적인 인간의 삶의 문제를 화두로 다룬다. 그리고 이는 결국 종교로 귀결된다. 특별히 불교와 선의 세계에 천착한다. 어쩌면 예술의 길 역시 그 구원의 길과 크게 다르지 않을 것이다. 그래서 그는 구도자 상이나 의미를 내포하고 있는 수인을 조각했다. 조각가는 돌로 수행을 쌓는 이다. 돌을 가지고 선을 하고 돌을 통해 선정에 들고자 하는 존재일 것이다.

백제불의 웃음

유.향.숙.

　　기원전 6세기경 인도에서 태동한 불교가 중국을 거쳐서 한반도로 유입된 것은 기원후의 일이다. 불교의 전래는 단순한 포교 차원을 넘어선 것이며, 기존의 토착신앙이나 샤머니즘에서 좀더 고급한 문화의 수용을 통한 민족문화 전반의 수준이 고도로 향상되는 결과 또한 가져왔다.

　　침류왕 원년, 384년 9월에 동진의 인도 승려 마라난타가 바닷길로 백제에 입국했다고 역사는 전한다. 마라난타는 385년에 한산주에 사원을 창건해 10명의 승려를 배출했는데 이것이 백제 땅에 불교가 전래된 최초의 일이라 한다. 하지만 백제가 중국과 문물교류가 활발했기에 이전에 이미 전래되었으리라는 의견도 있다. 고구려, 신라와는 또 다른 백제의 불교문화는 단연 불상의 미소에서 두드러진다. 충남 서산 운산면 용현리 마애삼존불(국보 84호)에서 그런 백제미술의 성격과 특징을 만난다. 가야산 계곡을 끼고 동북쪽으로 향한 천연 절벽에 위치해 있는 이 불상은 6세기 말경에 조성된 것으로 보인다. 천연의 햇빛에 따라 변하는 미소의 오묘함은 보는 사람의 마음을 사로잡곤 했다. 원만한 얼굴에 당당한 체구를 지닌 본존불의 환한 얼굴은 '백제의 미소'라는 별칭을 얻기에 부족함이 없어 보인다.

　　당나라로 가는 교역의 통로와 인접한 곳에 약간 비밀스럽게 간직된 이 불상은 그곳을 지나는 모든 이들의 안녕과 평화를 기원하는 미소로 응답하며 은총을 베풀던 보살에 다름 아니었을 것이다.

당시는 백제의 불교문화가 한껏 난숙했던 시절이다. 그런데 바로 그 시절의 마애불이 더없이 소박하기만 하다. 돌을 모나지 않게 다루는 백제조각의 묘미와 함께 원만한 백제의 마음도 함께 들어 있는 뛰어난 조각이다.

특히 이들 보살과 본존의 웃음이 참으로 재미있다. 복스러운 얼굴에 장난기 짙은 웃음을 머금었는데 이 원만한 얼굴에 온화한 웃음이 가득하다. 바로 '백제의 미소'로 호칭하는 유명한 웃음이다. 마치 '호빵 맨'의 얼굴을 들여다보는 듯도 하다. 백제의 불심을 너그럽게 표현하고 드러내면서 천 년 하고도 몇백 년이 지난 지금까지도 그 넉넉한 웃음을 마냥 짓고 있다. 흡사 현실적인 백제 사람의 구김살 없는 소박한 얼굴을 대하는 것 같다. 이는 눈이 큼직하고 풍채 좋은 백제 사람이 유쾌하게 웃고 있는 모습을 모델로 했기에 가능했을 것이다. 이렇게 백제미술은 그 풍토처럼 부드럽다. 그래서 고요하고 아름답다는 말로 적조미가 깃들었다고도 한다. 불상을 만나면 더욱 그렇다. 그리고 그 멋과 아름다움은 오늘날까지도 새롭게 환생한다.

돌 공장에서 쓰다 버린 비정형의 덩어리, 자투리 돌, 작은 파편들을 모아 그 피부에 정으로 자잘한 터치를 올려놓아 부드럽고 온화한 백제불과 같은 미소를 지닌 소녀상, 부처상을 표현한 것이 유향숙의 작업이다.

유향숙은 대학시절, 비로소 한국의 불교조각의 아름다움에 눈을 떴다고 한다. 특히나 백제불상의 넉넉하고 포근한 아름다움이 그녀를 마냥 매료시킨 것이다. 주지하다시피 삼국시대 불상의 얼굴은 신의 얼굴이 아니라 사람의 얼굴이어서 항상 친근한 느낌을 준다. 그것은 순진무구한 미소와 뜬 듯 감은 듯 가녀린 눈매 때문이다. 그 중에서도 백제의 미소라 불리는 백제불상은 특별하다. 백제는 중국의 북위와 고구려, 그리고 중국 남조의 양나라 등 다양한 양식을 수용하여 백제 특유의 조각 양식을 꽃피웠다. 통통한 둥근 얼굴에 눈매와 코, 입이 날카롭게 조각되었으며 앳된 미소가 입가에 가득한

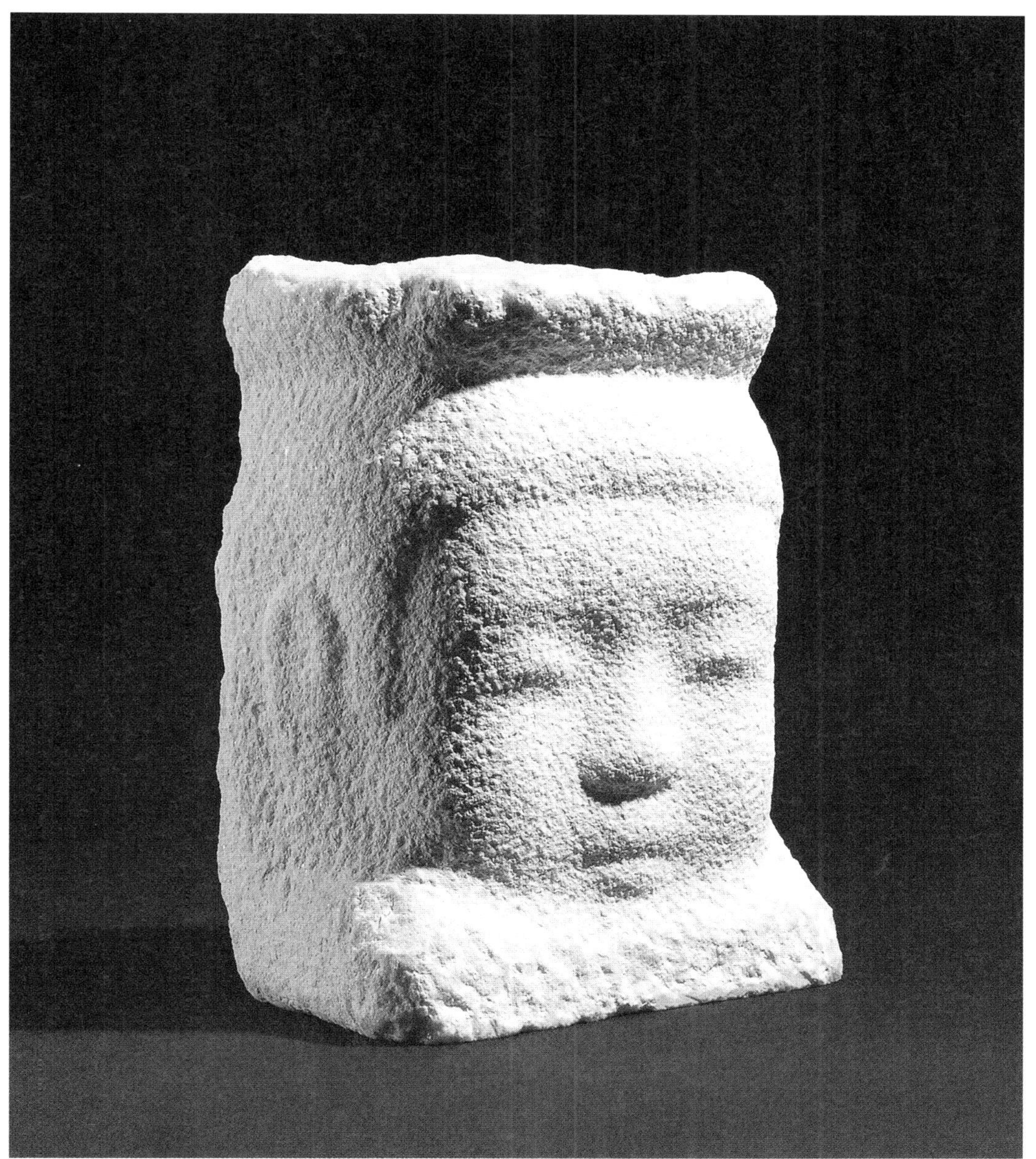

불두 대리석, 16×11×21cm, 1995

것이 바로 그 백제불상의 특징이다. 그 얼굴은 다름 아닌 인간의 얼굴이다. 그래서 백제불상은 지극히 인간적이다. 유향숙의 얼굴, 불두는 바로 그러한 백제불상, 삼국시대 불교미술의 전통에 대한 새삼스러운 확인이다.

그녀는 한국 대리석, 검은 돌, 붉은 돌(사암)을 이용해서 얼굴을 다듬어 나갔다. 돌이 자연스럽게 깨져나간 것을 이용해서 그 표면에 약간의 요철을 이용해 얼굴과 문양을 새겨 놓았다. 조심스러운 정소리가 환청처럼 떠돈다. 그것은 어떤 도식이나 강압이 아닌 그저 편안한 작가의 심성으로, 돌 깨는 이가 이렇게 저렇게 깎아 나가면서 보는 사람에게 편안함을 주려는 배려에서 나온 그런 작업이다. 무엇보다도 이들 작업에서 내가 접하는 것은 아름다움이다. 좀더 정확히 표현하자면 쓸쓸하고 호젓한 감동으로 적셔지는 그런 아름다움이다. 그 아름다움은 작가의 인성에서 번지는 것이며 삶과 세계에 보내는 독특한 시선 속에서 주어진 것, 그 시선의 깊이에 걸려든 것이다.

우선 이 작업은 과도한 무게감이 없다. 생각의 무게에 눌리는 작업도 아니고 상투적인 습관으로 적셔지는 그런 작업도 아니다. 지나치게 공예화되거나 붕 떠있는 관념과 개념으로 휘둘리는 작업도 아니고 미술계의 최근 유행 내지 이슈화된 작업, 시류와도 무관한, 그러면서도 자기 세계에 대한 확신에서 나오는 차분하고 조용한 걸음을 보여준다. 따라서 이 작가에게 미술, 조각이란 여전히 사람들에게 잔잔한 감동을 심어주는 일일 것이다.

그렇게 유향숙은 작고 깨진 돌의 한 면에 조심스레 얼굴을 쪼아냈다. 자신의 작은 손이 감당할 수 있는 크기와 자신이 허락하는 시간에 정확하게 비례해서 그 작업들은 이루어진다. 돌 속에서 작가가 찾는 사람의 얼굴과 미소가 조심스레, 안타깝게 드러난다. 보는 이의 몸을 굴절시켜 섬세한 시선을 요구하는 이 작은 조각은 돌과 얼굴 그 사이에 존재한다. 또한 재료와 이미지를 공존시키는 이 조각은 여전히 우리가 어떤 표현, 이미지를 통해 받는 감동을 소곤거려 준다. 그녀는 푸근하고 소박하고 시골 아이 같은 얼굴을 그려보고 싶다고 한다. 작가가 품고 있는 이상적인 얼굴인지, 이데아로서의 표정인지 가늠하기 어렵지만 그 소녀상, 불두는 한국인의 얼굴이고 그 둘은 결국 하나의 얼굴일 것이다.

거의 평면적인 이 부조형의 조각은 잔잔하고 부드럽게 쪼아낸 자국들이 더없이 자연스러운 표정을 만들고 있다. 인위성이 억제되고 돌의 본성을 최대한 존중하면서도 그 사이로 가장 아름답고 온화한, 평화로운 미소를 자연스럽게 표현해내고 있음을 본다. 유향숙의 이 인물조각상은 작가 자신이 밥 짓고 살림하는 사이에 나왔다. 밥을 짓듯이, 아이들을 키우고 그네들의 미소에서 삶의 보람을 찾듯이 작업 역시 거기서 크게 벗어나지 않는다. 살림살이와 돌 깨는 일이 결코 다른 일이 아닌 것이다.

뜰 앞의 잣나무

이.갑.철.

옛날 중국의 한 스님이 조주(趙州)선사에게 물었다. "달마대사가 동쪽으로 온 까닭이 무엇입니까?" 이 말은 곧 '불교란 무엇인가?'를 물은 것이리라. 그러자 조주선사는 이렇게 대답했다. "뜰 앞의 잣나무이다〔庭前栢樹子〕." 불교란 그 어떤 것이라고 말 할 수 있는 것이 아니다. 그 실제는 없다.

이갑철이 찍은 '해탈을 꿈꾸며 1'이란 사진은 '뜰 앞의 잣나무'란 선문답을 하나의 장면으로 잡아냈다. 그가 자주 들르던 사찰에서 우연히 본 풍경이다. 그의 시커먼 흑백사진 대부분은 정확한 형태나 사진 구도의 디테일, 균형적 구도 같은 것들, 그러니까 전형적인 사진에서 요구되는 것들은 모두 파괴되고 거친 입자만을 보여준다. 아울러 노출, 구도, 포커스를 제대로 맞춘 것도 아니다. 모든 사진들은 떨렸거나 대상이 프레임 가장자리로 밀려난 것들이며 앵글 또한 원근감이 왜곡되거나 기형적인 모습의 이미지들을 보여주었다. 그래서 대상에 의존하기보다는 찰나적인 동세, 빛과 어둠 등이 만들어내는 역동적인 분위기를 전적으로 날 것으로 드러낸다. '탁' 하고 던져지는 일갈, 일종의 선문답 같은 것이 그의 사진이 아닐까 하는 생각을 가져보았다. 이렇듯 그의 사진은 언어로 형언하기 어려운 분위기, 느낌, 기이한 정서를 폭발적으로 분출한다. 그리고 그렇게 해서 번지는 기운은 끈끈한 한국적인 정서인 한과 종교적 느낌 같은 것과 밀착되어 있다.

전체적인 분위기는 음산하고 지나치게 어두우며 포착된 대상 또한 어지러이 흔들려 있고 마구 잘려져 있으며 더없이 거칠다. 그의 사진은 일반적인 사진들이 지닌 밝은 빛과 또렷한 형상, 낭만적이며 아름답고 화려하거나 섬세한 것과는 거리가 멀다. 그는 전통적이고 정형화된 사진의 언어와 기법을 의도적으로 무시한다. 그래서 그의 사진은 보여지기 보다는 우리들의 면전에, 망막에 그대로 다가와 꽂혀 버리듯이 존재한다.

그는 인간과 풍경, 삶과 정신, 문화와 혼, 슬픔과 넋 같은 것을 찍기 위해 스스로 사진의 어법과 기법을 창안해 나간다. 그가 우리에게 보여주고 싶은 것은 형식적인 삶의 풍경이 아니라 삶의 진득한 내용이다. 그러니까 우리들의 삶 속에 깊숙이 숨겨져 있는 모종의 정서를 단순히 카메라로 재현하는 것이 아니라 '고통과 아픔의 눈'으로 도려내어 보여주고자 한다. 그렇게 들추어진 것은 우리들 어딘가에 감추어지고 숨겨진 한스럽고 슬프고 아련하기만 한 그런 삶의 단면이다. 그의 사진에는 그러한 슬픔과 비애가 무겁게 드리워져 있다.

그는 아주 어린 시절부터 사진기를 다루어 왔다. 해서 그의 눈은 인간의 눈이라기보다는 카메라 렌즈화된 눈, 카메라화된 눈이기도 하다. 그래서 그는 카메라와 눈을 분리시키지 않는다. 그럴 필요를 느끼지 못한다. 그의 사진은 결정적인 순간을 '확' 낚아챈다. 삶의 한순간을 예리하게 관통하는 의식과 인식의 상호작용, 사진가와 대상간의 찰나를 소중히 하는 그때 카메라는 영감과 인식의 결정체인 정신에 따른 눈의 연장이다. 그에게 순간이란 삼라만상의 찰나에 따른 눈과 마음의 인식작용이고 이때 카메라 렌즈가 자연스레 개입한다.

사진이란 주어진 대상을 기계적으로, 정확하게 재현해내는 도구다. 눈에 보이는 것을, 눈이 보는 의식세계를 촬영해내는 것이다. 반면 이갑철은 그 같은 사진의 속성을 통해 이른바 무의식적인 세계까지도 포착하고자 한

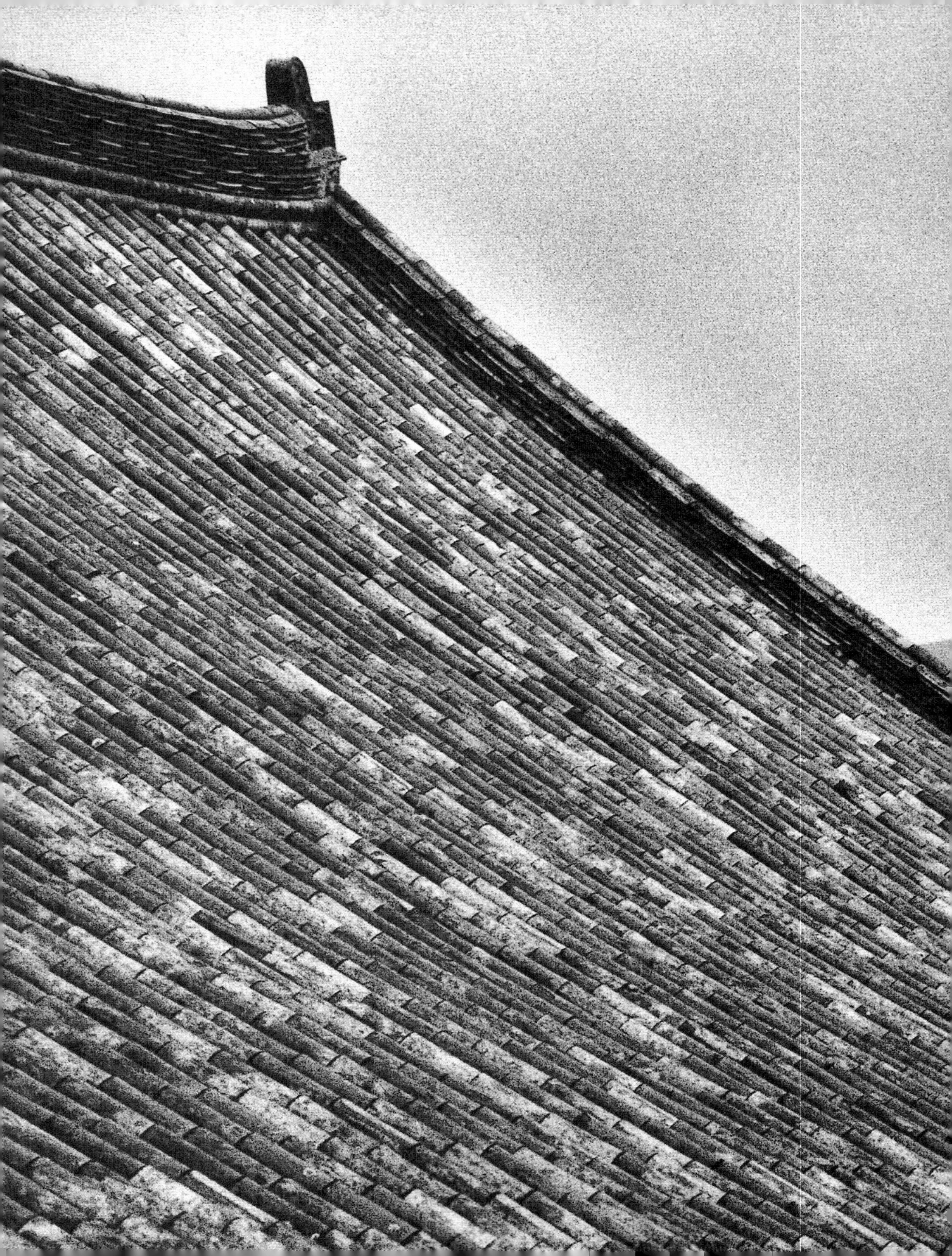

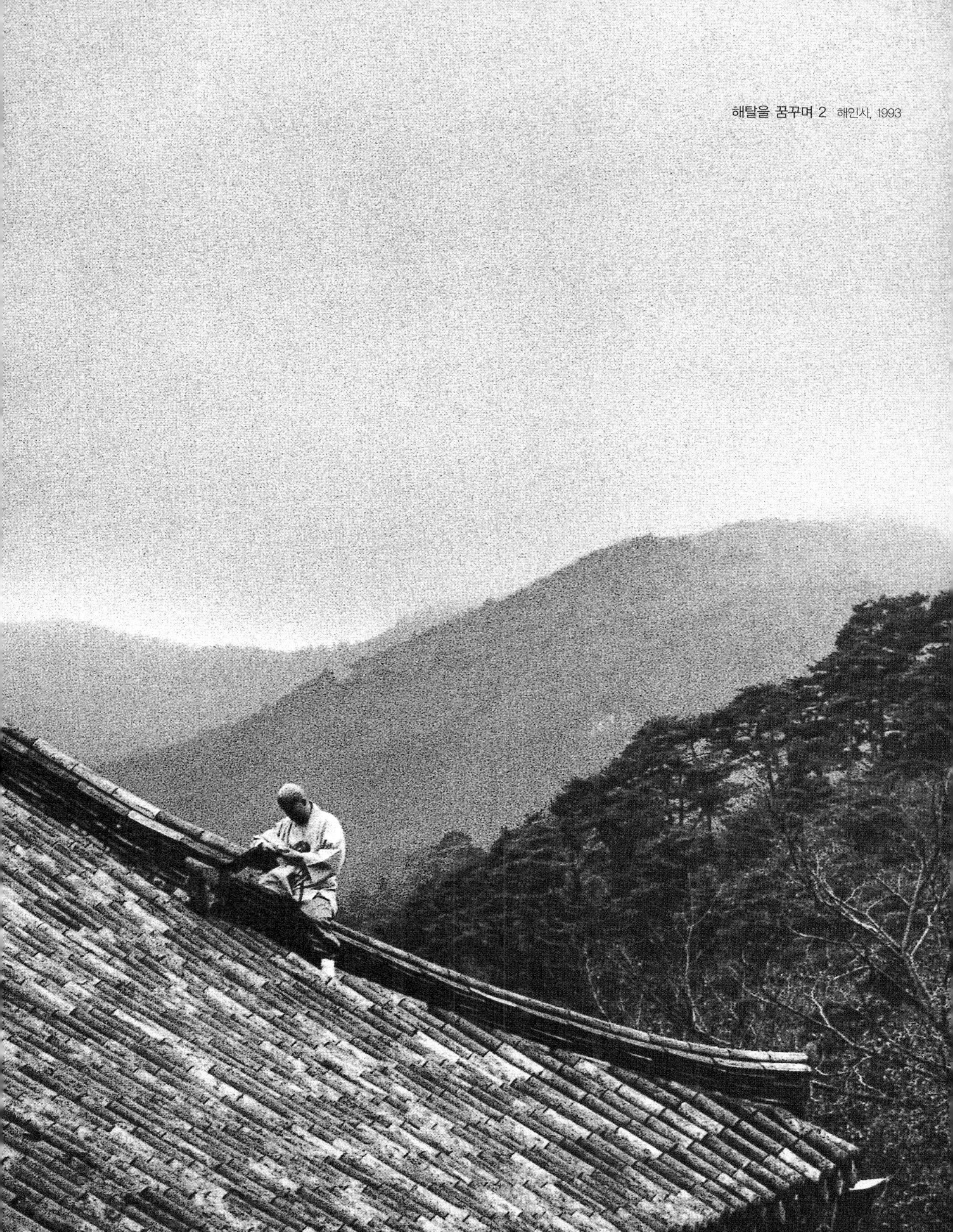
해탈을 꿈꾸며 2 해인사, 1993

다. 서구적 시선의 기계적 실현이 사진이라면 그는 그 같은 시선과 인식의 도구를 통해 다분히 동양적인 어법, 감성과 느낌, 정신을 잡아내는 도구로 번안해내고 있다.

아마도 이런 지점이 한국 사진의 진정한 근대성일 것이다. 동양적 사고가 무엇일까를 생각한 그는 자신의 뿌리라고 믿는 전통들을 자신의 몸 전체가 기억해온 자기 내면의 본능과 신명에 끌려 보여준다. 그가 그 누군가와 계속한 그 선문답들, 그 모든 것들을 카메라로 잡아채듯 기록하고 있는 것이다. 그것이 바로 그의 사진 이미지다.

이갑철은 카메라로 선문답을 한다고 즐겨 말한다. 그런 의지로 카메라를 다룬다. 불교신자는 아니지만 유독 사찰을 좋아하고 산을 좋아하는데 그것은 한국인이라면 본능적으로, 유전적으로 지니고 있는 성향이리라. 그렇게 해서 찍은 사진은 이 땅의 구체적인 공간, 환경과 그 안에서 살아가는 사람들의 생생한 몸짓과 호흡을 통해 드러난 진정한 한국인의 문화와 정신을 가시화하고 있다. 현상 너머에 자리한 정신, 보이지 않지만 분명 느낌으로 존재하는 것, 바로 그러한 것들을 어떻게 사진으로 촬영할 수 있을까가 그의 화두인 셈이다.

그의 사진에는 항상 사람이 등장한다. 풍경만 전적으로 등장하거나 인물만 가득한 사진은 없다. 항상 풍경, 공간, 상황이 사람과 함께 하는 것이다. 그런데 그 사람의 등장이 기존 사진과는 좀 다르다. 온전하게 자리한 인물은 없고 느닷없이 잘린 채로, 머리만 불쑥 치고 올라오거나 하는 식이다. 불안하기도 하고 섬뜩하기도 하다. 그것은 모종의 긴장감과 힘을 간직하고 있다. 그래서인지 사진 속의 장면은 우리를 압도한다. 그런데 그것을 말로 표현하기란 무척 어렵다. 그냥 느낌으로 파고든다. 그것이 그의 사진의 매력이다. 언어가 멈춘 자리에 그의 사진이 자립한다.

풍경 속에 담겨진 사람이나 사물들이 사진을 보는 사람들을 갑자기

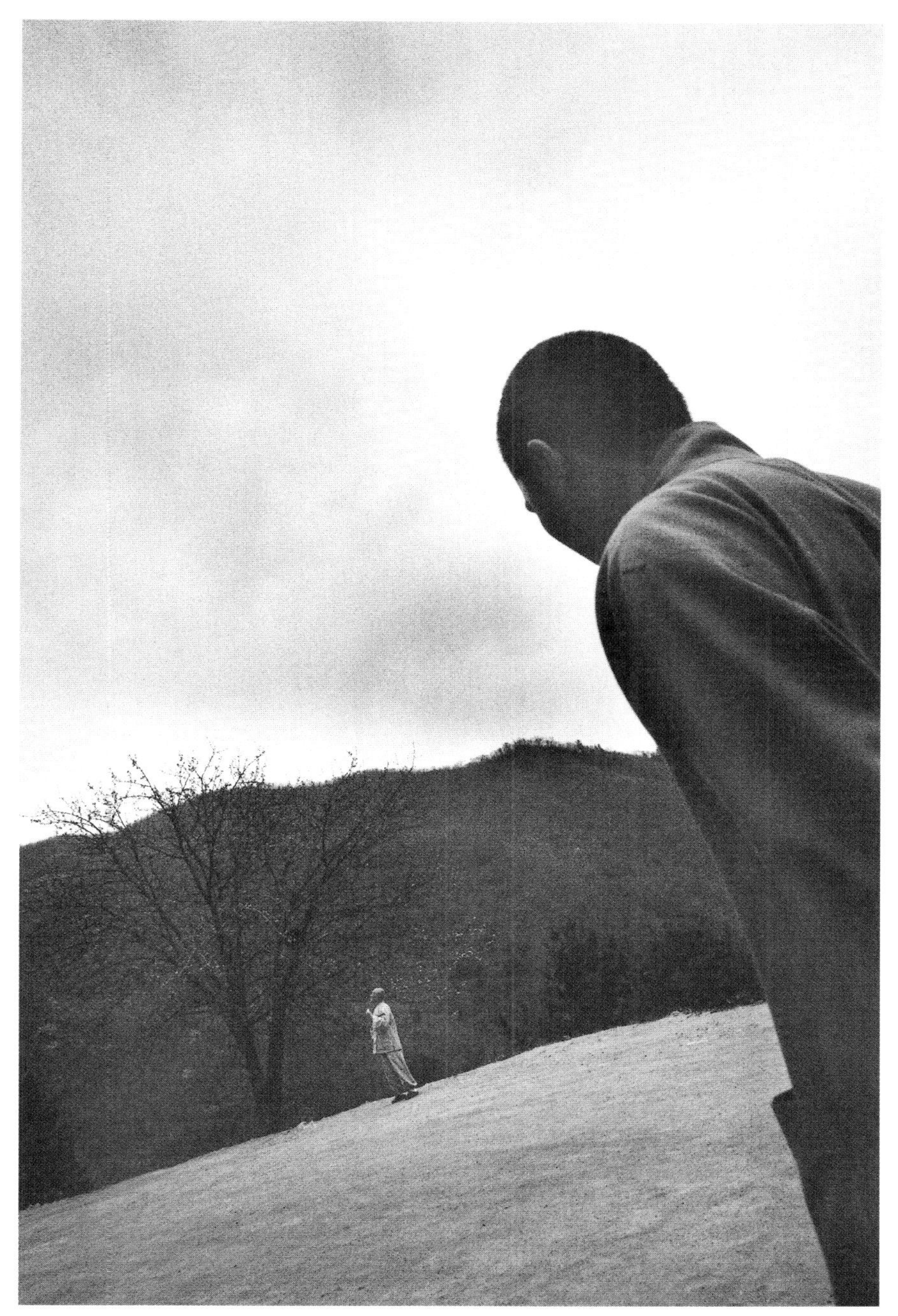

해탈을 꿈꾸며 1 상원사, 1998

기이하게 긴장시키는 것이다. 사진을 보는 사람을 사진 속으로 주술처럼 불러들이고, 사진 속으로 불려 들어간 사람들은 그 사진 속 사람이 되기도 하고, 그 사진 속 사물들과 대면하기도 한다. 그래서 이갑철의 사진은 주술에 가깝다.

사진이란 세계와 사물을 보고 해석하고 느낄 수 있는 눈과 몸에 의해 비로소 가능한 일이다. 사진 속에는 고행하듯 찾아다니며 만난 무수한 대상들에서 번져 나오는 내음과 전율들로 흥건하다. 계절, 기후, 시간, 장소 등에 민감하게 반응하는 그는 매우 동물적인 감각을 갖고 찍는다. 더듬이와 후각을 지니고 장소를 찾아 나선다. 그러니까 이런 기후와 날씨, 분위기에는 그 장소에 가면 분명 자신이 원하는 이미지를 만나고 올 수 있을 것 같다는 예감 아래 무작정 길을 나서는 것이다. 예를 들면 비가 오면 섬진강에 가고 싶고, 지리산 자락의 신비한 안개가 자신을 부르고, 바닷가에는 어떤 제 의식이 분명하게 진행되고 있을 것이라는 직감 아래 길을 나서고자 한다. 그는 도시에서도 그 냄새를 맡을 수 있고 그 내음이 번지면 부리나케 내딛는다고 한다. 1992년부터 한 3년간을 사회학자, 시인, 소리꾼, 그림쟁이 등 문화패 거리들과 함께 전국 각지를 몰려다니며 갖가지 우리 문화 풍속들을 찾아 헤맨 덕분이란다.

지나가는 말로 그는 원래 스님이 되고 싶었다고 말했다. 그는 불교를 특정한 종교로 바라보지 않는다. 그것은 오히려 삶과 더욱 밀착되어 있다. 진정한 자기를 알아가는 일이자 수행의 방법이고 삶 자체인 것이다. 그래서인지 그는 알아들을 수 없는 선시가 좋고, 사찰이 더할 나위 없이 편안하며 그윽한 독경소리에 황홀하다고 한다. 바로 거기서 수천 년이란 시간의 그늘 아래 자리한 한국인들의 혼과 마음, 정신의 한 자락을 순간 뭉클 접하는 것이다.

해인삼매
이.만.익.

　　동양인들은 자연을 탐구함으로써 인간을 이해할 수 있다고 생각했다. 삶의 지혜 또한 그곳에서 일러 받았다. 특히나 물을 통해 자연계의 이치와 우주 자연의 본질을 궁구했었다. 물은 생명을 제공하고 땅으로부터 자발적으로 솟아올라 저절로 움직이며, 고요한 상태가 될 때 완전한 수평이 되는 동시에 스스로 침전작용을 하여 맑아진다. 또 그릇의 모양에 따라 어떠한 형태도 취하고 조그마한 틈도 뚫고 들어가며, 강압에 양보하지만 단단한 돌도 닳게 하고, 얼음이 되어 단단해지고 증기가 되어 사라지기도 한다. 물은 모든 곳으로 퍼져나가며 행함이 없이 모든 것에 생명을 준다. 그런가 하면 물은 높은 곳에서 낮은 곳으로 흐른다. 그리고는 완벽한 수평을 이룬다. 이 수평에의 의지가 물이 보여주는 미덕이다. 물은 그래서 법이자 표준을 의미하게 되었다. 이 '준(準)'의 문자적 의미는 목수가 수평을 측정하는 수준기(水準器)이며, 여기서 더 나아가 도덕적 표준을 뜻한다. 『장자』에서는 고요한 물의 수평면이 목수에게 필요한 수준기의 모델을 제공한다고도 하였다.

　　물은 의지도 없고 행동하지도 않지만, 자발적으로 아래로 흘러 땅의 형세 속에서 고요할 때 스스로 맑아진다. 그래서 사람들은 흔히 마음을 물, 바다에 비유하곤 한다.

　　파도가 잠든 깊은 바다에는 항상 흔들림 없는 심연의 세계가 있고, 그

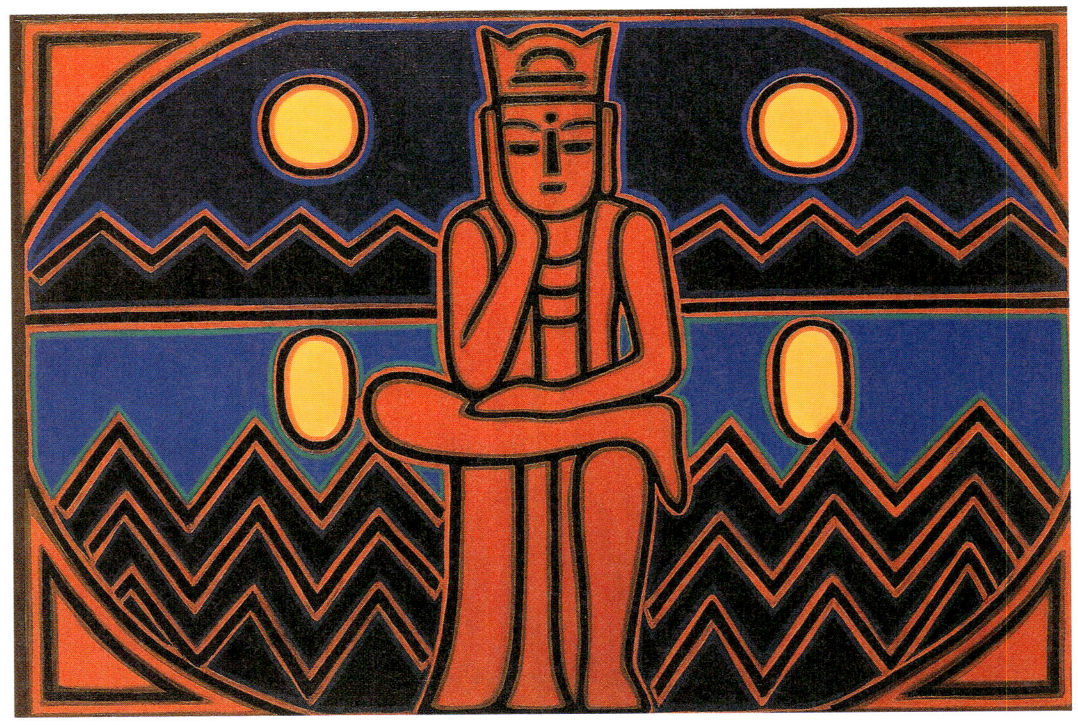

세계를 일러 해인(海印)이라 말한다. 번뇌의 바람이 잠든 마음의 바다, 그것을 또한 해인삼매(海印三昧)라 한다. 해인은 세계 일체가 바다에 그림자로 찍히는 삼매(三昧)를 말하는 불교 화엄정신을 나타낸다. 세종대왕의 「월인천강지곡」의 천강(千江)에 월인(月印)이 두루두루 찍힌다는 뜻 역시 이 해인과 일치한다.

　　이만익의 그림 '월인천강'은 반가사유상이 중앙에 자리하고 있으며 배경에는 하늘과 산, 강과 달이 단순하게 그려져 있다. 밝고 깨끗하고 선명한 색감이 강한 흑색의 윤곽선 아래 밀착되어 있다. 순수한 색상의 배열로 이루어진 그림이지만 동시에 뚜렷한 형상을 일종의 도상으로 그려 보이고 있다. 그는 두텁고 검은 선과 이를 감싸는 난색 계통의 보조선을 통해 유연히 흐르고 있는 반들거리는 표면과 탄성을 보여준다. 흐트러짐이 없는 완벽하리 만치 도상적으로 정돈된 형태나 선명도가 강한 색과 면 모든 것이 단호하게 윤곽을 드러낸다. 단호할 뿐만 아니라 강인하고 현란하다.

그래서 그의 그림은 단순하고 장식적이다. 그림을 평면화시키는 한편 서술 기능까지 강화시키는 이 선을 따라 작가는 사물과 사실을 보는 눈의 불필요한 가지들을 다 쳐냈다. 그로 인해 그림은 효과적으로 보는 이와 소통한다. 선명한 문장처럼, 텍스트처럼 존재한다.

"보편적인 시각기능을 가진 사람들이 편안한 마음으로 볼 수 있고, 그 속에서 감흥을 얻고 나아가 정신적인 교감을 이룬다면 족한 것이다." 〈작가노트〉

우리 전래의 정한을 개성적인 선 맛에 실어 두텁고도 따뜻한 유화로 그리고 있는 작가는 줄곧 한국인의 보편적인 사상과 정신세계를 형상화시켜 왔다. 소재나 주제 역시 한국적 풍물이나 우리 전래의 설화 · 전설 · 민담 · 설화 등에서 끌어오고 있다. 한국적인 멋과 가락에 상당 부분을 할애한 그의 그림은 무엇보다도 우리 것을 형상화하고자 한 결과이다.

"나는 한동안 「정읍사」가 지닌 기다림의 정서와 소월의 시에서와 같은 한국인의 정한을 즐겨 그렸다. 이제는 그 위에 단단하고 기운찬 이미지가 추가되어야 한다고 생각하고, 또한 그렇게 작업하고 있다. 이 두 가지 요소가 합쳐져서 한국적인 것이 되리라고 믿고 있다."

〈작가노트〉

그래서인지 다분히 민화적인 특성이 가미되고 있으며 탱화와 같은 불화적 정토의 세계나 도원경을 환기시켜주기도 한다. 그만큼 종교화적인 요소가 두드러진 그림이며 이야기성이 강한 그림이다. 주술성과 종교적 도상화가 한데 합쳐진 형국이기도 하다.

이 '월인천강'은 산과 달이 물가에 투명하게 비추는 장면을 더없이 고요하게 보여준다. 깊은 사색에 잠긴 반가사유상의 표정은 마치 진리를 깨달은 순간의 희열을 표현하고 있는 듯하다. 타원형의 원 안에 자리한 반가사유상과 자연의 풍경은 서로 구별이 없는 일체 불이의 절대 평등의 상태를 보여준다. 여기서 원은 주관과 객관이 분리되기 이전의 상태, 즉 원융(圓融)의 상태를 상징한다. 원의 형상은 피아의 구별이 없는 원융의 상태, 일체 불이의 완전한 평등, 거리낌과 부족함이 없는 원만한 경지를 나타내는 우주의 인간 본성의 상징형이다. 아울러 원각은 원만한 깨달음을 의미하고 원통은 불보살이 깨달은 경계를 말한다.

원은 본성이 만물에 두루 미치고 있음을 뜻하기에 이 원이 만월(滿月)을 연상시킨다. 불가에서는 보리심을 만월에 비유하곤 한다. 밝고 깨끗하며, 광명을 천지에 두루 비추어도 분별이 없는 것이 보름달과 같기 때문이다. 그래서 마음의 본성인 보리심을 또한 보름달에 비유해 심월(心月)이라고도 한다.

파란 물 위에 달이 네 개나 떴다. 물 속에도 산이 줄이어 서서 드러누웠다. 온 천하가 두루두루 밝고 환하다. 밝고 적막한 기운이 가득한 풍경의 중심에 반가사유상이 깊은 생각에 잠겨 있는 이 그림은 시적이며 격조 높은 현대적 불화의 한 성과를 보여준다.

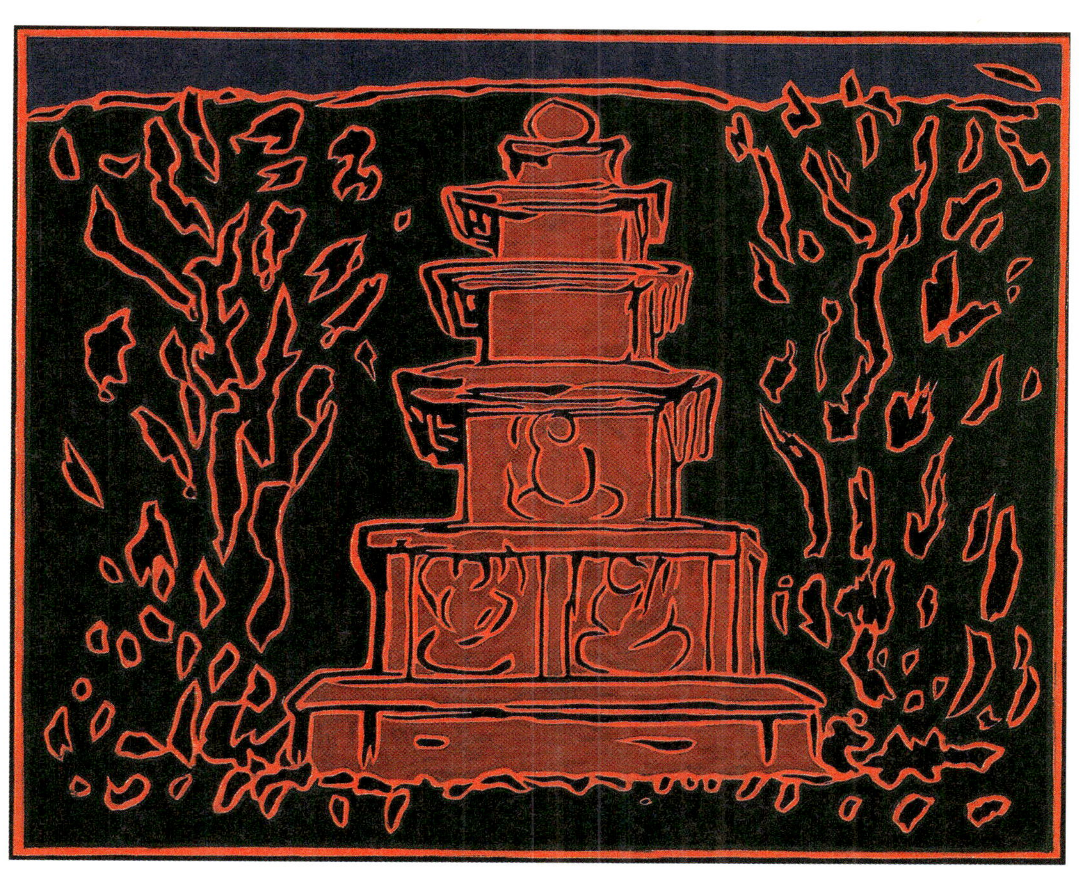

탑 캔버스에 유채, 130×162cm, 2000

수행자

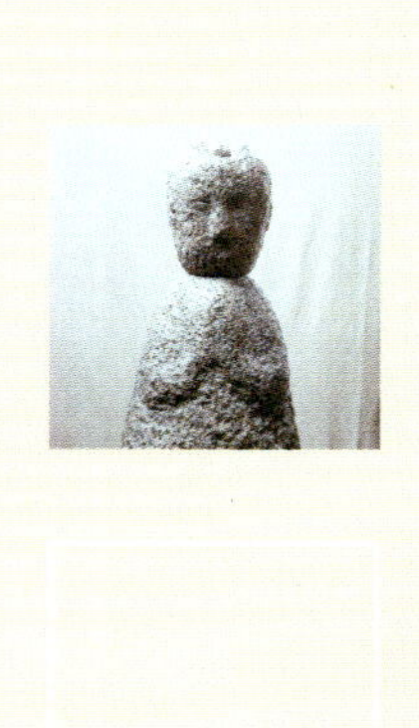

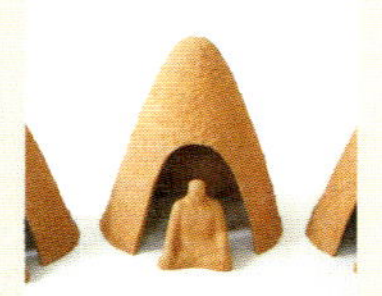

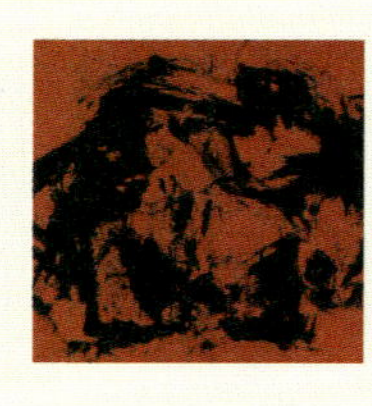

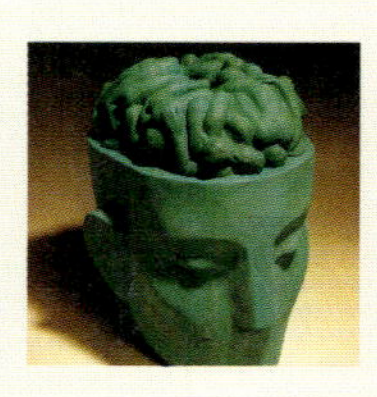

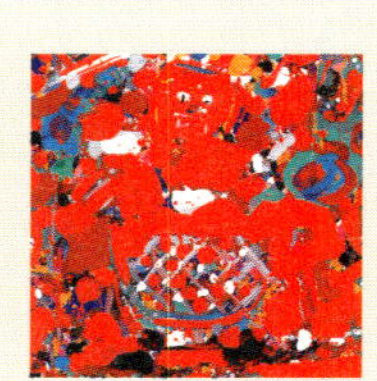

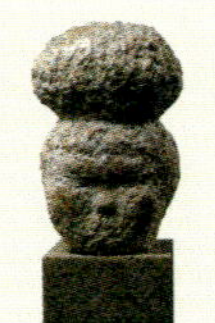

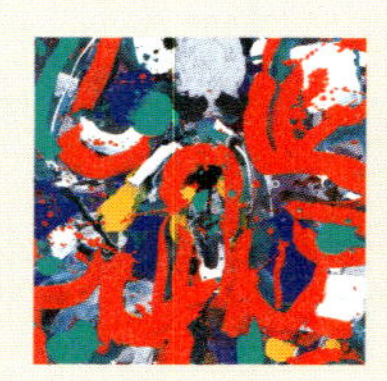

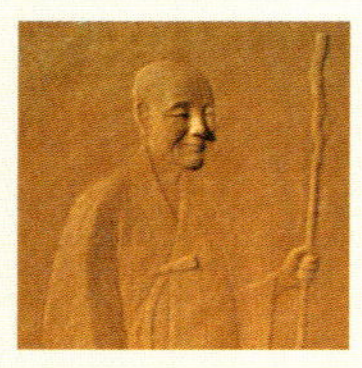

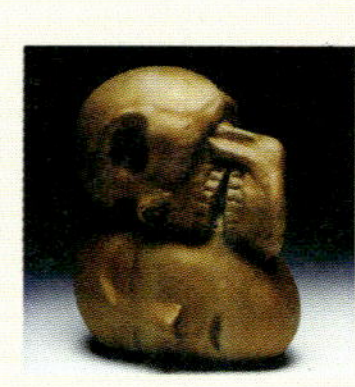

기억을 지닌 돌 이영학

무상함이 서린 불두 이은숙

현대판 만다라 이중희

수행자 이성도

생과 사 이일호

이철수

선미를 풍기는 판화

이호신

봉황산 부석사

이희중

산사를 찾아서

임영균

적멸의 순간

장욱진

진진묘 보살

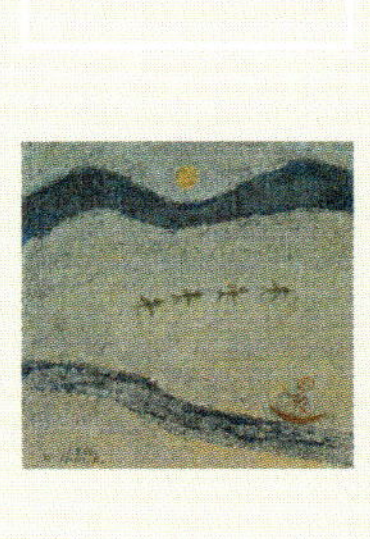

수행자
이.성.도.

이성도의 작품은 참선에 열중하고 있는 도반들을 형상화한 작품이다. 테라코타기법으로 단순화시킨 인물상들은 깊은 명상에 잠겨 있다. 저마다 하나의 화두를 붙잡고 씨름하고 있을 것이다. 인간이 스스로 자신을 무지에서 해방시켜야만 하는 고독한 혁명이 다름 아닌 선이다.

"성스러운 가르침은 단지 귀신들의 목록일 뿐이며, 종기에서 흐르는 고름을 닦는 데나 적합한 휴지 쪼가리일 뿐"이라고 선사 임제 의현은 말했다. 이 유쾌한 성상 파괴는 불교의 공(空)에 대한 체험과 입에 발린 다르마 즉, 구두선(口頭禪)에 대한 발랄한 조롱에서 나온 것이다. 결국 선의 추진력은 자신만의 체험을 통해 부처, 다르마, 깨달음 등과 같은 단어의 의미를 다시금 깨닫기까지 관습적인 사고와 주워들은 지식을 뒤엎어버리는 데 있다는 것이다. 그러나 선가적 입장에서 보면 들고 있는 화두가 활구(活句)인가가 중요한 문제이다. 사구(死句)를 잡고 있으면서 활구를 잡고 있다는 착각에 빠지지 않았는가 자문하기도 한다. 근원적인 입장에서 보면 우리의 몸과 마음은 모두 환상이며 그 환상이 사라지는 것을 여실히 보는 것이야말로 깨달음이라 할 수 있다.

이성도가 들고 있는 화두, 주제는 간단히 말해 '세계와 존재'이다. 결국 존재의 문제인 것이다. 이 물음은 '나 자신이라는 존재'의 물음과 '나를

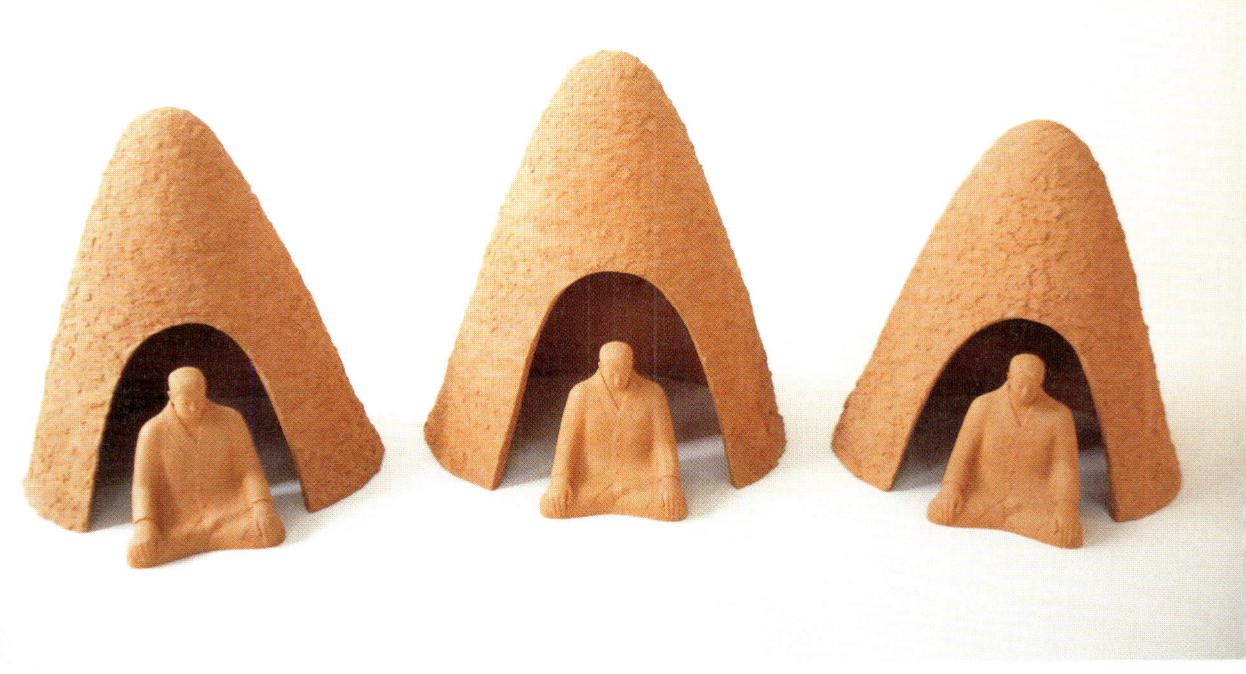

구도자 02-4
테라코타,
38×20×18cm,
2002

둘러싼 세계라는 존재'의 물음, 두 가지를 내포한다. 작가에게 이 질문은 하나의 물음이기도 하다. 그래서 그는 자신을 들여다보는 내성의 눈으로 세계를 바라보고, 세계를 바라보는 눈으로 동시에 자신을 들여다보고자 한다. 그랬을 때 나와 세계는 근원적으로 얽혀 있음을 발견한다. 나의 연장이 세계이고 세계는 애초에 자신을 포함하고 있는 것이다. 그리고 세계는 수많은 구성인자들이 상호 연결되어 있는 '일즉다, 다즉일'이다. 그렇기 때문에 존재하는 모든 것은 살아있는 유기체로서 계속해서 영향을 주고받는, 역동적인 통일체이다.

　　작가는 이런 시각 속에서 사물과 세계를 바라보고 그것을 조각으로 형상화시켜 드러내고자 한다. 그가 만든 작품은 작가 자신이 특별히 세계를 바라볼 때의 마음의 상태이자 세계 그 자체의 모습이기도 하다. 작가는 바로 그러한 세계에 눈을 뜨고 귀를 열 것을 보는 이에게 요청한다. 그러니까 그의 작품이 결국 하나의 화두가 되어 우리에게 던져진다. 그의 작품이 우리의 마음을 끄는 이유가 거기에 있을 것이다.

세계나 자연 그리고 인간은 덧없는 시간 속에서 인연과 시절에 따라 계속 변해 가는 존재이다. 이 세상의 모든 것은 어느 한순간도 고정된 모습으로 머물지 않고 순간순간 변하는 그대로의 아름다움을 보여준다. 변화하기에 아름다우며, 아름다움은 존재의 실상을 나타내 주는 것이다. 그 존재의 실상을 드러내 놓는 것이 바로 작가의 작업이다.

미술은 철학과 미학의 학문적 바탕을 지니지만 그렇다고 작품이 철학은 아니다. 미술은 모든 것을 사유할 수 있지만 모든 사유가 다 미술은 아니다. 미술은 종교와는 다르다. 작품은 미술이 갖는 그 성격에 충실해야 하는데 그러기 위해서는 일차적으로 미술이 갖는 기본적인 감각이나 조형성이 존중되어야 할 것이다. 이러한 면에서 작가는 정신이 추구하는 것이 도구화될 가능성에 대한 우려를 안고 작업을 진행한다. 작품 속에 내재되어 있는 정신성이나 제작과정에서 교감되어진 감각이 아무리 순수하다한들 미술언어가 갖는 감각이나 즐거움이 없다면 작품으로 존립하는 데 문제가 있다는 얘기다. 정신성을 강조하거나 본질에 대한 추구에 지나치게 치중하다 보면 조형적인 측면이 상대적으로 무시되거나 약화될 우려가 있는 것이다.

그래서 작가는 작업을 함에 있어 미술 특유의 미술언어적, 물성 체험적(재료 자체의 성질) 그리고 감성적 문제 등이 복합적으로 연계되어 총체적 관점에서 살피고자 하였다. 작업은 가장 정직한 자기표현이어야 하고 타고난 성품이 잘 실려지는 자기만의 목소리를 내어야 하기 때문이다.

그에 의하면 작업은 정신적 물질주의처럼 모든 것을 다 수용하면서 가장 좋은 것을 내세우려는 자기 합리화의 길을 가서는 안 된다고 한다. 전체에 두루 통하는 것보다 하나에 정통하는 것이 자기다운 삶을 사는 것이라는 얘기다.

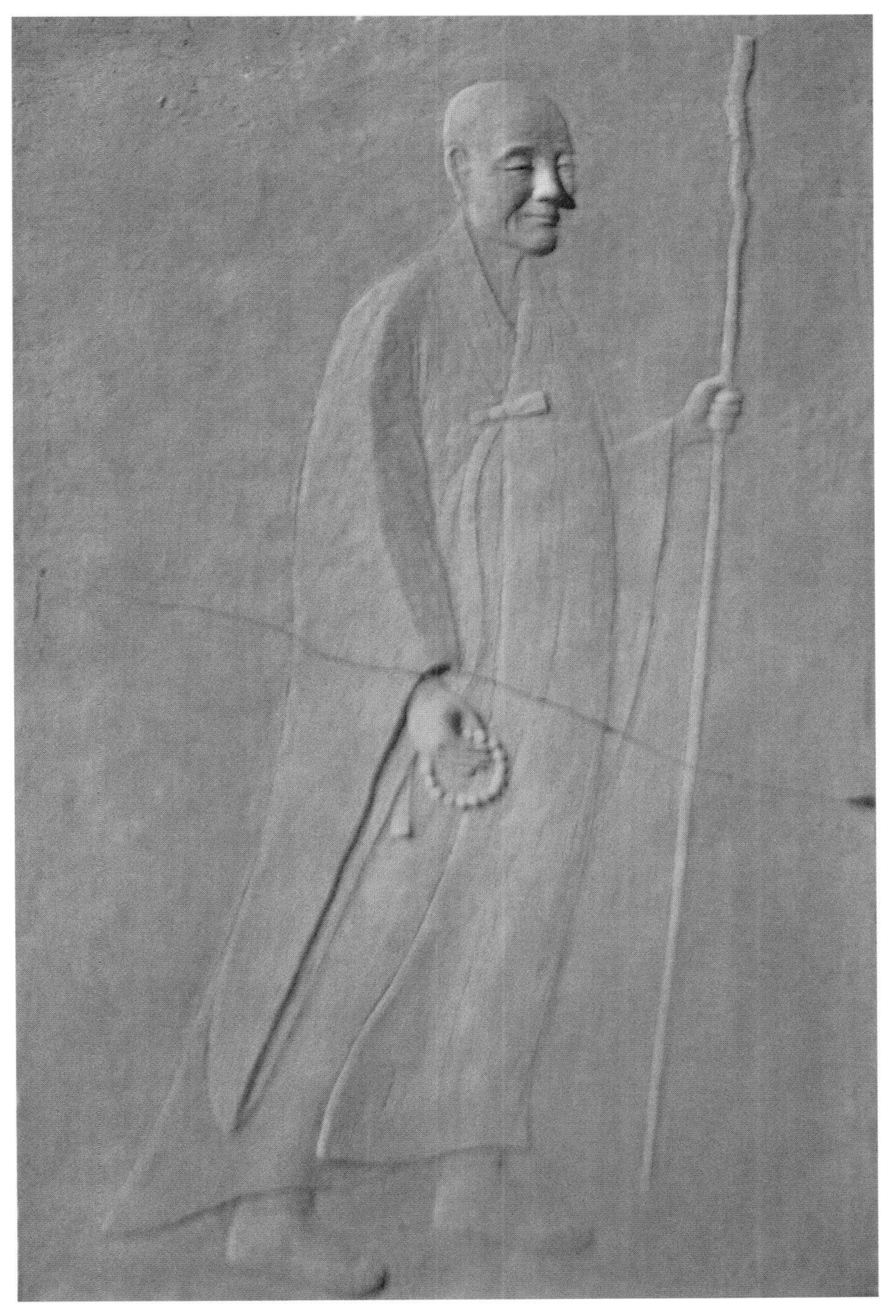

구도자 01-2 테라코타, 35×60cm, 2001

기억을 지닌 돌

이.영.학.

　　이영학의 '두상'과 '서 있는 인물상' 연작들이 취하고 있는 형태는 흡사 경주 남산에 흩어져 있거나 박물관에 소장되어 있는 석조 불두나 불상들을 보는 듯한 느낌을 준다. 몸통을 잃어버린 불두나 신체의 어느 부위가 잘려나간 조각들을 연상시키지만 이 입상은 전체상을 다 드러내지 않으면서도 오히려 전체상보다 더욱 내밀한 형상을 보여준다. 그의 인물상은 언뜻 보아서는 자연석 그대로와 별반 차이가 없다. 약간의 손길이 얹혀진 돌덩어리에 불과해 보인다. 정겨우리만치 작고 일상적인 생활감정을 담고 있으며 여러 사연을 소곤거리는 듯하다.

　　한국인에게 돌은 무척 영험스러운 존재다. 서낭당이나 일주문 부근의 돌무더기 위에 돌멩이 하나를 덧올리며 복을 비는 인간의 염원, 그 기원이 함축하고 있는 온갖 사연이 그 돌 속에 박혀 있다. 돌은 영원한 역사의 기억을 자기 몸에 두르고 있다.

　　이영학의 돌 입상은 소박하고 차분하게 정겨운 미감을 자극하면서 원시적인 토템이나 장승 같은 것들, 혹은 오랫동안 마모되고 닳아서 희미해진 마애불의 표면을 떠올려준다. 그의 돌 조각은 사실상 가장 근원적인 형태의 덩어리로 존재한다. 마치 돌가루를 뭉쳐놓은 듯한 내밀한 볼륨감을 주는데 그러면서도 세월의 풍상을 겪은 바위나 산을 닮아 있다. 그 돌의 선택은

현실적인 여러 기술이나 여건을 초월한, 선험적인 것이다. 자연 그대로의 돌이 극히 자연스럽게 조각으로 치환되고 있다는 느낌이다. 자연에 최소한의 의식적인 간여와 조작으로 빚어진 조형물이란 조건을 충족시키면서 돌을 예술과 일상 사이에 슬쩍 갖다 놓았다.

돌이 지니는 스스럼없는 촉감, 소박한 재질감, 다소곳이 안으로 사르는 내밀한 표정에서 깊은 정신적 공감대가 은은하게 울려 나온다. 겨우 몇 가닥의 선각 때문에 사람의 얼굴을 겨우 눈치챌 수 있는 작품은 온갖 풍상과 파란만장의 세월 끝에 삶의 진실만을 최소한으로 응결시켜 놓았다.

머리 위에 조그마한 덩어리가 남아 있는 조각은 견성(見性)한 뒤 육괴(肉塊)가 생겨났다는 부처님의 모습 또한 연상된다. 그의 두상에는 불두에서 만나는 동양적 정

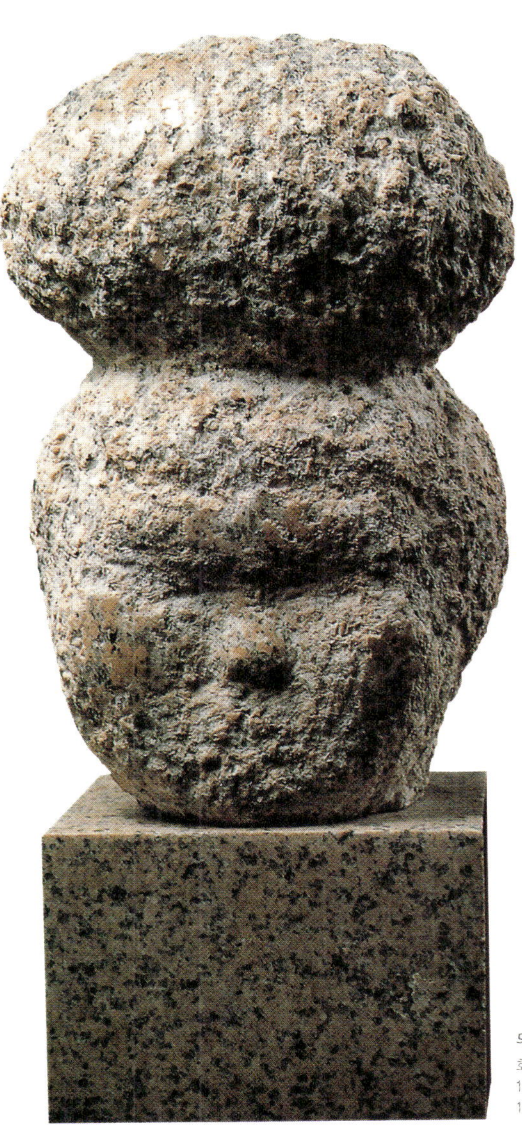

두상
화강암,
14×11×26cm
1990

밀(靜謐)과 명상이 은은하게 감돌고 있다. 그런가 하면 머리 위에 짐보따리 같은 것을 이고 있는 아낙네의 얼굴, 우리네 할머니와 어머니의 추억 어린 육체를 떠올려준다.

그의 조각은 극도로 단순화시키고, 최소한의 표현이 주는 효과를 극대화하고 있다. 돌의 표면에 최소한의 표현으로 개입해 최대한의 효과를 내면서 한국인의 원형적 형상을 탐색하고 있는 것이다. 즐겨 사용하는 돌의 종류는 옥석, 화강암, 석회암, 현무암, 대리석, 곱돌 등 대체로 우리나라에서 나는 돌들이다. 그 중에서도 그는 화강암을 주로 사용한다. 화강암은 약 260여 종이나 되는데 입자는 굵지만 수수하고 텁텁한 색깔이 우리 정서에 그만큼 잘 어울린다. 사실 조각은 재료 자체가 곧 소재다. 돌이란 재료의 성질, 물성, 미감, 돌과 관련된 문화적 전통과 친연성을 끌어안고 있는 것이 이영학의 조각이다.

그는 돌이란 질료를 의도적으로 다듬지 않는다. 돌의 세포들이 그대로 드러나게 정질을 한다. 그렇게 해서 꾸밈없이 드러내진 돌의 세포들은 여리면서도 수수하게 숨을 쉬는 살갗으로 변한다. 마치 '돌장승이 아이를 낳는다'는 화두를 연상시키듯 딱딱한 돌로 복스러운 동자를 만들고, 불두를 만들다가 천년 묵은 풍상의 빗돌[碑石]이 되기도 하고 할머니의 얼굴이 되기도 하는 식이다.

그의 입상은 극도로 간략하게 처리된 세부적 특징과 전체적으로 원통과 구형을 잇대어 놓은 것 같은 단순한 포름에서 무엇보다도 풍상에 마멸되어 가는 마애불을 연상시킨다. 움직이지 않는 것, 그것은 곧 죽음이자 동시에 영원히 죽지 않는 또 하나의 삶이다. 그의 얼굴은 침묵함으로써 충일하다. 표정 이후의 표정, 얼굴 이전의 얼굴이다. 그래서 그의 얼굴은 아무것도 보고 있지 않고 아무 말도 하지 않는다. 그 돌을 스치고 간 시간만이 거기 머물러 있다. 너무 깊은 고독과 너무 긴 영원의 시간이 돌 속에 박혀 있다.

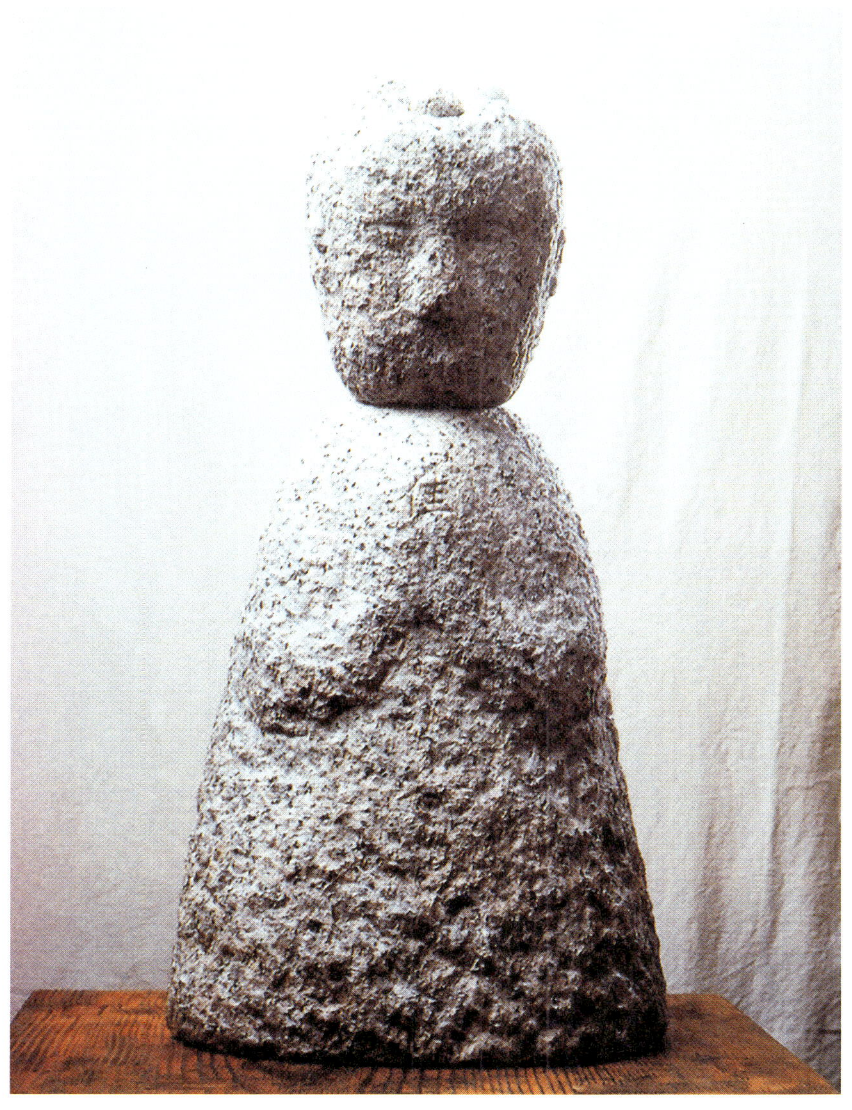

입상(立像)
화강암,
27×20×50cm,
1993

　소박하고 단순한 형상으로 우리의 근원적 물상을 탐구하는 이영학은
무엇보다도 사물과 하나가 되고자 한다. 아니, 그 사물 속에 투영되며 스며
드는 자신의 실체를 먼저 보고자 한다. 사물의 언어를 그들의 언어로 이해하

고 소통하고자 하는 자세야말로 작가의 조형미학의 기본인데, 이는 은연중 동양사상의 초현실성과 깊이 연결되어 있다는 생각이 든다. 그러니까 무엇인가를 돌을 사용해 재현하려는 것이 아니라 '돌다움'을 최대한 살려내면서 최소한의 흔적, 이미지를 남기는 것이다. 그것은 돌이며 돌에서 빠져 나와 무엇인가를 지시하다가 다시 돌로 돌아간다. 그 둘을 분리시키지 않고 하나로 보는 이의 눈에서야 비로소 이해되는 형상이다. 그것은 돌과의 인연, 연기적 삶에 대한 작가의 응답이다.

무상함이 서린 불두

이.은.숙.

　　우리 산천 어느 곳을 가나 그곳에는 석불과 마애불이 변함없는 모습으로 직립해 있다. 인간의 모습을 한 돌들이 세속의 인연을 반가이 마중한다. 한국인에게 가장 오래되고 본원적인 얼굴이 바로 그 불상의 얼굴이 아닐까? 이들 석불, 마애불 등의 얼굴은 시대에 따라 독특하게 표현되어 있어서 마치 그 시대 사람들의 얼굴을 보는 듯도 하다. 우리 조상들의 얼굴이 시대에 따라 크게 달라지는 것도 아니었을 텐데 석불의 얼굴이 다르게 나타나는 것은 조각기법의 차이에 기인하기도 하겠지만 무엇보다도 그 시대 민중들의 원망(願望)과 고뇌, 희구가 반영되고 삼투되었기 때문이리라.

　　차가운 진열장이나 유리 케이스에 갇힌 불상이나 불두를 보면 여러 가지 생각과, 감흥이 스친다. 본래 있어야 할 자리에서 분리되고 이탈되어 오로지 전시가치로만 보여지고 의미 부여되는 불상, 불두는 무슨 의미가 있는 것일까? 혹 우리의 전통문화와 가치관, 정신과 종교, 역사 역시 이렇게 박제화되고 사물화되어 가는 과정을 겪는 것은 아닐까? 아마도 그런 실정을 가장 극명하고 아프게 보여주는 것이 잘려나간 불두일 것이다. 시간이 흐르고 역사가 진행되면서 불교적 가치관과 사유는 그렇게 폄하되거나 외면되기도 했다. 빈 절터를 홀로 지키고 있는 고독한 불상과 산 속을 뒹굴고 있는 불두를 보면, 의도적으로 목이 잘려진 불상의 몸체를 보면 그런 생각이 간절

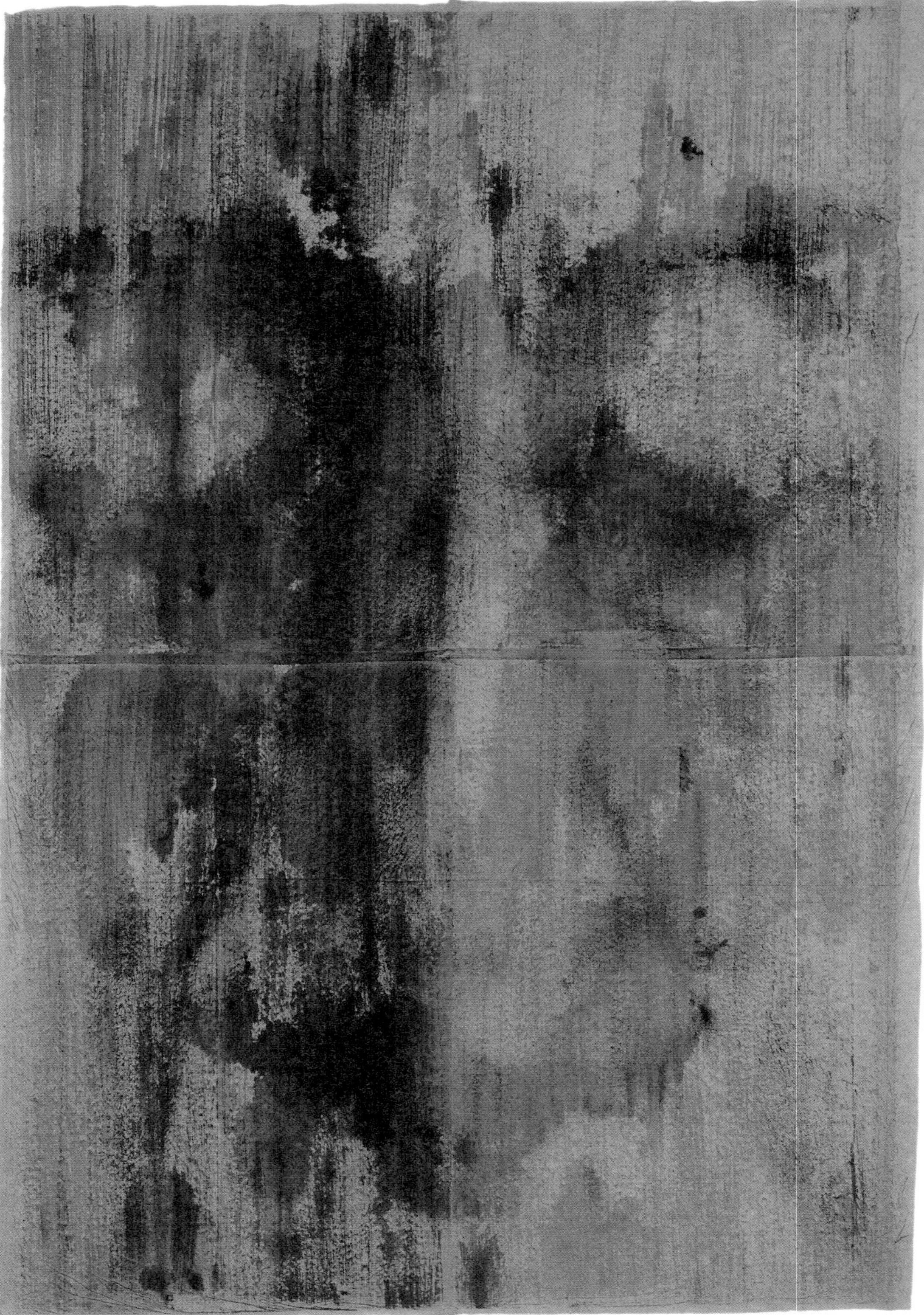

하다. 그래서 남겨진, 버려진 머리는 여러 가지 의미를 함축한 채 다가온다.

몸과 머리가 그렇게 생이별을 하고 있다. 몸은 다른 데 가 있고 머리는 이곳에서 정처없이 헤맨다. 혹 우리네 삶 역시 그렇지는 않은가? 몸과 머리가 분리되고 정신과 육신이 만나지 못하는 현실 삶이 그 불두를 통해서 강하게 자책되는 장면이다. 더없이 쓸쓸하고 허망한 그 풍경은 지난 시간 불교의 자취를 단나는 자리이기도 하다. 그런가 하면 모종의 절실한 믿음과 신념이 희석되어 가는 그런 상실감을 은연중 부추기기도 한다. 우리에게 불교는 종교이기 이전에 가치관이자 믿음이고 세계관이자 윤리관이며 삶 그 자체였는데 시간의 경과 속에서 그렇게 퇴색되거나 또 다른 이념으로 대체되어 갔던 역사가 그 잘려나간 불두를 통해 오버랩되고 있다.

"추석 과일이 영글기 시작하는 작년 이맘때쯤 경주에 잠시 들러 천년의 고도를 다시 음미하는 시간을 가진 적이 있었다. 폐허가 된 로마 유적지의 신전 기둥에 감탄하면서도 가까운 우리의 것을 보는 데는 너무나 인색하고 무관심하다고 자책하면서……. 경주박물관의 유리 커이스에 박제된 불상의 머리(불두)와 바깥 잔디밭에 내동댕이쳐진 몸체가 의미하는 것은 무엇일까? 우물 속에 잔뜩 버려진 불두들의 아우성이 들려오는 듯도 하고……. 순간 천남 화순의 운주사에서 보았던 천불군의 표정들이 살아나 꿈틀거린다." 〈작가노트〉

그녀는 색 한지에 먹을 이용해 불두를 그렸다. 자연에서 나온 색상을 선호하는 그녀는 은은한 한복의 색감, 오랜 시간 가라앉고 곰삭여져 나오는

반가사유 한지에 수묵, 170×130cm, 2003

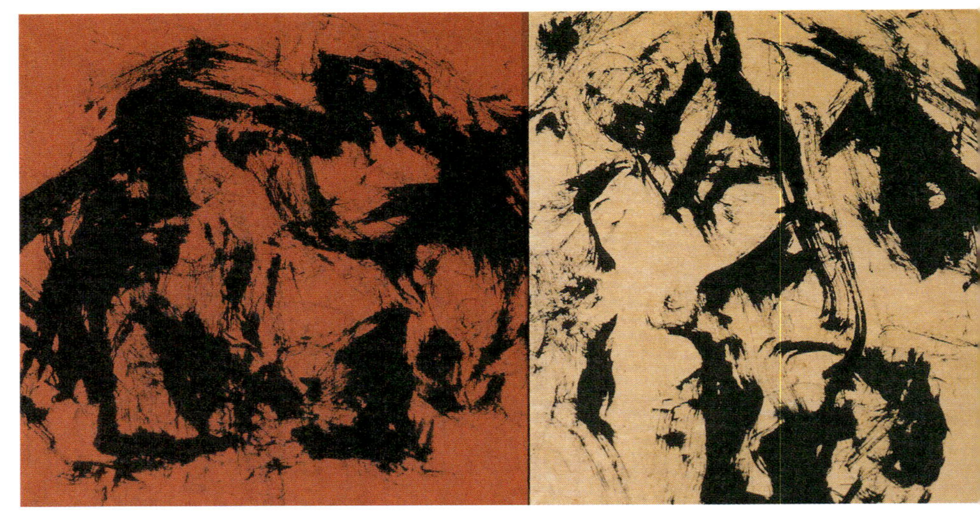

색상을 바탕으로 해서 다양한 불두를 표현했다. 순간의 기를 담아낸, 힘차게 끌고 나간 붓질을 통해 드러난 인간의 다양한 얼굴, 불두를 그리고 자연 삼라만상과 분리되지 않는 그런 얼굴을 그린다.

　몸은 해체된 채 머리만 나뒹구는 불두가 여러 각도에서 포착되어 있다. 몸은 해체되고 머리만 나뒹구는 불두가 이리 저리 뒤척이며 세상을 보고 있다. 더러 거꾸로 보기도 한다. 덩그러니 남은 불두를 끌어들여 인간의 다양한 얼굴 표정, 감정, 삶의 이력을 함께 잡아내고자 하며 동시에 그 얼굴을 통해 산이나 나무, 바위와 계곡 등 자연의 일부처럼 그려내기도 한다. 얼굴로서의 형태만이 가까스로 남아날 뿐이지 구체적인 형상으로서의 얼굴은 찾기가 어려운 이 불두는 실체가 은연중 관념으로 탈바꿈하는 경지를 가시화한다. 그래서 그녀의 화면은 어떤 대상을 떠올리기보다는 필선의 자유로운 자취, 추상적인 붓질만을 보여주는 편이다. 화면에는 오로지 붓질만이 힘차고 자유분방하게 흐른다. 그렸다기 보다는 지극히 암시적으로 표현된, 실루엣만 이어진 혹은 주의해서 보아야만 드러나는 그런 얼굴 형태다.

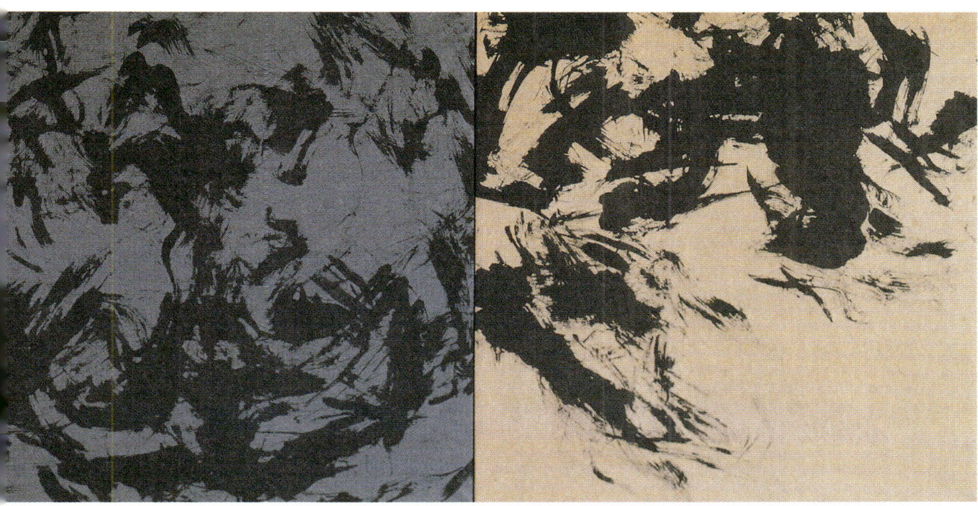

불두 V · VI · VII · VIII
한지에 수묵,
47×47cm Each,
2002

거칠고 뜨거운 붓의 자유로운 궤적, 종이의 바닥, 표면을 흩어나간 자잘한 붓질들의 연쇄로 집적되어 이미지를 만들어 보인다. 아마도 우리들의 이 관습적인 눈이 저렇게 흩어져 펼쳐진 선들을 쫓아 마음 속의 얼굴들을 겹쳐내고 있는지도 모르겠다. 각자 자신의 기억 안에 자리한, 인상 깊은 누군가의 초상을 이 그림 앞에서 불러볼 수도 있을 것이다. 무엇보다도 인간의 내면, 정신이나 감정과 회한을 포착하려는 이 선과 붓질들은 화면 전체를 율동으로, 진동으로 떨게 한다.

이은숙이 그린 이 불두, 얼굴은 어쩌면 나무 같고 땅이나 계곡, 물줄기 같기도 하다. 더러 오랜 시간 풍상을 겪고 마모되고 희미해진 마애불의 흐릿한 윤곽도 보인다. 이런 그림은 자연이나 인간을 결국 하나로 보는 시선 아래 접혀드는 그림이다. 동양인들의 오랜 삶의 경험과 지혜에서 나온 이 발상은 인간과 자연, 우주 만물과 인간이 조화로운 관계, 유기적인 연관성 아래 살아가고 있음을 보여준다. 자연 속의 모든 생명체들 사이에 깊은 연대감이 존재한다는 확신에는 유기체들 사이에 질적 차별성의 구분이 아니라 이들이 하나의 거대한 공동체를 이루고 있다는 믿음이 핵심적인 역할을 하고 있는 것이다. 생명 일반의 단절 없는 통일성과 연속성에 대한 믿음이 바로 동양의 우주관이었을 것이고 불교적 세계관, 우주관과 무관하지 않을 것이다.

불교는 시공간을 초월한 어떠한 실체도 인정하지 않는다. 세계는 커다란 운동이다. 살아있고, 살아서 움직이는 것은 그대로 있지 않고 변화한다. 제행무상(諸行無常)이란 말이 있다. 제행은 만물이 아니다. 물(物)이 고정되어 있기 때문에 행이며, 살아있는 일체는 그 행으로써 무상한 것이다. 이러한 무상은 슬픔에 앞서 진리에 다름 아니다. 세계는 무상하므로 슬프다. 그리고 이 슬픔 때문에 인간은 사람다운 비애를 간직하고 그 슬픔이 사람다운 삶을 가능케 한다. 이 불두는 그런 무상함을 비애스럽게 전해주고 있다.

생과 사
이.일.호.

　　이일호의 조각은 말하는 조각이다. 문장이 아니라 단어로 떨어지는 단호한 말이다. 물론 조각은 그 말을 얼음처럼 얼려서 우리 눈앞에 던져놓는다. 물이 얼어붙으려면 일정한 온도로 내려가야 하듯이 조각가의 마음과 정신 역시 어느 순간 단 하나의 결정적인 형태로 포착되어 굳어져야 한다. 화가들이 그림을 그려서 그 몸을 보여준다면 조각가는 손으로 빚거나 쪼고 깎아서 공간에 내 놓았다. 그림이 평면에 일루젼을 주면서 그 말을 건넨다면 조각은 현실 그 자체가 되어 다가온다. 납작한 평면에 그려진 것이 아니라 부정할 수 없이 하나의 실체로서 존재한다. 그림이 눈에 호소한다면 조각은 육체에 감겨든다. 그것은 촉지되는 것이자 공간에 벗은 채로 나앉는 것이다. 조각은 인간과 마찬가지로 이 자연공간에 시간과 바람과 온도를 견디고 수많은 변화를 자신의 육체 안으로 껴안는다.

　　기억에 의존하자면 이일호의 조각은 언제나 인간의 육체를 형상화해 왔다. 그 인간 육체는 다만 유미적이거나 공예화된 상들이 아니라 인간이란 존재의 본성이랄까 몸에 관한 집요한 물음을 던지면서 곤혹스럽게 한 것들이었다. 결국 인간 존재에 대한 성찰이나 혹은 욕망과 관능, 성 등 인간 육체가 지닌 치명적인 부분들을 건드리는 조각이었다는 생각이다.

　　그의 조각은 내용을 담고 있지만 철저한 형식주의의 세례를 또한 짙

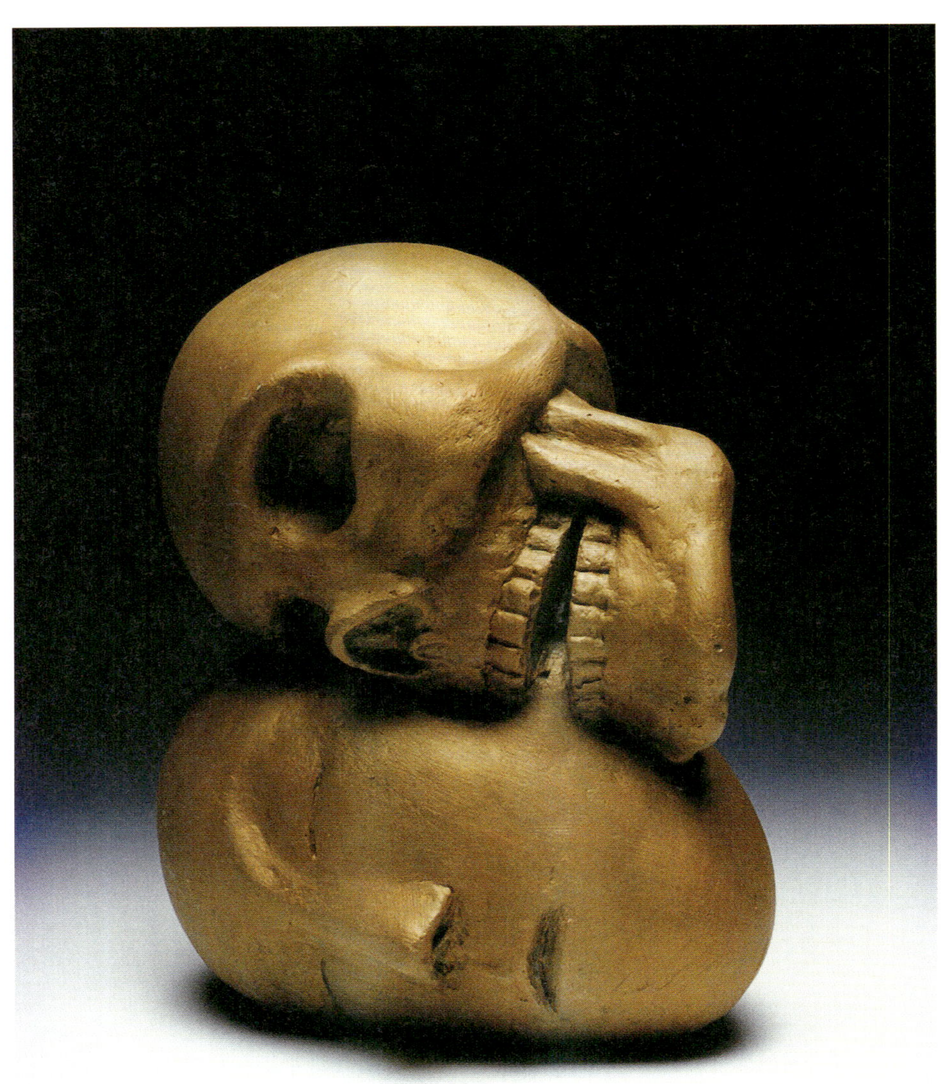

생과 사 브론즈, 50×30×45cm, 2001

게 반영한다. 그는 내용과 그 내용이 담길 조각적 바구니를 단단하게 묶어낸다. 그 결과 그의 조각은 충격적이고 적나라하면서도 그 형식은 견고한 구성으로 지지되는 편이다. 문학적이고 철학적인 그의 조각은 명료한 이미지를 통해 인간의 몸과 그 몸이 지닌 여러 문제들을 선명하게 드러낸다. 그리고 그 주제는 인간에 관한 보편적이고 근원적인 것들이다. 그러니까 그에게 조각이란 인간으로 태어난 자신의 문제를 조각 언어로 묻고 깨우치고 다시 허물고 지우는 과정 속에서 하나씩 몸을 내민 것들이다. 그의 조각은 자기 생애 모든 것들이 뒤섞여 나온 삶에 대한 깨달음에 가깝다. 그런데 그 깨달음은 다분히 자기모멸과 허무, 자학에 가까운 편이면서 인간이란 존재의 허약하고 비겁한 혹은 지독히 동물적인 부분에 대한 자조에 근접한 인식인데 그런 것들이 얼핏 불가적이고 선가적인 뉘앙스로 하강한다. 동시에 여전히 인간에 대한 절망과, 그 절망과 환멸의 끝을 본 자의 다소 넉넉하고 여유로운 시선의 자우로움도 바람처럼 감긴다. 그의 조각은 그런 거리를 보여준다.

　　이일호는 인간의 육체, 죽음과 삶, 성과 욕망 등을 주로 다루어 왔다. 물질은 육체적인 형식을 취한다. 몸은 물질조직의 가장 완전한 형식이며, 따라서 모든 굴질로 들어가는 열쇠다. 삼라만상을 이루고 있는 이러한 물질은 인체 속에서 자신의 긍정적인 본성과 모든 고귀한 가능성들을 열어 보인다. 인체 속에서 물질은 창조적이고 건설적인 힘의 원천이 되며, 전 우주를 이루고 모든 우주의 물질을 조직화하는 사명을 갖게 된다. 그리고 인간 속에서 물질은 역사성을 획득한다. 관념에서 육체(물질)로의 전환인 것이다. 육체는 경계를 해체하고 인간의 의식을 해방하고 새로운 건설을 준비하는 매개다.

　　이런 몸을 다루는 그의 조각에는 메시지의 직접적인 상징적 전달이 있고 무엇브다도 공간해석과 구성의 묘미가 있다. 한결같이 그의 조각은 인간에 대해 말을 건네고 욕망과 죽음과 성이라는 인간 육체의 치명적인 지점을 형상화한다. 그런 주제가 이일호식의 다소 초현실적이고 몽상적이고 환각적으로, 착란적으로 드러난다.

　　'생과 사'란 작품은 잠자는 이의 귀를 해골이 씹고 있는 장면이다. 그 것은 삶과 죽음이 한 몸으로 엉켜 있고 명상이 한 자리에 동거하는 장면이 다. 인간은 살아가면서 수시로 죽고 죽으면서 살아간다. 그 경계는 있기도 하고 없기도 하다. 죽음은 영원히 우리 삶 속에 있다. 죽음은 끊임없이 이어 지는 우리의 삶 속에서만 의미를 가지는 것이다. 불교에서 삶과 죽음에 관한 문제는 연기론의 바탕 위에서 전개된다. 연기론은 어떤 근본으로부터 일체 만상이 전개된 상태, 또는 세상 만물이 연(緣)을 기다려 일어나는 원인을 논 리적으로 설명한다. 그러니까 생하는 법은 다름 아닌 멸하는 법이다. 인간은 두 개의 간극을 현기증 나게 넘나드는 존재며 늘상 죽음에의 존재임을 자각 하고 있는 존재다.

"멍청히 있을 때 또는 꿈자리에서 죽음은 내 살점을 뜯으려 덤벼든 다. 한 발 한 발 천천히 무감각하게 그러다 돌연 왈칵 덤벼드는, 죽 음은 그렇게 엄습한다." 〈작가노트〉

귀를 물어뜯고 있는 해골이다. 그는 잠을 자고 있는 듯 혹은 죽은 듯 침묵 속에서 눈을 감고 있다. 타원형의 얼굴은 그렇게 고요하다. 그 고요함 을 깨고 해골의 마르고 강인한 이빨들이 연약하고 말랑거리는 귀를 우적우 적 씹어대는 소리가 환청처럼 들리는 것도 같다. 귀를 물린 이는 서서히 나 락 같은 죽음으로 마냥 끌려들어가는 것도 같다. 삶과 죽음이 그렇게 한 몸 으로 엉켜 있구나 하는 생각이 들었다. 하긴 삶과 죽음이란 결코 분리될 수 없을 것이다. 어쩌면 삶과 죽음은 항상 서늘하게 붙어 있는 것은 아닐까? 단 지 우리가 일시적으로 망각하거나 잊고 싶다는 욕망으로 죽음을 지워버리 고 삶에서 배제시키려 해온 것이 아닐까? 이 작품을 보고 난 후 내내 그 이미

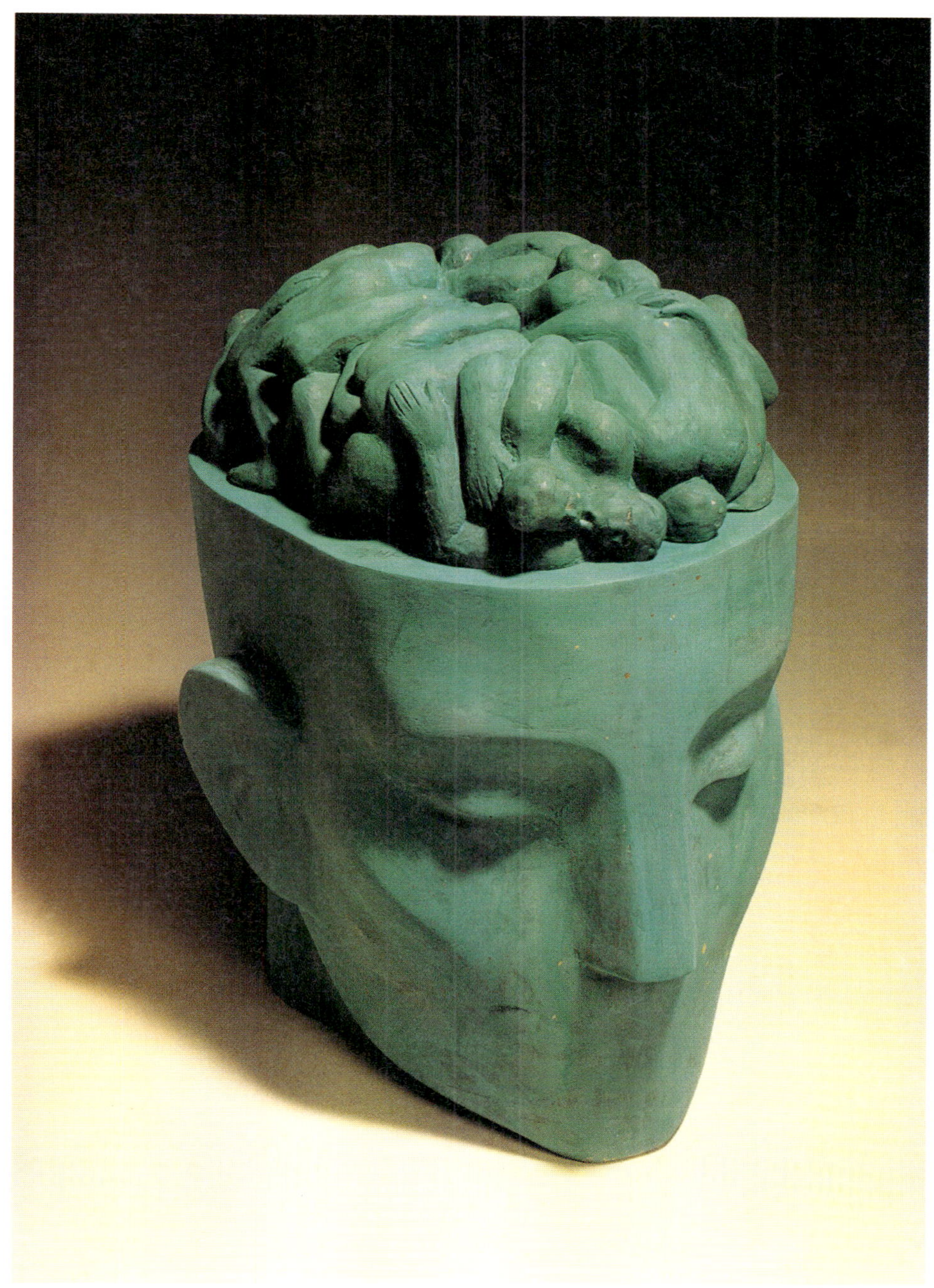

혼혼돈돈 대리석, 40×50×65cm, 2001

지가 머릿속에서 떠나지 않았다. 이미지들은 상처처럼 남겨져 이렇게 상기의 고통을 준다.

다시 그의 작품을 조심스레 부감시켜 본다. 유사한 크기로 이루어진 두 인간의 얼굴은 한 쌍으로 포개져 있다. 해골과 해골 위에 살이 얹혀진 얼굴이 그것이다. 일정한 시간이 지나면 피부는 오그라들고 메말라지면서 서서히 살의 안쪽을 지탱하고 있는 뼈의 표면에 밀착되어 갈 것이다. 그것은 죽음으로 이행하는 과정에서 보여지는 피할 수 없는 현상이다. 해골과 살을 가진 인간의 얼굴을 다시 반복해서 쳐다본다. 그 두 개의 상은 자꾸 오버랩 된다. 해골을 보면 탱탱한 피부를 가진 얼굴은 지워져버리고 얼굴을 보면 해골은 슬쩍 망각된다. 삶에 몰두하다 보면 죽음은 나의 것이 아닌 양 잊혀진다. 죽음에 집착하면 현재의 삶은 끊임없이 유예된다. 그렇다면 산다는 것은 그 양자 사이에서 줄타기라도 하는 것일까? 죽음과 함께 살지 않을 수 없는 것이 인간 존재일 것이다.

이일호는 그런 인식을 해골과 함께 한 얼굴을 빚어서 보여준다. 죽음이 삶을 힘껏 껴안고 있다. 깨물고 있다. 그러니까 죽음과 삶을 이율배반적인 것으로 보지 않고 그 둘을 서로 얽혀서 기생하는 것으로 보는 것이 그의 시각이다. 인간은 두 개의 간극을 현기증 나게 넘나드는 존재다. '메멘토 모리', 죽음을 잊지 말라는 경고의 음성이 이 작업에서 들려온다. 나는 그 소리를 들으면서 다시 죽음을 떠올린다.

현대판 만다라

이.중.희.

만다라는 밀교 의례와 작법을 도식화한 그림을 말한다. 일반적으로 불보살의 집합도와 같이 생각하지만 실은 옛 인도의 바라문 풍습을 받아들여 불교도들이 가람을 조성하여 불보살을 모시고 예배하던 단(壇)이나 단장(壇場)에서 비롯되었다. 그러니까 원래 인도의 신들을 제사지낼 때에 토단을 쌓았던 것과 그 토단의 의례를 불교가 흡수한 것이다. 바퀴살이 모여 바퀴를 이루듯이 모든 법이 완만하게 갖추어졌다고 하여 윤원구족(輪圓具足)이라고도 한다. 이렇듯 만다라의 전통은 기본적으로 밀교와 궤를 같이 한다. 논리 전개와 대중의 필요에 따라 부처님의 말씀을 바탕으로 인도의 전래신앙이나 힌두교 등의 신을 불러들여 체계화한 것이 밀교라는 이름으로 집대성되었고 그 안에서 만다라가 그려진 것이다. 만다라는 스스로의 수행이 아니라 부처님의 도움을 받아서, 즉 가피력에 의해 정각(正覺)을 얻는다는 뜻인데, 넓은 뜻으로는 삼라만상의 모든 덕이 모여 장엄된 것이라는 뜻이다.

밀교와 만다라는 초월적 신비와 주술적인 힘, 그리고 비밀스러운 의식을 전제로 한다. 그것은 명상에 임하여 마음에 비춰진 대상을 도형화한 것이다. 활력적이고 화려하며 정교한 이 만다라는 구체적인 것을 통해서 추상적인 진리를 나타내는 표현방법의 극치이다.

이중희는 바로 그 만다라 형식을 활달한 붓질과 원색의 향연 아래 감각적으로 환생시켜 놓았다. 태장계 만다라를 연상시키는 구도와 불보살의 배치 속에 색채들은 뜨겁게 분출되어 보는 이의 눈과 마음으로 흘러넘친다.

이 '만다라'는 전체적으로 붉은색으로 덮여 있다. 그는 신들린 듯한 붓질과 화려한 색채, 물감이 튕긴 자취 등의 추상적인 요소를 구체적인 형상과 함께 접목시켰다. 그러한 효과를 극대화하기 위해 과슈와 아크릴을 사용하고 있다. 그는 물감의 원색을 거의 순수한 상태로 유지시킨다. 특별한 경우를 제외하고는 가능한 한 색을 혼합하지 않는 순색을 쓴다. 광택이 없으므로 원색으로서의 자기 표현성 또는 발색이 억제되고 있기에, 시각적인 느낌

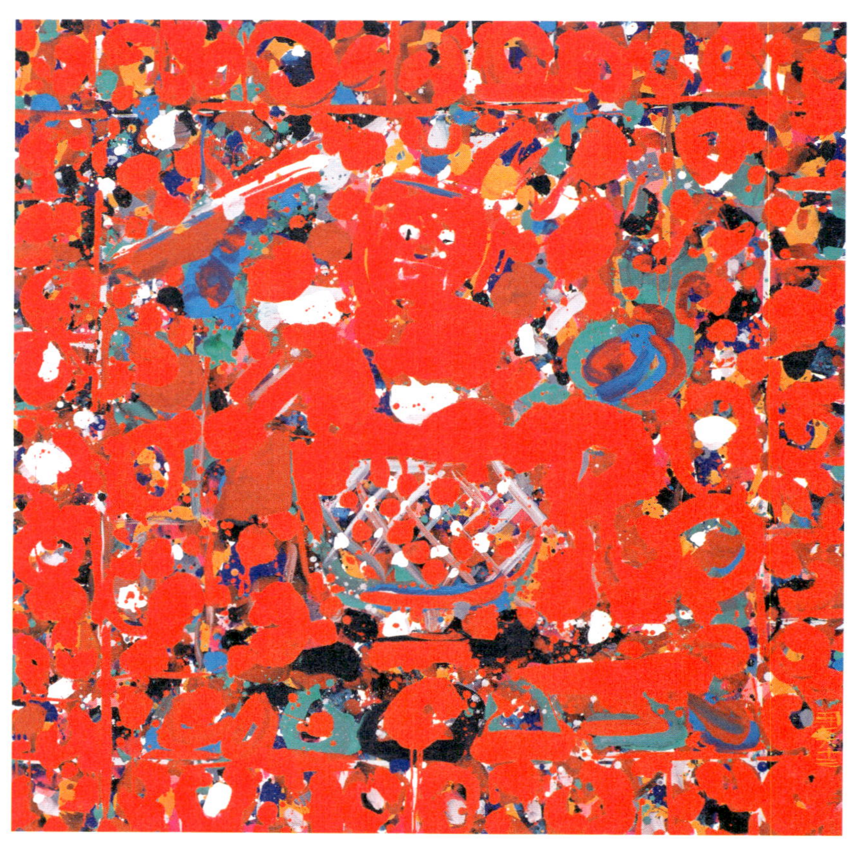

만다라
캔버스에 아크릴 · 과슈.
145×145cm,
2000

은 오히려 편하다.

　그의 만다라 그림은 힘차고 역동적이며 심지어 일종의 혼기(魂氣)가 감돈다. 감정이 실린 강렬한 원색의 격렬한 필선 처리, 대상의 집약된 형태 묘사와 짜임새 있는 화면구성은 회화적인 아름다움을 한껏 발휘하고 있다. 이러한 분위기는 단지 형식적인 특성이나 사물개념을 넘어 영성(靈性)이라는 형이상학적인 종교적 주제와 결합되어 신비스런 힘을 분출한다.

> "나의 예술의 목표는 단순히 그리는 행위나 그림 자체에 있지 않고, 그것을 통해 도달해야 할 어떤 목적지에 끊임없이 가야 하는 데 있다. …… 예술은 나 스스로를 구원해 가는 방법이며, 나를 신과 접근시키는 통로이며, 그에게 영광을 돌리는 수단이다. 그러므로 비로소 나의 완성을 이루어 가는 가장 적합한 방법이라고 생각한다."
>
> 〈작가노트〉

　초월적인 정신성이 현실화된 모습을 토속적인 민간 전승의 문화 속에서 발견하는 이 작가는 무당의 신들린 춤과 그 외침을 통해 영혼의 모습을 보며 그 영혼의 소리를 듣는다고 한다.

　그는 오랫동안 무(巫), 무(舞), 만다라 등을 주요 모티브로 취하고 있다. 특히 일련의 '만다라' 연작은 도상의 직접적인 묘사를 거부하며, 본체에 대한 직관적 파악의 산물로 나타난다. 종이에 거침없는 붓질로 유동적인 형상을 잡아가는 독특한 기법은 신체의 활달한 행위의 흔적을 드러내고 있다. 이러한 표현행위의 순수성과 그것을 통한 세속적 감정과 이성으로부터의 초탈 시도는 일면 초현실주의의 자동기술법을 원용한 액션페인팅 화가들의 표현원리를 연상시킨다. 그러니까 그의 그림에서 우리는 작가의 육체적 흔적과 몸놀림, 호흡을 우선적으로 만난다.

그러나 무속신앙과 예술이 공동체의 유기적인 삶을 도모하는 신명의 발현으로 민중의 한이 정서적으로 승화, 분출된 것이 이중희의 그림이라면, 서구의 추상표현주의는 현실과의 연관성을 상실한 신비주의적 우주관의 반영에 머물고 있다는 점이 다를 것이다. 그는 무속에서 정신성을 발견하나 그것의 뿌리를 역사성과 현실성에 두는 것이 아니라 초역사적인 정신세계에 두고, 세계와의 충실한 교감을 시도한다는 점에서 추상표현주의의 형이상학적 세계관과 유사하다. 그러나 의도하지 않는 생생하고 활달한 붓질을 보여주지만 무속의 다양한 소재와 양식을 차용하여 반구상적인 형태를 취하는 점에서 또한 그것과는 다르다.

불화와 만다라, 탱화와 단청, 오방색 등의 전통적인 상징체계와 색채를 수채와 수성의 물감과 서체적인 붓질을 통해 현대적인 종교화를 구현해내고 있는 그의 그림은 모종의 정신성으로 충만해 있다. 이미지의 영성과 색채의 주술성과 도상의 힘을 매력적으로 재생시켜 놓고 있는 것이다.

만다라 캔버스에 아크릴 · 과슈, 116.7×91cm, 1998

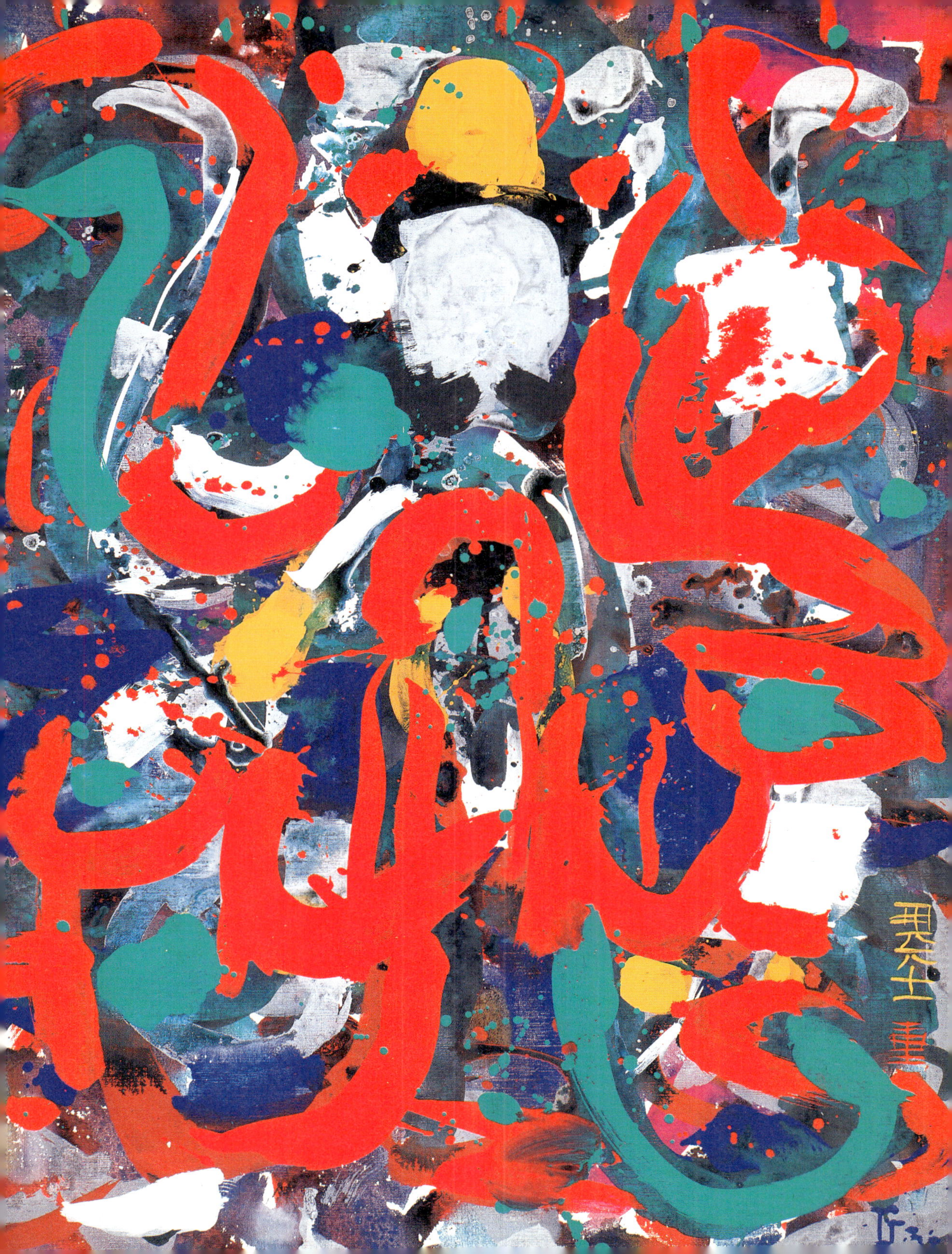

선미를 풍기는 판화
이.철.수.

　불교계에서 가장 널리 알려진 미술인이 있다면 단연 이철수일 것이다. 그의 간결한 이미지와 정갈한 문장들이 한 몸을 이루고 있는 판화들은 불교관련 서적 내지는 엽서, 달력 등에 빈번하게 등장한다. 그것은 그림이자 문학이고 종교이자 그대로 이철수 개인의 삶이 뚝뚝 묻어나는 자화상이기도 했다. 단촐하고 간결한 이미지와 선미를 물씬 풍기는 문장들은 더 없는 명상과 휴지(休止)로 가라앉는 매력을 전달해주었다.

　80년대 각박한 정치 현실에 맞서 싸우던 그의 판화가 어느 날 불교를 만나 칼맛이 생기 있어졌으며 그만의 문장의 맛 또한 활짝 개화되었다. 1980년대 후반부터 국내외의 급격한 변화와 유럽 자본주의문화에 대한 충격체험, 민중미술운동에 대한 반성과 새로워져야 할 작업방향, 자연 순리와의 교감을 통한 인간 삶에 대한 재인식, 불교에 대한 탐닉을 통해 얻은 깨달음으로 인해 이철수는 비로소 선화에 관심을 쏟게 되었다고 한다. 그는 세상과 미술과 자신에 대한 회의를 털어내고 보다 편안한 마음으로, 심상이 흐르는 대로 자유롭게 선적 내용을 그려 보이고자 했으며 그로 인해 종교적인 색채, 불교적 세계가 깊어졌다. 이후 묵상과 참선의 제목 같은 시 구절들이 작품마다 향 내음처럼 가득했다.

　그는 여러 스님들과의 교류, 산사 답사에서 받은 이미지를 통하여, 그리고 불교와 연관된 폭넓은 독서로 선적 명상을 심화시켜 나갔다. 그에게 선은 단순히 세상을 외면한 불자의 수행만이 아니라 "일하고 쉬는 사람들과의 생활 속에서 하는 것이고, 그런 까닭에 깊어지고 높아지는 경지가 있을 수 있다"는 확신 아래 성숙한다. 그 수련과정으로 선 목판화 작업에 집중하였고 이웃과 함께 할 공유형식으로서 선화의 가치를 찾아나간 것이다.

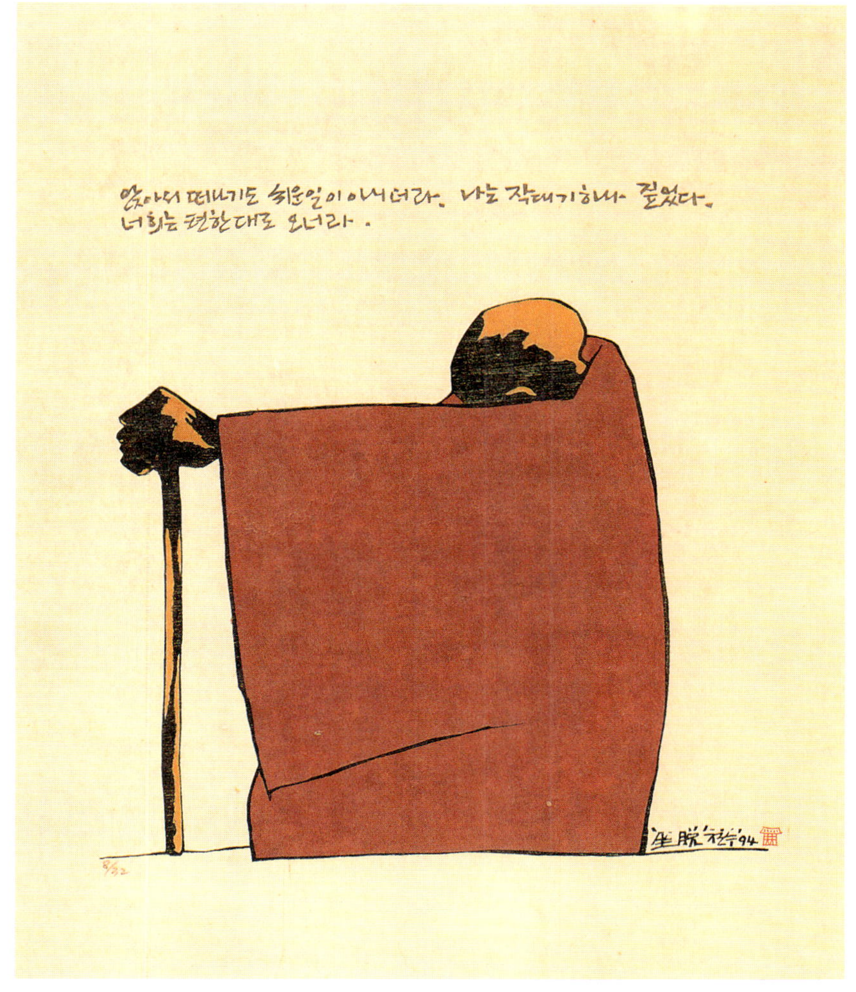

좌탈(앉아서 떠나기도…)
한지에 목판화,
44×54cm,
1994

목판에 새겨지는 선과 빈 공간(여백)을 지성스럽게, 마치 구도자가 수행하듯이 따복따복 한 칼도 흐트러지지 않게 마무리해 가는 과정을 통해 참선의 자세를 터득하기도 하며 칼 솜씨 역시 완숙미를 유감없이 보여준다. 그로 인해 드러난 불교적 선화의 멋은 화면에 짧은 단상으로 수놓아진 이야기와 이를 함축시킨 형상을 통해 부풀어 오른다. 간결한 이미지와 쉬운 그림, 패턴처럼 디자인된 이미지로 넓은 공간을 할애하는 그의 작품은 청량하고 싱그러운 풀 향 같은 문구들을 달고 있어 마음과 눈을 자연스럽게 끌기에 충분하다.

사실 그는 오윤과 더불어 80년대의 대표적인 목판화가였고 이른바 민중미술 진영의 옹골찬 이론가이자 민족미술운동의 대중화에 기여한 작가였다. 무엇보다도 오윤의 귀기 서린 칼맛에 매료되어 판화를 시작했고 그 영향을 적극 이어받은 이다. 이후 그의 짙고 넓은 그늘에서 벗어나 불교와의 범접으로 변화를 보여 왔다. 불교의 경전이며 선가의 어록들이 그의 마음에 힘을 불어넣어 주었고 깊은 깨달음도 주었던 것 같다. 그런가 하면 미술이 새롭게 가야 할 길과 추구해야 할 일 역시 일러주었던 셈이다. 어느새 그는 선승이 되었고 선시를 자유로이 구사하고 경지에 이른 선화에 가까운 판화를 파내는 이가 되었다.

날카로운 칼들은 목재의 피부를 절개하고 명징한 형상과 칼끝으로 마감된 선들을 통해 자신의 일상에서 깨달은 사연들과 스님들의 수행, 불교와 연관된 내용들을 새겨놓았다. 그래서인지 그의 목판화는 상당히 개인적이고 종교적이며 관조적인 자세를 취하고 있다. 그래서 흔히들 선(禪)적이라고 한다. 법정 스님은 '순하고 질박한 그의 판화에 곁들인 화제는 그림과 어울려 선미(禪味)를 가득 풍겨준다'고 말하였다.

그의 판화는 대중들에게 더없이 편안하게 다가오고 정신적인 휴식과 명상을 부드럽게 권하며 맑고 따스한 여운을 동반한다. 각박하고 살풍경한 현실에서 상처받은 많은 이들이 그의 그림에서나마 위안을 얻는다. 이미지와 글이 맞물려 관객과 작가 사이를 친절하고 따스하게 맺어주는 이 그림들은 모종의 깨달음을 던져준다. 차분한 생각과 상념에 물들게 한다. 그것이 그의 작품의 매력이다.

불교란 '문자를 먼저 세우기보다는 마음 속으로 깊이 있게 들어가는 세계〔不立文字〕'이기에 그 세계는 필연적으로 다양한 선과 감각적이고 독특한 칼맛과 상충하는 면이 있다. 그는 불교와 선의 세계를 가시적인 이미지와 문장을 통해, 판화를 통해 가장 효과적으로 구현되는 지점을 모색해 왔고 그것의 대중화와 소통에 관심을 보여온 이다. 그리고 이런 모색은 이철수 이전에도, 이후에도 그 유례를 찾아보기 어려운 형편이다.

작가는 인간에게 절실히 필요한 행위가 반성이라고 보는데, 따라서 그는 '선'이란 것 역시 인간이 꿈꿀 수 있는 '가장 아름다운 형태의 반성'의 가능성을 지니고 있다고 믿는다. 그러니까 그의 작업은 철저하게 자신의 일상에서부터 시작해 모든 현상을 차분하고 서늘하게 반성하는 과정에서 하나씩 몸을 내밀고 나온다. 깨닫기 위해서 앉아 있었던 부처처럼 한 노스님의 좌탈 장면을 형상화한 판화가 유독 눈을 끈다. 좌탈이란 앉아서 돌아가심을 뜻한다. 그러니까 앉아서 입적한 노승의 모습이다. 소탈하고 감동적인 짧은 글귀가 좌탈의 뜻을 적요하게 가르친다. 삶의 본질에 대한 성찰이 가장 충일하게 드러난 작품이다. 삶에 대한 성찰은 곧 죽음에 대한 깨달음으로 이어진다. 우리는 그저 왔다가 갈 뿐이다.

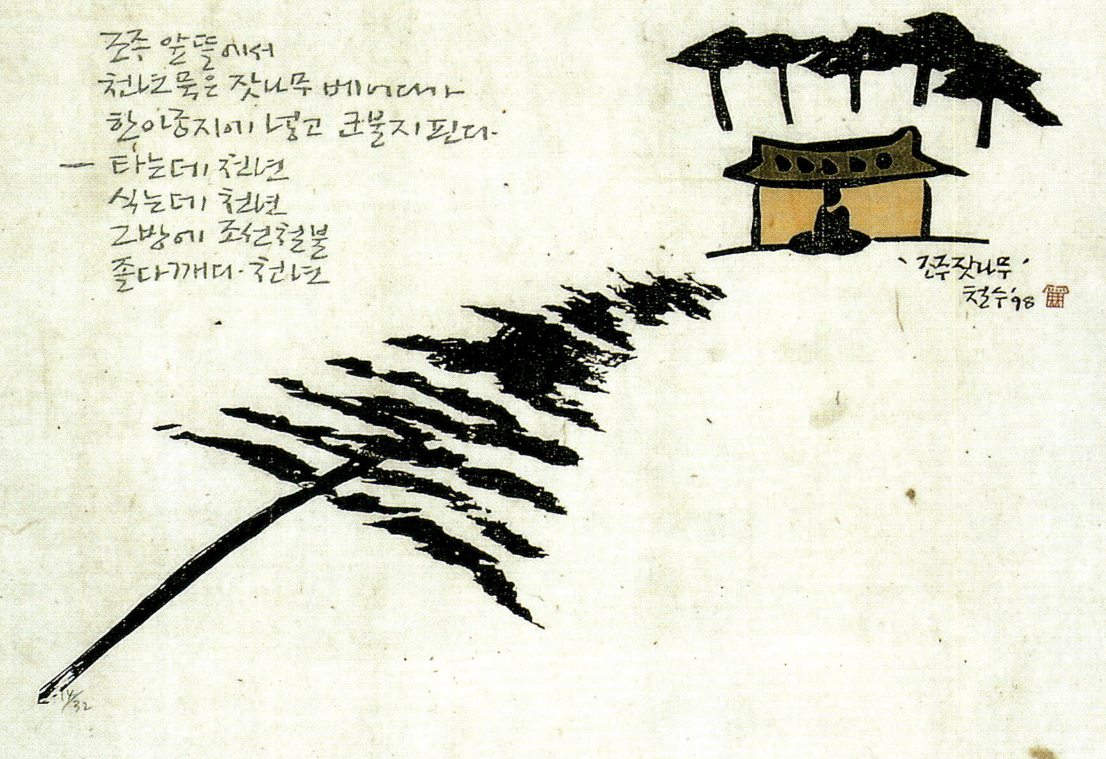

조주잣나무   한지에 목판화, 50×59cm, 1998

불고에서 모든 존재들은 하나하나가 모두 평등하며, 아무리 작은 것이라 해도 무한한 불성을 가지고 있다. 불성은 모든 것을 통섭하는 진리이고, 또한 우주의 실상이다.

부처님의 가르침에 의하면, 우리 모두는 수많은 전생을 전전하며 오늘까지 살아왔지만, 해탈을 얻어 열반에 들기만 하면 미래에 전전해야 할 수많은 삶으로부터 자신을 구원할 수 있다고 한다. 시작도 끝도 없는 삶의 수레바퀴 속에서 인간은 허망한 부침을 계속하고 있는 것이다. 산스크리트어로 열반의 본래 의미는 불꽃 등을 '불어 *끄다*' 또는 '소멸시키다'라는 뜻이다. 열반은 자아 및 자아에 대한 관념을 완전히 제거한 사람만이 경험하는 상태라는 것이다. 해탈은 우리를 묶고 있는 속박으로부터의 벗어남이라는 의미이며, 그것은 번뇌로부터 해방된 자유로운 심경, 즉 심적 상태를 말한다. 이철수의 이 '좌탈'은 진정한 깨달음과 해탈의 의미를 새삼 생각하게 한다.

봉황산 부석사
이.호.신.

'사랑한다는 것은 가치 있는 일의 지속이다'

이호신의 작업실 벽 한쪽에 붙어 있는 글자다. 그는 일종의 사명감을 지니고 그림을 그리고 있는 듯하다. 우리 국토와 자연에 대한 극진한 사랑과 이 땅의 모든 문화유산과 전통에 대한 애착이 누구보다도 강한 그는 그 사랑의 대상을 체득하고 표현하는 일을 평생의 업으로 삼은 이다. 그런 생각이야 많은 작가들도 가지고 있겠지만 이호신의 경우는 그 목적의식이 또렷하고 그 추구방법과 노력이 치밀하다. 그래서 늘상 우리 자연, 문화, 미술을 공부하며 답사와 사생을 통해 자신의 몸으로 체현해 나가는 과정을 보여준다. 이렇게 국토순례와 깨달음, 그리기와 쓰기의 반복적인 행위가 수행적인 차원에서 분리되지 않고 함께 이루어지고 나아간다. 그 결과물이 그의 그림과 책이다. 이호신은 1985년부터 우리 국토를 답사하기 시작, 전국을 누비고 다니면서 국토의 풍경을 담아왔는데 이때 그의 눈에 들어온 대상이 예사롭지 않은 장소에 자리한 뭇 사찰의 풍경, 그 공간이다. 자연스레 한국적인 사찰 배치, 그러니까 한국인의 공간인식에 주목해 왔다.

공간이란 인간이 자신의 생각과 감각을 가설하고 부려놓으면서 삶을 영위하는 곳, 삶을 규정하는 핵심적인 장소이다. 문화란 문화가 성립되고 그 문화권 속에 민족구성원들이 존재하기 위해서 서로가 공유하는 땅에 대한

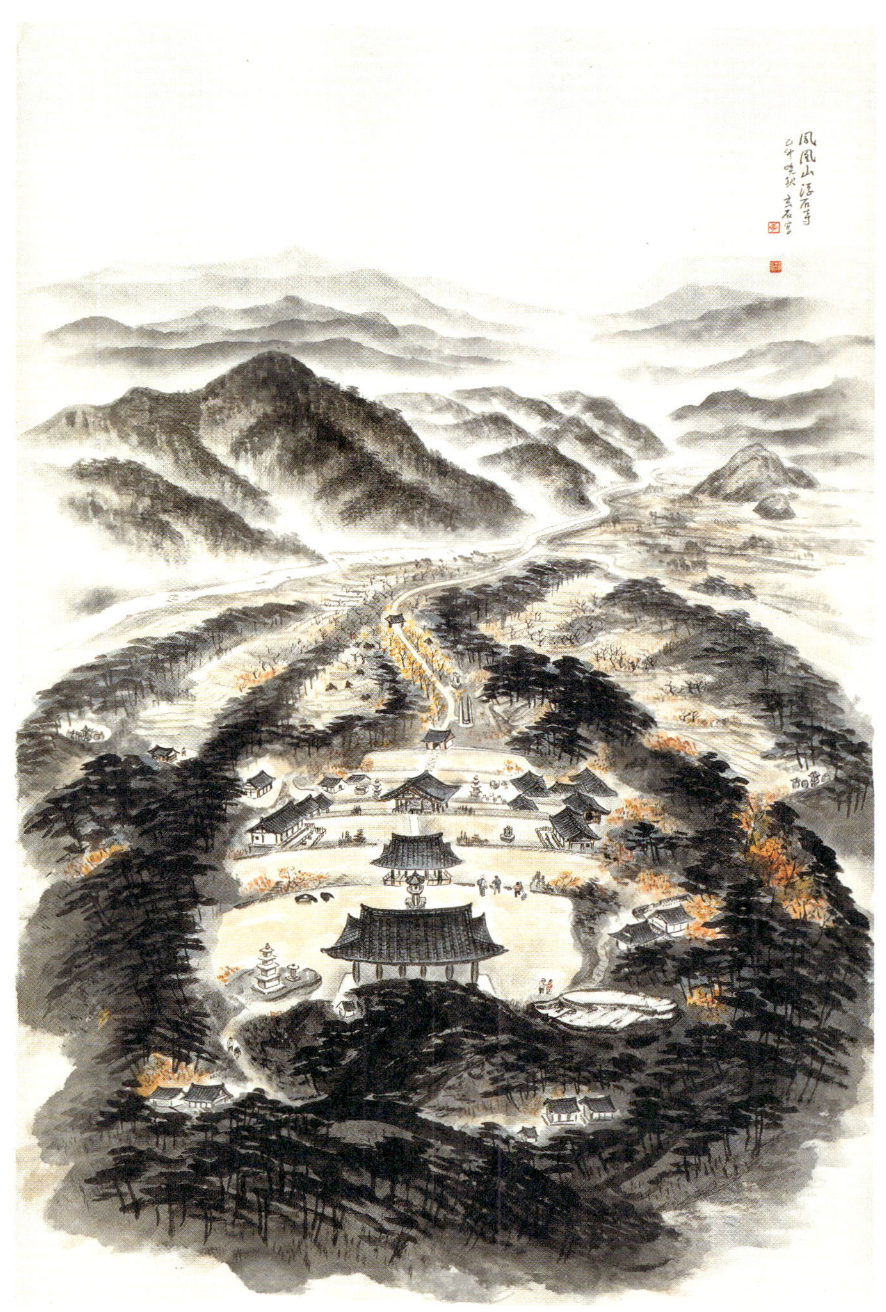

봉황산 부석사 한지에 수묵담채, 165×110cm, 1999

자연과 관련된 인식요소가 있어야 한다. 쉽게 말해 공통된 공간, 즉 유토피아에 대한 생각의 공유성이 있어야 한다는 것이다. 그러니까 땅은 편안한 거주지의 장소이자 자기실현의 장이 되고, 모험의 장소이자 동시에 심미적인 장소이기도 하다. 이러한 한국인들의 이상적인 공간인식이 구현된 곳이 다름 아닌 절이 자리한 곳이다. 그래서 그는 우리의 대표적 사찰 100여 군데를 그렸다. 그는 절을 짓던 그 당시 사람들의 자연관을 헤아린다. 천년 전의 안목은 여전히 놀랍고 경이롭다. 그 안에는 자연관, 풍수 등이 자연스레 녹아 있고 싱싱하게 살아있는 문화유산이 놓여 있다. 그러니까 한국의 전통사찰은 그 자체로 문화유산의 보고이자 박물관, 한국미술의 원형이 숨쉬는 곳이다.

그는 가능한 옛 사찰의 원형이 온전히 보존된 장소를 찾는다. 그곳은 고미(古美)가 여전한 곳이자 자연과 인공이 숨쉬는 곳, 역사성과 시간성을 함축한 곳이기에 그렇다. 주지하다시피 우리 선조들에게 있어서 불교는 유일한 종교요 철학이었으며 생활 그 자체였다. 조상들은 불교의 가르침을 통하여 삶의 의미를 설계하였으며, 불교를 통하여 세계와 우주의 비밀을 풀어 보려고 노력하였다. 그래서 불교는 한국의 자존심, 그 정신의 밑바탕을 관통하는 핵심적 주제였다고 말할 수 있다. 따라서 절집의 모든 것들은 그저 아무런 이유 없이 존재하지는 않는다. 사찰에는 부처의 뜻만이 아니라 오랜 세월 바라왔던 우리 민중의 염원과 민속, 무속, 도교사상과 풍수사상 등도 모두 담겨 있다. 그래서 사찰, 사찰이 놓인 공간은 그 자체로 전통문화와 미술의 학습장이기도 하다.

그가 그린 '가람(伽藍)의 진경(眞景)'은 산수와 조화를 이룬 곳에 자리 잡고 있어 대자연과 고건축의 아름다움을 한눈에 볼 수 있는 곳이자 항시 살아 숨쉬는 겨레의 유산을 보여준다. 자연과 인공이 조화된 가람은 경배의 도량이자 누구나 찾는 마음의 안식처로 당대의 안목과 지혜가 빚은 뛰어난 건축문화의 진수이다. 특히 한국인의 자연관, 생명관, 나아가 풍수사상을 우선적으로 만날 수 있는 곳이기도 하다. 따라서 그의 가람 풍경은 바로 그런 총체적인 시각의 조합 속에서 포착된다. 그는 철저한 현장 사생과 다양한 기록 등을 살펴 사찰을 그렸다. 무엇보다도 그가 옛 사찰에서 감탄하는 것은 그것이 놓인 기막힌 장소이다. 이른바 풍수가 절묘한 곳이다. 풍수란 '자연과 인간의 만남의 미학'이다. 인간의 마음가치와 자연가치를 잘 융합하여 이루어내는 자연과의 합일인 것이다. 사찰이 명산에 들어선 것은 독특한 산악풍토와 여기서 생겨난 산악숭배신앙이 배경이 되었다. 고대인들에게 명산은 신이 머물고 신령함이 깃들어 있는 곳이었는데, 불교가 들어오면서 그 산은 이제 불보살이 머무는 곳으로 생각하게 되었던 것이다. 그래서 이때 들어선 명산의 사찰들은 불교와 풍수가 만났다고 하기보다는 고대의 산악신앙 혹은 영지(靈地)관념이 불교와 만났다고 보는 것이 옳다. 여기서 영지관념이란 산천이 수려한 땅에 신령한 기운이 깃들어 있다는 생각이다.

신라 말 승려 도선 국사는 불교와 풍수를 결합하여 '국토선(國土禪)'이라는 사상을 창안하였는데 그 실천방안이 바로 사탑비보(寺塔裨補)였다. 사탑비보란 불보살의 힘으로 터의 지리(풍수)적인 부족함과 모자람을 보완하는 것이다. 도선의 국토선과 비보사탑설은 국토의 총체적인 성불(成佛)과 산천만다라(山川曼茶羅)를 의도한 것이다. 그것은 겨레와 국토환경의 상생(相生)과 조화로운 관계를 모색하는 문화 생태사상이었고, 국토 전체의 균형적인 발전을 이루려는 일종의 국토계획론이었다. 산천국토와 겨레 얼과의 관계는 마치 몸과 마음의 관계와 같아서 국토에도 불성이 있다고 하였다. 현수법장(賢首法藏)은 초목국토가 모두 성불할 수 있다고 하였고, 선 사상에서도 '무정물성불'을 말하고 있다. 이 사상은 불교적 환경사상의 극치이다. 우리 땅과 산천이 바로 부처라고 생각한 것이다.

이호신은 그렇게 우리의 사찰을 마치 수행납자마냥 떠돌아다녔다. 스님이 깨달음의 수행을 위해서라면 작가란 존재도 예술이란 깨달음을 얻

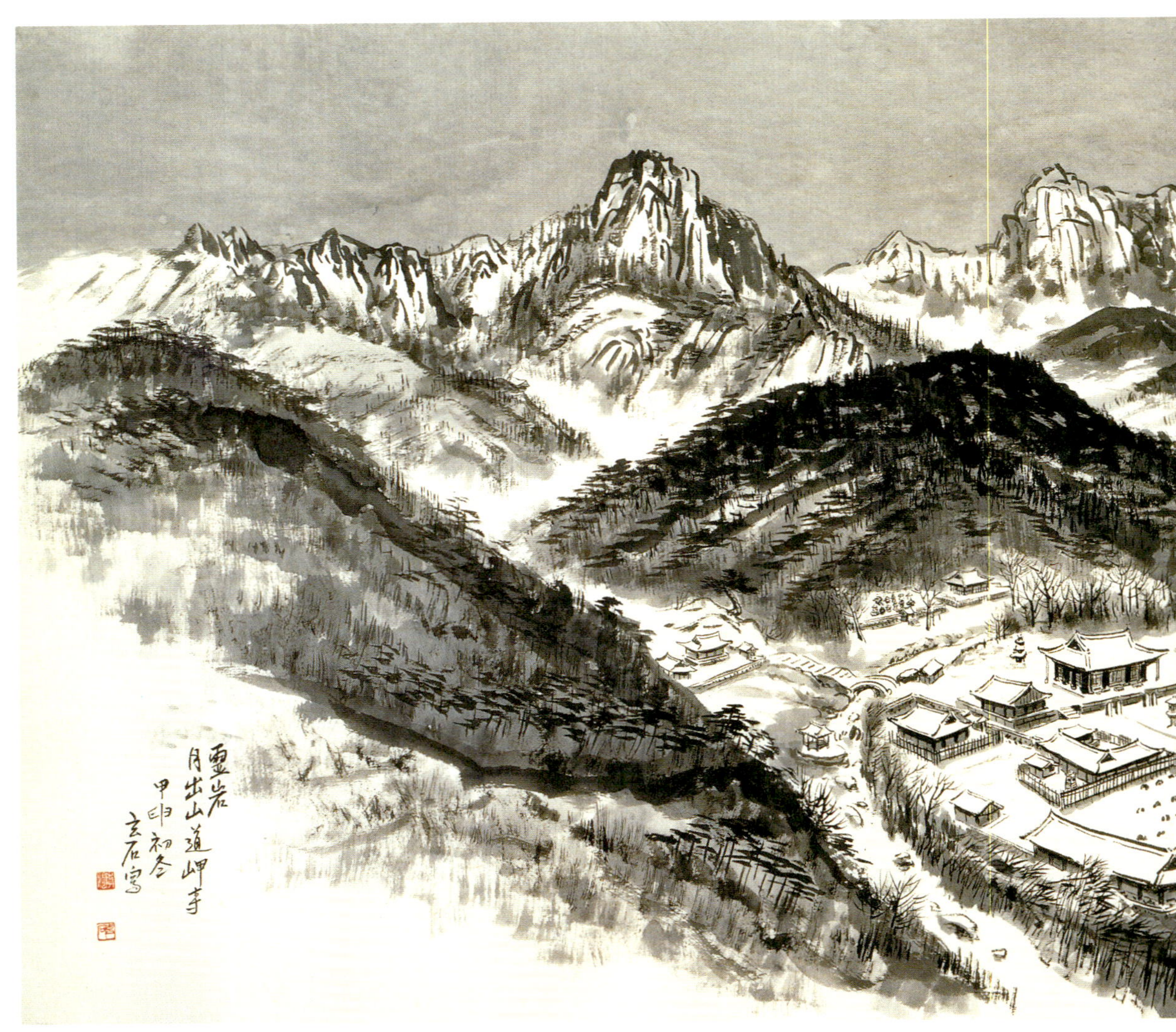

靈岩
月出山 道岬寺
甲申 初冬
玄石 寫

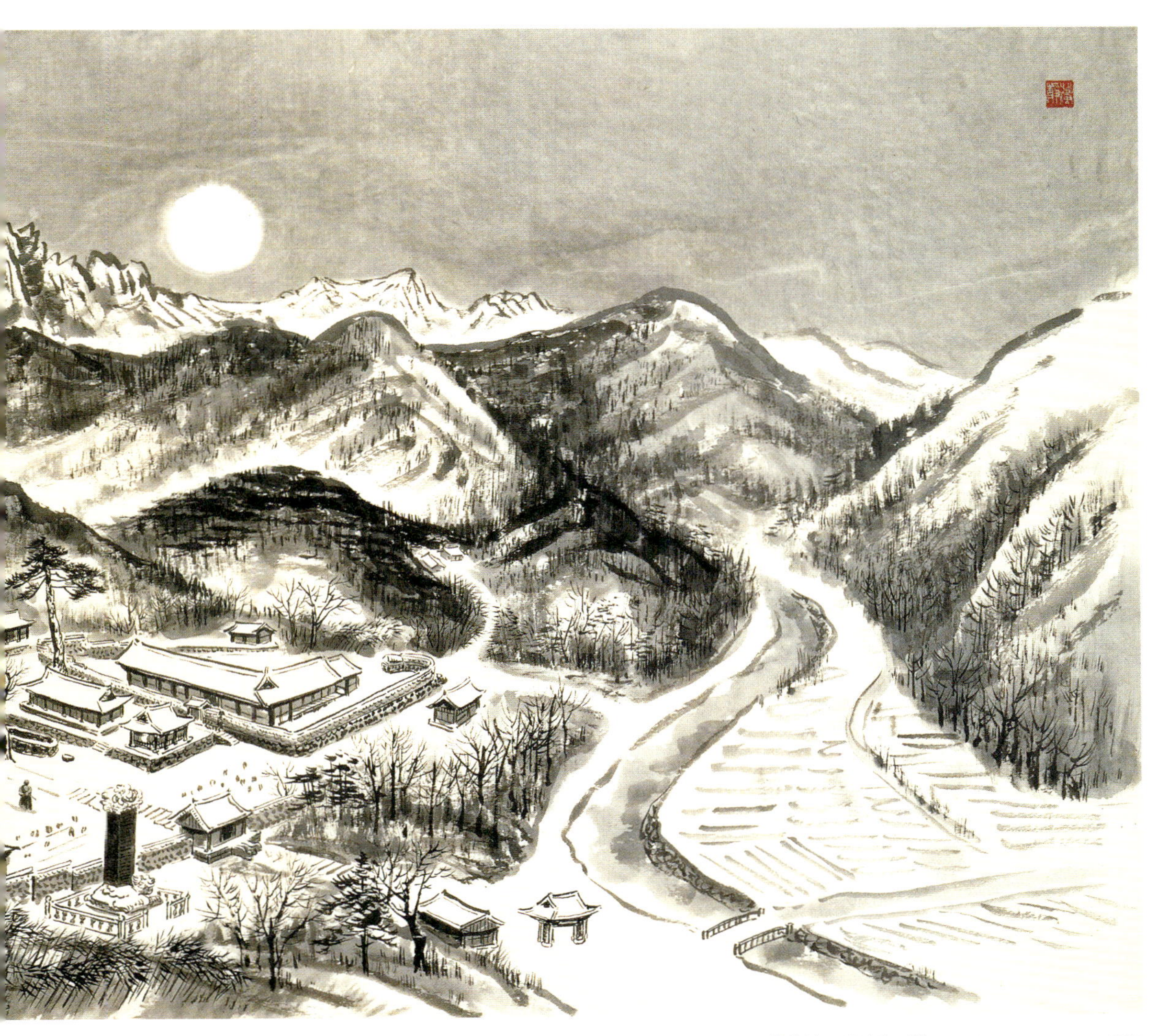

월출산 도갑사의 겨울   한지에 수묵, 270×115cm, 2004

기 위해 수행의 차원에서 그림을 그리고 삶을 산다. 우리 산천의 곳곳에 자리한 가람을 찾아 배낭을 메고 열차와 버스로 인연이 닿은 절에 머무르며 그림을 그리고 기록을 남기기를 지금까지 계속해 오고 있다. 특히나 작가가 옛 사찰들을 그림으로 보존시키고 그 뜻을 헤아리고 원형을 간직하고자 하는 근본적인 이유는 무엇보다도 옛 사찰들이 오늘날 무분별하게 훼손당하고 소멸되어 가고 있다는 안타까움에서이다.

개인적으로 그의 가람 그림 중에서 부석사 풍경을 좋아한다. 이 그림은 봉황이 알을 품은 듯이 놓여 있는 부석사의 입지가 한눈에 들어온다. 언젠가 작가를 비롯해 몇몇 화가들과 함께 부석사를 오른 추억도 깃든 그림이라 더욱 그렇다.

그의 그림은 이렇듯 가람배치의 절묘한 공간인식을 어떻게 단일한 화면에 구성해내느냐의 추구 아래 그려진다. 그의 여러 가람 그림은 각 지역의 산세와 물의 흐름, 건축의 특성과 계절미가 주는 독특한 산사의 분위기로 저마다 다르게 다가오는 아름다움으로 가득하다. 그곳에서 치열한 구도의 삶을 살다 간 선사들의 자취를 만나기도 한다. 그런가 하면 천년 사찰은 자연의 지형과 지세를 아우르는 풍수의 묘미와 가람배치를 지니고 있어 우리 산천의 원형을 살피고 우리 시각으로 그려 보는 좋은 대상이 된다.

또한 작가 자신의 지극히 개인적인 차원에서 시작된 사찰 그림은 도심에 찌든 작가 자신의 몸과 마음을 비우고 산천과 도량에서 자신을 성찰하며 허욕을 버리는 길이기도 했단다. 상생적 삶의 다양성을 체득하려는 예술가와 수행자는 삶의 본질과 진리를 추구하는 길벗이라는 생각, 비구의 걸사정신과 보살의 자비정신으로 작품과 생활을 이어가는 방편 및 생활철학 역시 그간의 답사와 기행, 그림 그리기를 통해 비로소 그가 깨달은 것들이다.

산사를 찾아서

이.희.중.

산 속엔 절이 있다. 우리가 산에 가는 이유 중 하나가 그 안에 있는 절이 궁금해서이다. 우리나라의 산은 절과 더불어 있다. 산 없는 절이 없고 절을 가지지 않은 산이 없다고 해야 한다. '건너다보면 절터'라는 속담도 있듯이 기가 막힌 경관은 모두 절 앞마당에서 관조된다. 이 나라 산사는 그 산의 가장 으뜸인 자리에 그렇게 앉아 있다. 절을 지은 이들은 자연을 이해했고 분명 자연과 불교가 조화되는 아름다움을 터득한 이들임에 틀림없다. 그러니까 산에는 절이 있어야 한다. 옛 사람들은 산을 말할 때 그 산에 있는 절과 함께 말하고, 절을 말할 때 그 절이 있는 산과 흐르는 물을 함께 일컬었다고 한다.

우리나라 사람들은 살아생전 단 한번이라도 절에 갔다 왔을 것이다. 마음이 산란하고 스산해서, 혹은 즐거운 관광으로, 은밀한 연인끼리의 잠행으로, 혹은 마음을 모질게 잡을 필요에 의해서 무수히 절들을 오간다. 아름다운 자연이 있고 청량한 공기와 수런대는 물소리, 절묘하게 놓인 가람과 탑, 오래 묵은 기둥과 퇴락한 단청이 새삼 삶의 무상함과 세월의 아득함을 증거해 준다. 그리고 그 안에 언제부터인지 모르게 부처가 앉아서 절에 온 이들을 반긴다.

어쩌면 그 산에 절이 있어 우리 삶에 반성과 여유, 숨을 고르는 휴지의

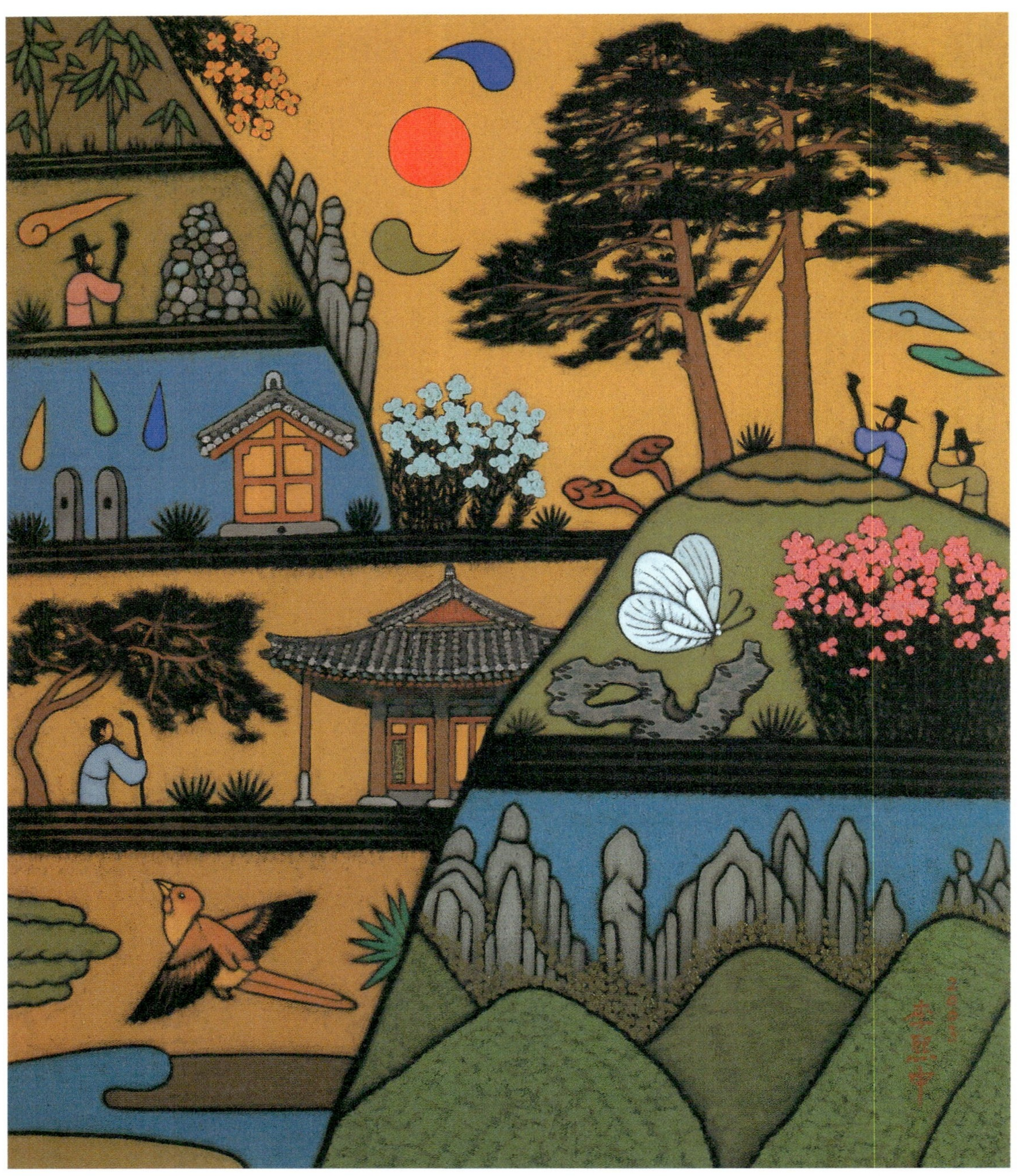

풍류기행 캔버스에 유채, 53×45.5cm, 2003

공간이 가능한지도 모르겠다. 한국인들에게 절이란 사연이 있고 추억이 있는 장소다. 불교의식과 신앙생활이 이루어지는 종교적 공간을 훌쩍 뛰어넘어 역사와 문화가 숨쉬는 곳이자 한국의 모든 이미지들이 온전히 간직된 박물관, 미술관에 다름 아니기도 하다. 그런가 하면 세속의 번뇌를 씻어버리는 깨우침의 장소이며, 천년의 시간이 온전히 응축되어 숨쉬고 있는 정신문화의 총화이자 그 선인들의 생애와 혼을 감촉할 수 있는 유일한 곳이기도 하다.

우리 땅을 여행하다 보면 예외 없이 절 앞에 서 있는 나를 본다. 언제나 산사를 오르고 둘러보는 일은 더없이 편하고 좋다. 절로 가는 길이 그대로 도(道)이다.

이희중의 '산사에 이르는 길'은 조선시대 민화풍을 빌어 산사를 찾아나서는 분주한 선비들의 소요를 그렸다. 둥근 산들을 넘고 넘어 산 속 깊은 곳에 자리한 조그마한 사찰에 초로의 선비들 모습은 한결같이 산 능선을 닮아 둥글게 휘었다. 소정 변관식의 그림에 등장하는 황포노인들을 꼭 닮았다. 그의 그림 소재는 대개 18, 19세기 조선 후기의 민화나 문자도, 책거리 그림, 산수화에서 차용한 소재들의 혼재다. 그것들은 인간이 보편적으로 가지고 있는 삶의 상징물로써 생성된 것들이고 그가 전통 속에서 가져온 이미지들은 그런 의미에서 차용이다. 예컨대 행복 · 축원 · 장수에 대한 기원, 질병 · 재해 · 악귀 등으로부터의 보호, 그리고 죽은 자의 명복을 비는 도성 등 기복과 축원, 벽사적인 의미로서의 상징을 지니고 있는 이미지들이다.

화면 가득 빈틈을 찾기 어려울 정도로 메워 나가면서 흥에 겨운 자기 나름의 상상의 세계, 비현실성으로 가득 찬 세계를 가시화시키고 있다. 현재는 그 도상의 의미가 지워져 하나의 기호로 남겨진 것들을 다시 환생시켜 불러모아 새롭게 설정해 놓은 그의 인간세상과 자연계는 어느 의미에서는 유토피아이고 한 개인의 의식 속에 뿌리내린 이루어질 수 없는 풍경이자 세상이고 현실이다. 그 세계는 불가와 도가에서 볼 수 있는 그런 세상의 이미지이기도 하다.

　'전면성을 지향하는 거대한 파노라마적 구도'속에는 대상의 깊이나 높이, 대상과의 거리를 포괄적으로 파악하는 실존의 시선이 아니라 시선의 깊이로 파악된 세계가 그려진다. 산 속에 산이 있고 평면화된 화면 속에 심원한 깊이가 생기는가 하면 거리감이 상실된 단일한 공간이 포개어져 있다. 원근에 의해 정립되는 사실성이 아니라 세계를 관찰하는 인간과의 관계 속에서 성립되는 사실성이라고 볼 수도 있다는 생각이다. 그리고 도상의 의미가 다른 어떤 것보다도 부각되면서 원근법적 시간을 압도해 나가고 있다. 이는 사물이 사물로서의 깊이와 사물과의 관계 속에서 유동하는 것으로서의 사실성이고 세계를 고정시키지 않은 자의 포괄성과 유연성을 암시해준다. 이는 다름 아니라 우리의 전통사상이고 사물을 보는 눈이자 세계에 대한 이해였다. 바로 우주의 비밀에 도달한다는 종교적 체험의 입장에서 세계를 관찰하고 그림으로 드러내었던 것이다. 흡사 만다라적 사유와 닮아 있는 이 정신은 사물 자체의 중요성과 모든 것의 존중과 공존으로 확장된다. 우리의 풍속정신이 그러하고 자연관이 그렇고 종교관이 그러했다.

　'산사에 이르는 길'이 보여주는 풍경은 활달하고 복잡하면서도 세상 만물의 생명력과 자연의 우주적인 에너지로 넘쳐나고 있다. 그곳에는 온갖 것들로 꿈틀대는 활기찬 세계의 유머와 순환하고 이동하며 서로 서로가 긴밀하게 연결되어 우주를 이루는 상호 간의 공존과 조화가 꼬리를 물고 있다.

　옛 사람들이 그렇게 절을 찾아간 이유는 무엇일까? 삶을 깨우치고 번뇌에서 벗어나 해탈하고자 하는 가장 근원적인 인간의 소망과 오래 살고 싶고 행복하기 위해서 방해되는 모든 것을 물리치려는 소원을 빌러 갔을 것이다. 자연과 생명에 대한 준엄한 진리 또한 일러 받았을 것이다. 그 뚜렷한 목적의식 아래 무늬와 도상의 대화성으로 자신들의 모든 것을 걸었던 세계의 순박성, 그 종교성에 새삼 서늘해진다. 경건해진다. 그것은 삶 자체와 죽음

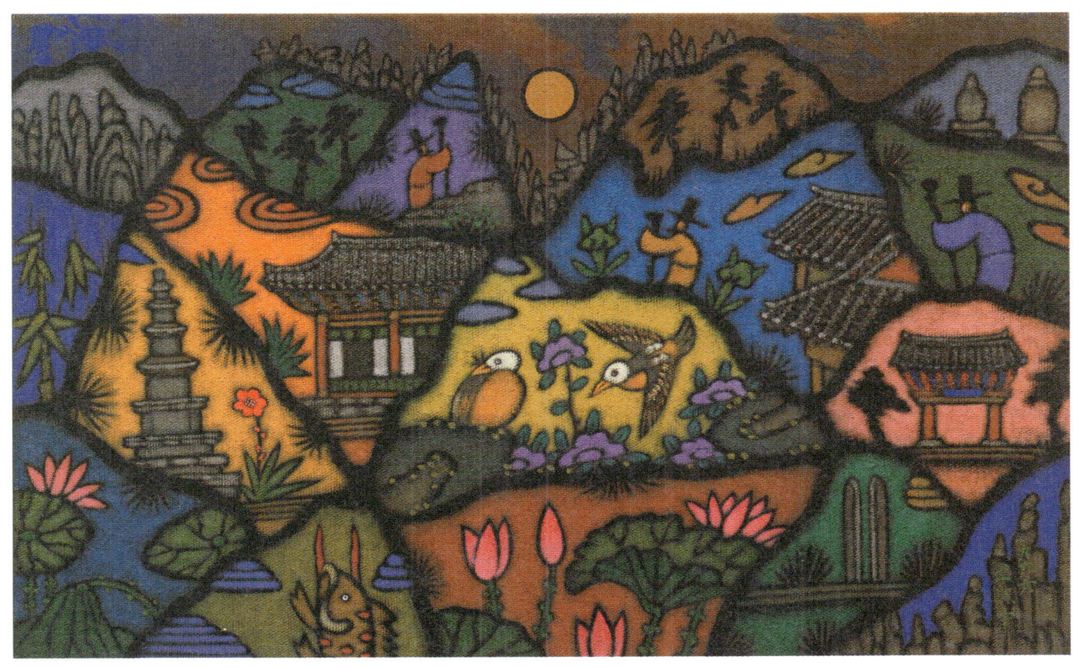

첩첩산중
캔버스에 유채,
53×45.5cm,
1998

을 하나로 늘상 이고 다니던 삶의 지혜와 예지, 그리고 종교와 신을 의식하던 생활의 총체성이며 그 사유와 시간의 흔적이다.

"내가 만들어내는 작품들은 '많은 것이 곧 하나이고 하나가 곧 많은 것〔一卽多 多卽一〕'이라는 생각 위에서 그려진다. 그래서 만다라와도 통하는 면이 없지 않다. 세상에는 보이는 것과 보이지 않는 것, 즉 느낄 수는 있지만 보이지는 않는 것들이 있다. 그것들은 서로 무관하지 않다. 그러므로 그것들을 하나의 표면 속에 함께 표현한다."

〈작가노트〉

적멸의 순간
임.영.균.

임영균의 사진은 이 세상의 모든 것과 차분하게 조우하게 한다. 그 사진들을 보노라면 내가 세상에 저것들과 함께 살고 있다는 그 인연이 마냥 경이롭다는 생각이 든다. 결코 특별하지 않은 일상의 사물들이 그의 사진에 걸려들어오는 순간 그것은 갑자기 또 다른 존재로 다가와 말을 건네고 마음 저 깊은 곳으로 자맥질을 해댄다. 내 마음에 잠수하는 이미지들은 풀밭에 던져지듯 놓여 있는 돌부처의 얼굴, 인사동 골동상가 진열장 안에 자리한 불상이며, 창틀에 걸쳐 있는 녹차 잔 같은 것이다. 언젠가 나도 보았던 장면, 그 기시감은 아련한 향수, 죽음과의 접촉, 시간의 망실, 순환하는 삶의 운항이 주는 아득한 멀미를 일으킨다.

그는 사물들이 간직하고 있는 무수한 인연, 기억을 지금 현재 자신이 보고 만나고 있는 그 체험과 함께 기록하고 있다. 사물들도 기억을 간직하고 있다. 세월을 머금고 시간과 함께 한 흔적을 상처처럼 두르고 있는 것이 사물의 피부다. 역사의 잔해인 그 사물, 골동들에 깃든 퇴적된 시간의 지층을 가만 바라보고 있노라면 문득 '내가 언제 이 자리에 와서 저것들을 또 볼 수 있을까?' 하는 생각이 든다.

그런 슬픔이나 연민이 입가에 물기처럼 고일 때 그의 흑백사진들은 다소 처연하다. 세상의 색들을 탈색시킨 이 흑백의 차분하고 가라앉은 톤들은 대상, 사물의 이력을 더없이 아련하게 물들인다. 낯익은 사물들이 우연히 모여 있는 탁자, 진열장을 찍은 사진들은 적막 속에 묻혀 희미한 먼지와 아른거리는 헛살의 기운과 시간의 흐름, 소음과 부산한 일상을 순간 미라로 만들어 놓았다.

그의 사진들은 그동안 세계 곳곳을 다닌 여정에서 우연히 인연이 되어 만난 것들을 찍은 것이다. 그것은 기이한 충돌이고 만남이자 다양한 세계, 문화, 사물에 대한 이해이다. 그런데 그가 찍은 사진 속에는 흐릿하게 그 자신이, 촬영하고 있는 자신의 모습이 유리창과 반사면을 통해 부단히 드러난다. 본다는 것은 동시에 보여진다는 것을 깨달아야 함을 은연중 말하는 듯도 하다. 사물의 표면에 반사된 섬세한 자화상 혹은 흐릿한 실루엣으로 드러

인사동
1999

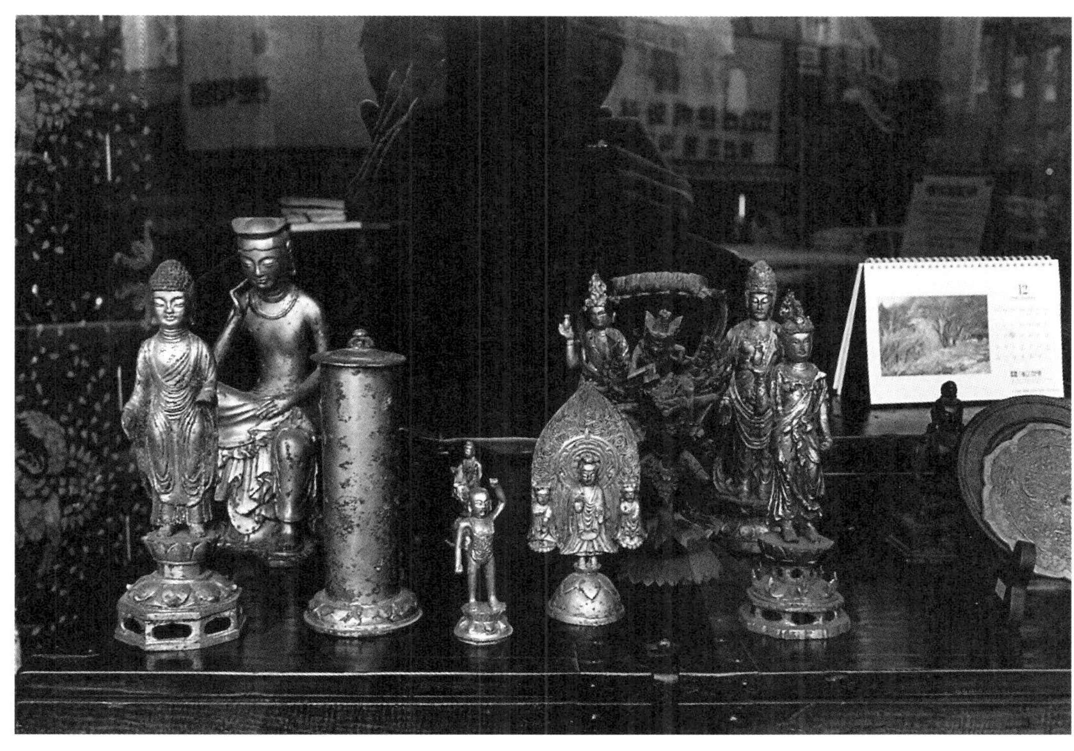

난 초상, 얼굴과 몸이 슬쩍 지워지고 뭉개진, 그래서 투명하게 보이지 않는, 그러나 없다고 말할 수 없는 육체가 거기 그렇게 존재한다. 특정한 시간과 공간 속에서 우연히 만난 사물들, 그리고 거기에 '내'가 있다.

따라서 그의 사진의 화두는 '인연'이다. 자신을 항상 새로운 환경, 배경에 집어넣어 현재 그가 속한 환경과 조화시킴으로써 상호 이질적인 문화 간에 파생되는 새로운 관계를 형성하기도 하고 진부한 일상적 상황에 자신의 모습을 결합함으로써 일상에 대한 작가의 개성적인 접근방식을 보여주기도 하는 것이다. 삶에서 연유하는 모든 인연을 순응하고 받아들이며 사랑하는 운명을 실증적으로 보여주는 것이 그의 사진인 셈이다. 이렇듯 그는 여행을 하고 명상을 하면서 우연히 만난 모든 것들에 사진으로 응대한다.

그래서 그는 사용이 간편한 작은 판형의 라이카 카메라를 즐겨 사용한다. 자연발생적인 영상언어를 특징적으로 나타내며 전통적인 포토 에세이의 특징 또한 함께 아우르기 위한 것이다. 그렇게 작은 카메라를 갖고 다니면서 포착한 대상은 이미지의 구성상 섬세하게 고려된 정확한 위치에 배치된다. 그러니까 그는 일련의 사물, 구체적인 상징을 지닌 오브제들을 절묘하게 연출한다.

그의 또 다른 사진작업으로 얼굴만을 크게 찍은 사진이 있다. 얼굴은 촉각을 제외한 모든 감각의 집합체다. '얼굴〔불어로 visage〕'이란 단어는 '보다'라는 의미의 라틴어 'videre'의 과거분사 'visus'에서 파생된 것이다. 그러니까 원래 '얼굴'은 보는 능력, 보이는 것, 그리고 보이는 것의 겉모습을 의미했다. 이제 얼굴은 내 눈에 보이는 다른 사람의 모습, 그리고 다른 사람의 눈에 보이는 내 모습을 의미한다. 여기에는 기이한 패러독스가 자리한다. 정작 다른 사람의 눈에 의해서만 보이는 것, 모든 사람에게 보여주지만 정작 나는 볼 수 없는 곳이 다름 아닌 얼굴이다.

그는 사진으로 특정한 이의 얼굴, 결국 시간을 조각했다. 그가 찍은

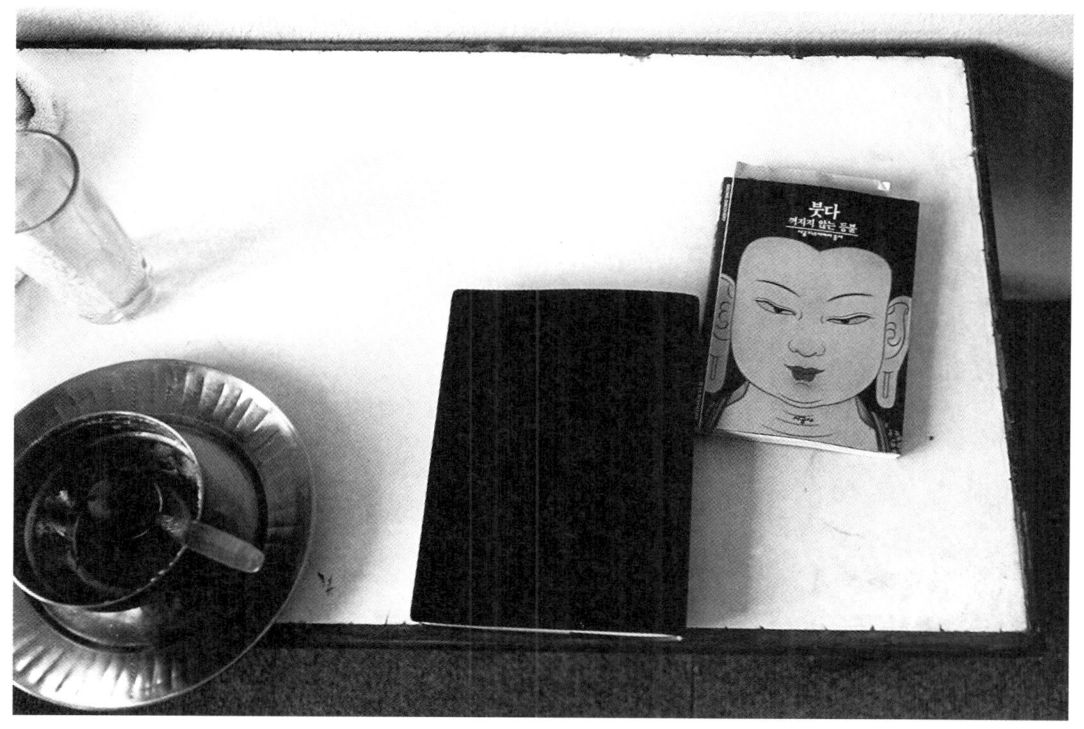

그 누군가의 얼굴들, 남자와 여자의 얼굴은 그/그녀들의 분신이자 유전적이
고 생물학적인 결정론을 남김없이 보여준다. 우리는 이들의 눈빛을 본다. 거
기 생명이 있고 정신이 있고 어떤 역사가 담겨 있다.

우리는 이렇게 무수한 타자들과 단 한번뿐인 강렬한 시선의 교류를
갖는다. 나의 눈동자로 내 눈동자를 직접 들여다볼 수는 없다. 나의 눈동자
를 보기 위해서는 내 눈동자가 아닌 너의 눈동자의 도움을 받아야 한다. 이
렇게 '나'는 완전하지 않다. '너'와 더불어 있으므로 '나'는 비로소 완전해진
다. 그러므로 삶은 교감이고, 소통이며 , 열림이고, 나눔이며, 더불어 삶이
다. 혼자는 단절이고, 닫힘이고, 그것의 궁극은 결국 죽음이다. 이는 나와 무
수한 인간, 인연과의 찰나적 생이고 찰나 멸이기도 하다. 그것이 현재의 생

성적 시간임을 이 침묵으로 절여진 장엄한 흑백의 초상들은 말한다.

사진 속 초상들은 작가의 생활주변에서 만난 이들이고 인상이 낯설지 않은 이들이다. 그들을 촬영할 때 카메라 렌즈를 보지 않고 작가 자신의 눈을 보면서 잠시나마 서로가 일종의 선정(禪定)을 느낄 때 촬영된 것이라고 한다. 결국 임영균은 인물사진을 통해 각 개인들의 눈과 그 눈을 통해 만나고 깨달은 자신의 선정을 표현하고자 한다는 것이다.

그들의 눈동자에 작가 자신이 담겨 있다. 다른 사물, 정물을 찍은 사진들도 마찬가지다. 결국 작가의 사진행위는 대상에 의미를 부여하며 포획하고자 하는 욕망을 담은 행위가 아니라 대상과 자신이 하나로 물화(物化)되는 결정적 순간을 향한 통로라는 것이다. 그것은 젊은 시절부터 '인연'이라는 불교의 연기론에 심취한 작가가 일상에서 행하는 신성한 구도이자, 삶이 매순간마다 서로를 전제로 무한한 세계를 향하는 상호의존적인 관계임을 인식하는 깨달음의 행위이다.

'예정된 일기'라는 말로 자신의 사진적 순간을 묘사하는 임영균에게 사물과 하나됨은 곧 적멸(寂滅)의 순간이자 '나'라는 끊임없는 존재와 마주하게 되는 희열의 순간이 되는 것이다. 그것은 일종의 선화를 제작하는 일이나 달마의 눈을 찍어 그려내는 일을 사진기로 하고 있는 것과 동일한 발상일 것이다. 그래서 작가는 사물, 인물을 통해 우리 시대의 달마를 표현하려고 한다고 말한다. 사실 달마란 법을 의미한다. 하나의 대상, 사물, 실재 그리고 우주의 총체적 진리를 뜻한다. 모든 사물이 간직하고 있는 참다운 진리, 즉 진여(眞如)를 말하는 것이고 우주의 생명체가 바로 달마다. 모든 존재는 무상하다. 남는 것은 달마, 즉 생명체만이 존재할 뿐이다. 따라서 그의 사진은 작위를 지우고 물 흐르는대로 찍고자 한다. 사진을 마음에 맡겨 물 흐르듯 하면 저절로 묘를 얻는 그런 사진 말이다.

진진묘 보살

장.욱.진.

장욱진(張旭鎭, 1917~1990)의 작은 그림들은 큰 울림과 아름다움, 낭만, 정취로 그윽하다. 어떤 정신과 격의 세계를 미루어 짐작해 볼 것 같기도 하다. 1918년 충남 연기군에서 태어나 1990년 74세를 일기로 세상을 떠난 장욱진은 한국 근대미술사에서 박수근, 이중섭, 이인성 등과 함께 천재화가로 꼽히는 작가이다. 대다수의 근대화가들의 경우와 마찬가지로 그도 일본 제국미술학교에서 수학했다. 이곳은 아카데미풍의 교육을 실시하던 동경미술학교와는 달리 자연스런 화풍이 분위기를 이루던 곳이다. 그는 일본 유학 시절 일본 사람들이 소화한 방식으로 양화를 그린 것이 아니라 서구풍을 바로 수용해서 그려 보고자 힘썼다고 하는데 이는 그가 한국적 감성으로 유화를 해석할 수 있었던 것이 어떻게 가능했는가를 알려주는 중요한 대목이다.

귀국 후 국립박물관 학예관으로도 일했던 그는 그 당시 조선시대 목기 등 우리 전통미술의 아름다움에 대한 안목을 키웠다고 한다. 이런 영향이 그의 그림이 보여주는 민화풍의 번안, 신선도를 연상시키는 그림 등 한국적인 그림, 또한 동양화의 특성이 풍부하게 구사되는 작업으로 드러나고 있다고 보여진다. 점성이 강한 유화물감을 물기 촉촉한 동양화의 먹그림 같이 구사하거나 한국적 감성으로 소화해내는 이런 독창성은 장욱진의 가장 탁월한 부분이라고 보여진다.

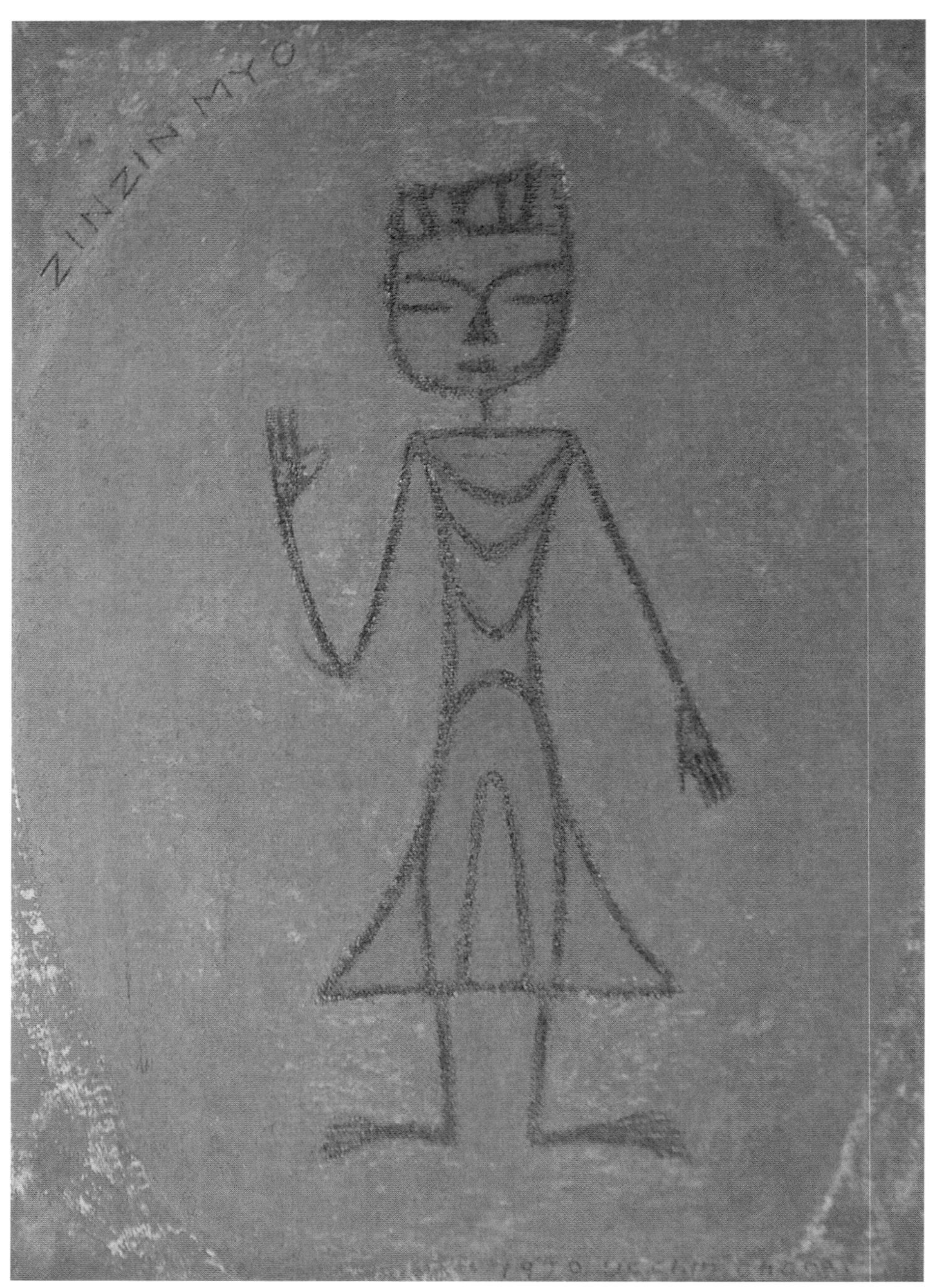

진진묘(眞眞妙) 캔버스에 유채, 33×24cm, 1970

박물관을 그만둔 이후 한동안 서울대 교수 등을 역임하던 작가는 1969년부터 오로지 그림에만 몰두하게 된다. 이른바 명륜동, 덕소, 수안보, 신갈 시대 등으로 대변되듯이 그는 평생을 돌아다니며 그곳에 집을 짓고 세상과의 일정한 간극을 마련하면서 자연을 벗삼아 고독하고 외로운 시간을 오직 그림으로 메워나간, 그림과 술로만 인생을 보낸 기인이었다.

원근이 존재하지 않는 평면적 화면 위에 어린아이의 그림에서 엿볼 수 있는 천진난만한 동심의 얼룩짐, 정신성을 중시한 동양적 회화관이 자리하고 있다. 낙서 같은 자연스런 필치로 평안함과 해학을 담아오다가 후기로 오면서 더욱 단순화되고 기호화된 작품을 보여준 그는 자연과 인간 삶의 단편을 극히 간결한 선과 형으로 조형화함으로써 탈속의 세계를 추구한, 그래서 한국의 가장 대표적인 '프리미티브(Primitive)' 화가로 손꼽힌다.

동심의 세계를 표현하는 소박하고 꾸밈없는 정서가 듬뿍 담긴 그의 작품은 문명세계에서는 더 이상 볼 수 없고 느낄 수 없는 대상들로 가득하다. 욕심없이 한국의 산수와 마을, 그 속에 사는 사람과 동물 이야기를 그린 그림들은 하나같이 마음의 눈을 통해 세상을 본 한 해탈한 선인, 도인의 가슴과 조우케 한다.

숙명의 화가요, 천생의 화가인 장욱진의 그림을 보면서 필자는 불우하고 황폐한 시대를 살아오면서 어떻게 이런 세계를 그려낼 수 있었을까 하는 의구심을 떨칠 수 없었다. 그렇다면 예술은 시대의 하중에서도 넉넉히 자유로울 수 있고 인간이 처한 모든 고통 속에서도 위안과 구원을 줄 수 있는 유일한 정신적 영역인가? 그러나 장욱진은 오직 작은 화폭 속으로, 한없는 축소와 은둔의 세계로만 들어갔었음을 확인받고 있다. 왜 그는 그렇게 작은 화면만을 고집했을까?

"40년을 그림과 술로 살았다. 그림은 나의 일이고 술은 휴식이니까. 사람의 몸이란 이 세상에서 다 쓰고 가야 한다. 산다는 것은 소모하는 것이니까. 나는 내 몸과 마음을 죽을 때까지 그림을 그려 다 써버릴 작정이다. 남는 시간은 술을 마시고……. 옛 말이지만 고생을 사서 한다던 모던한 말이 있다. 이 말이 꼭 들어맞는다." (장욱진 '그림과 술과 나')

장욱진이 그린 이 '진진묘(眞眞妙)'란 그림은 그가 7일 동안 밥 한 숟갈, 물 한 모금 입에 안 대고 날밤을 세워 그리고 뭉개고 긁고 바르고 긋고 해서 제작한 작품으로 알려져 있다. 종교적 경지에서 도를 닦는다 해도 이렇게 고행을 하기가 쉽지 않았을 것이다. 그가 이 그림에 대해 그렇게 헌신적으로 매달린 것은 어느 날 문득 자신의 부인을 통해 잊을 수 없는 이미지를 하나 보았기 때문이었다고 한다.

1970년 1월 3일, 여느 때처럼 참선하는 부인을 바라보던 장욱진은 불현듯 일어나 덕소의 화실로 가 7일만에 작은 불상 같은 그림을 하나 그려 갖고 와서는 부인 '진진묘 보살'에게 "자, 옛소"하고 던져준 뒤 석 달 동안을 내리 앓았다고 한다. 초상화 하나 그려달라고 말을 꺼낸 지가 하도 오래 돼 부인 자신도 그런 청탁 아닌 청탁을 했는지 까맣게 잊고 있을 무렵이었다.

'진진묘'는 둥그런 타원이 광배 같이 빛나는 사이로 진진묘 보살이 신라의 불상처럼 서 있는 그림이다. 의습 선묘가 단순해 무욕의 정신세계가 느껴지고 새 다리처럼 가는 손발이 세상을 초탈한 존재의 위상을 알리는 것 같다. 지그시 감은 눈을 한 얼굴에서는 순수한 평화가 감지된다.

장욱진의 눈썰미가 매서운 것은 바로 이 같은 그의 투시력에 있다. 흔히 우리가 지나쳐 보는 이 땅의 평범한 아낙들이 그의 눈에는 이렇게 단아한 보살 같은 존재로 보이는 것이다. 생산과 노동, 자녀 양육의 고통과 가끔의 분주한 수다 속에서 그들은 이렇게 보살처럼 빛나는 영혼의 경지를 닦아가

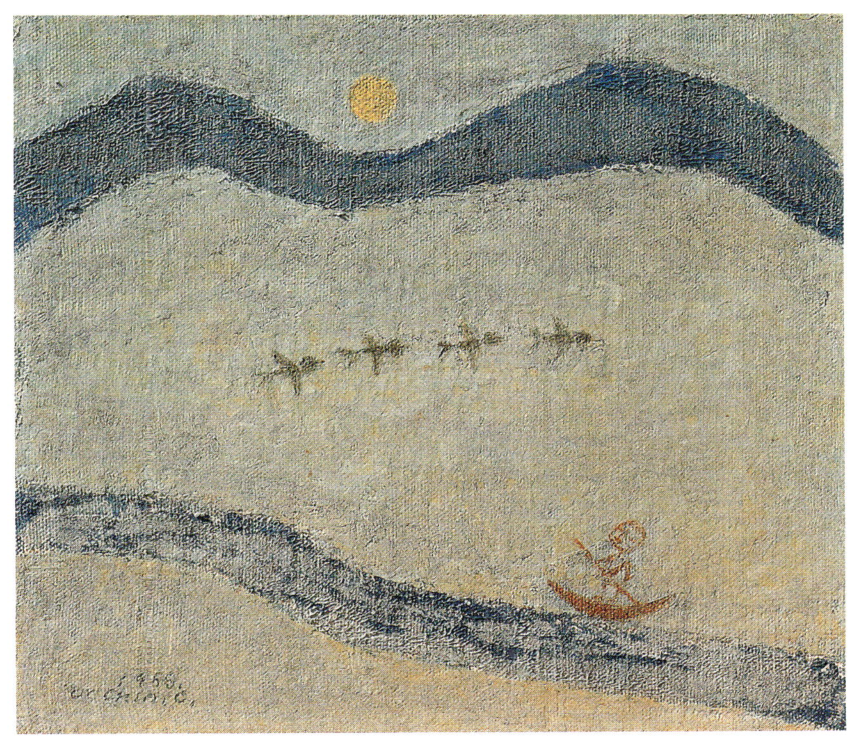

어부
캔버스에 유채,
20.5×33.5cm,
1968

고 있는 것이다.

전체적으로 대지를 닮은 색상과 그 땅을 바탕으로 살아간 모든 이들에게 바치는 헌사 같기도 하다. 그는 아이들 그림마냥 작은 화면에 공들여 자기식으로 보고 이해한 사람, 부인의 몸을 그려놓았다. 평생 화가로서 집안일에 무능한 남편을 뒷바라지한 부인에게 바치는 공경일 것이다. 불심이 깊은 부인의 생애가 어느 날 문득 보살의 화현으로 다가온 것이다.

빈 마음 한 조각

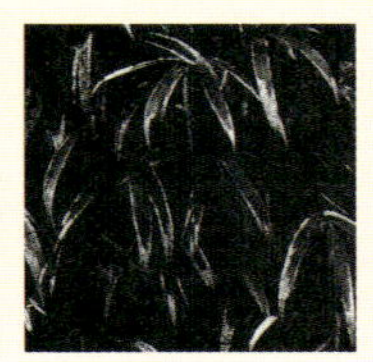
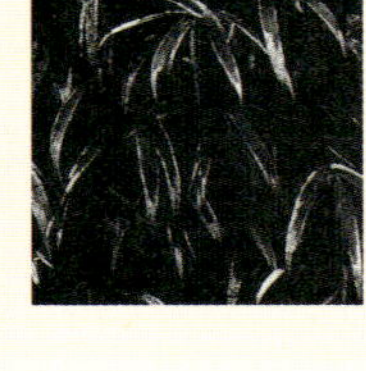
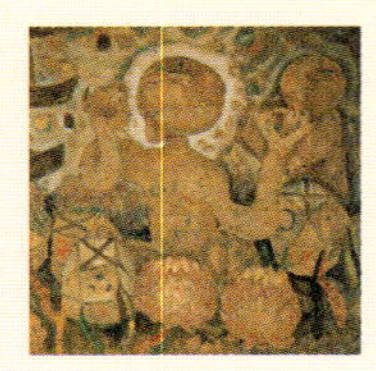
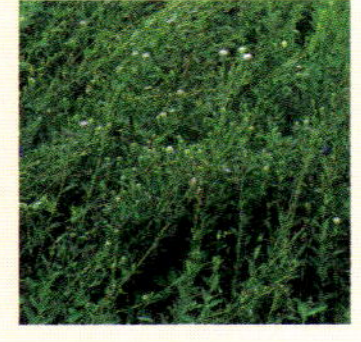
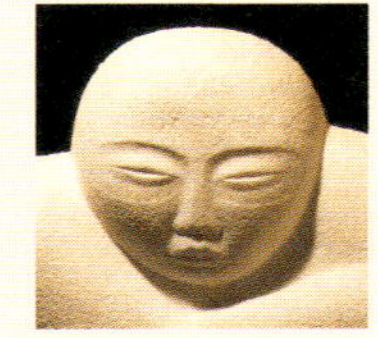
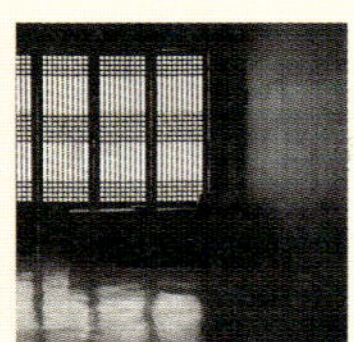
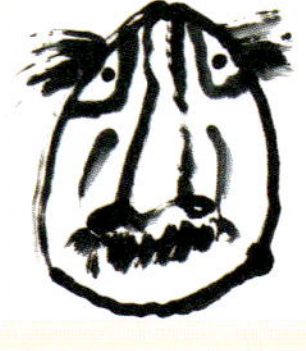
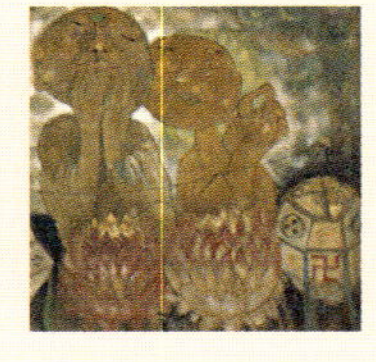
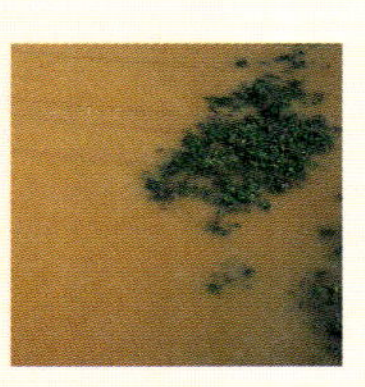
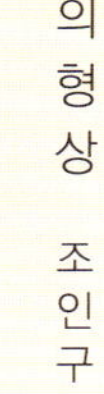
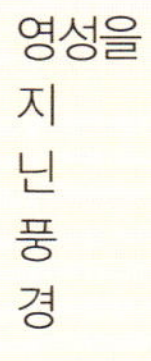
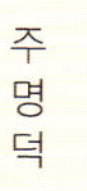
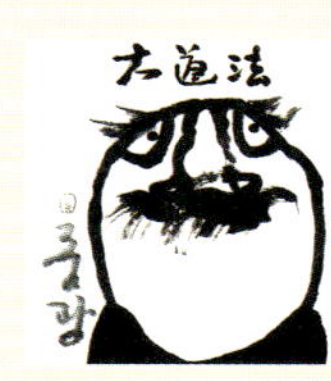
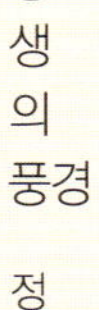

선의 형상　조인구

영성을 지닌 풍경　주명덕

초파일 연등축제　최영림

상생의 풍경　정동석

달마도　중광

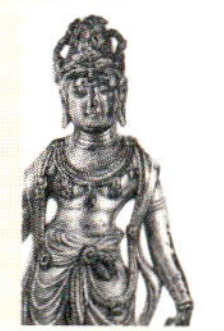

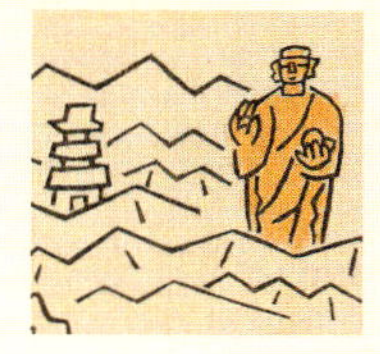

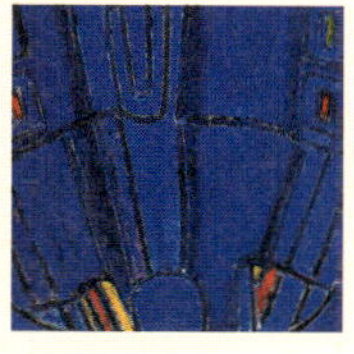

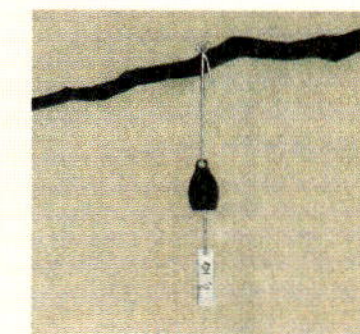

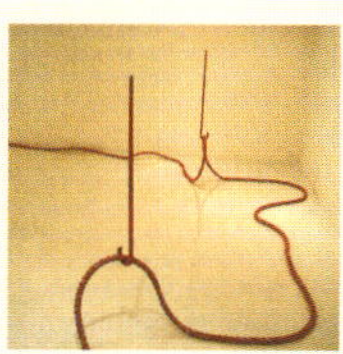

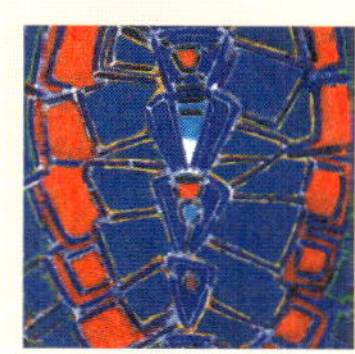

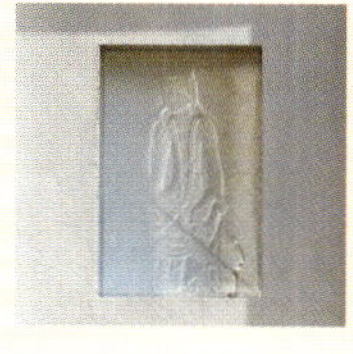

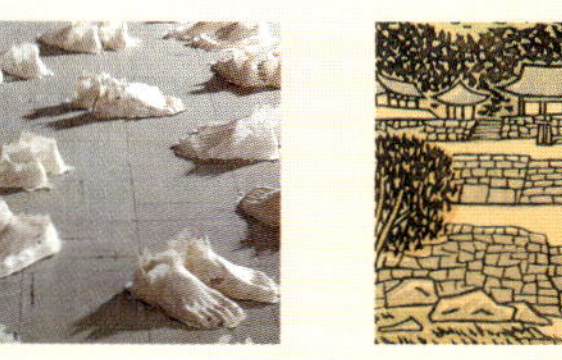

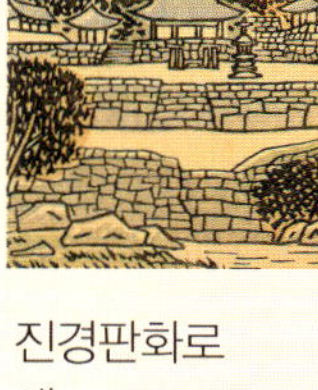

만
다
라
의
세계

하인두

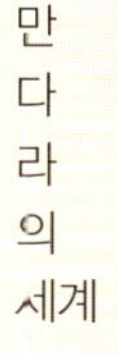

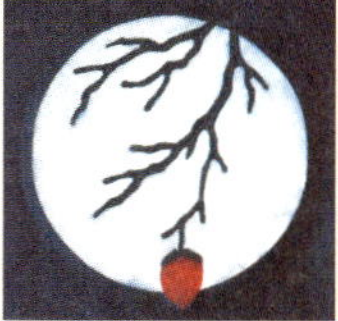

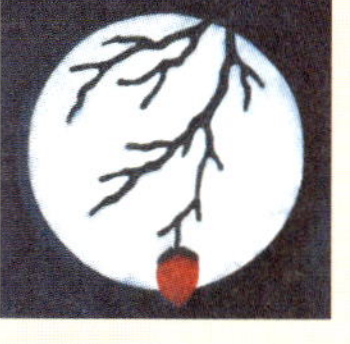

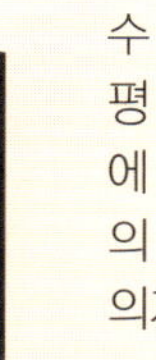

수
평
에
의
의지

홍명섭

진경판화로
새
겨
진
한국 자연과
사
찰

홍선웅

빈
마음
한
조각

한농

시
간
의
복제

한만영

상생의 풍경
정.동.석.

정동석이 촬영한 대상은 땅과 들판에 무성히 자라난 잡초와 들꽃들이다. 혹은 주변의 평범한 산과 물이 있는 풍경을 찍었다. 그곳은 버려진 땅, 제초제가 뿌려진 불모의 공간, 인간의 욕망이 깃든 황폐한 장소인데 그런 곳에서도 악착스레 생명을 이어가고 서로서로 어울려 공존하는 풀의 모습이 사진 속에 은연중 들어와 박혀 있다. 그는 자연만을 그토록 오랫동안 들여다보고 느끼고 깨달은 것들—인생이나 세계, 우주에 관해서—을 정직한 사진으로 가감 없이, 고스란히 보여주고 있는 셈이다. 이는 마치 동양의 문인화가들이 오로지 산수나 사군자만을 평생을 걸쳐 반복해서 그려내던 그 수행과 슬그머니 오버랩된다. 선비들이 평생을 반복해서 그린 산수나 사군자가 기실 단 하나도 똑같은 것이 없었다는 사실은 흥미롭다. 정동석 역시 들판, 땅, 산과 물을 그토록 많이 찍고 매번 찍지만 단 하나도 똑같은 사진은 없다.

결국 그가 우리에게 말하고자 하는 이야기, 들려주고자 하는 메시지는 단순하고 명료하다. '있는 그대로 보라'는 것이다. 어떠한 선입견이나 관념이나 드라마를 씌우지 말고 투명하고 깨끗한 본래의 시선으로 쳐다보라는 것 같다. 뜻을 얻는 순간에 말은 우리의 감각과 인식의 범위 밖에 놓인다. 시선 역시 그럴 것이다.

그의 사진에서 접할 수 있는 유일한 단서는 작품에 붙은 제목인데 그

신미(辛未)에서 경진(庚辰)까지─물 사바크롬 프린트, 100×76cm, 1998

것은 제목이라고 부르기도 어려운 문구로 그저 풍경을 찍었던 연도와 달만 적혀 있는 경우가 많다. 분명 일종의 풍경사진이지만 그 풍경사진에는 어떠한 풍경적 단서도 존재하지 않는다. 그러니까 그곳이 어느 곳이고 어떠한 풍경이라는 관념에 기대지 않고 있다는 얘기다. 지명이나 장소가 무시되고 그저 '景-甲戌, 2月' 이런 식으로 적혀 있을 뿐이다. 그 해, 그 시간에 자신이 본 자연의 한 모습, 특정한 시간 속에서 바라본 대상만이 강조되고 있다. 여기서 모든 대상, 외물은 평등하다.

사진이 기록하는 것은 대상이라기보다는 결국 시간인 셈이다. '景'이란 제목에서 알 수 있듯이 그는 풍경이란 말을 의도적으로 배제하고 있다. 동양적인 시간관, 공간관에 입각해서 자연을 보고자 하는 의도적인 응시가 스며들어 있음을 본다. 그저 시간과 계절의 변화 속에서 수시로 변하는 자연의 한 단면이 침묵 속에 서늘하게, 선명하게 드러날 뿐이다. 자연을 고정시킬 수 없기에 특정한 역사성, 단 한번의 그때에 드러나는 모습을 보여줄 뿐이라는 것이다.

이 사진은 무성하게 우거진 잡풀과 그 언저리 어디선가 경중거리며 피어난 들꽃만이 가득한 소박한 풍경을 보여준다. 자기네들끼리 어울려 한 세상 살다 가는 모습 같기도 하다. 저 식물의 세계가 우리네 인간세상과 그다지 다르지 않을 것도 같고 더러 이 속세의 아둔한 인간들이 깨달아야 할 겸손과 조화, 상생(相生)의 이치를 넌지시 들려주는 것도 같다.

작가는 들판을 찍을 때는 땅에, 대지의 피부에 바짝 붙어서 찍다가 산을 찍을 때는 직립한 자신의 눈가에 정확히 일치하는 시선으로 포착하고 또한 물을 찍을 때는 무심히 내려다보는 시선에 걸려든 시점으로 잡아냈다. 땅과 산과 물을 대하는 신체의 태도와 마음가짐이 조리개 구멍과 일치하고 있다는 생각이다. 인간이란 신체가 자연을 접할 때 갖게 마련인 이 지극히 편안한 시선과 몸의 이동이 바로 그의 렌즈다. 이런 시선은 자연을 한낱 대상,

목표물에 불과한 것으로 여기는 것이 아니라 경건한 태도로서 자연과 부단히 하나로 얽혀 들고자 하는 심리를 머금고 있다.

흥미롭게도 그가 찍은 풍경에는 사람의 자취가 하나도 없다. 오로지 자연뿐이다. 그러나 자세히 들여다보면 분명 그 어딘가에 인간의 삶이 관통한 자취, 흔적이 자리하고 있다. 그러니까 인간의 때가 은연중 스며든 풍경이라는 얘기다. 인간의 손길로 제초제가 뿌려져 죽어 가는 들판에 악착스레 무성히 자라는 들풀이나 잡초, 그 언저리 어디선가 부지런히 자라 올라오는 들꽃이나 억새들, 오염되고 썩어 가는 물이 돌멩이에 선연한 때 자국을 남긴 모습 등이 그렇다. 그런 자국, 상처와 흔적들은 주의 깊게 보지 않으면 눈에 들어오지 않는다. 작가는 눈을 지그시, 가늘게 만들어 자연을 바라보면서 거기에 인간의 욕망이 어떻게 스며들어가고 그런 경과 속에서도 자연이 어떻게 스스로를 치유해가면서 서로가 상생하는지를 바라보고 깨달아 이를 은밀히 우리에게 보여준다. 아마도 작가는 저 자연만큼도 못한 우리네 인간들의 질시와 반목과 아둔함을 슬쩍 건드리는 것도 같다.

정동석의 사진은 결국 공간을 보여준다. 인간을 둘러싼 삶의 공간 말이다. 공간이란 '공'의 '사이'를 말한다. 옛 말에 의하면 우주 만물의 근원을 파고들어 가면 일체의 모든 것이 태극 공의 상태가 된다고 했다. 태극 공의 세계는 평등한 세계이며 때문에 공간만이 존재하는 상은 평등하며 차별이 없는 세상이다. 삼라만상이 모두 하나이기 때문이다. 하지만 평등한 공간계에 시간의 흐름이 들어가면 비로소 차별이 생긴다. 달이 시간의 흐름을 타고 초생달, 보름달, 그믐달 등으로 변하는 모습은 시간의 흐름의 차이를 만들어 보여주는 것이 그 단적인 예이다. 공간적으로 달이라는 것은 같지만 시간의 흐름을 탄 초생달, 그믐달, 보름달의 가치는 분명히 다른 것이다. 같으면서도 다른 것이다. 그래서 '산은 산이요 물은 물이다.'

옛 선가어에 이런 구절이 있다. "당신이 선을 공부하기 전에는 산은

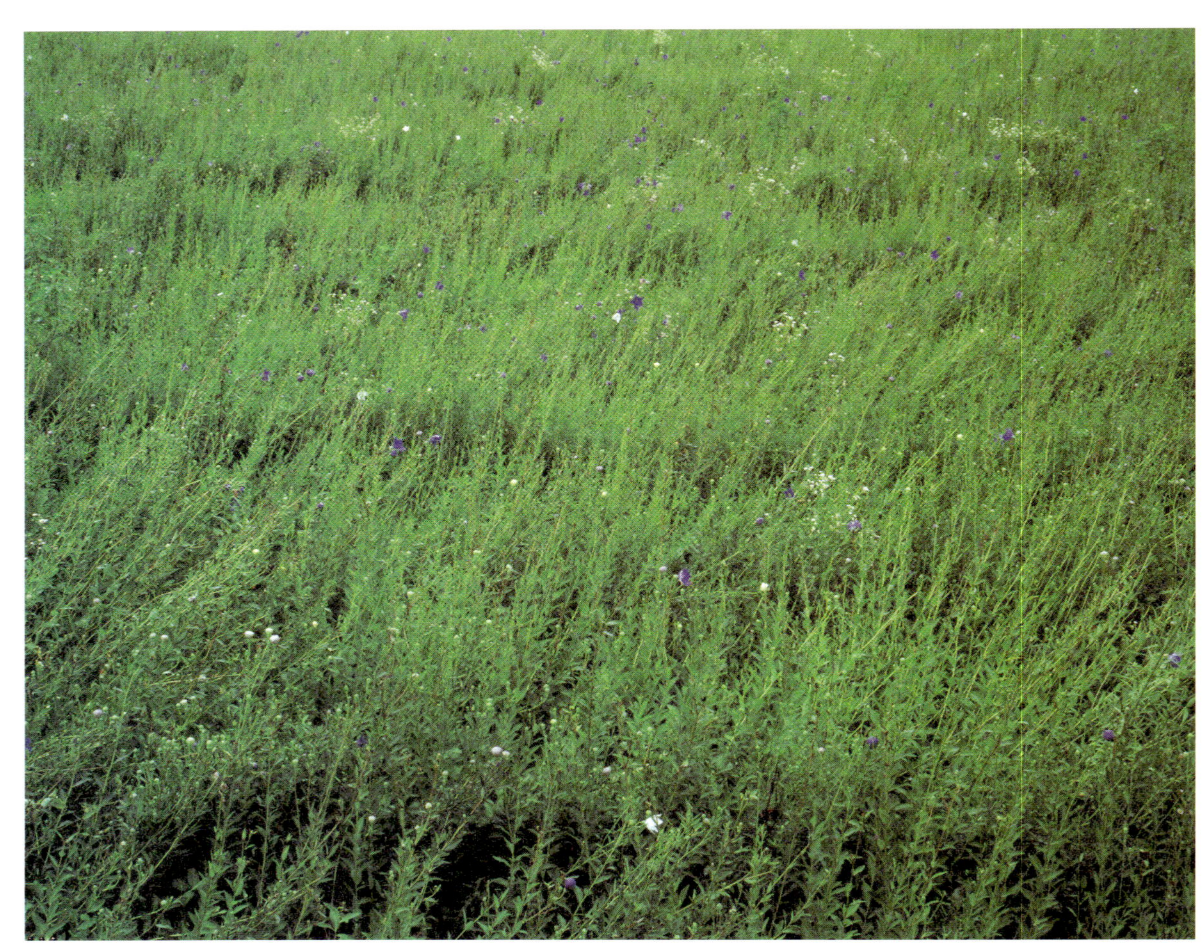

신미(辛未)에서 경진(庚辰)까지—들 사바크롬 프린트, 100×76cm, 1993

산이고 강은 강이다. 선을 공부하고 있는 동안에는 산은 더 이상 산이 아니고 강은 더 이상 강이 아니다. 그러나 당신의 눈이 열리면 산은 다시 산이고 강은 다시 강이다."

진리는 동어반복인 것이다. 또한 선의 참다운 목표는 보잘것없는 일상적 삶을 즐겁게 받아들여야 한다는 것이다. 본래의 자리인 무위자연으로 되돌아오는 것이고 진리는 대상이 아니라 자신과 하나가 되어 되돌아오기 때문이다. 그래서 그는 드라마라든가 쓸데없는 관념을, 지나친 이야기 없는 자연을 담담히 사실적으로 보여준다. 과장하지 않고 찍는다는 사실, 그저 그렇게 있는 자연은 그냥 땅, 산, 물일 뿐이다. 그런데 그렇게 바라보기란 여간 어려운 일이 아니다. 그것은 흡사 산수화를 그리는 태도와 유사하다. 아무 욕심도 없이 대상을 보지만 그렇다고 관심이 아주 없는 것도 아닌 상태를 찍고 있다. 바로 욕심과 관심의 딱 중간이거나 그 너머에 있는 시선 말이다.

선의 형상

조.인.구.

오랜만에 조인구를 인사동에서 만났다. 그는 새치머리를 짧게 깎고 흰색 개량한복을 받쳐 입고 나왔다. 마치 그 모습이 수행 중인 스님을 보는 듯도 하다. 몇 마디 말을 나누다가 안 사실인데 그는 출가하신 형님을 둔 독실한 불자였다. 비로소 그의 작업의 윤곽이 서서히 부감되어 옴을 느낀다. 90년대 초부터 그의 작업을 접해왔는데 내게 그는 늘 과묵하고 진지하며 작업 역시 현실 미술계의 부박스러움에서 멀찍이 떨어져 나와 묵묵히 자신의 작업세계만을 궁구하는 그런 존재로 각인되어 있다. 그는 속세의 번잡한 사사로움에서 비껴나 가장 근원적인 물음 하나를 화두 삼아 돌을 쪼고 형상을 새기면서 조촐한 생애를 꾸려 가는 이다. 낮에는 돌을 쪼면서 생각에 잠기고 밤에는 좌선을 하는 것이 그의 삶이다. 돌을 보고 형태를 떠올리고 그 형상을 꺼내면서 사유하고 수행하는 것이다. 그러니까 그는 돌을 조각하는 수행자, 스님인 셈이다. 그는 대화 중에 자신이 다음 생에 태어난다면 기꺼이 수행자가 될 것이라고 말했다.

그에게 작업이란 '진리를 깨닫고자 하는 행위', '자아의 실체를 밝히는 일'이다. 조각이라는 조형적 감각의 틀 속에 자신의 생각을 실체화시키는 일 말이다. 이른바 '활형(活形)', 살아있는 형상을 추구하는 것이 그것이다. 그래서 그는 화두를 시각화하고 하나의 형으로 이 세상에 실체화시킨다. 그

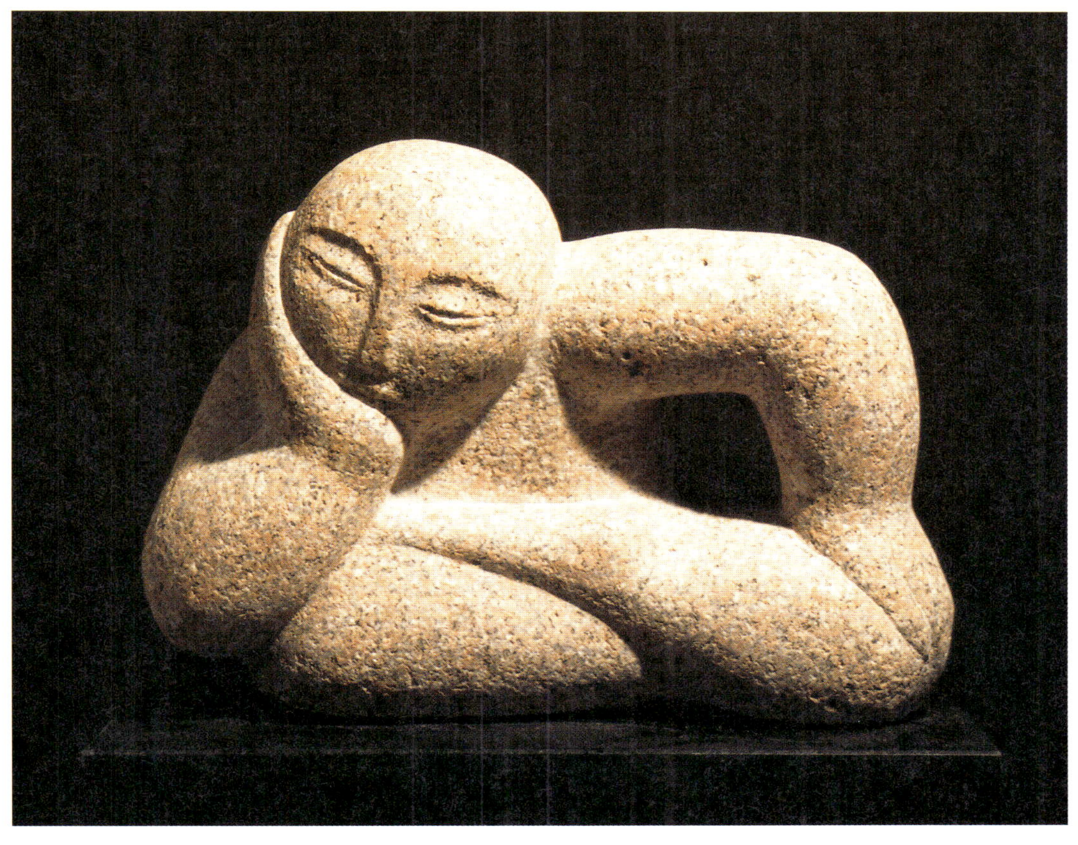

리고 그 형이 다시 화두를 붙잡게 하고 사유의 세계로 인유하게 한다. 아울러 그는 자신의 작품이 놓여 있는 곳에 좋은 기운이 있기를 바란다고 한다. 일종의 부적이자 원시적 주술성이 아우라를 여전히 간직하고자 하는 것이다. 그리고 이런 지점에서 그는 자기 작품의 현실성을 추구하고 있다.

작가에게 있어 조각이란 인간 존재의 해명 및 인간의 마음작용의 의문을 밝히고 드러내는 일에 다름 아니다. 그는 그동안 자기 마음의 움직임을 보여주거나 생사에 대한 근원적인 의문을 집요하게 문제시해 왔다. 삶의 허무와 의지 사이에 가로놓인 비극적 긴장에 유난히 민감한 그의 작업은 그래서 짙은 정신주의적 경향을 띠고 있다.

일종의 종교적 사유방식을 통해 현실을 바라보는 의식 자체를 변화시키려는 정신적 지향을 드러내 보이고 있는 것이며 이는 동양적 사유 속에 깃들인 초월과 해탈지향의 정신, 혹은 불교적인 정신의 정점을 향한 가열한 의식의 지향으로 나타난다. 어느 면에서 그것은 이 만만치 않은 삶을 가치 있게 살고자 하는 의지이다. 그래서 그는 "실천력보다 무서운 마음의 벽을 기본적으로 공간의 언어인 조각으로 표현하여 또 다른 인간들에게 감정이입시킴으로써 삶의 전반적인 질을 고양"시키고자 한다. 실상 인간이란 존재는 의미 있는 노동을 통하여 그의 내부에 잠재해 있는 동물적 본성과 충동의 어두움으로부터 빠져 나와 인간화의 지평 속에서 도덕적 빛의 조명으로 새롭게 그 가치와 의미를 부여받는다. 그런 과정 속에서 수난과 고통의 시련들을 의연히 버티고 사는 일의 가치를 성찰하게 되며 그것이 자신의 삶에 대한 반성에 이르게 된다는 것이다. 바로 이런 지점이 그의 작업의 주된 동인으로 보인다.

그래서 그는 자신에게 부여된 삶을 진지하고 성실하게 살아내는 동시에 사회에 대한, 역사에 대한 애정 및 역사 속에 위치한 인간의 역할을, 작업의 의미를 고통스럽게 물어야 한다고 생각한다. 또한 그는 세속에 있는 한 몸놀림, 노동이 있어야 하며 그것이 사람의 역할이라고 생각한다. 그는 조각이란 일, 노동을 하며 베푸는 삶을 살아야 한다고 생각한다.

그에 의하면 위대한 예술이란 미적 형식의 높은 수준의 성취에 의해 인간의 상상력을 날카롭게 자극하고 현실의 억압과 인습, 인간의 의지와 충동을 가로막는 사회적 금기 및 일상생활의 무의미하고 권태로운 반복으로부터 인간의 의식을 해방하는 것이며, 그 해방은 존재의 충실에 다가간다는 것이다.

"나는 나의 작품이 나의 인격과 무관하게 부적과 같은 의미로 쓰여지길 원한다. 선한 곳은 계속 선하며 악한 곳은 좀더 선해질 수 있었으면 하는 바람이다. 오늘의 현실은 진지함이 필요하며 인간 또한 마찬가지라고 생각한다."〈작가노트〉

사둘을 인식하되 그것을 수렴시키고 응축시키는 그의 태도는 공허 속에 응결된 삶, 한없이 축소되는 삶의 이미지로 형상화되고 있다. 간략하게 구축된 두상과 받침대, 불균제적 축소와 확장, 지극히 함축적인 표정, 오밀조밀한 정질에 따른, 그 쪼임의 뒤틀림에 따른 다채로운 질감의 변화들은 서로서로 '깨달음과 선의 경지에 든 얼굴'들이자 그 몸짓들이다. 외부 공간(우주)과 내부 공간(작품 공간) 간의 그 팽팽한 긴장관계가 가까스로 균형을 이룬 지점에서 들 자체의 생명성이 인간 내면의 진실한 얼굴 내지 관조와 깨달음의 경지에서 비로소 드러나는 표정을 띠고 있다. 그 서늘하고 투명한 아름다움으로 드러나는 적멸의 세계는 비극적이고 짙은 침묵을 납처럼 드리운다.

직립해서 명상에 잠긴 듯한 포즈, 깊은 사색에 젖어든 두상, 떠도는 넋과 괴어 있는 넋 등의 자태를 떠올려주는 그의 근작은 한결같이 무심한 눈매가 인상적이다. 가늘게 찢어진 눈은 뜬 것 같기도 하고 감은 것 같기도 하다. 흡사 '돈오(頓悟)의 명상'을 꿈꾸는 듯한 느낌도 주고 있다. 그의 작품에서 이 눈의 표현은 절대적이다.

그의 이 작품은 '방선(放禪)'하는 시간에 본 스님들의 표정에서 연유한다. 선을 하다 잠시 쉬는 시간에 일렬로 줄을 서서 걸어 나오는 스님의 얼굴에서 그런 표정을 보았다고 한다. 안와가 돌출한 메마른 얼굴, 총명한 기운이 감도는 곳, 퀭한 눈매에서 만나는 놀랍고 경건한 분위기의 감지가 전류처럼 그를 감싸안았던 것이다.

모든 것을 인간의 본마음 속으로 포괄하려는 그 유심론적 사유 속에

The figure of Zen
대리석,
52×17×40cm,
2004

서 깨달음은 매우 내밀하고 개인적인 체험에 속하는 것이며 그 깨달음의 초
월적 경지는 궁극적으로는 긍정적인 정신활동으로 뻗어나간다. 특히나 내
면의 울림을 표상하고 있는 동시에 그 표상에 정신적인 자질을 부여해주는
돌의 색감(화강암 색깔, 이태리 대리석의 백색 등)은 더욱 고조된 분위기를 증폭
시키고 있다. 그 화강암은 이 땅의 자연, 역사, 숨결을 상징한다. 그는 돌을
깊이 있게 쪼아 내면서 돌의 어느 한 쪼임새와 결에 따라 달라지는 질감과
내면을 드러내는 힘을 중시한다. 그 무수한 정질의 난타 속에서, 그 일타 일

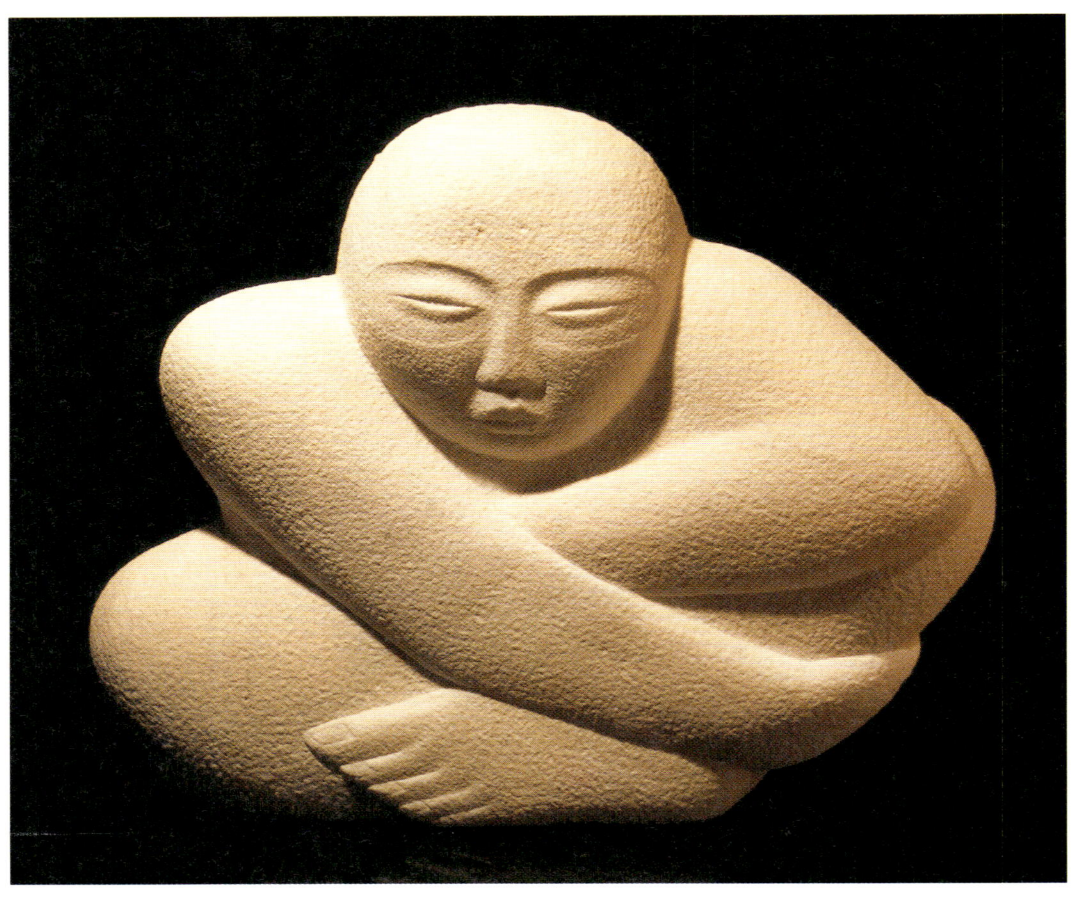

타가 바로 내면의 심오한 깨달음의 욕망, 정신적 울림과 연결되어 있다는 것이다.

그는 전적으로 돌만을 다룬다. 돌은 자신이 사유하는 데 무엇보다도 적합하다는 것이다. 돌이란 물질은 조형적으로 집중시키는 힘이 있다. 아울러 가장 절실한 마음을 끌어가는 데도 가장 적합하다고 한다. 그는 돌의 형태에서 자신의 형상, 활형을 추출하고자 한다. 흠이 있으면 있는 대로, 부족하면 부족한 대로 그 돌 안에서 자신이 추구하고자 하는 온전한 얼굴, 몸을 찾는 것이다. 그렇게 드러난 얼굴과 몸은 자기 내부에 박힌 형체이고 근원적인 표정이며 본질적인 자세이다. 마치 요가를 하는 듯한 모습과도 유사한데 이는 결국 참선에 든 모습, 수행하는 자태들이다. 저마다 화두 하나를 들고 선매의 경지에 든 형상에 다름 아니다. 그 야릇하고 예사롭지 않은 얼굴이 작가와 닮았다는 생각이 문득 스친다.

영성을 지닌 풍경

주.명.덕.

풍경은 지금의 자기와 눈앞의 세계가 만날 때 태어난다. 이 세상 속에 존재하는 자신과 자신이 대면하는 세계를 '나'와 '너'의 관계로 규정함으로써 발생하는 것이다. 세계를 인식하는 '나'에 대한 '너'로 관계를 맺을 때 비로소 풍경이 이루어진다. 따라서 풍경은 무엇보다도 관계의 미학이 되는 셈이다. 그러니까 풍경이란 대지의 투사 형태를 지칭하는 것이 아니라 그것을 계기로 하여 인간의 내부에서 발생하는 이미지 현상이라고 말할 수 있다. 다시 말해 풍경이라는 현상에는 대지라는 물리적 실체와 그것을 시각 이미지로 포착하는 사람, 이 양자의 존재가 필수적이라는 얘기다. 인연이 되어야 풍경 역시 성립한다.

인간의 풍경 체험은 외계의 시각상을 눈으로 받아들이는 것에서 시작한다. 풍경화(landscape)란 토지가 그림 속에서 감상된다는 의미다. 그러니까 토지와 그것을 바라보는 사람 사이의 일정한 거리 관계에 의해 형성되는 이미지를 말한다. 17세기 네덜란드에서 처음으로 등장한 풍경화란 장르의 애초의 의미는 '중세시대에 특정한 영주가 지배하는 구역 또는 특정 집단에 속하는 사람들이 거주하는 지역'이었단다.

반면 동양에서 풍경(風景)이란 단어의 원래 뜻은 바람과 세계의 시각상으로 된 언어를 의미한다. 배의 돛대와 바람에 실려 이리저리 비행하는 벌

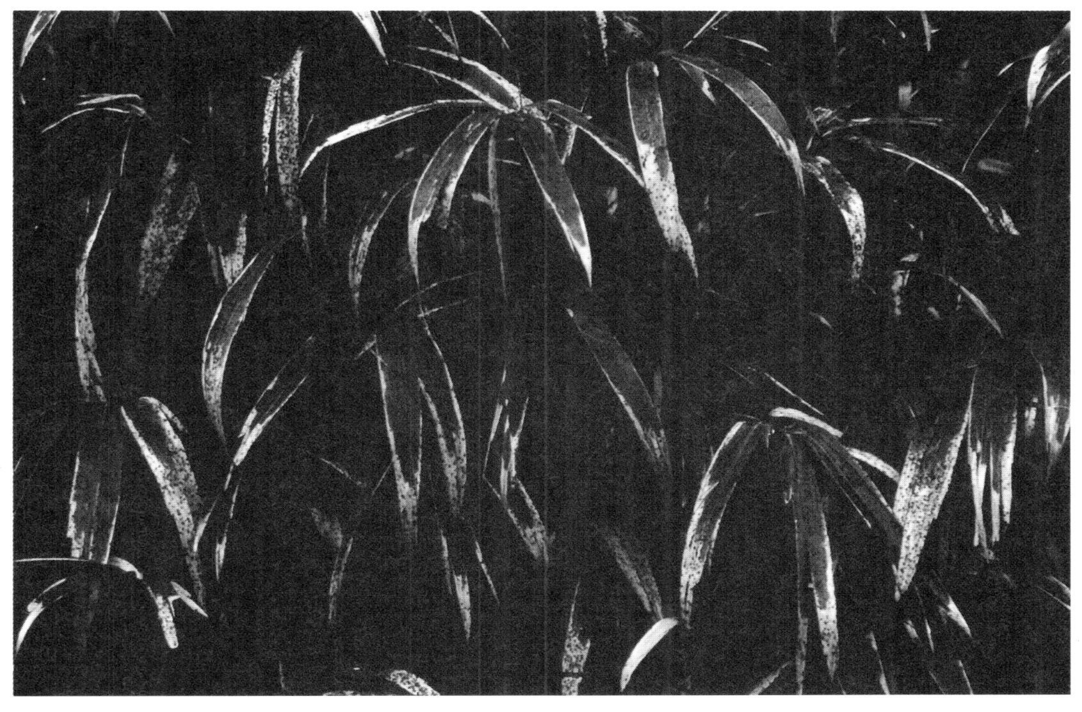

제주도
젤라틴 실버프린트,
41×51cm,
1997

레가 바람이고 그것은 비가시적 존재이지만 사물의 몸을 빌려 나타난다. 그러니까 바람은 타자의 몸을 빌려 자기를 드러내는 것이다. 동양에서 풍경/산수화란 바로 그런 미세한 기운, 호흡, 생명, 모든 만물의 감촉, 섬세한 주름까지도 잡아내고 이를 형상화하려는 지난한 시도라고 말할 수 있다. 풍경 체험은 단순히 외계 사물의 이미지를 객관적으로 보는 것이 아니라 그 사물의 표정을 읽는 것이다. 그러니까 내 앞에 존재하는 자연을 살아있는 생명체로 여기는 일이다. 이렇듯 사물에서 인격적 풍모를 느끼는 이른바 애니미즘 체험은 '이 세상을 무(無)로 돌리지 않으려는 지성의 장치'(베르그송)이다. 무기적인 사물에 자기를 투영하여 보는 것이 바로 애니미즘 지각인 것이다.

풍경, 숲은 보는 사람 각자의 기억과 감각을 짊어지고 시각 이미지로 만나는 곳에서 발생하기에 보는 사람의 수만큼의 풍경이 거기에 있다. 숲의 깊이와 비릿한 내음과 숲을 이루는 모든 생명체들의 완벽한 유기적 조화와 공생, 무수한 인연으로 얽혀 있는 촘촘한 관계 망을 바라보면서 그것과 자신의 몸을 함께 생각해 본다. 즐거운 마음으로 보고 깨달았던 풀과 나무와 신선한 공기, 차가운 기운, 수런대는 생명체들의 부산함, 냉엄한 자연법칙, 장엄한 죽음과 경이로운 탄생, 영성을 불러일으키는 신비로운 체험을 형상화하고 싶은 바람이다. 그 세계는 유동적이고 없으면서도 있고 있으면서도 없으며 서로가 서로에게 기생한다.

차별과 차등이 없이 공존의 세계상, 식물과 동물의 구분도 지워지는 그런 경계 없는 장면이자 모두들 공(空)으로 돌아가지만 어김없이 살아 돌아오면서 환생과 순환을 거듭하는 그런 숲이다. 여기에는 생태와 환경에 대한 관심의 일단도 스며들어 있다. 이렇듯 숲은 무수한 인연과 기생의 관계를 보여주듯이 여러 겹으로 밀려 올라온다.

애니미즘의 세계관이 세계를 의인적 환영으로 보는 것이라고 한다면, 무성한 숲을 통해 어떤 사물과 닮게 여기는 상사적 지각은 그 사물의 형태적 특징을 보다 인상깊게 지각하는 것이 되기도 한다. 그렇다면 이렇게 세상의 어떤 것에 비유함으로써 보다 더 확실하게 사물의 실재감을 획득하는 것은, 사물의 실체란 이 세상의 다른 사물과 관계를 맺음으로써 비로소 가능하다는 사실에 다름 아니다.

주명덕의 풍경 사진은 바로 그 영성을 지닌 자연의 모습, 생명체로서의 자연의 호흡을 감지시킨다. 그의 사진은, 사진 가까이로 우리들의 눈과 육체를 바짝 끌어당긴다. 대부분의 그의 사진은 너무 어둡고 모호하다. 일반적인 사진들이 곧바로 드러나는 명시성에 기반을 둔다면 이 사진들은 그저 시꺼먼 종이, 인화지에 불과해 보인다. 짙은 어둠, 흑연을 잔뜩 칠한 종이, 그 위에 유연하게 미끄러지는 회색, 흰색에 가까운 선들만 난무한다. 드로잉으로 착각할 정도다. 신경다발마냥, 무성한 섬모인양 얽히고 꽉 찬 수풀, 나무줄기, 꽃, 댓잎, 대파, 잎사귀들이 그제야 제 몸을 내민다. 무서운 생장력, 놀라운 생명력에 저으기 섬뜩하다. 무심하게 찍은 이 자연이 어느 순간 귀기 어린 분위기로 충만하다.

이 '풍경 시리즈'를 주명덕은 처음으로 '나를 찾은 사진'이라고 말한다. 늘 보면서도 스쳐 지나갔던 풍경과 경치였는데, 이 '풍경 시리즈'를 통해 비로소 자연의 이치를 이해할 것 같다는 느낌을 얻고 있다고 말한다. 자연 풍경을 이렇게 짙은 어둠 속에 가둬놓고 마치 드로잉처럼 보여주는 그의 시선은 '사진적 시선'의 새로운 경지를 보여준다.

알다시피 사진은 인간의 눈과 다르다. 사진은 익숙한 것을 낯설게 보여준다. 그것이 사진의 주된 전략이다. 찰나의 순간을 영원히 붙잡아놓고 완벽한 부동과 침묵 속에 절여놓은 대상이 바로 사진이 보여주는, 사진 속에 들어 있는 대상이다. 그것은 시간이 죽은, 고요한 풍경이다. 정지된 순간, 바람 소리도 없고 미동도 없는 그런 절대 침묵과 명상이 가득 찬 공간이다. 사진은 고요의 아름다움이다. 갑자기 얼어붙은 대상을 느닷없이 접한다는 사실이 당혹함을 야기하듯이 주명덕의 이 풍경 사진은 그런 상처와 같은 시선을 보여준다.

사실 그가 찍은 풍경은 일상의 하찮은 것들이다. 그저 덤덤한 소재들을 무심하게 찍고 현상할 때 빛과 인화지 조작만이 약간 가미될 뿐이다. 언어화되거나 무거운 의미 부여를 지우고 본인 말대로 그저 '직감으로 찍은' 것들이다. 언어화할 수 없는 영역 바깥의 무엇을 쫓고 있다는 얘기다. 흡사 도사나 깨달은 스님의 한 말씀 같지만 새삼 그의 사진을 보면 그 말의 의도를 조금 알아차릴 수도 있을 것 같다. 그의 사진의 짙고 어두운 톤은 설명이 필요 없이 곧바로 보는 이의 눈을 찌르고 가슴에 그대로 들어와 박히는 인증의 힘을 준다. 그것은 설명과 말을 지우고 그것을 넘어 곧바로 다가온다. 그

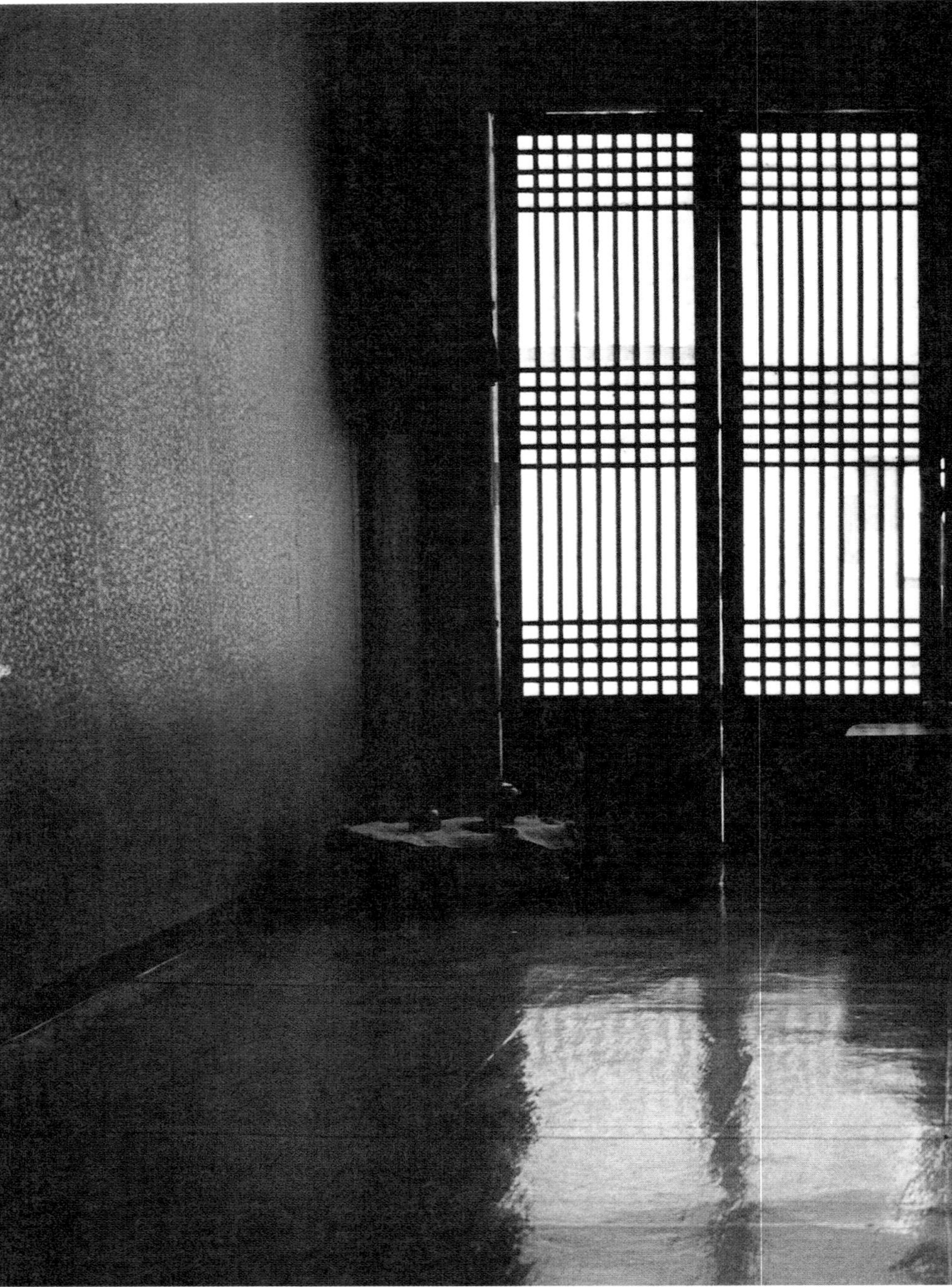

송광사
1972

만의 '말을 지우는, 말을 지운 자리에서 하는 말'의 방식이 어두운 톤의 사진 속에 들어 있다. 어둠 속에 모든 풍경은 지워져 있다. 지워지려는 것들과 지워지지 않으려는 것 사이의 묘한 기운이 서글프게 아름답다. 스러지려는 것, 소멸하는 것, 그러나 악착같이 살아 숨쉬려는 것들로 혼미한, 들끓는 자연의 법칙 같은 풍경이 컴컴한 사진 속에 스물거린다. 밝은 것 속에 드러난 풍경이 아니라 어둠 속에 들어 있는 풍경, 그러나 결코 밤이 아닌 이 풍경들은 그 어둡고 컴컴한 곳에서만 비로소 보여지는 깨달음의 풍경 같다. 직관으로 찍은, 그래서 말이 필요 없는 언어화할 수 없는 것을 드러내는 것이 사진의 힘이라는 얘기를 침묵 아래서 거느리고 있다.

그는 오랫동안 성철 스님을 찍었는가 하면 목이 잘린 부처들, 콩기름이 잘 먹어서 번들거리는 송광사의 승방 같은 것들을 찍었다. 송광사의 승방 사진도 그 문창살의 규칙적인 형태와 명암의 대비가 강조되어 있지만, 그런 조형성은 형식미에 그치지 않고 승방의 고요함과 규칙성을 말하고 있다. 역광을 받아 번들거리는 방바닥은 눕거나 자는 곳이라기보다는 꼿꼿이 가부좌를 틀고 있어야 하는 그런 공간을 암시하고 있다. 고요와 긴장과 침묵과 명상이 가득 찬 공간에서의 몸가짐 말이다.

달마도
중.광.

"시가·표현 이전에 존재하듯 중광의 그림은 언어 이전의 시다." – 구상

인사동에 위치한 미술관에서 큐레이터로 근무하던 시절, 중광(重光, 1935~2002)은 자주 전시장을 찾았다. 늘 반가이 대해주던 그와 전시와 관련된 몇 마디 말들을 주고받곤 했는데 그때마다 안목의 날카로움에 저으기 놀라곤 했었다. 그는 중이었고 화가였고 그런가 하면 미친 중이나 걸레 스님, 광기의 예술가라고 불리기도 했던 이다. 그는 중으로 살고 화가로서 생을 보낸 이다. 그래서인지 그 그림들은 스님이 추구한 생의 궤적과 크게 다르지 않다. 스님의 맑고 밝은 눈으로 세계를 보고 그린 그림이란 생각이다. 무엇보다도 그의 그림은 대담한 순진성과 어린아이와 같은 길들여지지 않은 야성의 힘이 있다. 그는 미술의 관습적 전통에서 그림을 길어 올리지 않고 철저히 자신의 마음과 정신의 심연에 두레박을 드리운다. 그는 자유롭기 위해, 놀기 위해, 장난하기 위해 그린다.

세상의 외톨박이 걸레 스님, 광승(狂僧)이 그린 그림에는 어떤 불성이 깃들어 있을까? 그는 가고 이제서야 나는 그의 그림을 찬찬히 본다. 그의 그림에는 순진무구한 아이의 마음이 있다고들 한다. 중광은 항상 무애의 자유 속에서 그림을 그린다고도 했다. "나는 붓을 그냥 던져도 그림이 된다"고 그

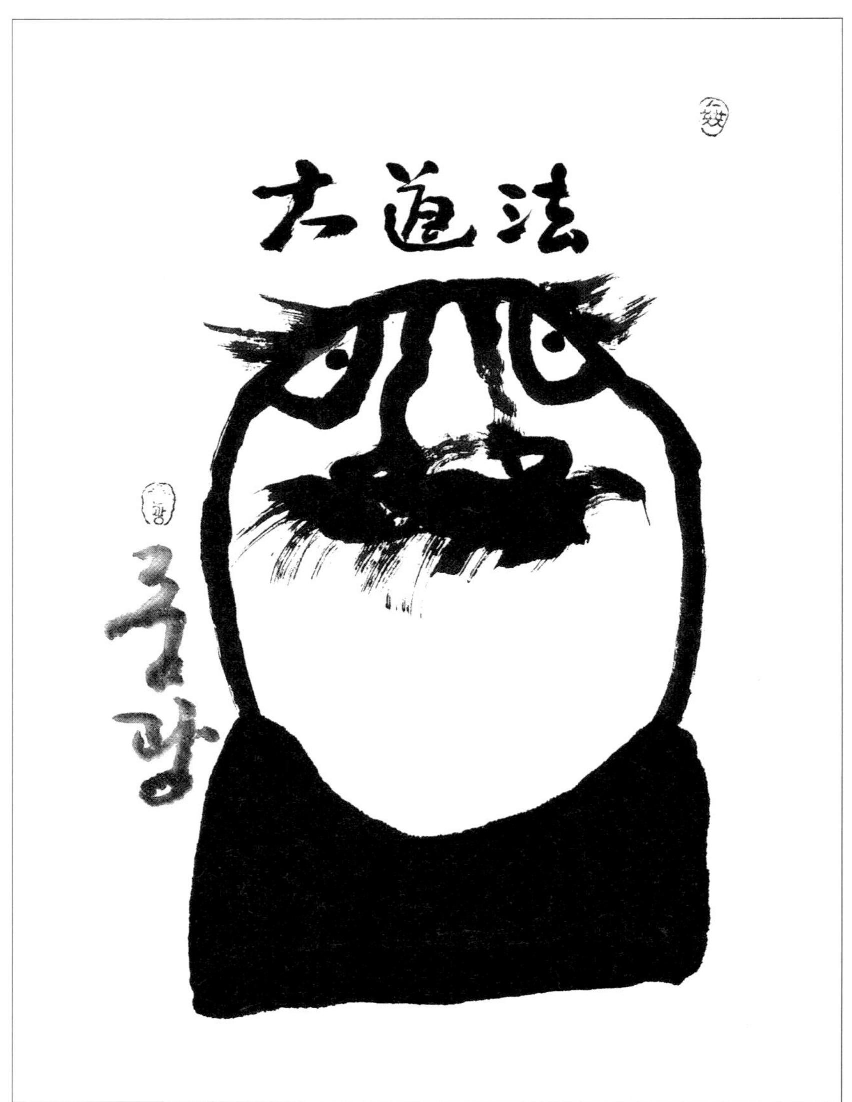

돌(⽯)달마
종이에 먹,
69×44.6cm,
1998

는 자주 말했다. 물론 그런 그림은 오랜 시간 숙련을 거친 후에야 비로소 자유로워지는 그런 그림이다. 흉내로써 이루어지는 그림, 단순한 제스처에 머무는 그림은 아니다.

중광의 거침없는 삶의 행적은 고스란히 그림이 되었고 그것이 그만의 필법이 되었다. 그는 왼손, 오른손을 자유자재로 구사하면서 글을 썼는데 절대절명의 필법을 무시한 채 완전히 거꾸로 필순을 진행해도 아름답고 기운찬 글이 되었다고 한다. 그렇게 해서 써진 글씨는 글씨를 갓 배운 어린이들의 경지인 동자체(童子體)를 닮아 고졸하기 그지없는 경지였다. 나아가 필치가 빠르고 크고 힘찬 선화를 선보였다. 중광은 그의 "마음 속에 있는 강렬한 것들을 붓끝에 모아 아름답고 명확한 무애 행위로써 종이를 공격"하였던 것이다.

그러나 그의 화업의 본령은 무엇보다도 달마 그림에 잘 드러난다. 나는 그가 그린 그림 중 이 달마도('돌(乭)달마')를 좋아한다. 절로 웃음이 번지는 그림이다. 한 잔 술을 걸친 듯한 표정, 괴엄하기도 하고 우스꽝스럽기도 한 복잡한 표정이다. 마치 전남 나주 불회사 입구에 서 있는 돌장승의 표정을 닮았다.

언젠가 나는 운주사 가는 길에 불회사에 들렀는데 순전히 사찰 입구에 서 있는 돌장승을 만나기 위해서였다. 한참 동안 그 표정을 보고 있노라면 입가에 웃음이 자연스레 번지다가도 이내 신묘한 힘에 감탄한다. 익살스러우며 무섭다. 그런가 하면 슬퍼 보이기도 하고 기뻐 보이기도 한다. 그 장승의 얼굴어 내 마음이 수면처럼 일렁인다. 세속의 모든 이들은 이 돌장승의 얼굴에 자기 얼굴과 마음을 한번 비춰 볼 일이다.

중광이 그린 선종의 초조인 보리달마의 초상화들은 엄청나게 큰 눈과 맹렬한 눈빛으로 뚫어질 듯 노려 보는, 기형적인 늙은 승려의 모습을 하고 있다. 이 달마는 진한 먹을 묻힌 붓을 슥슥 문질러 대번에 그려놓은 얼굴과 수염, 북북 칠해놓은 몸통, 중광 특유의 서체로 쓰여진 문자들로 이루어져 작은 화면에 꽉 차 있다. 활달하고 자유로운 그림이다. 중광이 그린 달마상은 부동의 위엄과 단순한 인물상을 넘어서 있다.

"중광이 그려놓은 달마 속에는 엄니와 손발톱이 다 물러빠진 중광이가
홀로 앉아 수염을 그린다. 세상을 쓰다듬을 수염을 그린다." - 조오현

중광은 깎아내고 깎아내어 지울 수 있는 데까지 도달하여 '실상마저
파괴해버리는 진여공간(眞如空間)'까지 가야 되고, 그것이 타인이 볼 수 없는
예술의 직관이라고 말한다. 그는 달마를 많이 그렸지만 근육 속의 골격은 참
으로 그리기 어렵다고도 했다.

중광이 그린 달마는 그에게 있어 깨달음이며 자아성찰이자 예술 그
자체이다. 그 달마는 고전적인 맥락에서 탈출하여 새로운 인물로 조형된 달
마이자 원시적 아름다움을 재현하고 있는 달마이기도 하다. 달마를 그리려
면 달마를 오랫동안 관찰하고 달마와 친해져야 한다. 그리고는 달마를 죽여
야 이루어지는 경지다. 선적 경지가 그것이다. 결국 마음이 달마를 그린다.
마음의 본성을 관찰하는 것을 이른바 관심(觀心)이라고 한다. 마음은 만법의
주체이며 모든 것과 관련이 있으므로, 마음을 살피는 일은 곧 일체를 관찰하
는 것과 통하는 것이다.

달마를 떠올리고 죽이는 것이 자재되면 그때 달마가 그려진다. 특히
달마는 그 모습이 선화의 화두처럼 다양하며 백태를 이룬다. 이것은 또한 달
마의 자유자재한 법신을 말한다. 달마란 특정한 존재의 초상을 그린다기 보
다는 가시(可視)의 차원을 초월하여 형태보다 그 뜻을 그리는 것이기에 그렇
다. 중광은 오랜 세월 달마를 그렸다. 그가 그린 달마는 매번 다르고 다른 만
큼 그도 무념무상의 상태에서 명상에 잠긴 가운데 그림을 그렸다.

반면 기존에 그려지고 유통되는 대부분의 달마도는 달마의 흉내를
내고 있을 뿐이다. 박제화되고 습관이 되어버린 달마도를 맹목적으로 그려
대고 있을 뿐이다. 선화에서의 나무 한 그루, 풀 한 포기는 단지 한 개의 사

물이 아니라 우주 전체를 집약시키는 하나의 표적이라고들 한다. 그래서 선
을 추구하는 이들이 선화를 그릴 때 중요시한 것은 사색의 집중과 그 마음에
따라 붓을 드는 것이다. 하나의 대상을 그리기에 앞서 그것을 전체적으로 느

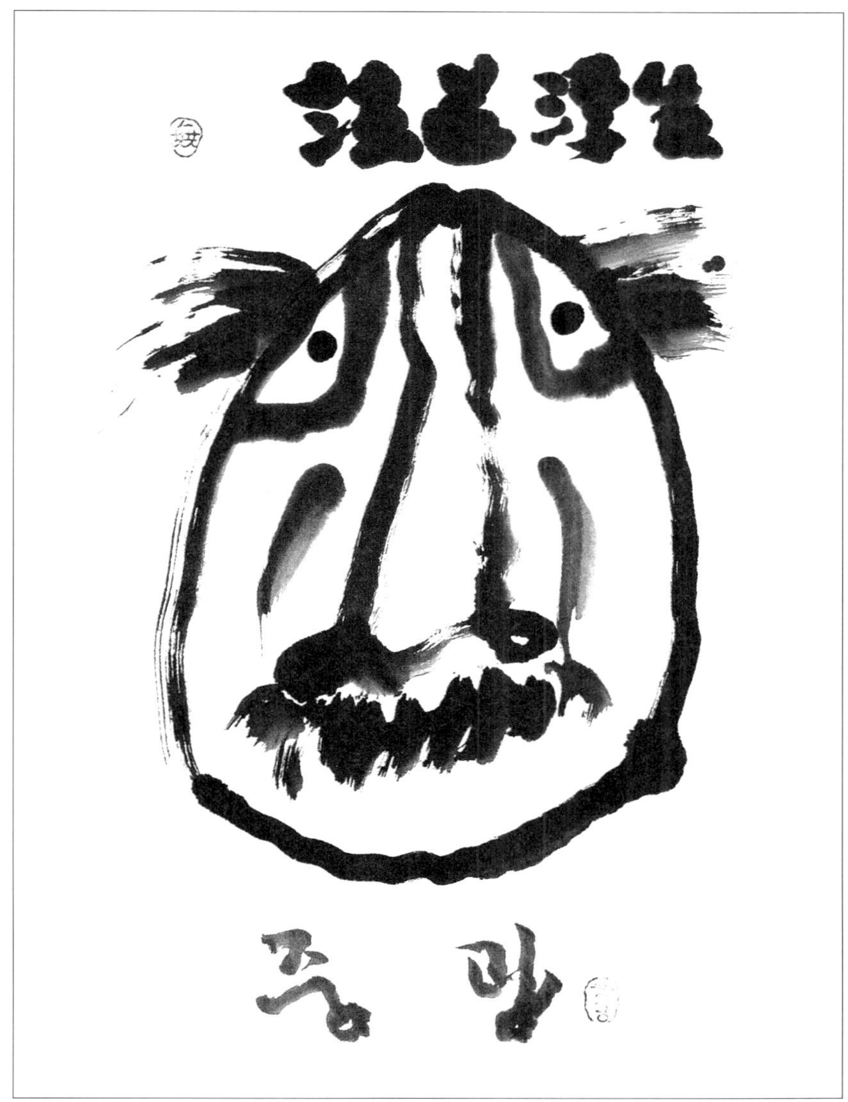

가면달마
종이에 먹,
69×44.5cm,
1998

끼는 것이다. 생각이 흩어지면 대상에 종속되기에 대상과의 오랜 교감이 있은 연후에 비로소 붓을 드는데 이때 그것은 그리는 것이 아니라 창조하는 것이다. 대상과 내가 결코 분리되지 않는 경지 속에서 그림이 나온다는 얘기다. 그래서인지 많은 작가들은 자신의 작업을 곧잘 선과 결부시켜 설명하곤 한다. 더러는 이를 알리바이로 삼아 수작을 부린다.

선이란 순수한 정신의 집중을 통해 인간 존재의 실상을 자각하는 수행방법이며, 생사의 속박을 벗어날 수 있는 자유의 길이다. 따라서 선화란 단순하게 선만을 추구하기보다 선의 궁극적 이념에 입각한 주제를 제작하는 성스런 예술이다. 또한 선화는 기법이나 양식을 중요시하지 않고 선의 이념을 표현하는 방법인 동시에 선의 궁극적인 의미에 도달하려는 삼매의 의지이기도 하다. 이처럼 선필과 선화는 다같이 꾸밈이 없고 표현을 최대한 절제하는 양식이다. 그리고 그것은 또한 법이 없다. 그저 무법으로써 법을 삼는 것이다.

"서화란 졸(拙)을 배우는 길이다. 졸이란 교(巧)가 이룰 수 없는 것이다." 이것이 중광이 추구하고자 했던 세계이자 이룩한 경지였을 것이다. 그는 가고 없지만 그가 그린 이 달마도는 여전히 내게 무언가 말하고 있다. 새삼 그의 음성이 그립다.

초파일 연등축제

최.영.림.

　　초파-일날 절 마당 가득 연등이 하얀 구름바다를 이룬 풍경이 아련하다. 가족의 안녕을 비는 연등 하나 까치발로 달아놓고 오는 길에 그걸 방에 걸어두어도 보기 좋을 것 같다는 생각을 해봤다. 연꽃 하나를 온전히 매달아 놓아 불 밝히면 연을 이룬 종이의 피부 너머로 온화한 빛이 투영되는 장면이 더없이 아름답다. 연등이란 부처님께 공양하는 방법의 하나로 번뇌와 무지로 가득찬 어두운 세계(無明)를 밝게 비춰주는 부처님의 공덕을 칭송하고 깨달음의 세계에 이르고자 등불을 밝히는 것을 말한다. 이미 신라 진흥왕(서기 551년) 때에 전쟁터에서 죽은 병사들을 위해 간등(看燈)이란 이름으로 행해졌다는 기록이 있다. 그 후 사월 연등행사는 세시풍속의 하나로 전승되어 왔는데 해방 후에는 민간에서는 점차 사라지고 사찰에서 그 명맥이 이어져 오고 있다.

　　최영림(崔榮林, 1916~1985)의 '연등'이란 그림은 사월 초파일 연등행사 장면을 무척 희화적으로 재현했다. 좌측에 탑이 서 있고 화면 중심을 가로질러 연꽃 모양의 등과 리본, 卍 자, 그리고 스님 두 분이 재미난 표정을 짓고 있는 장면이다. 동자승 같기도 한 젊은 스님의 얼굴 모습을 통해 활기찬 초파일날의 분위기가 감촉되는 것 같다.

　　평양의 유복한 한약방 집에서 태어난 최영림은 한국전쟁을 통해 이

산가족이 되었고 그것이 평생의 한이 되었다. 그의 예술세계를 이해하기 위해서는 전쟁, 실향민, 이산가족 그리고 평화의 희구 같은 개념이 요구된다. 그래서 그는 현실세계의 고통을 환상적인 설화로 치유하고자 했던 것 같다. 그의 불교적 세계상도 같은 맥락이다. 부처님의 세계, 불국토를 마음의 상처를 보듬는 이상적인 공간으로 이해하고자 했던 것이다. 그러므로 이산가족으로서의 망향의식이 최영림 작품의 본격적인 무대이다. 60년대 이후 최영림은 향토색 혹은 설화성이 강한 소재를 집중적으로 시도하기 시작했다. 전래설화와 고대소설, 민담, 에로티시즘 등을 회화의 소재로 과감히 차용하면

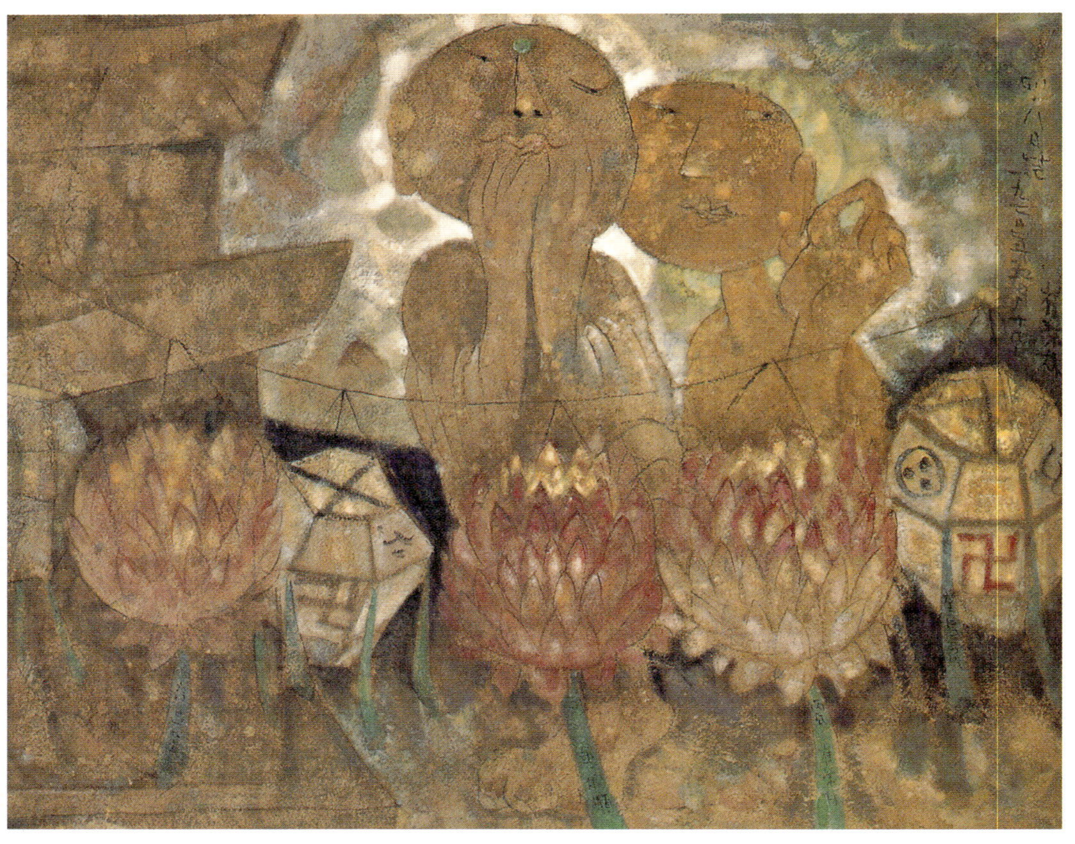

연등
캔버스에 혼합재료,
116.5×91cm,
1970

서 짙은 문화적 분위기와 토속적인 정서로 무르익은 그림을 그렸다. 설화의 세계로 환치된 그 그림에는 모성회귀에의 원초적인 생명 예찬 혹은 평화에의 찬가가 깃들었다.

또한 그는 한국의 설화적 주제에 맞게 기법에서도 모래와 흙을 첨가한 특이한 질감으로 황갈색을 주조로 한 한국적인 아름다움을 추구하였다. 캔버스에 고운 황토가루나 모래를 접착제로 바른 후에 물감을 칠하는 기법을 구사했는데 이렇듯 흙가루나 모래에 의한 화면 바탕의 질감은 한결 소박하면서도 정감어린 분위기를 자아내게 했다. 그와 같은 바탕 위에 선 중심의 묘사로 등장인물들이 환상의 세계를 연출했다. 그 연출은 치밀한 계획의 산물이라기보다 우연적 혹은 자연발생적인 산물이었다.

"나는 그림 그리기 전의 에스키스나 데생이 없다. 캔버스나 태지, 은지(銀紙), 마대 같은 바탕에 흙과 분토(粉土)를 섞어 형태 없는 어떤 위기의 바닥을 만들어 놓는다. 이 바닥 그림을 들여다보면 천천히 상(想)이 떠오르며 어떤 형체가 구체화되어 간다. 이때 오일 페인팅을 시작한다. 말하자면 파란 하늘이 있다면 그 위에 갖가지 다른 모양의 구름이 수놓아지는 것이라고나 할까." 〈작가노트〉

아울러 "나는 곧잘 고가(古家)가 헐리는 데 가서, 오랜 흙벽의 황토를 구해다가 곱게 가루를 내어 캔버스에 바른 밑그림을 놓고 구상을 한다. 구름을 보며 사람들은 저마다 다른 이미지를 상상하듯, 나는 내 캔버스에 흙가루가 발려진 상태에 따라 주제 구상을 한다"고 말하기도 했다.

전승적인 의미의 설화, 전설, 민담에서 소재를 원용하여 민중적인 향수와 전통적인 미의 세계를 다채롭게 그려낸 작가로 인정받고 있는 그의 그림에는 유난히 둥근 원이나 유연한 곡선으로 표현된 해학적인 인물들이 친근감을 느끼게 한다. 최영림의 세계는 구체적인 현실경이 아니다.

연등과 탑이 있는 이 장면도 일종의 이상적인 풍경, 세계이다. 왜곡과 과장으로서의 이 인물상은 아이들 같기도 하다. 그것은 이미 실제와 무관한 상태에서 출발한 것이다. 거기는 시공을 초월한 설화의 세계이며, 즉 차안(此岸)이라기보다 피안(彼岸)의 세계에 보다 근접해 보인다. 최영림은 아이들과 연등, 불교적 세계를 통하여 자신의 이상향을 도해한 것이다. 분단시대의 실향민으로서 망향정신을 상징화한 것인지도 모르겠다. 분단 상황은 실향민 최영림으로 하여금 고향 회귀정신을, 그러니까 모순과 질곡이 없는 고향의 세계를, 가식과 치장이 없는 원초적 세계를, 연등이 환히 밝히는 부처님의 세계를 노래한 것 같다.

인도의 토속신앙에 기초하여 빛과 생명의 상징으로 인식되었다가 불교 성립 이후에는 부처의 상징으로서 불교를 설명하기 위한 교리의 일부로 자리한 연꽃은 오랜 수행 끝에 번뇌의 바다에서 벗어나 깨달음에 이른 수행자의 모습에 비유되거나 빛의 상징이자 생명의 근원인 연꽃 하나하나에 부처가 탄생한다는 무한 창조 관념 등으로 이해되었다. 연꽃을 우주 창조와 생성의 의미를 지닌 꽃으로 믿는 세계연화사상(世界蓮華思想), 부처의 지혜를 믿는 사람이 서방정토에 왕생할 때 연꽃 속에서 다시 태어난다는 연화화생(蓮華化生), 모든 불보살의 정토는 연꽃 속에 들어 있는 장엄한 세계라는 뜻의 연화장 세계가 모두 그 연꽃에 깃든 불교적 의미이다. 특히 사바세계의 번뇌와 집착을 벗고 극락정토에 왕생하기를 바라는 것은 모든 불자들의 공통된 소망인데 그렇게 다시 태어나기 위해서는 모태가 필요하고 그래서 창조와 생성의 의미를 지닌 연꽃이 그 모태의 상징형이 되었다고 한다. 불교의 궁극적인 목적은 다름 아닌 해탈이다. 그것은 자기의 본성을 깨달아 부처가 되는 견성성불과 왕생극락을 내용으로 하는데, 연꽃문양에는 모든 망상과 미혹을 버리고 자기의 천성을 깨달아 죽어 극락정토에 가서 연꽃 속에 다시 태어

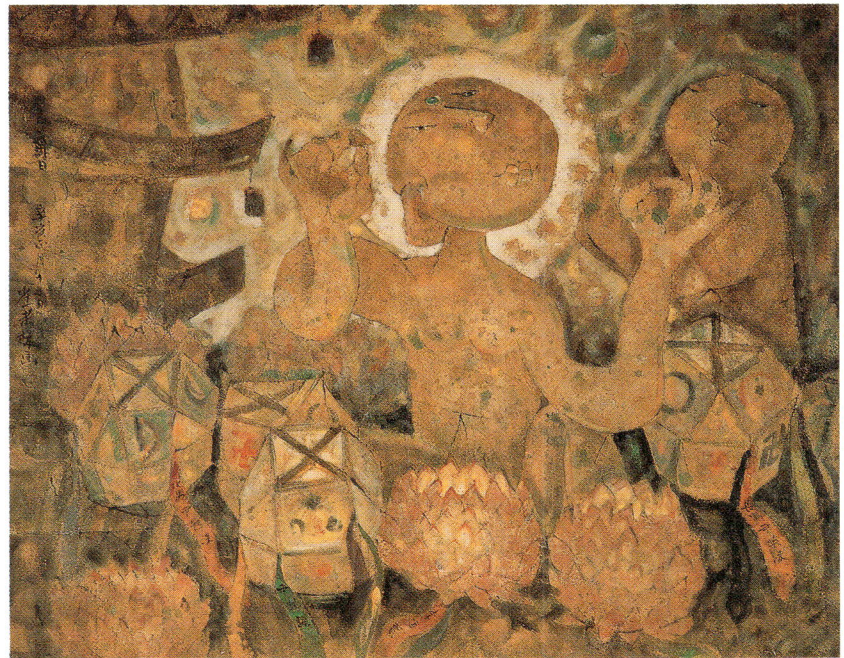

연등
캔버스에 유채,
115×91cm,
1970

나기를 염원하는 불자들의 종교적 열망과 신앙심이 담겨 있으며 청정한 부
처님의 경지와 미묘한 권능에 대한 숭모의 마음 또한 표현되어 있다.

연등은 불교의 초파일 행사에 쓰이는 등으로 진흙의 늪에서 피어난
연꽃은 속세의 정화를 상징하는 꽃으로 여겨지는데, 부처를 모시는 일반 신
도들은 경전과 의궤는 몰라도 연꽃이 무엇을 상징하는가는 알고 있다. 이러
한 식물과 인간 영혼의 교섭을 우리는 연등행사에서 엿볼 수 있으며 빛과 생
명, 환생과 청정함의 은유적 속성을 지닌 연꽃, 연등의 의미를 새삼 최영림
의 소박하고 평화로운 그림에서 일견한다.

만다라의 세계
하.인.두.

만다라는 수행을 통한 성불의 의지를 가시화한 도상이자 질서를 말한다. 색채와 형태의 기본적인 결합체로서의 이 도상은 치밀한 작도와 꼼꼼한 마무리 속에서도 놀라운 회화성, 예술성을 간직하고 있다. 만다라는 보는 이의 시각적 사실이 결코 가늠하기 어려운 심오한 상징의 세계로 이루어져 있다. 그런 의미에서 만다라는 종교미술의 극치이자 정점을 보여준다.

하인두(河麟斗, 1930~1989)는 그러한 만다라를 차용, 한국적인 추상회화를 선보인 작가이다. 그는 종교적이자 예술가적인 성향을 하나의 뿌리 아래 거느린 작가이다. 인간이 종교를 갖는다는 것, 그것은 어두운 삶을 뚫고 나가려는 정신적 긴장으로 보아야 할 것이다. 예술 역시 종교와 동일한 선상에서 인간을 구원한다. 그는 한국전쟁 이후 서구 현대미술을 수용하고 이를 통해 추상미술을 받아들인 대표적인 작가에 속한다.

그런데 그의 고민은 그 추상미술이란 것이 서구미술의 장구한 역사 속에서 나온 산물이라는 데 있었다. 서구 전통회화(사실주의)에 대한 부정과 비판의식 아래 나온 추상미술은 서구와 동일한 미술의 역사를 지니지 못한 우리의 경우 단순한 형식적 추종이나 문맥을 상실한 외양의 답습에 불과하다는 점이다. 그에 따라 하인두는 우리 전통미술에서 추상성, 추상적인 미술의 한 요소를 끌어내고 이를 하나의 정신세계로 포용해내었다. 특히나 그는

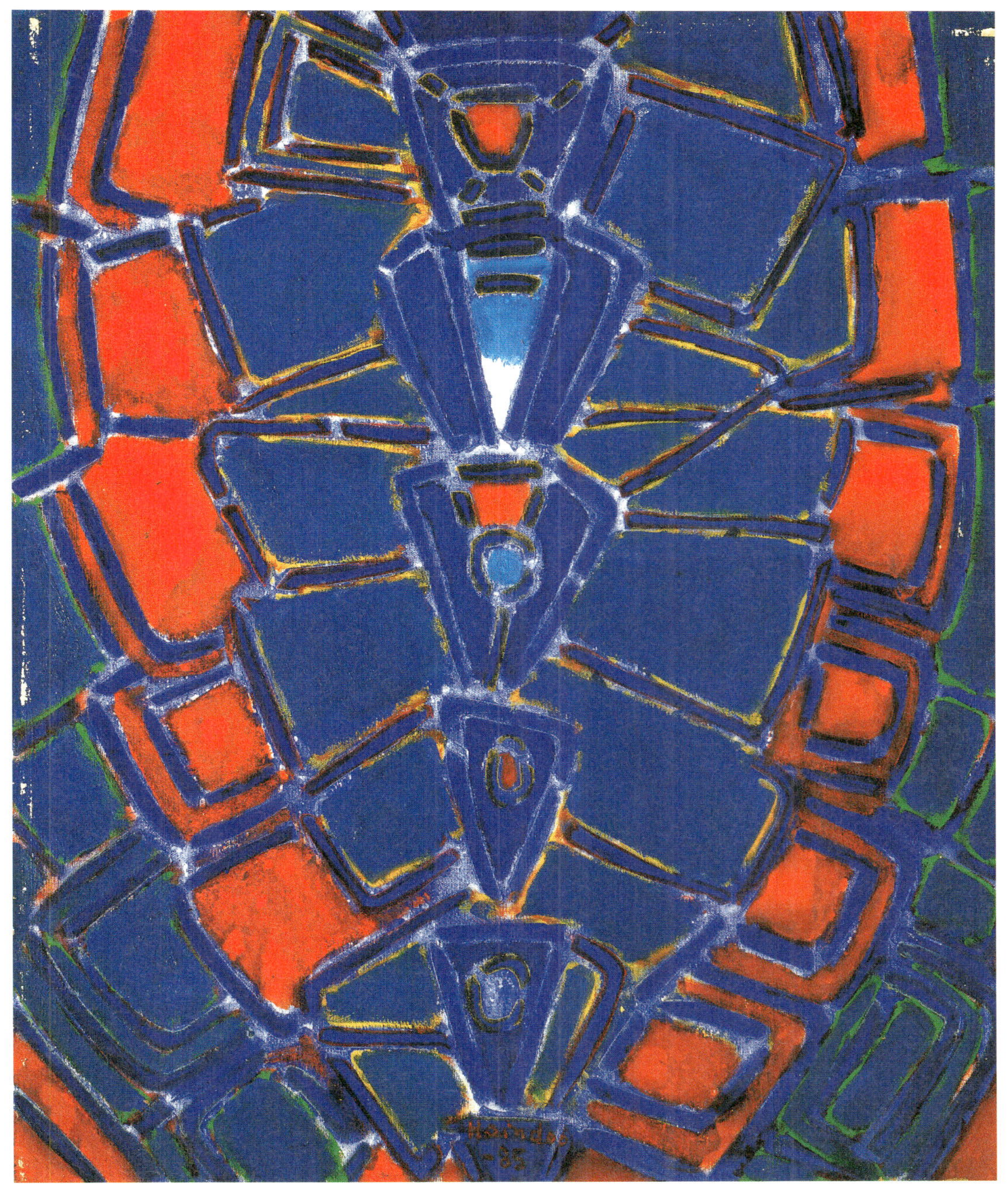

만다라 캔버스에 유채, 72.5×60.5cm, 1985

한국의 전통미술과 불교적 세계관에 주목했다. 그 결과 분명 서양화를 통해 그림을 그렸지만 그 내용과 정신은 무척 동양적인 그림이 되었다. 그의 작품 '승화'는 실제 만다라를 보는 듯 하다.

한국적 추상미술에 대해 고민하던 하인두는 오방색과 단청, 만다라라는 소재를 응용해 독특한 추상작업을 선보였다. 그러니까 동양의 정신세계를 상징하는 도상, 이콘 안에 잠재된 무한한 추상성에 새삼 주목한 것이다.

"추상을 하되 서구적 앵포르멜을 벗어나 우리 고유의 아름다움이나 불교사상을 재분해, 재구성하려고 했어요. 요즘 작품은 깊은 사색에서 오는 여유와 기쁨, 인간의 환희를 지향하고 있어요. 내 그림은 여러 패턴의 반복으로 이뤄지지만 항상 캔버스 복판에 구심점이 설정돼 있고 중심을 향한 축이 있습니다. 일종의 우주도(宇宙圖)라고 봐도 되지요. 태극의 형상이 우주 생성의 원리를 함축하고 있는 것처럼 제 그림도 불교사상과 우주에 대한 여러 연상을 담고 있는 셈입니다."

〈작가노트〉

그는 물감을 묽게 기름에 개어서 번지게 하거나 흘러내리게 하면서 때로는 불규칙하고 때로는 규칙적인 형태를 반복시켜냈다. 그렇게 해서 만들어진 '이원적인 표현 구조'는 그 내용에서 불교의 법열과 같은 경지를 보여준다. 정신의 승화, 인간성의 고결함, 감정의 깊이가 담긴 생명의 움직임을 표현하고자 한 것이다. 이 응어리들은 단순한 몸부림이나 절규가 아니라 우주의 질서에로 회귀하는 오랜 방황의 끝이요, 빛으로 향한 열반의 출발이기도 하다.

그는 이처럼 생명력을 가진 자신의 얼로부터 확장되어 나온 작품들에 '묘환', '비밀의 문', '생의 기원' 등의 이름을 붙였다. 색띠가 무수하게 얽혀 있는 그림들은 어느 옛 절간 천장의 단청 무늬처럼 보이기도 하다. 그러나 그의 그림은 특별한 무엇을 상징하거나 표현하고 있다기 보다는 스스로 터득한 정신의 조화로부터 우러나오는 빛남이라고 말할 수 있다.

하인두의 회화작업은 문학적 감수성과 더불어 출발해서 종교적인 주제로 나아갔다고 말할 수 있다. 하인두는 70년대 말에 이르러 장려한 '만다라' 시대를 펼쳤는데 이때부터 불교적인 관념의 세계, 심원한 동양적 사유의 조형적 실천이라는 의미를 지닌 그림들이 생산되었다. 80년대 중반까지 이어지는 눈부신 색채의 화면에는 우주 생성의 만다라의 세계와 윤회를 암시하는 반복의 구조가 나타난다. 이것은 대칭적 균형의 양상으로 때로는 중심으로부터 화면 전체로 확산되는 양상으로 나타난다. 그리고 말년인 80년대 후반에 이르면 그의 화면은 구체적인 단위들이 해체되고 현란한 색띠와 색면들에 둘러싸인 감성적 색채가 펼쳐지면서 종교적 환희가 표현된다.

탄탄하고 밀도 있는 좌우대칭의 구성과 발랄하면서도 육중한 색채감이 신비롭게 심호흡하고 있는 그의 '만다라', '합장하는 삶', '보살', '密門', '星像' 등 불교적 주제의 그림들은 인연과 윤회사상을 암시하는 듯 끝없이 반복되는 구조로 화면을 장식하고 있다.

청흑색의 띠를 동반한 채 중심에서 주변으로 물결처럼 밀려가는 구조를 지닌 '만다라' 연작들은 바다와 같은 상상력을 바탕으로 우리들이 살아가며 느끼는 기쁨과 슬픔, 고달픔이 우주적 섭리 안에서 이윽고 조화를 이루고 만다는 거대한 상징을 전하고 있는 듯하다. 그 그림들은 회화적으로는 무한히 확장되는 색채와 구성의 메아리이며, 내용상으로는 찰나적 번뇌와 연민의 저 너머에는 드넓은 조화와 평화, 안식의 세계가 있다는 메시지라고 말할 수 있다. 불교적 우주관을 구현시킨 양식이 조형화의 수단을 통해 자리 잡는다. 마치 불교적 의식을 조형화라는 매체를 통해 거행하고 있는 듯한 느

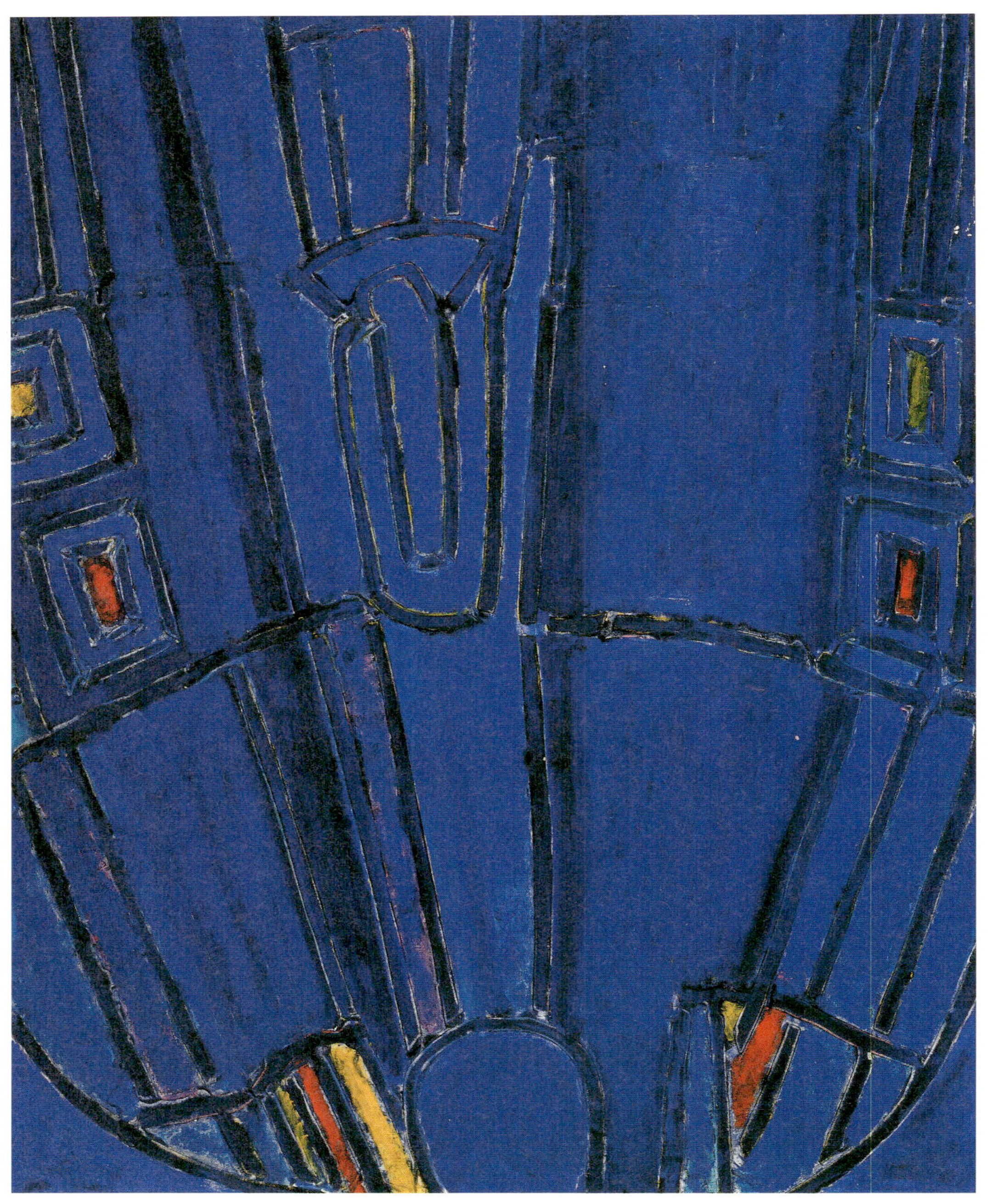

승화 캔버스에 유채, 162×130cm, 1984

껌이다.

　　하인두는 "하나의 중심잡이가 모든 온갖 것들을 거느려 이끌고 온갖 것들이 제 나름의 다른 모양으로 하나의 중심에 집약되는 것, 그러므로 우주 질서의 정화가 만다라요, 바로 보살의 입김이며, 그의 조화가 만다라"라고 설명한 적이 있다.

빈 마음 한 조각

한.농.

한농은 비교적 생소한 작가다. 어느 날 우연히 접한 신문기사 속에서 그의 존재를 처음으로 알게 되었던 것 같다. 그러니까 1996년 한농의 작품('감나무')이 유엔(WFUNA) 창설 50주년을 기념하는 우표로 선정된 기사가 망각 속에서 그의 존재를 새삼 각인시킨 계기가 되었다. 그렇게 접한 그의 첫 작품은 더없이 간결하고 함축적인 그림이었다. 캔버스에 혼합재료로 이루어진 그림이지만 첫인상은 그대로 동양화였다. 지극히 절제된 색감 아래 단촐한 형상이 간명한 메시지를 여운처럼 던져준다.

짙은 검정색이 단호하게 칠해진 바탕이 밤하늘이 되고 이를 배경으로 만월이 둥실 뜨고 그 안에 빨간 감 하나가 매달린 풍경이다. 환하고 둥근 보름달을 배경으로 타오르는 듯한 적색의 감이 가지 끝에 달랑 매달려 있다. 마치 오 헨리의 「마지막 잎새」의 한 장면을 슬그머니 겹쳐 올린다. 그래서인지 이 감은 더없이 강렬한 존재감을 가시화한다.

고독과 적막 속에 자신의 생명을 마지막 순간까지 지탱시키는 생의 욕망이 감촉되기도 하고 우주 자연의 이치와 순환하는 질서를 음미하던 동양 현자들의 시선이 베어 나오기도 하는 그런 그림이다. 달은 순환의 질서를 상징하는 매개며 감나무 역시 피고 지고, 살고 죽고를 거듭하는 생명체의 은유일 것이다. 이른바 음양의 법칙과 동양적 세계관이 자리하고 있다는 생각

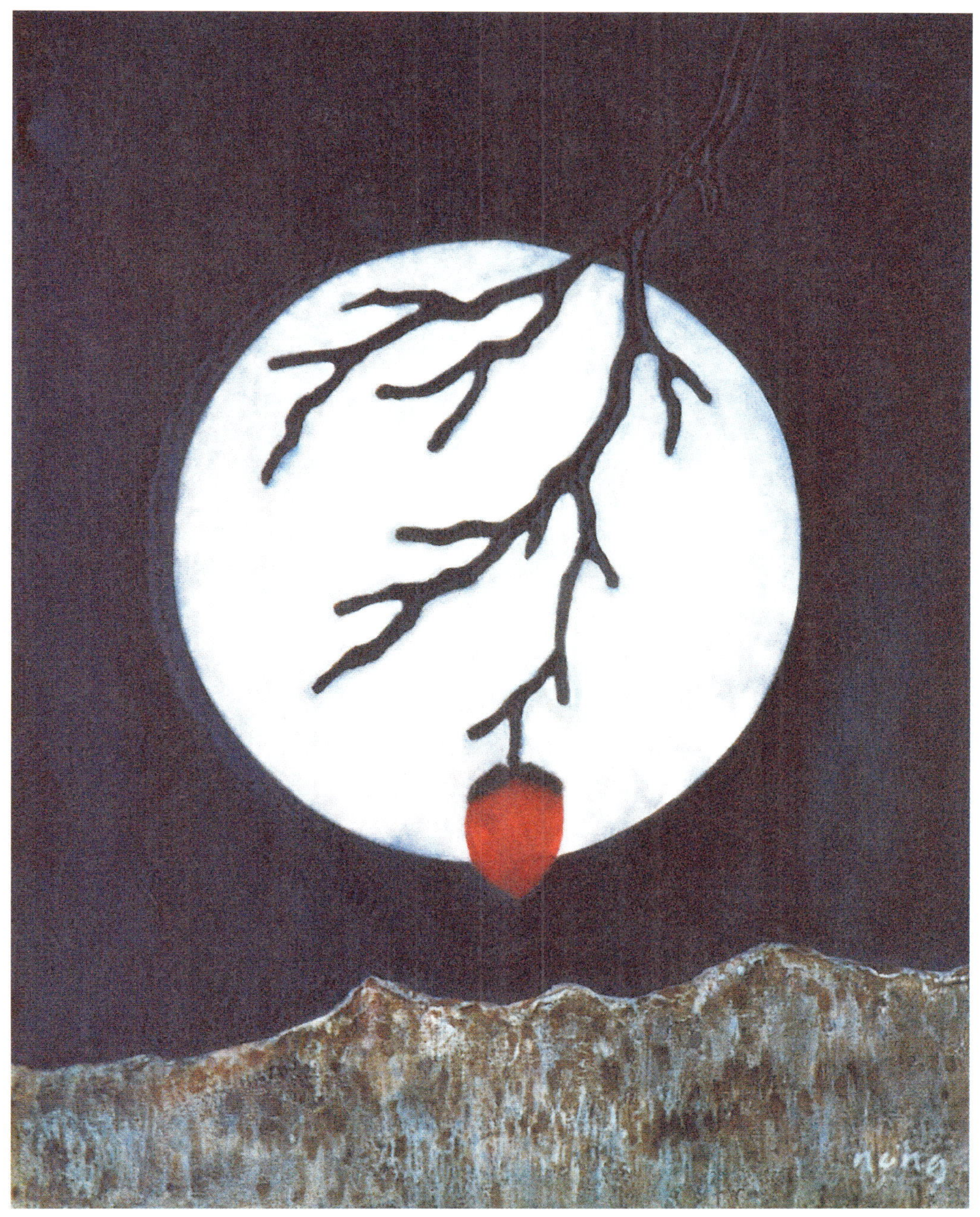

감나무 캔버스에 혼합재료, 61×46cm, 1998

이다. 그는 동양철학 중에서 『역경』에 많은 관심을 기울이며 작품제작을 해 왔다고 하는데 이 '감나무' 역시 그것을 바탕에 깔고 그 위에 작가가 체험한 개인적인 경험을 얹혀놓은 작품으로 보인다.

"이것은 단순한 감나무 그림이 아니다. 달밤에 오직 하나만 남은 열매가 매달려 있다. 이는 인간의 의지를 상징한다." 〈작가노트〉

그런가 하면 나무줄기에 작은 종 하나가 매달려 있고 그 종 안에 끈으로 연결된 문구가 적힌 작은 화면이 달랑거린다('종'). 적막감이 감도는 배경을 뒤로 하고 흑백으로만 그려진 이 그림은 일종의 선화로 다가온다.

매달린 작은 화면 안에는 '空心'이라고 적혀 있다. 빈 마음 한 조각이 허공에 매달려 있다. 순간 사찰에 매달린 '풍경'이 떠오른다. 그러면 어디선가 그 빈 마음이 자그마한 울림을 전해줄 것도 같다. 보는 이로 하여금 명상에 하염없이 잠기게 하는 매력이 은은하게 배어 나온다. 선종이 사람들에게 그들의 내부에 있는 것을 명확히 보도록 요구하듯 선화 역시 보는 이들의 마음에 있는 모든 것을 비우게 하여 유리처럼 투명하게 한다. 그것이 각(覺), 즉 투명한 깨달음으로 귀결된다.

선은 부처가 설법 도중에 들어올린 연꽃을 보고 마하가섭이 미소로 답했다는 염화미소에서 시작된다. 그것은 진리를 구구한 언어로 표현하는 것을 지양하고 마음에서 마음으로 곧장 전달하는 것이다. 한농의 이 '종' 그림 역시 이런 저런 해석을 구태여 덧붙일 필요 없이 곧바로 작가의 의도를 전달하며 화두 하나를 경쾌하게 날린다.

그가 즐겨 다루는 소재는 항구적이다. 달밤의 풍경, 항아리, 종, 감나무, 피리 부는 여인, 나무, 음양의 구상들은 한농이 평생 추구하는 화두에 해당한다. 그는 그 화두를 붙잡고 참선하듯 그린다. 단순하고 명징한 구성 아

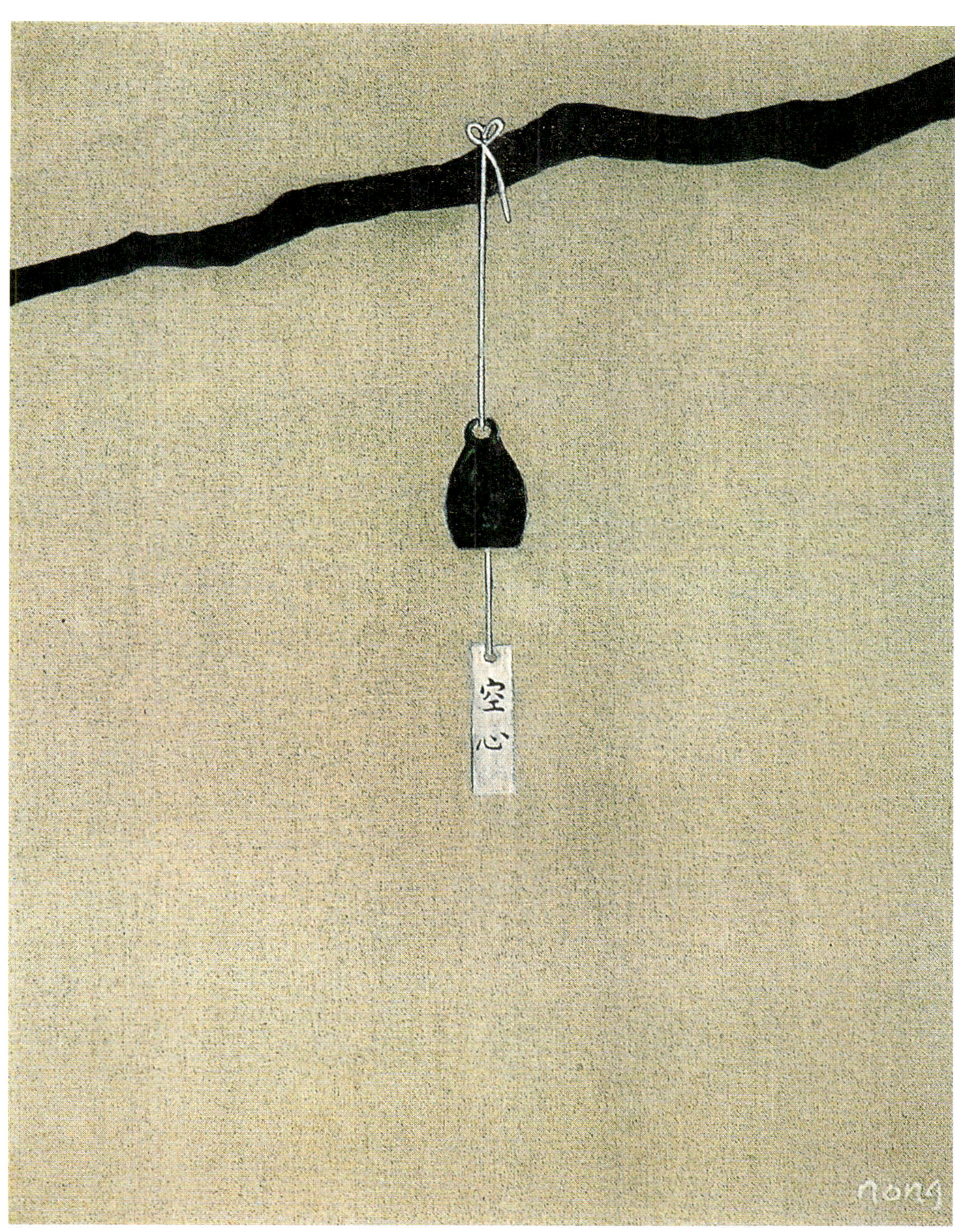

종(bell) 캔버스에 혼합재료, 51×41cm, 1997

래 단어처럼 자리한 소재들을 가지고 반복해서 되물어 본다. 그래서 그의 그림은 무척 종교적이기도 하다.

1930년 서울 생인 그는 1952년 미국으로 건너가 지금껏 그곳에서 살고 있다고 한다. 그토록 오랜 세월을 이국 땅에서 살아온 그의 그림에서 그렇게 강렬한 동양화의 근간을 이루는 사상과 체취를 만난다는 사실이 다소 경이롭기도 하지만, 어떻게 생각해 보면 20대 초반, 한국 땅을 떠나기 전에 이미 그의 세계는 형성되었던 것 같다. 하긴 모든 이의 세계는 이미 유년에 완성된다. 어른들은 유년의 왕국 아래 산다. 한농 역시 평생 유년의 기억을 뜯어먹으며 살았을 것 같다.

어린 시절 형성된 세계, 특히 조선의 전통적인 사대부문화와 한문학에 정통한 교육의 바탕과 근대기 신학문의 적극적인 수용이 그의 지적 세계를 형성한 것으로 보인다. 그러니까 그는 당시 최고의 엘리트 교육을 통해 전인적인 선비, 개화인으로서의 소양을 쌓았으며 이후 미국에 가서 교육을 받고 살아가면서 동서문화와 사상을 온전히 체득한 지식인/화가가 되었던 것으로 보인다. 이런 정황은 앞서 언급했듯이 그의 그림의 성격을 규정하는 독특한 인자가 되었다.

"나의 개인적인 목표는 이해를 통한 인간성의 보다 원숙한 경지입니다. 나의 예술이 이것을 증명해 줄 것입니다. 직업적인 성공은 물론 즐거운 일입니다. 그러나 이러한 즐거움은 인간성의 성숙을 이룬 다음의 부차적인 일이라고 생각됩니다." 〈작가노트〉

시간의 복제

한.만.영.

과거의 모든 시간은 현재에 연결되고 또한 미래의 모든 시간과 연결
된다는 것이 불교의 연기사상이다. 내 육신과 생애가 그렇고 문화가 그러하
며 미술의 역사 역시 그렇다.

1970년대 한국 모더니즘의 뒷문을 최초로 빠져 나온 작가로 알려진
한만영은 오랫동안 그 '시간'에 주목한 작가다. 그는 삶과 미술을 해명하고
이해하기 위한 주된 축으로 시간을 사유해 왔다. 줄곧 서양미술사에 대한 진
정한 이해와 문맥의 파악, 그를 통한 한국 모더니즘미술의 가능성 모색이란
과제 및 한국현대미술의 정체성 같은 문제를 작업의 중심으로 삼아왔던 것
이다. 그리고 이는 자기 생애의 본질적인 탐구와 맞물린다. 그러니까 나는
왜 사는가, 무엇을 그리는가, 현재 이곳에서 작업한다는 의미는 무엇인가,
과거와 현재, 미래가 하나로 연결되어 있는 시간 속에서 미술과 삶을 어떻게
인식할 것인가가 문제인 것이다.

많은 작가들이 생(生)이라는 수수께끼를 풀려고 노력하면 결국은 시간
이란 문제에 다다르게 된다고 한다. 즉 인간의 모든 정신적인 체험은 시간체
험으로 환원된다는 것이다. 흐르고 또 흐르고, 변하고 또 변하고 또 변해도
시간은 태초의 그대로이다. 인간이 쳇바퀴처럼 흘러가는 일상에서 벗어나
'다시 돌아올 수 없는 지금 여기' 그리고 유일하게 실재하는 시간인 '현재'를

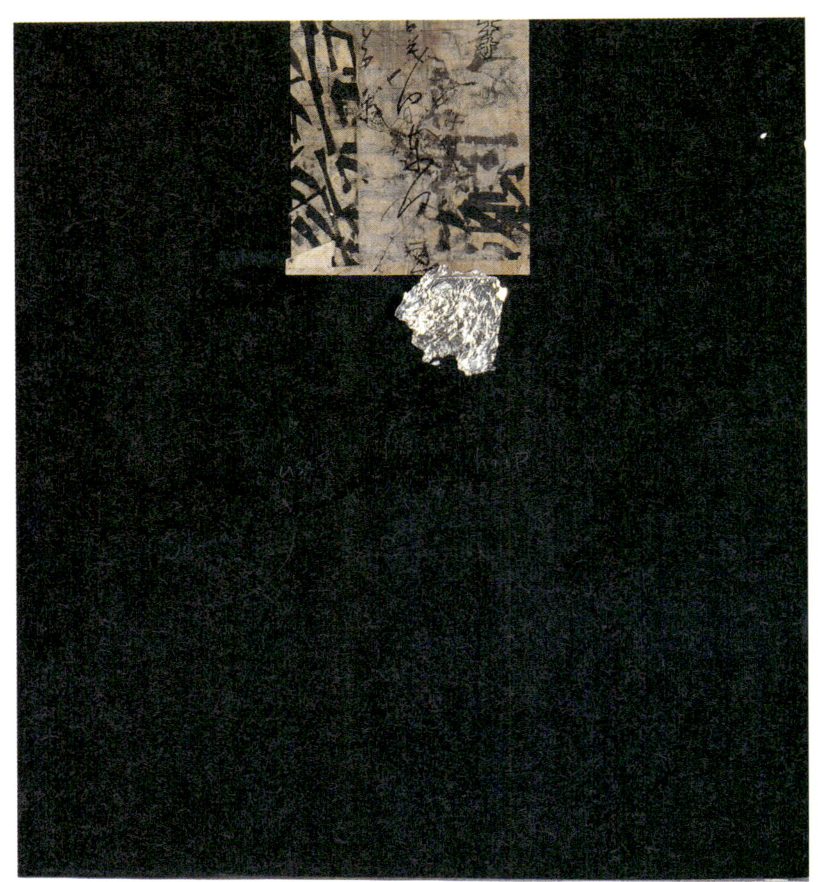
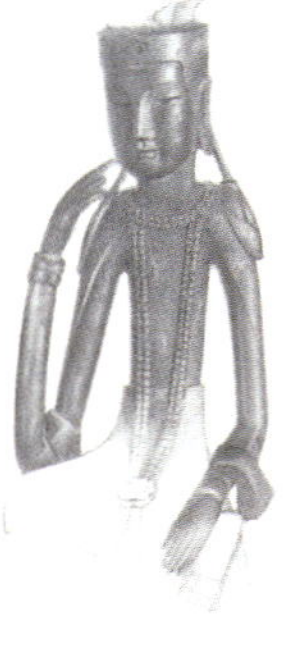

시간의 복제—D14   펜슬 · 아크릴 · 콜라주, 81.7×50cm, 2002

인식하는 것은 황홀하고 경이로운 경험일 것이다. 그래서 오늘은 '오! 늘〔常〕'이다. 이러한 경험은 우리를 당혹하게 만들기도 하고, 신성한 공포를 불러일으키기도 한다. 또한 그런 경험은 우리로 하여금 근본과 절대와 부딪히게 만든다. 그렇게 보면 참선이란 일상의 시간을 거슬러 생생한 시간을 경험하게 하는 한 방법이며, 선이란 일종의 시간체험이라고 볼 수 있다는 것이다.

사실 시간은 시간일 뿐이다. 그것을 인식하는 인간이 있기에 시간이란 것이 있는 것이다. 그러니까 시간에 문화적 유형이 있을 수 없고 따라서 시간관에 따라서 문화가 실체적으로 구획화될 수도 없다는 것이다.

'시간의 복제'는 1984년 이후 줄곧 그의 주제가 되어 왔다. 시간이란 주제를 통해 그림의 본질을 묻는 질문의 행간 위에 삶의 본질을 겹쳐 쓰고 있다. 70년대 말 이후 그는 '그린다'는 행위를 근원적으로 사유해 보는 작업으로 작가생활을 시작했다. 맹목적으로 받아들일 수밖에 없었던 서양미술을 다시 생각해 보는 차원에서 이루어진 작업들이 서양미술사의 주요 그림들에 대한 패러디로 나왔으며 지금까지도 그의 그림은 미술의 근간에 대한 집요한 물음과 한국적인 그림, 아니 자신의 정체성과 연루된 미술에 대한 고민의 일단과 꾸준히 대면하는 작가다. 이런 물음은 그를 자연스럽게 '시간성'에 주목케 했다.

한만영은 시간에 주목하면서 자연스레 지금의 나를 형성케 한 모든 요소들에 대한 반성과 과거, 현재, 미래를 순환적 관점에서 바라보는 시선이 가능했던 것 같다. 마냥 서구 현대미술의 맹목적인 추종에서 벗어나기 위해 그는 현재의 우리를 형성하고 있는 근원적인 요소에 대해 고민해 왔다고 한다. 이는 자연스레 우리의 정신적인 지주의 역할을 하는 문화, 전통문화와 현대문화의 갈등 같은 것들을 함께 불러온다. 그렇게 해서 자연스레 도달한 것들이 불교문화일 것이다. 그는 불교신자나 특정한 불교적 교리를 내세우거나 이를 강박적으로 제시하려는 게 아니라 불상, 혹은 불교적 이미지를 차용하면서 이를 통해 우리의 잊혀진 전통, 그러나 여전히 유전적으로 형성되어 내려오는 불교적 사유와 정신성 같은 것들을 어떻게 형상화할 수 있을 것인가에 대한 모색 속에서 다룬다. 결국 우리의 전통문화란 상당 부분이 불교적 사유와 정신성으로 녹아 있음을 만난 것이다. 우리의 전통미술이라는 것도 대부분이 불교 이미지, 불교미술에 다름 아니다.

'시간의 복제―아침'란 작품은 무한감이 감도는, 최소한으로 한정된 평면의 화면을 담고 있는 박스와 부처상이 놓여 있다. 여기서 일자형의 박스는 미술에 대해, 삶에 대해 생각하고 그 생각을 시각화하는 장소의 역할을 한다. 그것 또한 어찌 보면 세상과 유폐되어 은둔하고 수행하는 절간과 그리 다르지 않아 보인다. 한만영은 황학동이나 청계천 고물시장에서 수집된 과거의 기물(불상 등)들과 무한한 평면을 한데 조율해서 문학성 짙은 예민하고 섬세한 신경망을 보여주는 개인의 상상공간을 만들어내고 있고 한 화면에 이질적이고 상반된 갖가지 요소들을 절충해내어 긴장된, 그러나 그 긴장이 결코 충돌하거나 부딪히지 않고 어울려 들려주는 화음으로 엉긴 그런 상태를 반영해주고 있다. 오래된 것에서 예술의 영감을 찾는 이 고전주의적 기질과 정서를 지닌 작가는 체질적인 데서 연유하는 직관적이고 함축적인 화면을 만들고 있다.

그는 "나의 작품에 있어서 지(知), 즉 레디메이드는 이미 관념화되어 버렸다"고 말한다. 그것은 결국 '아는 것=관념화된 과거=레디메이드'의 관계다. '시간의 복제'에서 주목적은 왜곡되고 관념화된 과거를, 그 과거를 말하기에 정당한 방법인 패러디를 통해 재해석하겠다는 뜻이 될 것이다. 한만영이 제시하는 작품 개개의 사물들의 의미는, 예를 들어 기둥(나무조각)은 과거와 현재 세월의 덧없음, 불상은 전통문화와 정신성의 상징, 순환과 같은 것들을 보여주며 하늘은 시간과 공간을 초월한 복합적 개념, 우주적 개념, 열린 공간의 상징이며 박스 패널(거울 부착)은 조형적 도구에 해당한다.

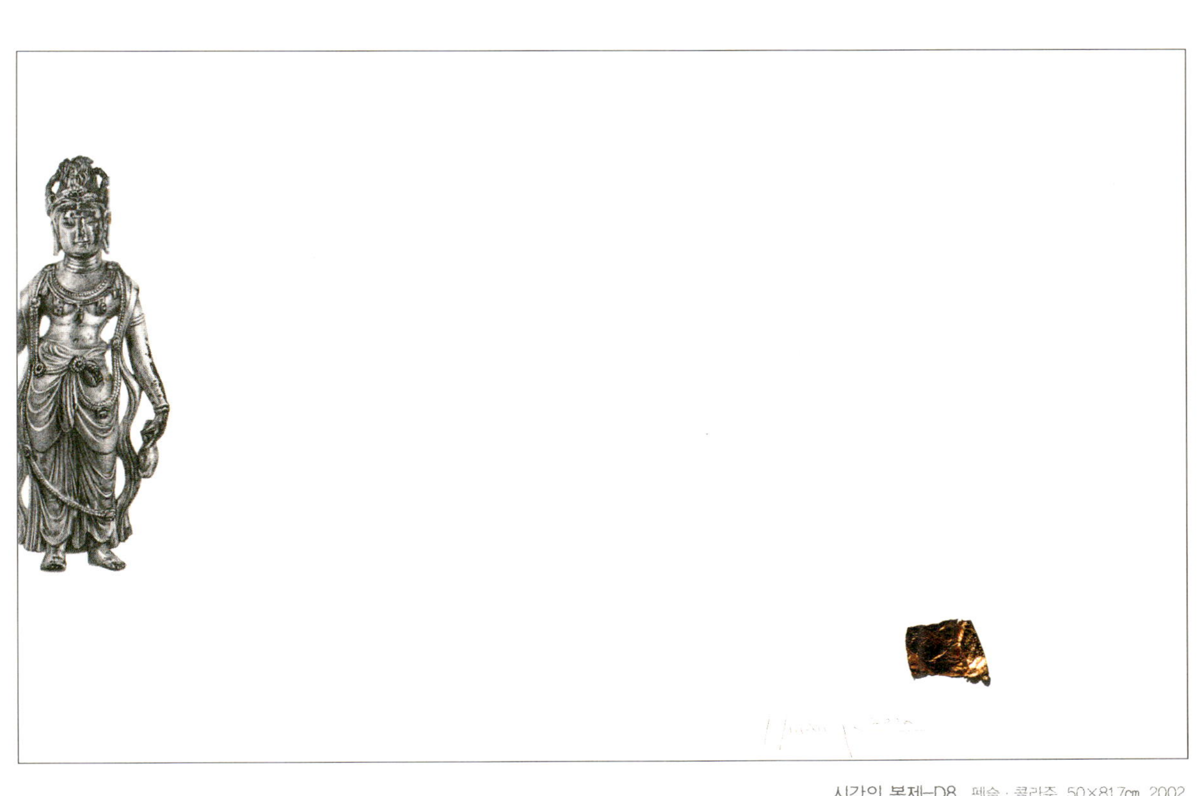

시간의 복제—D8 펜슬 · 콜라주, 50×81.7cm, 2002

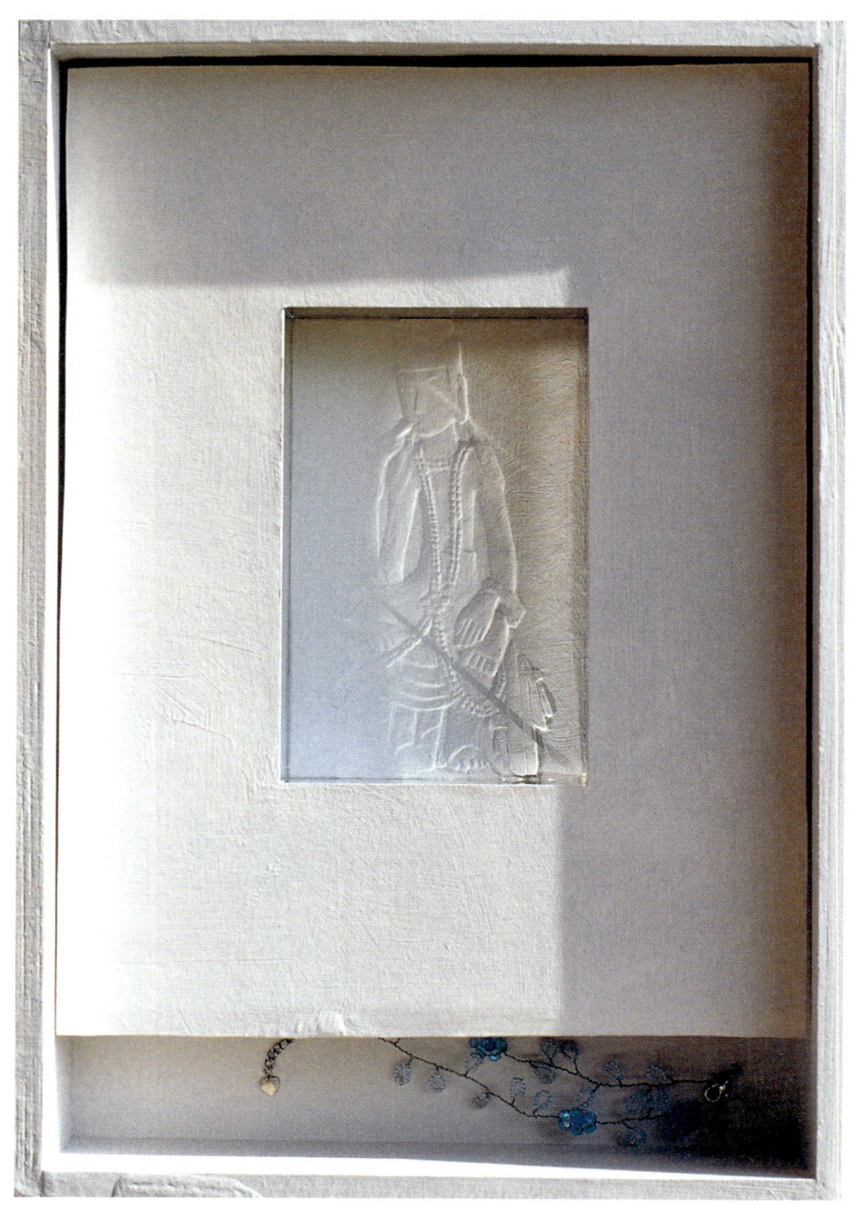

시간의 복제 혼합재료, 27×39×6.8cm, 2001

　그는 창작의 근원을 과거에서 찾고, 과거의 작품이 반복되면서 재창
조되어 왔다는 사실을 전략적으로 활용하는 명백한 패러디스트다. 한만영
의 모든 패러디는 창작과 모방의 긴장을 합리적 핵심의 하나로 갖는다. 그것
은 위반이되 우리에게 공유될 수 있는 기호를 가진 모방, 모방을 철저히 드
러내었을 때 가능한 창작이다. 한만영은 그림을 통해 그의 싱싱한 상상력을
환기시킬 뿐 아니라 우리에게도 상상력을 요구한다. 그의 작품은 우리에게
말을 건다. 시간과 공간의 제약을 순간 풀어헤치는 것이다.

수평에의 의지
홍.명.섭.

무자성(無自性)이란 말이 있다. 본래의 '나'란 것은 없지만 '나'는 모든 관계의 총화에 의해 규정된다는 것이다. 만사를 생각하게 될 때 관계가 우선하게 된다는 것이다.

자신의 작업이 어떤 일정한 의미로 읽히는 것을 극구 사양하는 홍명섭에게 작품은 하나의 '장치'이다. 이 장치는 '사람과 사람 사이의 생기 있는 관심을 토대로 그 관심사의 표현에 최대한의 장력'을 부여하는 것이고, 그런 점에서 '우리의 감수성에 최대한의 갈등'을 일으키는 것이다. 그의 작업은 다만 관계에 의해, 우연과 인연에 의해 잠시 멈춰질 뿐이다. 그는 로프에 빨간색 테이프를 감아서 전시장 바닥에 던져놓거나 낚싯줄로 천장에 매달아놓는 작업을 통해 로프가 뱀이었다가 지팡이였다가 다시 로프로 돌아가는, 순환하는 기이한 형상을 보여준 적이 있었다. 실재는 없고 다만 관계와 인연 속에서, 마음 속에서 그것들은 변할 뿐이다.

그는 고등학교 때부터 불경에 깊이 심취했으며 특히 청담 스님의 책이 큰 영향을 주었다고 회상한다. 한때 중이 되기를 열망하기도 했던 그는 이후 인식론적 관심으로 불교를 접해 왔다고 한다. 대학에서 조각을 전공하고 현대미술에 대한 이해를 갖게 되면서 자연스레 불교적 관점이 그에 접목되면서 그만의 독자적인 미술관이 가다듬어지게 되었던 것 같다. 그래서인

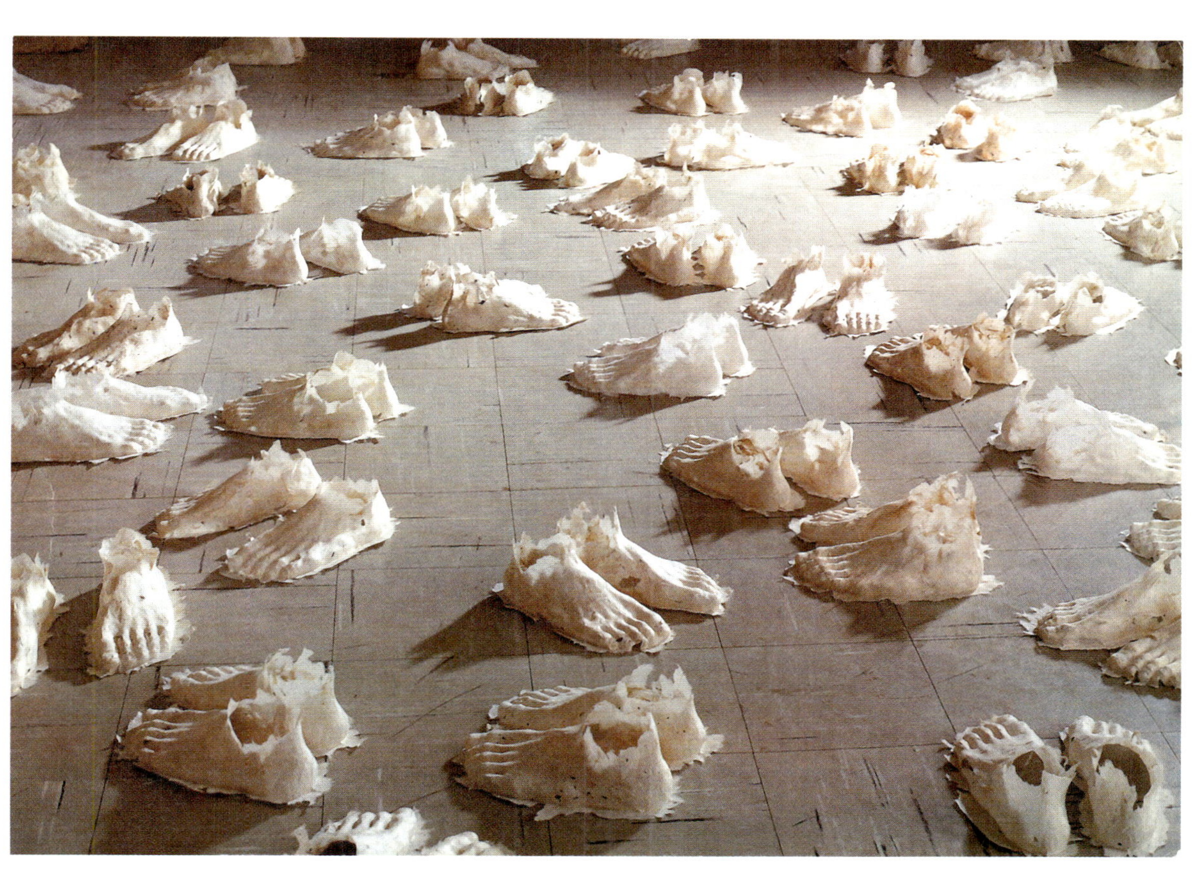

회향(回向)녁 한지주조, 1995

지 재학시절부터 그는 기존의 모든 조각적 전통에 대해 일정한 반성을 시도해 왔다. 일시적이고 찰나적인 작업, 인연과 시간성에 대한 주목 등이 그것이다. 그때부터 그의 작품은 순간순간 변하는 것을 선호해 왔다. 예를 들어 그가 즐겨 쓰는 종이, 테이프 등이 그것인데 그것은 가장 비조각적인 재료이다. 값싼 재료이며 가변적이고 시간이 지나면 자연스레 변화해 가는 그런 재료다. 부피와 질량을 지닌 덩어리로서의 전통적인 조각적 재료가 갖는 영구성을 역겨워하는 그는 곤충의 허물(껍질)과도 같이 부서지기 쉬운 종이의 느낌이나 비닐테이프 등 그 연약한 느낌의 재료적 속성에 주목한다.

그의 작품 대부분은 무엇보다도 소멸되어 간다는 점에서 생명의 주기를 닮고 있다. 종이로 떠낸 발 역시 일정한 시간 지속되긴 하지만 세월에 변질되거나 쭈그러들거나 차츰 누렇게 변색, 바래진다는 점이 핵심이다. 그는 자신의 작품이 결코 오래가길 원하지 않는다. 일시적이고 우연적으로, 인연이 되어 특정한 공간에 기생하면서 일정한 시간을 머물다 전시가 끝나면 사라지는 것이다. 따라서 그것은 결코 누구에 의해 소유되기 어렵다. 이렇듯 기념비적인 것, 지속적인 것이 아니라 일시적이고 우연적인 것들이 그의 작업의 중심축이 되었다.

> "작업이란 어떤 인연에 끌려가는 것이지 내가 만들고자 해서 꼭 되는 것은 아니다. 나는 거기서 어떤 인연을 볼 뿐이다. 인연이 닿으면 나의 작업이 다가올 것이다." 〈작가노트〉

따라서 그에게 작업을 한다는 것은 업을 지음과 동시에 또한 업을 벗어남이기도 하다. 의미 있는 일이기도 한 동시에 의미를 벗어나는 일이기도 하다. 공이요 화근이다. 득이며 실인 것이다. 세간(世間)이 곧 출세간(出世間)이며 여기가 극락(極樂)이고 여기가 마장(魔障)이다. 석용산 스님은 여신도들

의 치마폭어 시달림 받아야 하는 포교승들에겐 여인이 마장이며, 이 여인네
라는 마장을 통해서 포교승은 커야 한다고 말한다. 생활인들에게 생활이 극
락이고 곧 마장이듯이 예술가에게 예술 역시 극락이자 마장이라는 것이며
이를 적극 실천하고 있다.

> "불가에서 말하는 '사과(四果)' 중에 세 번째 단계인 '불환과(不還果)'
> 란 우리가 그 무엇으로도 다시 태어남이 끝난 경계를 말한다. 더 이
> 상 윤회가 되풀이되지 않게 끝나는 이 단계처럼 예술작업이란 것도
> 작가 개인에겐 어느 선에서 더 이상 작업이 되풀이될 수 없게 예술
> 의욕을 잠재워 버리고 마는 단계가 있지 않을까. 그런 경계가 있을
> 것 같다. 그렇지 못하니까 또 다시 새로운 작업의 경계에 들고, 또
> 다시 지어내려는 의지에 노출되고 있는 것은 아닌가. 자기 자신만의
> 작업을 수행한다는 업을 거리낌 없이 또 다시 지으면서……. '나'라
> 는 자아의식에의 포로, 자아의 허구에 오늘도 놓아나면서 나는 아직
> 도 '나'라는 환상을 추구하는 자만감에 몸을 떨고 있는 것이다. 나무
> 아미타불, 나무아미타불, 나무아미타불……." 〈작가노트〉

그는 한지로 발을 떠서 배열한 작업에 '회향', '회향심'이라는 이름을
붙였다. '회향'이란 자기가 닦은 공덕을 다른 중생에게 돌려주어서 범부가
닦은 마음이 불과로 들어감을 뜻하는 말이다. 정신이 공과를 육체에 돌리고
이를 통해 정신과 육체가 함께 불과에 드는 것이다.

그의 발들은 수평에 납작하게 깔려 있다. 수십 개의 발로 이루어진 군
족의 형태로 이루어진, 같으면서 다른, 끊임없이 변화하는 반복의 작업이다.
어떤 공간에 물체를 깐다는 것은 결국 공간확보가 아니라 시각을 낮추면서
시간을 포섭하는 것이다. 수평구조를 휴식공간으로 보는 그는 번잡하게 들

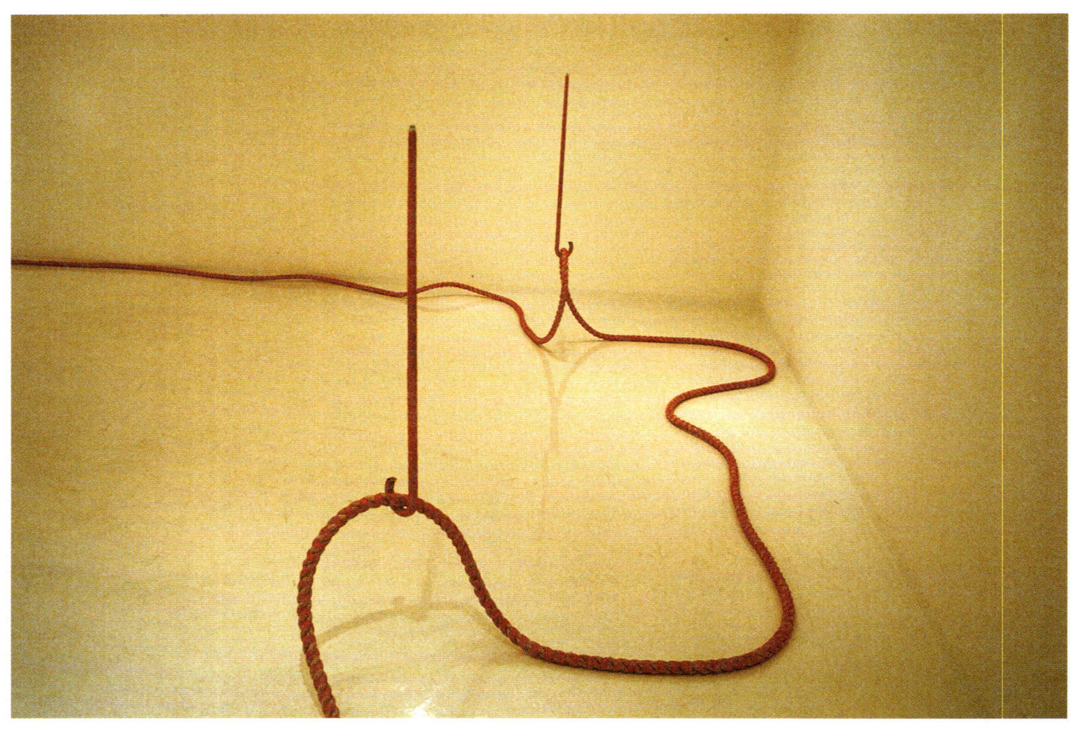

끓는 예술적 욕구를 잠재우고 명상적 시각구조를 갖고자 원한다. 물이 흐르는 이유는 그것이 '수평에의 의지'를 가졌기 때문이라는 것이다. 수평과 같은 고요함을 유지하려는 속성의 물은 수평을 찾아서 흐르게 되어 있다는 것인데 자신의 작업 역시 자신의 예술적 욕구를 가라앉히는 수평의 고요함을 발견하려는 과정에서 나온다는 말이다. 그러니까 세계에 대한 공손한 외경감으로 명상하는 제스처, 수평의 평정을 회복하려는 것이 그의 발 작업이다.

발은 인간 중심적인 표정을 지우고 대지와의 교감을 이어주는 신체적 통로이다. 발은 대지와 가장 가까이 대지의 음덕과 수평의 균형을 조화롭게 하는 뿌리와도 같다고 보는 것이다. 그런가 하면 발은 신체의 어느 부위보다도 무척 익명적이다. 아울러 발의 연장인 신발은 또한 대지와의 친화력을 띠는 순환, 죽음과 탄생의 상징이기도 하다. 그것은 존재와 부재를 이어주는 이미지인 셈이다. 우리는 흔히 삶을 떠나는 길목에 신발이 놓이는 장면을 목도한다. 물에 몸을 던져 이 세상을 등지는 사람이 신발을 가지런히 벗어놓는 것은 이승과 하직을 고하는 의식에 다름 아니다. 그렇게 벗겨진 신발은 실종과 상실의 기억이며, 존재의 껍질, 허물의 느낌을 준다는 것이다.

아울러 그는 이 '화선지—발'의 기본 아이디어로 '물상에 대한 명상, 즉 세계에 대한 어떤 리사이클링(허물, 업)의 한 패턴〔meta-pattern〕'을 말한다. 메타라는 표현은 바로 주관성의 표현을 해체하기 위한 표현이다. 동양적인 윤회사상을 떠올리는 이 얘기는, 화선지라는 재료의 속성과 어울린 발의 형상이 부초처럼 떠도는 인생의 허허로움을 은연중 떠올려줌도 부인하기 어렵다.

그는 이 작품에 대해 "오늘 나는 어지러운 비평의 난무, 공허한 의미과잉으로 치닫는 우리 화단에 의미가 퇴색된 껍질과 같은 평온한 휴식을 서비스하기로 마음먹어 본다. 일러 회향심(廻向心)이라 할까"라고 말한다. 오랫동안 정주의 안락함을 거부하고 화단의 주류에 거스르면서 독자적인 조형세계를 천착해 온 홍명섭의 작업세계는 불교의 사유와 동양적 지혜, 수행적 차원에서의 작가적 삶을 융합해온 한 경지를 투명하게 보여준다.

진경판화로 새겨진
한국 자연과 사찰

홍.선.웅.

강화도를 마주하는 김포의 서쪽 끝자리(보구곶리)에 홍선웅의 작업실이 있다. 나는 오랜 시간을 건너편으로 북한 땅이 길게 드리운 모습이 보이는 한강의 하류, 분단이 실감나지 않는 기이한 풍경 앞에 직립해 있었다. 이곳은 파란 하늘과 따스한 가을 햇살, 그리고 더없이 조용한 시골 동네의 전형성을 띠고 있다. 세상의 변방처럼 한적하고 풍경은 햇살에 가물하다. 마을회관을 빌어 작업실로 쓰고 있는 작가는 만나자마자 곧장 판화 얘기로 들어간다. 악수와 함께 곧장 본론으로 들어가는 작가의 스타일이 감지된다. 그러고 보니 그의 판화 또한 간명하고 경제적인 선으로 압축되어 있다.

돌이켜보면 내게 홍선웅의 판화는 오윤과 함께 지난 80년대에 탐독했던 여러 책들의 장정과 삽화로 다가온다. 그래서 이렇게 오랜 시간을 구면으로 대해온 듯한 정겨움이 있다. 그러나 놀랍게도 그와 나는 초면이다. 하긴 그런 게 문제될 리는 없다. 작가는 작품 뒤에서 늘상 살아있고 시선을 주면 그는 다가온다.

곧장 1층 판각실에 들어섰고 이후 그는 우리 전통판화의 우수성에 대해 말문을 연다. 이곳은 그간 깎고 찍은 판을 전통적인 방식으로 보관하는 장소로, 판각들이 책처럼 놓여 있다. 은행나무에 새긴 목판의 좌우가 휘어지

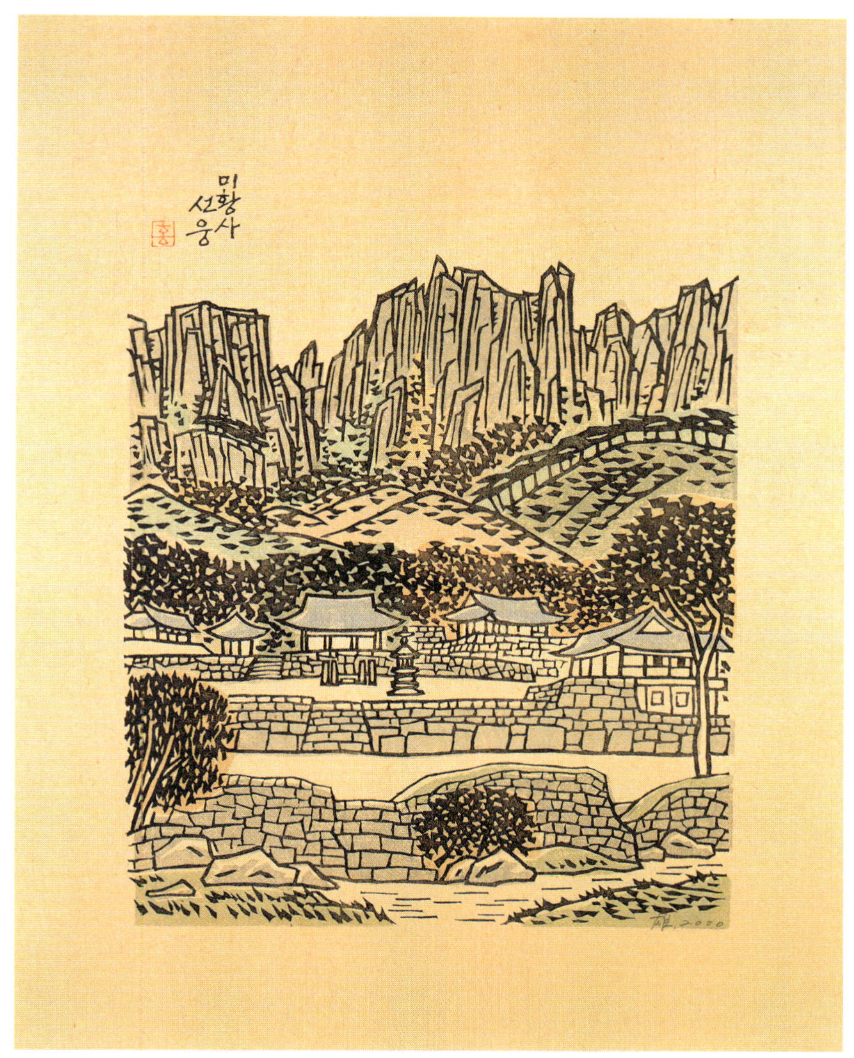

미황사
한지 · 먹 · 목판,
40×31cm,
2000

지 않게 마구리를 댄 판각들은 판 자체를 중시하는 배려이다. 판화를 일정량 찍고 나면 버리는 현대적 판화 관행을 반성하고, 목판화가로서 찍어낸 판화 뿐만 아니라 원판의 중요성을 고려한 그는 판이 잘 뭉개지지 않는 은행나무 를 쓴다. 또한 판 자체를 보관하기 위해 전통목판화처럼 좌우에 별도의 두터운 나무를 대는 마구리 형식을 쓴 것이다. 우리 선조들이 좋은 나무들만을 골라 마구리까지 하며 정성 들여 판목을 만들고 보관하였음을 새삼 상기시킨다.

그는 우리 전통판화를 공부하기 위해 수많은 문중과 사찰, 서원을 탐방하고 그 안에 저장된 방대한 양의 목판들을 연구해서 우리 민족의 판각문화, 전통판화를 환생시켜내고 있는 작가다. 그리고 이런 노력은 자연스레 그를 불교와의 깊은 인연으로 엮어낸 계기가 되었다. 왜냐하면 전통목판화는 사실 경전의 필사와 보급이란 측면에서 불교의 전래와 가장 깊은 연관을 맺고 있기에 그렇다. 해인사의 팔만대장경 같은 경우가 그 대표적인 예일 것이다. 또한 부석사에도 고려 각판인 화엄경판(보물 제735호)이 온전히 보전되어 있어서 우리의 판각문화를 잘 보여준다. 현재 전국 70여 개 사찰에 841종 31,781판이 분포되어 있다고 한다. 전통목판을 공부하다가 불교와 자연스레 접하면서 그의 작업이 숙성해간 것이다.

우리 민족은 원래 학문을 좋아하고 책을 사랑하였기에 목판본들이 수없이 생산되었고 그 속에서 종이와 함께 판각문화가 발달되어 왔다. 판화에는 경전의 삽화로 변상판화가 절의 사간판으로 생산되었으며 아울러 국가에서 관장했던 의궤도를 비롯해서 지도와 천문의, 의학서의 도해, 문집삽도, 계회도, 부적, 시전지 등의 판화가 생활문화 속에 깊숙이 자리잡고 있었다. 그러나 이 같은 판화의 풍부한 유산과 전통은 근대 이후 사멸되는 과정에서 망각되거나 외면당해 왔다. 80년대 민중미술 운동과 전략적인 측면에서 판화를 활용한 작가는 새삼 전통목판화 공부의 필요성을 절감했던 것 같다. 그래서 1990년대부터 본격적으로 사찰을 다니며 절에 있는 판고를 뒤지고 영·정조 연간의 뛰어난 판각문화에 비로소 눈을 뜨게 되었다고 한다. 그에 따라 전통적인 불교변상판화에 주목하고 이후 조선시대 정조 연간에 제작된 이른바 진경판화를 접목한 그만의 판화를 선보이게 되었다.

정조시대에 판화는 정치, 문화적 중심기구인 규장각에서 기획하고 규장각 각신들이 판화 간행의 실무를 맡아서 심혈을 기울여 제작되었으며 당시 가장 기량이 뛰어난 화원들이 참여했기에 정교하고 아름다우며 질적, 양적으로 풍부하고 다양한 판화들이 많이 제작되었다.

수십 가지의 수종의 표현과 파격적으로 굵은 각선, 다양한 점, 선의 표현으로 각법의 모든 면을 보여주는 한편 진경화법이 응축된 당시의 판각 문화의 사실정신은 그에게 커다란 귀감이 되었다. 그래서 그는 우리의 전통판화를 연구하고 이를 계승하고자 판화기법, 판각의 보존, 조선 닥종이나 한지와 무명 천에 전통염색을 해서 천연색을 만들어내 이용하는가 하면 그 안에 담기는 내용 역시 한국 산천의 아름다움과 사찰풍경, 역사를 담고 있다.

우리 조상들은 판은 어머니이고 대지이며, 각은 그 대지에 씨앗을 뿌리고 나무를 가꾸는 행위로 여겼으며, 형은 그 노동의 산물이자 풍요로운 대지의 결실로 인식했다고 한다. 이 세 가지가 분리될 수 없으며 그런 각수의 마음 아래 나오는 것이 진정한 판화였다고 한다. 그도 선배 각수들의 그 같은 마음과 손을 닮고자 갈망한다.

그어 따라 은행나무를 사용하며 타각기법(망치로 두드려서 깊이 있게 파는 기법) 아래 먹과 한지를 사용하는 그의 판화는 우리 전통목판화의 계승에 근접하고 있다. 망치로 조각칼을 두드리며 깊고 얕게 파나가는 타각법이나 칼을 안으로 끌어당기는 인각의 판각기법만이 힘차고 옹골찬 각의 맛을 낼 수 있다고 하는데 그 결과 다소 거칠고 투박하지만 고졸한 먹을 한없이 풍기는 고판화나 먹판화가 가능하다는 것이다. 그의 유연하고 간명한 선으로 드러난 사찰풍경이나 다색 목판화로 찍힌 풍경이 그 흔적이다. 먹으로 찍는 수성목판화의 그윽한 맛이 선미처럼 담겨 있다.

특히나 먹을 갈 때 한약제인 천궁 달인 물을 쓰는 기술을 터득해서 농담이 균일하면서 흑연 맛이 돌고 먹의 윤기와 그윽한 깊이를 담고 있으며,

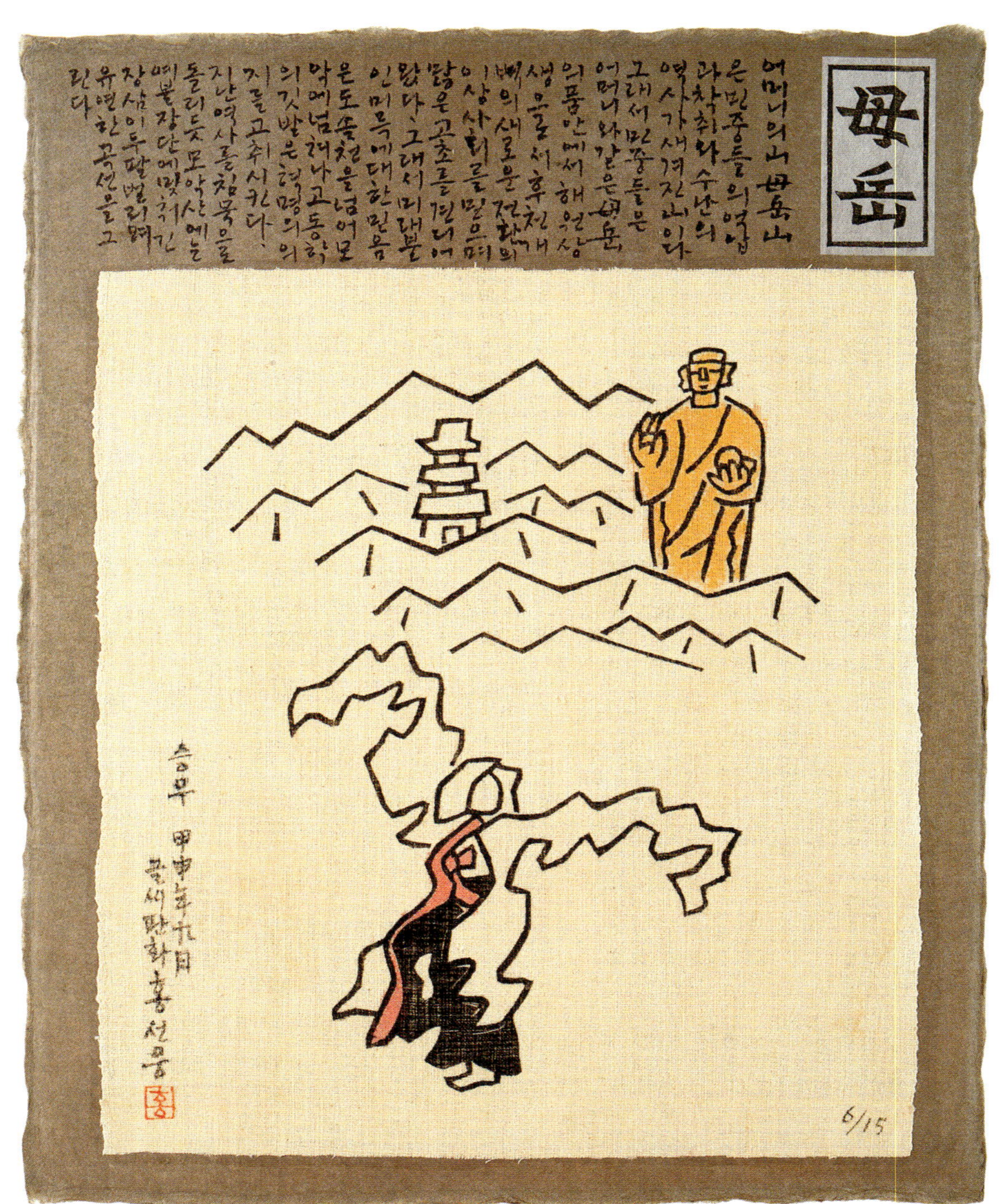

모악연작(母岳連作)-2 승무 먹판화(양파껍질 염색무명 + 소목에 먹물염색 한지), 39×48cm, 2004

희끗희끗하면서 부드러운 먹선을 연출하고 있다. 아울러 먹선의 맛을 살리기 위해 좋은 조선 닥종이나 천연 염색한 무명 천을 선택하며 배경에는 더러 투실한 화강암의 탁본을 활용하기도 한다. 이를 종합해서 그는 무엇보다도 '우리 산천의 아름다움'을 찍고자 한다. 동시에 그 풍경에서 빼놓을 수 없는 것이 바로 사찰이다. 사인암, 쌍계사, 희랑대, 미황사 등은 그가 즐겨 다룬 소재다.

그는 거칠면서도 투박한 각의 멋과 먹색의 담백한 아름다움을 즐긴 것이 우리 민족의 미감에 다름 아니며 우둔한 듯 서투르며 돌을 깨듯 거칠고 투박하면서도 때론 날렵한 각의 아름다움이야말로 우리 판각문화의 진정한 멋이라고 말한다. 그는 현재 자신의 판화를 이른바 '진경판화'라고 부르고자 한다. 한국 자연의 아름다운 장소와 사찰 등을 방문하고 이를 그린 그림과 함께 정갈한 문장들이 어우러진 매력적인 그의 판화는 잊혀지고 사라져 버린 전통목판화의 맛을 재현해내면서 동시에 희미해져 가는 진정한 한국 자연의 진면목을 또한 일으켜 세우려는 의지 아래 몸을 내민다.

참_고_문_헌

단/행/본

. 가슴을 적시는 부처님 말씀　　석성우 · 석지현 엮음, 민족사, 1997

. 간다라미술　　이주형, 사계절, 2003

. 걸레스님 중광　　정휴 스님, 도서출판 밀알, 1982

. 그림으로 만나는 달마　　김나미, 시공사, 2000

. 그림으로 보는 불교이야기　　정병삼, 풀빛, 2000

. 그림으로 보는 한국 근현대미술　　강성원, 사계절, 1997

. 그 사람 장욱진　　김형국, 김영사, 1993

. 금동불　　곽동석, 예경, 2000

. 김기창 · 박래현　　오광수, 도서출판 재원, 2003

. 김복진의 예술세계　　이경성 외, 얼과 알, 2001

. 김복진　　최열, 도서출판 재원, 1995

. 나는 불교를 이렇게 본다　　김용옥, 통나무, 2000

. 돈황석굴　　타가와 준조, 박도화 역, 개마고원, 1999

. 만다라　　홍윤식, 대원사, 2000

. 명찰순례 1 · 2 · 3　　최완수, 대원사, 1994

. 물 따라 흐르는 꽃을 본다　　서옹, 다른세상, 2001

. 미륵　　요한 힐트만, 이경재 · 위상복 · 김경연 역, 학고재, 1997

. 밥 한 그릇의 행복 물 한 그릇의 기쁨　　이철수, 삼인, 2004

. 백남준　　에디트 데커, 김정용 옮김, 궁리, 2001

. 부처, 통곡하다　　정동주, 이룸, 2003

. 불교가 좋다   가와이 하야오 · 나카자와 신이치, 김옥희 옮김, 동아시아, 2004

. 불교개론   마스터니 후미오, 이원섭 역, 현암사, 2001

. 불교미술을 보는 눈   김영재, 사계절, 2001

. 불교사 100장면   임혜봉, 가람기획, 1995

. 불화   홍윤식, 대원사, 1990

. 붓다 – 꺼지지 않는 등불   장 부아슬리에, 이종인 역, 시공사, 2004

. 붓다의 깨달음   톰 로웬스타인, 서장원 역, 창해, 2002

. 보르헤스의 불교강의   호르헤 루이스 보르헤스 · 알리시아 후라도 공저, 여시아문, 1998

. 사찰장식 – 그 빛나는 상징의 세계   허균, 돌베개, 2000

. 사찰꽃살문   이내옥, 솔, 2003

. 삭발하는 날   현진, 호미, 2001

. 山寺   이형권, 고래실, 2002

. 山寺의 美를 찾아서   박보하, 다른세상, 1999

. 석굴암   신영훈, 조선일보사, 2003

. 석불   진홍섭, 대원사, 1997

. 석불 – 돌에 새긴 정토의 꿈   최성은, 한길아트, 2003

. 禪과 現代美術   권기호, 열화당, 1985

. 선방 가는 길   정찬주, 열림원, 2004

. 선사들이 가려는 세상   신규탁, 장경각, 1998

. 선의 나침반 1 · 2   현각 엮음, 하문명 옮김, 열림원, 2003

. 선의 역사와 사상   정성본, 불교시대사, 2000

. 식물성의 사유   박영택, 마음산책, 2003

. 신라와 고려시대 석조부도   엄기표, 학연문화사, 2003

. 세계의 붓다　　마이클 조든, 전영택 역, 궁리, 2004

. 아! 청담　　김광식, 화남, 2004

. 암자로 가는 길　　정찬주, 열림원, 2004

. 역사 속의 한국불교　　이이화, 역사비평사, 2002

. 예술혼을 사르다 간 사람들　　이석우, 가나아트, 1990

. 우리 불교 문화 유산읽기　　백유선, 두리미디어, 2004

. 우리시대의 사진가들　　최건수, 월간 사진, 1995

. 운주사　　야태호 · 천득염 · 황호균, 대원사, 2000

. 이야기하는 그림　　이규일, 시공사, 1999

. 인도로 가는 길 − 달라이라마와 도올의 만남 1 · 2　　김용옥, 통나무, 2002

. 장욱진 − 모더니스트 민화장　　김형국, 열화당, 1997

. 절로 가는 마음　　신영훈, 책만드는 집, 1994

. 절을 찾아서　　고은, 책세상, 1991

. 조선후기 불화와 화사 연구　　장희정, 일지사, 2003

. 지옥도　　김만희, 상미사, 1990

. 지옥도　　이기선, 대원사, 1992

. 탄드라　　아지트 무케르지, 김구산, 동문선, 1993

. 탑　　강우방 · 신용철, 솔, 2003

. 풍경소리에 귀를 씻고　　이호신, 해들누리, 2001

. 한국근대미술의 스승 − 김복진 전집　　윤범모 · 최열, 청년사, 1995

. 한국 근대회화 100선　　얼과 알, 2002

. 한국불교미술사　　문명대, 한 · 언, 1997

. 한국 불상의 원류를 찾아서1　　최완수, 대원사, 2002

. 한국의 마애불   이태호 · 이경화, 다른세상, 2001

. ZEN IN THE ART OF PAINTING   H. Brinker, Penguin Books, 1987

도/록/및/화/집

. 강대철 전시도록   화랑사계, 1992. 5

. 강대철 전시도록   동숭갤러리 · 예술의 전당 미술관, 1995. 8

. 강용면 전시도록   서남미술관 · 전경숙갤러리, 2000. 6

. 강용면 전시도록   광주신세계갤러리, 2003. 6

. 강용면 전시도록   예술의 전당 미술관, 1996. 6

. 강용면 전시도록   얼갤러리, 1991. 12

. 권진규   가나아트센터, 2003

. 권진규 회고전도록   호암갤러리, 1988. 1

. 김광문 전시도록   1998

. 김광진 화집   김광진 유작전 추진위원회, 2003

. 김광진 전시도록   조형갤러리, 1999. 2

. 김은진 전시도록   인사갤러리, 2003. 7

. 김호석 수묵 인물화전   예술의 전당 한가람미술관, 1995. 5

. 김호석 전시도록   동산방, 1998. 10

. 박생광화집   이영미술관 · 갤러리현대, 2004

. 박생광100주년 기념자료집   이영미술관, 2004

. 서은애 전시도록   인사미술공간, 2003.12

. 소리하나   이철수 판화 · 글, 불일출판사, 1994

. 송필용 전시도록   아트스페이스 서울 · 학고재, 2000. 3

. 시대착오적인 산책 – 김주연 전시도록   2001

. 아름다움과 깨달음 – 한국근현대미술에 나타난 불교사상   (사)불교문화산업 기획단 엮음, 여시아문, 2002

. 영혼의 여정 – 조선시대 불교회화와의 만남展   국립중앙박물관, 2003. 9

. 오순환 전시도록   서남미술관, 1999. 2

. 오순환 전시도록   부산시청, 2003

. 오윤, 동네사람 세상사람 – 10주기 추모판화전작집   학고재, 1996

. 오윤 전시도록   갤러리 아트사이드, 2002

. 유영교 전시도록   동아갤러리, 1996. 11

. 이갑철 사진집 – 충돌과 반동   다른 세상, 2002

. 이호신 전시도록   아트스페이스 서울 · 학고재, 2001. 4

. 이영학 화집   갤러리 현대, 1993

. 이영학 전시도록   박영덕 화랑, 1995. 5

. 이성도 전시도록   예술의 전당 미술관, 1997. 6

. 이숙 – 김주연 전시도록   사루비아 다방, 2003. 4

. 이중희 화집   서림화랑, 1991

. 이철수판화산문집 – 배꽃 하얗게 지던 밤에   이철수, 문학동네, 1996

. 이철수 불교 관화전시도록   서남미술관, 1996

. 마른풀의 노러   이철수, 학고재, 1995

. 산벚나무, 꽃피었는데…   이철수, 학고재, 1993

. 일상의 풍경 – 임영균 사진집   열화당, 2003

. 임영균 사진집   아르비방36, 시공사, 1994

. 정동석 전시도록   금호갤러리, 1995. 12

. 정동석 전시도록　　갤러리아 미술관, 1992. 6

. 정동석 전시도록　　국립극장 문화광장, 2000. 9

. 정동석 사진집 – 반풍경　　눈빛, 1999

. 주명덕 전시도록　　금호미술관, 1999

. 중광 – 달마 전시도록　　가나아트센터, 2000. 10

. 중생의 염원展　　한국불교미술박물관, 2003. 12

. 조선불화특별전　　한국불교미술박물관, 2002. 5

. 청동과 돌　　이영학, 까치, 2000

. 최영림 전시도록　　가나아트센터, 2002

. 하인두 10주기전시도록　　가나아트센터, 1999. 11

. 한국의 미술가 – 권진규　　삼성문화재단, 1997

. 홍명섭 전시도록　　가인화랑 · 학천화랑, 1994

. 홍명섭 전시도록　　제3갤러리 · 빈켈화랑, 1993

. 홍명섭 전시도록　　마로니에미술관 · 문예진흥원, 2004

. 한농 전시도록　　한국일보 백상기념관, 2000